文体与批评研究丛书

# 明清桐城望族诗歌研究

周成强　著

WUHAN UNIVERSITY PRESS
武汉大学出版社

**图书在版编目(CIP)数据**

明清桐城望族诗歌研究/周成强著.—武汉:武汉大学出版社,
2017.6
文体与批评研究丛书
ISBN 978-7-307-19227-0

Ⅰ.明…  Ⅱ.周…  Ⅲ.古典诗歌—诗歌研究—桐城—明清时代
Ⅳ.I207.22

中国版本图书馆 CIP 数据核字(2017)第 090576 号

责任编辑:李 琼    责任校对:李孟潇    版式设计:马 佳

出版发行:**武汉大学出版社**    (430072 武昌 珞珈山)
(电子邮件:cbs22@whu.edu.cn 网址:www.wdp.com.cn)
印刷:虎彩印艺股份有限公司
开本:720×1000 1/16    印张:24 字数:323 千字 插页:1
版次:2017 年 6 月第 1 版    2017 年 6 月第 1 次印刷
ISBN 978-7-307-19227-0    定价:98.00 元

安徽省哲学社会科学规划青年项目
"明清桐城望族诗歌研究"
（批准号：AHSKQ2014D104）最终成果

安徽省重点学科阜阳师范学院古代文学学科资助项目成果
安徽省哲学社会科学规划一般项目"潘江研究"
（批准号：AHSKY2016D151）阶段性成果

# 目　　录

# 绪　　论

近年来，从家族学角度进行的古代文学研究方兴未艾，并且不断产生新的学术研究成果。明清时期，作为皖地文化重镇之一的桐城，人文蔚兴，人才涌现。据马其昶《桐城耆旧传》，明清两代，桐城有进士 234 人，举人 793 人。仅仅一县之地，几百年间居然有如此多的士人脱颖而出，还不算那些无意科举、隐居著述讲学的名儒硕彦，人文之盛，的确引人注目。人才的密集带来的是文化的繁盛，明清桐城学术、文学、教育、艺术、金石、医学、科学等都取得了非常高的成就。桐城学派、桐城文派、桐城诗派的形成并进而影响全国，群起而应，是明清桐城学术文化达到鼎盛的最有力的佐证。因此，选择"桐城"这一地域，就明清时期的文化地理坐标而言，具有很强的典型意义。

明清桐城文化的繁荣和大批声名显赫的著姓望族的出现是分不开的，像张氏、方氏、姚氏、左氏、马氏、吴氏、齐氏、何氏、戴氏、钱氏等，在桐城甚至是全国都享有盛名。其中，方氏是桐城最具盛名的望族，梁实秋说："桐城方氏，其门望之隆也许是仅次于曲阜孔氏。"[1]郭谦《影响百年中国的文化世家》一书也把桐城方氏称为中国第二大文化名门。张氏家族，在清代地位显赫，望族仕宦之显达，无出其右。姚氏与张氏并称，两姓号称占却半部缙绅。其他家族也大多是科甲相连、代有显宦、门第望隆。这些大家族的长盛不衰很大程度上是因为人才的层

---

① 梁实秋：《雅舍杂文》，上海人民出版社 1993 年版，第 86 页。

出叠涌，所谓"科第、仕宦、名臣、循吏、忠节、儒林，彪炳史志者，不可胜书"①。朱彝尊云："方氏门才之盛，甲于皖口，明善先生实浚其源。东南学者，推为帜志焉。"②王育济、党明德在《世系蝉联　门阀清华——中国一门出进士最多的桐城张氏家族》一文中说："明清两代，桐城张氏广为人知。这不仅是因为这个家庭中涌现出诸如明代张淳、张秉文，清代张英、张廷玉等一代济世名宿，而且张氏家庭中先后膺取科举功名、入仕为宦者人数之多也是世所少见的。"③麻溪姚氏家族也是代有人出，姚文然、姚范、姚鼐、姚莹等是其代表人物。其他家族莫不如是，无论是马氏家族的马之瑛、"怡园六子"及桐城派殿军马其昶，左氏家族的名臣左光斗及其号称"龙眠四杰"的四子，还是钱氏家族明末著名遗民诗人钱澄之，都彪炳史册，流芳后世。本书选择明清桐城最为显赫的桂林方氏、麻溪姚氏、宰相张氏、马氏、左氏家族作为典型研究，旁及其他，以对明清桐城望族作具体而完整的观照。

本书把时间段设定在"明清"，这种界定并不只是一种时间上的模糊划界，而且是基于研究的需要。就整体而言，桐城望族叠兴代起，绵亘明清两代。而具体到每一个个体来讲，在时空的分布上并不平衡。任何一个望族都会经历从兴起、繁盛到衰落的过程，有的在明代达到了鼎盛，有的在清代走向辉煌。所以要清晰全面地解析明清桐城望族，必须基于一个完整的时空背景，任何断点的考量，都会影响对其进行完整的解读。

本书选择明清桐城望族的诗歌研究，既是基于工作量、研究兴趣、研究基础的需要，更是由明清桐城望族诗歌所取得的巨大成就和研究现状所决定的。清末徐璈辑《桐旧集》，收录明清桐城诗歌，共

① 郭绍虞：《中国历代文论选》，上海古籍出版社1980年版，第406页。
② （清）朱彝尊：《静志居诗话》，人民文学出版社1998年版，第23页。
③ 汪军主编：《皖江文化与近世中国》，合肥工业大学出版社2004年版，第177页。

42卷，作者1200余人，诗7700余首，诗人有专集的有600余家。另据《桐山名媛诗钞》，清代以降，桐城女诗人也有近百家之多，可见桐城诗文化之发达。而且，从创作实绩来看，明清时期桐城出现了许多卓有成就的诗人，而这些诗人几乎都集中于几大著姓望族。诗歌作为封建社会后期文化最基本也是最普遍的表现形态，已经渗透到这些家族成员生活的方方面面，作为一种抒情方式，具体而细微地反映着他们的思想状况和心灵轨迹，因此，对诗歌的解读有很强的表征意义，能让我们更真实地去探究诗人内心，拨开迷雾，厘清历史现状，进而深入解读这些家族，从而凸显这一研究的意义和价值。就目前的研究现状来看，对明清桐城望族的诗歌研究主要集中于重要诗人的个案研究，还有巨大的空间。

一、研究现状

尽管从家族角度研究古代文学的成果越来越多，但是运用于明清桐城诗歌研究的却很少。目前所见整体性研究成果主要是针对桂林方氏家族、鲁谼方氏家族、马氏家族，有宋豪飞专著《明清桐城桂林方氏家族及其诗歌研究》（黄山书社2012年版），陈娜硕士学位论文《桐城鲁谼方氏家族文学研究》（中国社会科学院，2010年），张家波硕士学位论文《明清之际桐城桂林方氏文学世家研究》（上海师范大学，2011年），张顺利硕士学位论文《明清之际桐城桂林方氏文学世家研究》（青海师范大学，2011年），聂倩硕士学位论文《桐城方氏家族女性诗歌研究》（曲阜师范大学，2014年），盛婷婷硕士学位论文《明代桐城马氏家族文学研究》（安徽师范大学，2015年）等。另外，有些学人对此也有所关注，严迪昌的《清诗史》，郭谦的《影响百年中国的文化世家》，王育洛、党明德的《世系蝉联　门阀清华——中国一门出进士最多的桐城张氏家族》，黄季耕的《安徽文化名人世家》，马大勇博士的《清初金台诗群研究》，徐天祥的《桐城文化论》（《安徽史学》1995年第1期）等，但是都或是偏重一隅，或是浅尝辄止，未能深入全面地展开论述。

桐城望族诗人的个案研究，20 世纪 80 年代之前，主要集中于方文、方以智、钱澄之、姚鼐等几个名家的个案研究；80 年代之后，研究队伍不断壮大，研究的范围不断扩展，在此基础上，许多诗人的别集被整理出来出版，给研究带来了很大便利。近些年来，研究进一步深化，研究者注意运用新资料、新方法、新观念，从诗学理论、创作实践、艺术特色、历史作用等方面进行较为全面的研究，取得了创造性成果。方文、钱澄之、方以智、姚鼐、戴名世、姚莹等依然是研究的重点，方拱乾、方孝标、方贞观、方世举、方孟式、方维则、方维仪、姚范、姚文然、姚孙棐等的研究也在逐渐增多。

总体来说，明清桐城望族诗歌研究主要呈现出以下特点：缺乏综合研究，整体性的研究专著和博士论文很少；研究成果少，范围窄，主要是针对单个诗人的个案研究，并集中于方、姚两家的重要诗人；从个案研究来看，名家的研究并不深入和充分。因此，还留有很大研究空间，非常有研究的必要。本书将顺应研究趋势，在现有研究基础之上，以诗人个案研究为基点，对桐城望族诗歌作整体性的综合研究。

## 二、研究框架

本书试图立足于明清时期的时代背景和桐城独特的地域文化，以重要诗人的个案研究为基点，以张、姚、马、左、方等五大望族的研究作为典型，从家族学的视角透视明清桐城诗歌的创作风貌，从而使人们对其有较为明确、深入的认识。除绪论外，共分为八章。

第一至三章是总论部分。第一章论述桐城望族在明清的兴盛以及诗歌创作的繁荣，并对明清桐城望族的诗歌文献进行考证。明清桐城望族的兴起，是多方面因素共同作用的结果，其中以移民迁入、科举文化的影响最大。元代以来，由于天灾人祸等各种原因，江西、徽州等地的移民不断涌入桐城，桐城相对封闭又通达、山川秀美的自然环境吸引着他们，他们在桐城安居下来。相比桐城落后的文化，他们带来了更为先进的文化，在经过了数代的耕耘之后，这些家族逐渐兴盛起来。和明清时期许多世家望族兴起所依靠的手段一样，他们大多依靠科举起家，不断有人通过科举出仕，形成了方、姚、马、左、张、叶、吴、刘等为代表的世家望族。明清时期，桐城望族诗风兴盛，诗家众多，诗作浩繁。从诗歌文献来看，许多桐城望族诗家诗歌别集流传下来，数量颇为可观，而许多诗人的作品依赖诗歌选本得以保存。这些留存的桐城诗歌选本，既有选录一邦诗学文献的《龙眠风雅》、《桐旧集》、《桐山名媛诗钞》等地域诗歌总集，也有汇集家族诗学文献的《桐城方氏诗辑》、《桐城马氏诗钞》、《桐城姚氏诗钞》等家族诗歌总集。第二章是明清桐城望族诗歌的文化历史环境，论述了地域文化、家族文化、明清政治风云对明清桐城望族诗歌的影响。桐城的自然地理环境孕育了独特的地域文化，而这种地域文化在桐城士人身上打上了深深的印迹，对桐城望族诗歌的创作产生了重要影响。从明至清，时移世易，心学的盛行、市民思潮的涌动都给士人的思想带来巨大的冲击，但是从桐城望族诗家的诗学思想和诗歌取向来说，始终以平实雅正为旨归，呈现出重人格修养、思想上的正统性特点。对桐城望族诗人而言，他们的诗歌创作往往都有深深的家族文化的烙印。由于桐城望族诗家大多奉习儒业，推尊程朱理学，所以他们特别恪守儒家的诗教观，注重诗歌的政治功能和教化作用。桐城望族诗家往往从小就接受严格的教育，刻苦力学，所以大多学问淹博，在诗歌创作上他们往往非常重视诗人之学。另外，家族文化对桐城望族诗人诗歌创作的影响不容忽视，家族的诗学活动、诗学氛围、长辈的悉心教导、同辈的互相切磋，对桐城望族诗人的诗歌创作都产生了非常重要的影响。文学和时代政治密切相关。明清最大的历史事件莫过于甲申国变，它带给士人特别是汉族士人的心理冲击是空前巨大的，桐城望族诗人也不例外。在鼎革之际，这些诗人们的出处选择并不相同，但哀怨莫名的心态则一。透过他们的诗歌，可以深切感受到家国之变在他们心理的投射。当一切尘埃落定，新的王朝逐步步入正轨，时代的风雨似乎已随之烟消云散，桐城望族的诗人们也被纳入新王朝的统治轨道，他们逐步顺应新的政治形势，呼应着时代的需要。第三章是桐城望族诗学与明清诗坛。介绍明清桐城望族诗人的诗学活动，并论述明清桐城望族诗学的演变与"桐城诗派"的形成。翻开桐城望族诗人的诗集，可以看到大量的交游唱和之类的诗作，可以看出这是他们诗歌内容的重要部分。桐城望族诗人的交游主要分两种情况：一是基于地缘和姻亲网络的交游；一是和当时诗坛硕彦、朋辈的交游。受晚明文人结社风气的影响，桐城望族诗人的结社非常兴盛，他们参与或亲自所结之社主要有复社、云龙社、泽园永社、金兰社、中江社、名媛诗社等。尽管受地域文化、家族文化等的影响，桐城望族诗人在诗学取向上始终追求"雅正"，但是桐城望族诗人的艺术风貌还是受时代背景、诗学环境等的浸润，呈现出多样的色彩。延及清代，姚鼐顺应时代潮流，提出兼综唐宋的诗学主张，进一步确立了"桐城诗派"在主流诗坛的地位，将桐城诗学的影响进一步扩展出去。

　　第四至八章是分论部分，重点探讨被称为明清桐城五大望族的桂林方氏家族、麻溪姚氏家族、宰相张氏家族、左氏家族、马氏家族的诗歌创作。第四章为桂林方氏家族诗歌研究。桂林方氏家族诗人众多，诗歌创作成就斐然。明代前中叶的桂林方氏诗人，主要有方法、方向、方见、方学渐等。明清之际的桂林方氏诗人灿若晨星，面对清兵入关的政治形势，他们作了不同的选择，对诗歌创作产生了重大影响。有一部分诗人选择做了遗民，比较引人瞩目的是方以智、方文、方授等诗人，他们以浸润着时代风雨和爱国情感的泣血歌吟，为明末遗民诗坛增添了风采。桂林方氏家族在政治上的另一种形态是选择出仕新朝，以方拱乾家族为代表。但是，在短短的几十年内，他们遭遇了科场案和南山集案的政治洗礼，被两次流放关外。但正是这样的遭遇让他们的诗歌创作焕发出新的活力，他们大量记述流放心境和异域风情的诗歌，为当时诗坛增添了别样风景。明清之际的方氏女性诗人群体也取得了较高的成就，他们以方孟式、方维仪、方维则为代表。延及清代，方苞之绝不为诗，是清廷政治高压形态的反拨，但是方氏族群的诗歌创作并没有没落，因为不同的政治遭遇，方观承家族的诗歌创作异军突起，成就斐然。第五章是麻溪姚氏家族诗歌研究。明代的姚氏家族诗人以姚旭、姚孙榘、姚孙棐等为代表。明末清初，姚文然、姚文焱、姚文勋、姚文烈等兄弟诗人形成麻溪姚氏最早的创作团体，以姚文然创作成就为最高。同时，姚范在诗学理论和诗歌创作方面也颇有成绩，对姚鼐的创作产生了重要影响，并促进了"桐城诗派"的形成。清代的麻溪姚氏家族以姚鼐为代表，其诗歌创作受到桐城派诗人的推崇，诗学理论对方东树等桐城派诗人产生了直接的影响。之后，姚莹、姚元之、姚柬之、姚浚昌、姚永朴、姚永概等诗人成就颇高，将麻溪姚氏家族诗学进一步发扬光大。第六章是张氏家族诗歌研究。张氏家族诗歌创作以张英、张廷瓒、张廷玉、张廷璐等父子诗群为代表，总体而言，由于在政治上受到清廷隆遇，仕宦显达，他们在诗歌创作上具有趋同性，多台阁之音和山林之思。但具体到每一位诗人，由于个人遭际和对诗学追求的不同，艺术风貌各有特色。第七章是左氏家族诗歌研究。左氏家族诗人以左光斗及其四子"龙眠四杰"为代表，左如芬的诗歌创作在桐城女性诗人中成就也较为突出。左光斗的诗歌创作反映了其人生历程，其抒写政治遭遇的诗篇具有"诗史"意义。"龙眠四杰"以左国棅诗歌成就较高，其与当时多位著名遗民诗人的交游唱和之篇，对我们认识明末清初的遗民诗坛有重要意义。左国林、左国柱、左国材在当时也颇有诗名，可惜作品流传较少。第八章是马氏家族诗歌研究。明天启年间，马懋勋、马懋学、马懋德、马懋赞、马之瑛、马之瑜叔侄六人在马氏家族六世祖马孟祯的别业"怡园"吟咏唱和，竹林骚雅，盛极一时，称"怡园六子"。其中马之瑛所存诗歌最多，内容丰富，风格多样，成就尤高。另外，马敬思、马朴臣、马春田、马宗琏、马凤翥等马氏家族诗人也取得了较高的成就。结语部分简要介绍除了这五大家族之外的桐城望族重要诗人，如齐之鸾、钱澄之等人，他们的诗歌创作共同构筑了桐城望族诗学的辉煌。

# 第一章　明清桐城望族的兴盛与诗歌的繁荣

## 第一节　明清桐城望族的兴起与诗歌创作

### 一、明清桐城望族的兴起

桐城(含今桐城县、枞阳县全部和庐江县、怀宁县、潜山县部分)地处长江之北,淮河以南,大别山东麓,是历史悠久的文化名城,因为"桐城派"之名闻天下而有"文都"之誉。桐城之为名始于春秋时期,即古桐国,正式建县是在唐代至德二年(757),《桐城县志》记载:"桐之名畴于周,及唐宋始定今名。"[①]桐城在五代属南唐舒州,北宋属德庆郡,南宋属安庆府,到明代,桐城先属江宁府、后属安庆府,清代先属江南省安庆府、后属安徽省安庆府。

明代以前,尽管地理位置非常重要,但桐城文化一直处于比较落寞的状态。从唐代设治开始,桐城出现的比较有名的文人是唐代诗人曹松和北宋著名画家李公麟。明清以降,桐城异军突起,人文之盛,令人侧目,"在小小的一县范围之内,文儒硕辅多达千百位,人文盛况绵历数百年,这在世界上恐怕也不多见"[②]。据康熙《安庆府志》卷七《选举志》

---

① (清)胡必选主修,赵君访编纂:《(康熙)桐城县志》,江苏古籍出版社1998年版,第11页。

② (清)马其昶著,毛伯舟点注:《桐城耆旧传》,黄山书社1990年版,第1页。

统计，仅有明一代，安庆府进士计 155 人，而桐城一县即居其半，共有 76 人。《桐城县志》卷三《选举志》序云："桐，仕国也。人文秀出，炳炳麟麟。或列名容台，或观光上国，以至韬略素娴、奋迹鹰扬者代不乏人。备著之以扬，休命以昭国典，奚异哉！"①

桐城文化在明代嘉靖以后蔚然兴起，并在清代达到鼎盛，长盛不衰，有着多方面的原因，对此，李则纲先生作了精辟的概括："一是明初建都南京，重视开科取士，桐城地属畿内，易得风气之先。其后明王朝虽迁都北京，但南京仍为留都，条件基本未改，故桐城以科第起家者层出不穷。二是桐城各族大多是元明之际由江西和徽州等地迁来的移民，经过百余年休养生息，到明代中叶，生活日趋优裕，文化自易发展。三是桐城东乡滨湖通江，为潜、怀、舒、六漕米集运之地，商业兴旺，经济发展，也促进了文化的交流和繁荣。四是明中后期，朝政腐败，有识之士相聚讲学论政，冀挽时艰，桐城文会并起，讲馆林立，文学声势日益壮大，崇文重教蔚然成风。"②的确，桐城文化的兴盛是地理环境、经济的繁荣、时代背景等因素交互作用的结果，但是归结到一个核心因素，与明清大量名门望族的出现密不可分。中国古代是宗族制的农业社会，钱穆先生在《中国文化史导论》中说："家族是中国文化的一个最主要的柱石，我们几乎可以说，中国文化，全部都从家族观念上筑起，先有家族观念乃有人道观念，先有人道观念乃有其他的一切。"③桐城望族在明清两代叠兴代起，有力地促进了桐城文化的勃兴与繁荣。

明清桐城望族的兴起，是多方面因素共同作用的结果，移民迁入、科举文化的影响最大。值得注意的是，桐城望族十之八九由外地迁徙而来。朱书云："吾安庆，古皖国也。……然元以后至今，皖人非古皖人

---

① （清）胡必选主修，赵君访编纂：《（康熙）桐城县志》，江苏古籍出版社 1998 年版，第 84 页。

② 李则纲：《安徽历史述要》，安徽省地方志编纂委员会 1982 年版，第 10 页。

③ 钱穆：《中国文化史导论》，商务印书馆 1994 年版，第 51 页。

也，强半徙自江西，其徙自他省会者错焉，土著亡虑才十一二耳。"①吴汝纶曰："桐城诸族，大抵元季所迁，其迁多自江西或徽郡，而莫详其移徙之由。"②元代以来，由于天灾人祸等各种原因，江西、徽州等地的移民不断涌入桐城，桐城相对封闭又通达、山川秀美的自然环境吸引着他们，他们在桐城安居下来。相比桐城落后的文化，他们带来了更为先进的文化，在经过了数代的耕耘之后，这些家族逐渐兴盛起来。和明清时期许多世家望族兴起所依靠的手段一样，他们大多依靠科举起家，不断有人通过科举出仕，形成了方、姚、马、左、张、叶、吴、刘等为代表的世家望族。例如最为显赫的桂林方氏家族，虽然早在宋末元初就迁居桐城，但是真正显赫起来一直到第六代，方懋教子有方，其五子有"五龙"之目，马其昶曰："至公有五子：长，廷献，讳琳，称中一房，次，廷瑞，二房，廷辅，三房，廷实，四房，弟五子廷璋称六房。廷辅讳佑成进士，廷璋讳瓘举于乡。于是都谏王瑞题其门曰'桂林'，而方氏之族乃大。"③这是凤仪方氏称为"桂林"的由来，即折桂登科如林之意。麻溪姚氏家族，"自五世祖参政公下，十世凡三进士，一举人。十一世凡二进士，十二世凡四进士，三举人，十六世凡二进士、四举人。十七世凡二进士、八举人，十八世凡四进士、二举人，十九世凡一举人。共登春、秋试者五十人。其中祀名宦、贤良、乡贤、孝悌各祠者代不乏人，未尝绝也"④。其他如张氏家族，也是到第五世张淳为隆庆进士时，家族开始显达，至张英、张廷玉父子，成为天下闻名的望族，有"父子翰林"、"兄弟翰林"、"祖孙翰林"之誉。张氏家族有清一代，"自祖父至曾玄十二人，先后列侍从，跻鼎贵，玉堂谱里，世系蝉联，

---

① （清）朱书：《杜溪文稿》，清康熙三十九年（1700）德聚四德堂刻本。
② （清）吴汝纶著，施培毅、徐寿凯校点：《吴汝纶全集》，黄山书社2002年版。
③ （清）马其昶著，毛伯舟点注：《桐城耆旧传》，黄山书社1990年版，第9页。
④ （清）姚永概著，沈寂等标点：《慎宜轩日记（上）》，黄山书社2010年版，第371页。

门阀之清华，殆可空前绝后已"①。据桐城市博物馆馆长张泽国查考，明清两代桐城总共出了 233 个进士，793 个举人，可以看到的现象是这些进士、举人，大多出自名门望族。

根据光绪《安徽通志》统计，明清两朝桐城举人共计 464 人、进士共计 214 人，见表 1-1：

表 1-1

| 姓氏 | 举人人数 | 所占比例 | 进士人数 | 所占比例 |
|------|----------|----------|----------|----------|
| 方氏 | 59 | 12.71% | 29 | 13.55% |
| 张氏 | 57 | 12.28% | 31 | 14.49% |
| 姚氏 | 35 | 7.54% | 20 | 9.35% |
| 吴氏 | 31 | 6.68% | 21 | 9.81% |
| 左氏 | 22 | 4.74% | 6 | 2.80% |
| 何氏 | 7 | 1.51% | 8 | 3.74% |

可以看出，这几大著姓举人、进士人数在全县所占的比例极大，所以"科第、仕宦、名臣、循吏、忠节、儒林，彪炳史志者，不可胜书"②。

桐城望族的兴盛为桐城文化的繁荣提供了丰厚的土壤，这些望族的显达之士大多通过科举出仕，具有很高的文化修养，为了后继有人，特别重视对子女的教育和培养，让他们走读书、科举、做官的道路，以光大门庭。在他们影响下，桐城境内形成良好的读书风气，所以桐城境内书院、私塾、家学都特别多。许多望族的官宦回馈乡里，特别是许多官宦不满朝政黑暗，就在家乡兴学授徒，比如何唐、齐之鸾、方学渐、潘

---

① （清）陈康祺：《郎潜纪闻初笔》，中华书局 1984 年版，第 93 页。
② （清）郭绍虞：《中国历代文论选》第三册，上海古籍出版社 1980 年版，第 406 页。

江、方苞、戴名世、刘大櫆、姚鼐、王灼、方东树、姚莹、吴妆纶、姚永朴等人，有力地促进了当地教育的发展和文化的繁荣。

## 二、明清桐城望族概貌

明清桐城望族大多从外地迁移而来，经过数代的耕耘，从明中叶以后逐渐兴盛起来，人才不断涌现，家业日益发达，缔造了桐城文化的辉煌。基本情况见表1-2：

表1-2　　　　　　明清桐城主要望族基本情况一览表

| 家　族 | 迁入地 | 迁入时间 | 代表人物 |
|---|---|---|---|
| 桂林方氏 | 池口 | 宋末元初 | 方学渐、方文、方孝标、方以智、方苞 |
| 鲁谼方氏 | 婺源 | 宋末元初 | 方宗诚、方东树、方守敦、方守彝 |
| 麻溪姚氏 | 余姚 | 元代 | 姚鼐、姚莹、姚永朴、姚永概 |
| 云田坂张氏 | 鄱阳 | 明洪武至永乐年间 | 张秉文、张英、张廷瓒、张廷玉 |
| 马氏 | 固始县 | 明永乐年间 | 马之瑛、马朴臣、马宗琏、马其昶 |
| 麻溪吴氏 | 婺源 | 元代 | 吴应宾、吴应宠、吴用先、吴应琦 |
| 横埠河左氏 | 潜山县 | 明洪武年间 | 左光斗、左兴、左挺澄 |
| 青山何氏 | 婺源 | 元末 | 何思鳌、何如申、何如宠 |
| 查林齐氏 | 凤阳 | 元末 | 齐之鸾、齐琦若、齐维蕃 |
| 高甸吴氏 | 婺源 | 元末 | 吴汝纶 |
| 宕山钱氏 | 歙县 | 宋末 | 钱如京、钱秉镫、钱秉镡 |
| 陈洲刘氏 | 青阳 | 南宋末 | 刘大櫆、刘大宾 |
| 鹞石周氏 | 铜陵 | 明末 | 周岐、周芬斗、周卜政 |
| 仓前戴氏 | 婺源 | 明洪武年间 | 戴名世 |
| 苍基孙氏 | 泰兴县顺德乡 | 元至顺末 | 孙晋、孙临 |
| 木山潘氏 | 鄱阳 | 元末 | 潘江 |
| 项河叶氏 | 婺源 | 明永乐年间 | 叶灿 |

除本书重点研究的桂林方氏、麻溪姚氏、宰相张氏、马氏、横埠左氏家族外，明清桐城重要望族简述如下：

**（一）鲁谼方氏**

方姓是桐城大姓，有桂林方（县氏方、县里方、大方）、鲁谼方（猎户方）、会宫方、黄华方、许方、璩方、虎形方等众多分支。其中，桂林、鲁谼、会宫三支名声最著。鲁谼方是从徽州婺源移民而来，在南宋末年迁到桐城北部的鲁谼山，因为他们是猎户，所以又称猎户方。到方孟暟一代时，鲁谼方氏开始弃猎从文，后代于是转向读书科举的道路。

（1）方泽。方孟暟长子，曾做八旗官学教习，是姚鼐的老师。方泽在当时很有文名，和桐城本地文人姚范、刘大櫆、叶酉等交游唱和，称"龙眠十子"；与周振采、沈德潜等人也相交好，称"江左七子"。著作有《待庐集》等。

（2）方绩。方泽之孙，乾隆间诸生，师从刘大櫆、姚鼐学古文，又教授姚鼐之子姚景衡。著有《经史札记》、《鹤鸣集》等。

（3）方东树（1772—1851）。字植之，嘉庆间诸生。他博学多才，勤于著述，是"姚门四杰"之一，著有《仪卫轩全集》。其中，《汉学商兑》、《昭昧詹言》影响较大，是桐城派文学理论的纲领性著作。

（4）方宗诚（1818—1887）。字存之，号柏堂，道光年间诸生。是晚清桐城派的代表人物，著有《柏堂集》92卷。

（5）方守彝（1845—1924）。方宗诚之子，字伦叔，号清一老人。诗文成就较高，吴汝纶、徐宗亮等对之称赞有加。著有《网旧闻斋调刁集》。

（6）方守敦（1865—1939）。方宗诚之子，字常季。热心于教育事业，曾和吴汝纶一起去日本考察学制，回来后创办桐城中学堂。方守敦诗文颇有成绩，著有《凌寒吟稿》、《凌寒文稿》等。

**（二）宕山钱氏**

宕山钱氏乃吴越钱氏新安支派的一个分支，到十七世烈公时，由淳安迁入桐城峦漕宕山地区，称为宕山钱氏。

（1）钱如京。字公溥，号桐溪。弘治十五年（1502）进士，授海盐令，累擢至右副都御使。迁南京户部尚书，改刑部，后弃官归居桐溪。去世后，加太子少保，谕祭葬，祀"乡贤"。著有《钟庆堂集》。

（2）钱可久。字思畏，号畏斋，钱如京孙，隆庆时诸生。方学渐《迩训》曰："钱思畏，大司马如京孙，倜傥清妙，所交一时名流，诗才俊爽，字画遒润，尝掉轻舟泛楚江，下金陵，访西湖，留恋啸咏，结物外交焉。"① 著有《四书要旨》、《礼记折衷》等。

（3）钱志立。字尔卓，号镜水，万历年间诸生。著有《春音》、《缶音》等集。

（4）钱秉镡。字幼安，崇祯间诸生。与季弟钱秉镫名重江左，有"二钱"之称。

（5）钱秉镫（1612—1694）。字幼光，号田间，后更名为澄之，字饮光，崇祯时诸生。澄之少以名节自励，与方以智等人主盟复社、几社，又与陈子龙、夏允彝辈联云龙社，以接武东林。南明立，阮大铖掌权，亡命走浙、闽，入粤，曾任南明隆武朝延平府推官，永历朝礼部精膳司主事，翰林院庶吉士，后迁翰林院编修，主管制诰。南明永历四年（1650），两粤失守，永历帝自梧州逃奔南宁。钱秉镫未及随驾，于是削发为僧，法号西顽。后返乡还俗，卒年八十二岁。著有《田间诗集》28 卷，《田间文集》30 卷；《藏山阁集》诗 14 卷，文 6 卷。

**（三）查林齐氏**

关于查林齐氏，潘江《龙眠风雅》卷三"齐之鸾"条云："齐之鸾，字瑞卿，号蓉川。正德辛未进士。本中山王裔也。"② 周京《蓉川先生小传》："先生名之鸾，字瑞卿，齐氏。蓉川其别号也。元季有讳天富者，

---

① （明）方学渐：《迩训》，北京图书馆藏明刻本。
② （清）潘江辑：《龙眠风雅》，康熙十七年潘氏石经斋刻本。

有所避忌，自濠梁来桐城，改姓徐氏。"①齐氏是否明代开国元勋中山王徐达后裔，尚待进一步考证，但是可以肯定的是，元末从凤阳避祸来桐城，改徐姓，后又改回齐姓。

（1）齐之鸾(1483—1534)。字瑞卿，号蓉川，明正德辛未进士，官至河南提学副使，顺天府丞，著有《蓉川集》、《南征纪行》和《入夏录》等各若干卷。齐之鸾学问广博，文采勃然，对桐城文学的兴盛有先导作用。姚莹《桐旧集》序："自齐蓉川(之鸾)给谏以诗著有明中叶，钱田间振于晚季，自是作者如林。"②朱之蕃《盛明百家诗选》："蓉川官给谏，敢言，有用才也，诗多遒劲之气。"③钱澄之《田间集·蓉川集序》："公诗文开吾乡风气之始，其为诗，精思果力，生生造语，出人意表，无所依附，即立朝之风节凛然可见。"④

（2）齐维蕃。字价人，号复斋，崇祯壬午举人，官台州知府。

（3）齐绳祖。字念修，琦名孙，顺治诸生。有《疏轩遗稿》。

**(四)青山何氏**

源出婺源东部的田源何氏，十五世孙鼎公，在元末战乱时逃至桐城青山，见此地风水甚好，卜居于此，称"青山何氏"。

（1）何思鳌。字子极，号海愚，明嘉靖间以贡生廷试第一，授山东栖霞知县。后归里，闭门读书，不入官府，在青山聚族而居。所行忠厚，卒祀乡贤祠。

（2）何如申。字仲嘉，号虚白，明万历二十六年(1598)进士，初授户部主事，升处州知府，寻以参政分守嘉湖，累迁浙江右布政使，引疾归，为政清廉，归无长物。著有《万伯遗诗》。

（3）何如宠(1569—1642)。字康侯，号芝岳，明神宗万历二十六年

---

① （明)齐之鸾：《蓉川集》，《四库全书存目丛书》本。
② （清)徐璈辑：《桐旧集》，民国十六年影印原刻本。
③ （明)朱之蕃：《盛明百家诗选》，《四库全书存目丛书》本。
④ （清)钱澄之撰，彭君华校点：《田间文集》，黄山书社 1998 年版。

（1598）进士，官礼部尚书，拜武英殿大学士，赠太傅，谥文端，有《后乐堂集》。《明史》称其"操行恬雅，与物无竞，难进易退，世尤高之"①。

（4）何亮功。字次德，号辨斋，顺治丁酉举人，官古田知县。有《长安道集》。

（5）何采。字敬舆，号醒斋，如宠孙，顺治己丑进士，官侍读。有《让村集》。

**（五）麻溪吴氏**

桐城吴姓是大姓，元代由婺源迁居桐城东乡，分麻溪、高甸、马埠山三支。始迁祖吴恩光，又名太一，系唐左台御史吴少微九传后裔，于宋末自休宁长丰避兵迁入桐城东乡钱桥麻溪河边，后世称麻溪吴。

（1）吴一介（？—1576）。字符石，号菲庵，嘉靖三十五年（1556）进士，官至河南布政使。《江南通志》云："桐故无城，一介与盛汝谦倡议以建，桐人立祠祀之。"②

（2）吴应宾（1565—1634）。一介四子，字尚之，一字客卿，号观我，明万历十四年（1586）进士，授翰林院编修，后以目疾告归，隐居浮山，号三一居士，法号广瀹。天启中，以同里左光斗、方大任推荐，诏加左春坊左谕德，兼翰林院侍读。著有《宗一圣论》10篇，《大学释论》5卷，《中庸释论》12卷，《性善解》1卷，《悟真篇》、《方外游》、《采真稿》、《学易斋集》各若干卷。

（3）吴应琦。字景韩，号玉华，万历三十二年（1604）进士，官南大理寺卿。享年八十二岁。

（4）吴用先。字体中，号本如，万历二十年（1592）进士，官至兵部尚书、蓟辽总督。著有《周易筏语》、《寒玉山房集》等。

---

① （清）张廷玉等撰：《明史》，中华书局1974年版。
② （清）于成龙等撰：《江南通志》，上海古籍出版社1987年版。

（5）吴道凝，应宾子。字子远，号虚来。顺治四年（1647）进士。初任山东长清知县，改任浙江奉化知县，以书法闻名。著有《大指斋集》12卷。

（6）吴道新（1602—1683），应宠长子。字汤日，号无斋，晚自称旧山隐者，或称函云头陀。天启七年（1627）举人，荐国子监助教，转工部主事。明亡逃回故里，隐居白云岩。著有《纪宦》、《纪游》、《纪难》、《潜德居诗集》50卷，修《浮山志》10卷。

（7）吴道约。字博之，号亚侯，一介孙，崇祯间诸生，有《大安山房集》。《桐旧集》卷十二"吴道约"条云："先生诗笔力沉劲，镕铸富有，使当弇州之时，见之定当列入前后五子中，惜尔时乡井之外罕有知者。"①

（8）吴德操（1612—1653）。字鉴在，号凫客，诸生，明末历官大理寺丞。著有《北征草》、《过江集》等。

（9）吴坤元（1600—1679）。道谦女，字璞玉，一字至士，潘金芝妻，潘江母。孀居二十余年。幼从叔祖应宾读书，诗与同县女诗人方维仪、章有湘并称。著有《添愁集》、《松声阁文集》1卷，《松声阁集》2卷、《二集》2卷、《三集》2卷、《续集》1卷。

（10）吴贻诚（1724—1772）。隆鹭长子，字荃石，号竹心，由保举官新河知县。著有《竹心诗草》、《静者居诗集》等。

（11）吴贻咏（1734—1805）。隆鹭次子，字惠连，号种芝。乾隆五十八年（1793）会试第一。初授翰林院庶吉士，改刑部主事，不久迁吏部主事，卒于官。著有《芸晖馆诗文集》。

（12）吴赓枚。贻咏长子，字敦虞，号春麓，嘉庆四年（1799）进士。由庶吉士改任主事，升监察御史。著有《惜阴书屋诗钞》。

---

① （清）徐璈辑：《桐旧集》，民国十六年影印原刻本。

### (六)高甸吴氏

元朝末年,高甸吴氏一世祖吴泰一为了逃避兵乱,携带老母程太君和夫人汪氏,由安徽婺源黄岭花桥(今休宁县溪口镇花桥村)迁来桐城南乡峡山高甸。泰一生七评、八评,后分为保庆和荣华两股。

(1)吴直。字生甫,号景梁,乾隆丙辰举人,刘大櫆之师。著有《井迁诗集》。

(2)吴子云。字霞蒸,号五崖,顺治乙未进士,官户部郎中、河南提学道。

(3)吴汝纶(1840—1903)。字挚甫,同治四年进士。曾先后任曾国藩、李鸿章幕僚及深州、冀州知州,长期主讲莲池书院,晚年被任命为京师大学堂总教习,并创办了名校桐城中学。是桐城派后期代表人物之一,与张裕钊、黎庶昌、薛福成并称"曾门四大弟子"。

(4)吴芝瑛(1862—1933)。字紫英,别号万柳夫人,吴汝纶侄女。幼承家学,有诗、文、书三绝之誉。秋瑾牺牲后,与徐自华等为秋瑾收殓营葬于杭州西泠桥堍,亲书墓表,勒石竖碑,愤笔写了《秋女士传》,并作《记秋女侠遗事》。

(5)吴樾(1878—1905)。字孟侠,又字梦霞。光复会会员,光绪二十八年(1902)就学保定高等师范。五大臣出洋考察宪政,他深恨清政府预备立宪骗局,在北京车站谋炸出洋五大臣,事败,壮烈牺牲。

### (七)陈洲刘氏

桐城刘姓至少有三支。一支称姥山刘,比较有名的是刘胤昌、刘允升、刘鸿都、刘鸿仪。一支是麻山刘,比较有名的是刘莹、刘元勋、刘开。陈洲刘氏是高祖长子齐王刘肥的后代,始迁祖伯二是高祖五十世孙,唐隆德公之后,生于南宋淳祐二年(1242),于南宋德祐元年(1275)从贵池黄龙叽迁桐城陈家洲。《桐城陈洲刘氏家谱》旧序云:"池州之慕善,世居之五代,黄龙之离,刘伯二公始渡江,徙居于桐城之陈洲。"①

(1)刘廷学(1633—1708)。字习贤,号南胡。少奋神武有功,先授营千总,升江西饶州府守备,历任广信府都督,钦加协镇衔,诰赠怀远将军,轻车都尉。

(2)刘琢。字五珠,号鲁堂,诸生。从师族兄刘大櫆,受其古文法影响最深,诗古文词皆有法度。著有《鲁堂诗集》。

(3)刘大宾。字奉之,号螺峰,清雍正十三年(1735)举人。授山西徐沟知县,后调任贵州普定知县。为官清廉,为人所敬仰,甚有时誉。

(4)刘新发。字青鲁,号藜轩。清乾隆间贡生,与刘大櫆系同窗好友。著有《藜轩文集》。

(5)刘大櫆(1698—1779)。字才甫,一字耕南,号海峰,雍正己酉壬子副贡生,官黟县教谕,为"桐城派三祖"之一。《清史稿·卷四百八十五·列传二百七十二·文苑二·刘大櫆传》云:"刘大櫆,字才甫,一字耕南,桐城人。曾祖日耀,明末官歙县训导,乡里仰其高节。其后累世皆为诸生,至大櫆益有名。始年二十余入京师,时方苞负海内重望,后生以文谒者不轻许与,独奇赏大櫆。雍正中,两登副榜,竟不获举。乾隆元年,苞荐应词科,大学士张廷玉黜落之,已而悔。十五年,特以经学荐,复不录。久之,选黟县教谕,数年告归。居枞阳江上不复出,年八十三,卒……大櫆修干美髯,能引拳入口。纵声读古诗文,聆其音节,皆神会理解。桐城自方苞为古文之学,同时有戴名世、胡宗绪。名世被祸,宗绪博学,名不甚显。大櫆虽游苞门,传其义法,而才调独出,著《海峰诗文集》。姚鼐继起,其学说盛行于时,尤推服大櫆。世遂称曰'方刘姚'。"②著有《海峰先生文集》十卷、《海峰先生诗集》六

---

① (清)刘楷模等修:《桐城陈洲刘氏暄公支谱》,民国七年(1918)木活字本。
② (清)赵尔巽等撰:《清史稿》,中华书局1976年版。

卷、《古文约选》四十八卷、《历朝诗约选》九十三卷、《论文偶记》一卷，纂修《歙县志》二十卷。

### (八) 仓前戴氏

戴氏于明洪武初由婺源迁桐城东郭之仓前。戴名世所撰《戴氏宗谱序》云："吾戴氏系出微子，为神明之胄，支裔最为蕃昌，蔓延于天下而莫盛于新安。吾桐之戴迁自新安，已三百余年于今。"①戴名世之嗣子戴梦沧《仓前墓记》云："戴氏始迁居东郭之仓前，遂相沿曰仓前戴。仓前者，合族发祥之始基也。自二世祖仕谦开葬于兹，三世祖祯公及四世祖子璋，并子琼、子瓒、子珉、子锪，五世祖文杰、文清诸公俱葬于兹。"②

(1) 戴震(1596—1670)。字东鲜，号盂庵，万历中诸生。授经定远，国变后，隐居龙眠山之似古山房。著有《四书五经解》35卷。

(2) 戴硕(1633—1680)。字孔曼，别字霜崖，又号茶道人，诸生。著有《小园吟草》。

(3) 戴名世(1653—1713)。硕长子，字田有、田友，一字褐夫、褐甫，号药身，又号忧庵，人称南山先生，晚自号栲栳。《南山集》案发，被腰斩。著有《四书大全》16卷、《南山集》24卷、《孑遗集》14卷、《易经阐要》6卷、《书经补遗》6卷、《烈女传》20卷、《田有时文》初、二、三、四集28卷、《忧庵集》等。

### (九) 苍基孙氏

元至顺末，苍基孙氏始祖福一公自泰兴县(古属扬州)顺德乡迁桐城东廓之苍基墩。

(1) 孙颐。鼎祚长子，字仪之，号艾庵。崇祯间岁贡生，官浙江仙居知县。

---

① (清)戴名世著，王树民编校：《戴名世集》，中华书局1986年版，第47页。
② (清)戴氏家族修纂：《桐城戴氏宗谱》，民国十一年(1922)敬胜堂重修本，第9页。

（2）孙晋。鼎祚次子，字明卿，号鲁山。天启五年（1625）进士，授河南南乐知县，调滑县，升工部给事中。以疏劾大学士温体仁被谪，后升大理寺卿。因疾归休，享年六十八岁。著有《黄山》、《庐山》、《曹溪》、《南岳》诸集。

（3）孙临（1610—1646）。鼎祚三子。字克咸，号武公，贡生。唐王时监杨文骢军，殉难闽中。著有《肄雅堂诗选》10卷。

（4）孙中麟。晋长子，字振公，号甲符，顺治十二年（1655）进士。九岁能文，十三岁为秀才，崇祯时以神童荐。著有《过江集》、《昙阁集》、《笔花集》等。

（5）孙中象。晋三子，字易公，号莲溪。顺治十一年（1654）举人，工诗赋，尝遨游塞上，多感遇不平之作。著有《栖月堂诗集》、《越游草》等。

（6）孙中夔。晋四子，字卧公。避乱南京，补诸生。享年六十八岁，学者私谥"孝节先生"。著有《江越》、《楚粤》等集。

（7）孙元衡。字湘南，贡生，康熙间官东昌知府。著有《赤嵌集》、《片石园诗》等。

（8）孙建勋。临曾孙，字介酬，号邵山。康熙戊戌武进士、御前侍卫，署陕西兴汉镇总兵。著有《骁骑集》。

（9）孙起岨。字孚如，号岌之，颜之子。嘉庆六年（1801）进士，官苏州府教授。穷研经学，考据精核，喜藏书，自勘校。著有《榷经斋札记》、《车笛草堂诗钞》等。

**（十）木山潘氏**

《木山潘氏宗谱》记载："有明之初，自鄱阳湖瓦屑坝来，止桐之木头山，爱其土风淳朴，始家焉者，则荣一公昆弟也。"[1]代表人物有潘江、潘映娄、潘赞化、潘淇、潘学固等。

---

[1]　（民国）潘承勋等修：《桐城木山潘氏宗谱》，民国十七年（1928）德经堂木刻活字印本。

（1）潘映娄。字次鲁，潘汝桢子。明崇祯十二年（1639）特准贡生。初授浙江台州推官，清顺治三年（1646）任杭州盐法道，翌年，升福建福宁道、按察副使。

（2）潘江。初名大璋，字蜀藻，别号耐翁，康熙间诸生，以世居桐城木山之崖，又号木崖。少孤，母吴氏高节博学，著有《松声阁集》。康熙十八年（1679）举鸿博，以母老辞，两征遗逸皆不就，隐居北郭之河墅，年八十四卒。张英题其碑曰"大诗伯河墅先生之墓"。潘江热衷于乡土文献的发掘和整理，采录明清两代五百余名乡贤先辈的诗作，辑成《龙眠风雅》正、续集计92卷。与同里何存斋共同采录明代至清初桐城古文家主要著作，辑成《龙眠古文》24卷，编写《桐城乡贤录》1卷。另著有《木崖诗文集》、《六经蠡测》、《字学析疑》、《诗韵尤雅》、《记事珠》、《古年谱》等共40余种。其著作多数对明亡寄予伤痛，被清廷列为禁书，屡遭查毁，存世极少。民国时，潘江后裔潘田，搜集其佚作，辑成《木崖集二卷附笺二卷》、《木崖考异集二卷附卷末一卷》、《木崖文钞》和《木崖遗文》各1卷。

**（十一）鹞石周氏**

明末，周氏族人正三公由铜陵凤凰山渡江到鹞石山下余家洼定居，形成鹞石周氏。

（1）周岐。字农父，号需庵。明崇祯十七年（1644）以贡生应召入京，授开封府推官，参与陈元倩军务。复以按佥事衔，参与大学士史可法军务，后因病归里。与孙临、方以智、陈子龙、夏允彝、陈弘绪等，组成泽园社和复社。筑土室于龙眠，吟咏终身，学者称土室先生。著有《孝经外传》、《执宜集》、《烬余稿》等。

（2）周芬斗。字汝调，号虚中，又号知还，清雍正十三年（1735）举人。官福建平和知县，因失察台番，降补四川叙州府经历，署马边县丞。著有《波余集》、《入蜀集》、《余庆堂诗文集》等。

（3）周卜政。字时亮，号存斋，乾隆二十六年（1761）进士，曾主讲永平书院。著有古文 10 卷、诗 12 卷、《〈三礼〉会通》、《〈左传〉详著》、《史断》、《〈四书〉、〈周易〉讲义》等。

**（十二）项河叶氏**

桐城叶姓有峡山、陶冲、枞阳镇、项家河 4 支，以项家河一支最盛。"项家河叶"祖籍江西婺源，明永乐年间迁居桐城。

（1）叶灿。字以冲，明万历四十一年（1613）进士，官至礼部尚书，谥文庄。著有《天柱》、《南中》、《庑下》等集。

（2）叶棠。字汉池，号松亭。潜心天文、舆图、算数，道光年间，应魏源之聘修《海国图志》，与欧洲人士讨论科学，闻见益广。又作《浑天恒星赤道全图》、《天然一术图说》刊行。另著《数理阐微》、《勾股论》、《经解》等。

（3）叶球。字叔华，清道光二十年（1840）进士，由庶吉士改主事，再迁兵部郎中，出任江西南安知府。

### 三、明清时期桐城望族诗歌的繁荣

明清桐城学术、文学、教育、艺术、金石、医学、科学等都取得了非常高的成就。在学术领域，有著名的桐城方氏学派。方氏学派的始祖是明代中叶的方学渐，有《易蠡》、《心学宗》、《迩训》等著作，其后家学传承不衰。其子方大镇著《易意》、《诗意》、《礼意》若干卷，其孙方孔炤著有《周易时论》、《尚书世论》、《诗经永论》、《春秋窃论》等作，其曾孙方以智"凡天人、礼乐、律数、声音、文字、书画、医药，下逮琴剑、技勇，无不析其旨趣。著书数十万言，名流海外"①。在书画领域，桐城与新安、宣城、姑熟三画派并称安徽四大画派，据《墨林今语》、《历代画家汇传》、《中国画家大辞典》载：桐城书画家有刘鸿仪、方孟式、方维仪、方以智、姚文燮、张度、吴廷康、姚元之、张似谊、张若霭、张若澄、张乃轩、龙汝言、阐岚、姚康之、张祖翼、胡璋、胡

---

① （清）马其昶著，毛伯舟点注：《桐城耆旧传》，黄山书社 1990 年版，第 208 页。

琪、胡直、陈鼎、陈度等数十人，均为桐城画派代表人物。在教育领域，明清两代，桐城县内私塾遍布，教师颇受尊重，文人从教者多。许多著名学者如何唐、方学渐、潘江、方苞、戴名世、刘大櫆、姚鼐、王灼、方东树、姚莹、吴妆纶、姚永朴等，他们或建馆授徒，或主讲书院，为桐城教育作出了很大贡献。另外，在医学、金石、科学等其他领域，桐城文人莫不取得了引人瞩目的成就。

桐城人文蔚起，在文学领域最引人瞩目的莫过桐城派。桐城古文在清代文坛独领风骚，成就有目共睹。方东树《刘悌堂诗集序》云："桐城人文最盛，故常列为列郡冠。是故自明及我朝之兴，至今日五百年间，成学治古文者综千百计，而未有止极。为之者众，则讲之益精，造之愈深，则传之愈远，于尤之中又等其尤者，于是则有望溪方氏、海峰刘氏、惜抱姚氏三先生出，日久论定，海内翕然宗之。"[1]曾国藩《欧阳生文集序》曰："姚先生治其术益精。历城周永年书昌为之语曰：'天下之文章，其在桐城乎？'由是学者多归向桐城，号桐城派。"[2]薛福成《寄龛文存序》云："自淮以南，上沂长江，西至洞庭，沅澧之交，东尽会稽，南路服岭，言古文者曲宗桐城。"[3]陈石遗《赠桐城姚叔节序》曰："人不必桐城，文章则不能外于桐城。"[4]作为清代最著名的散文流派，桐城派统领清代文坛 200 余年。其中，戴名世、方苞、刘大櫆、姚鼐被尊为桐城派"四祖"，师事、私淑或膺服他们的作家，遍及全国。

除了古文之外，桐城诗歌成就也非常突出。姚莹《桐旧集》序云："国朝持论之善，足惬天下大公者，前有新城尚书，后有吾从祖惜抱先生，庶其允乎。归愚沈氏所得本浅，论诗谨存面貌而神味茫如。其当乎

① （清）方东树：《仪卫轩文集》，同治七年刻本。

② 黄霖、蒋凡：《新编中国历代文论选·晚清卷》，上海教育出版社 2008 年版，第 42 页。

③ （清）薛福成著，丁凤麟、王欣之编：《薛福成选集》，上海人民出版社 1987 年版，第 239 页。

④ （清）吴芹编辑：《近代名人文选》，广益书局 1937 年版，第 56 页。

人心之大公者，盖寡矣。然此通一代或数代言之，非一都一邑之作也，至一都一邑之作，近世钞刻尤多囿于方隅，往往又滋诟病。吾桐城则不然，窃尝论之，自齐蓉川廉访以诗著有明中叶，钱田间振于晚季，自是作者如林，是以康熙中潘木崖有龙眠诗之选，犹未极其盛也。海峰出而大振，惜翁起而继之，然后诗道大昌，盖汉魏六朝三唐两宋以及元明诸大家之美无一不备矣。海内诸贤谓古文之道在桐城，岂知诗亦有然哉？"①姚莹之论虽有推尊乡邑诗学的成分，但是他通过桐城诗学史的梳理，证明桐城诗学的巨大成就，绝不只是乡曲之私。如同古文一样，桐城诗学得到了许多文人的肯定，程秉钊曰："论诗转贵桐城派，比似文章孰重轻。"②（《国朝名人集题词》）梅曾亮云："是时文派多，独契桐城诗。"③（《书示张生端甫》）钱锺书先生亦提出"桐城亦有诗派"④之说。事实上，桐城诗歌也的确取得了非常高的成就，作品多、名家辈出。清代陈诗编《皖雅初集》，选有清一代皖地诗歌，其中选桐城诗人328名，作品664首，为全省之冠。

明清桐城诗学之盛，首先在于桐城诗风之盛。桐城诗人之影响可以追溯到唐代诗人曹松，其后直至明中叶，都没有出现影响较大的诗人。自从明中叶齐之鸾以诗名家，其后桐城诗脉大开，上自朝廷大员，下至普通文士乃至闺阁女子无不追慕风雅、不废吟咏。如戴名世父子"盖其平生无他嗜好，独好诗，一日往往得数章"⑤者不在少数。所谓"风花雪月多时赋，群怨兴观有近诗"⑥。所以"江淮之间，士之好为诗者莫多于

---

① （清）徐璈辑：《桐旧集》，民国十六年影印原刻本。
② 郭绍虞，钱仲联等编：《万首论诗绝句》，人民文学出版社1991年版，第1574页。
③ （清）徐世昌辑：《晚晴簃诗汇》，中国书店1988年版，第5598页。
④ 钱锺书：《谈艺录》，中华书局1984年版，第145页。
⑤ （清）戴名世著，王树民编校：《戴名世集》，中华书局1986年版，第32页。
⑥ 徐庶、叶濒编著：《桐城民俗风情》，黄山书社2002年版，第167页。

桐"①，"其以诗古文词闻于艺苑者尤多"②。

明清时期，桐城诗人众多，《桐旧集》选录了自明初迄清道光庚子近五百年桐城籍1200余人的诗作，其中诗人有专集的有600余家。据《桐城名媛诗钞》，女诗人也有近百家之多。诗人的总体数量肯定还远远不止这些。桐城诗人不但数量多，而且名家辈出，后先继踵，续写了明清桐城诗歌的辉煌。明代初期，方法、方向、姚旭等诗人，开有明一代桐城诗风之先。到明代中叶，齐之鸾，其诗"情思果力"，"选语出人意表"，成为桐城明代以诗名家第一人。之后方学渐、方大铉、方孔炤、左光斗、马孟祯、何如宠、吴应宾等，将桐城诗学进一步发扬光大。桐城诗歌到明末清初成蔚为大观之势，出现了许多在全国享有盛名的诗人，如男性诗人钱澄之、方文、方以智、方拱乾、方授、姚康、潘江、吴道新、陈焯、方贞观、方世举、马朴臣、马湘灵，女性诗人方孟式、方维则、方维仪等。到清代，桐城诗学继续发展，至刘大櫆、姚鼐，形成了所谓"桐城诗派"。刘大櫆弟子王灼、朱雅、张敏求、陈家勉、倪司诚，姚鼐弟子刘开、姚莹、方东树等皆以诗著名。其后，吴汝纶、姚永朴、方守彝等也取得了较大成就。从明中叶到清末，桐城诗名家辈出，不可尽数。值得注意的是，这些诗家基本上出自于桐城望族，由此可见桐城望族诗学的繁盛。

## 第二节　明清桐城望族诗歌文献考证

桐城诗家众多，诗作浩繁。不仅著名的诗人有多种诗集行世，就是那些不以诗名的普通官员、一般文士以及喜欢吟咏的大家闺秀亦多有诗

---

① （清）戴名世著，王树民编校：《戴名世集》，中华书局1986年版，第32页。
② （清）廖大闻等修：《（道光）续修桐城县志》，江苏古籍出版社1998年版，第12页。

集，有的多达数十卷，篇至数千首乃至上万首。潘江云："昔邑治迁徙靡常，宋元以前，湮没莫考，断自洪永，渐有闻人，方断事法踵汨罗之躅，姚泰知旭流渤海之膏，狎主吟坛，允推鼻祖，嗣是家握灵蛇，人裁绣虎，莫不咀汉魏之芬苾，鼓六代之笙簧。但敝邑僻处山陬，陲简阔绝，而先正鸿儒著书满家又皆耻钓浮名，只用自悦坐是流传益尠，全集罕闻。"①（《龙眠风雅·凡例》）。可惜年代久远，又屡遭兵火，多数散毁。但是就今存之诗歌文献来看，已是大为可观。如《龙眠风雅》64 卷，《龙眠风雅续集》27 卷末一卷，《桐旧集》42 卷，《桐城马氏诗钞》70 卷，《桐城方氏诗辑》67 卷附 11 卷。值得注意的是，桐城著名诗人大多出自望族，所以流传下来的文献最多。

桐城文人不但勤力于撰述，也特别重视文献资料的整理和保存，他们刊刻别集和总集，并且对家族文献的整理和保存不遗余力，是名副其实的文献之邦。就诗歌文献来说，既有汇集一邦的《龙眠风雅》、《桐旧集》、《枞阳诗选》、《桐山名媛诗钞》等地域诗歌总集，也有《桐城方氏诗辑》、《桐城马氏诗钞》、《桐城姚氏诗钞》等家族诗歌总集。

## 一、地域诗歌总集与明清桐城望族诗歌

许多桐城文人致力于保存诗歌文献，热衷刊刻地域性诗集。徐璈《桐旧集引》："国初以来，搜辑遗逸，编录韵章，若钱田间、姚羹湖、潘蜀藻、王悔生诸先生诗传、诗选、龙眠诗、枞阳诗之类皆为总集佳本。"②此处列举的诗歌总集为钱澄之《诗传》、姚文燮《诗选》、潘江《龙眠风雅》与王灼《枞阳诗选》。除此而外，存目者还有姚觐阊编《桐城诗萃》，戴钧衡、文汉光编《古桐乡诗选》等。可惜的是，大多总集已如徐璈所言"或未经锓梓，或已镂板而渐就毁蚀"。

---

① （清）潘江辑：《龙眠风雅》，康熙十七年潘氏石经斋刻本。
② （清）徐璈辑：《桐旧集》，民国十六年影印原刻本。

### (一)《龙眠风雅》

《龙眠风雅》64卷，《龙眠风雅续集》27卷末1卷，潘江辑。潘江，初名大璋，字蜀藻，别号耐翁，以世居桐城木山之崖，又号木崖。少孤，母吴氏高节博学，著有《松声阁集》。康熙十八年(1679)举鸿博，以母老辞，两征遗逸皆不就，隐居北郭之河墅，年八十四卒。张文端公题其碑曰"大诗伯河墅先生之墓"。编著有《龙眠风雅》、《桐城乡贤集》、《木崖诗文集》等。《江南通志》有传。

1. 编纂过程及流传情况

《龙眠风雅》64卷，《四库禁毁书丛刊》收录北京图书馆藏清康熙十七年(1678)潘氏石经斋刻本。关于是集编纂过程，潘氏《龙眠风雅·凡例》云："予于戊子秋曾与方子子留(授)有志兹选，网络放失，猎秘搜遗，已刻未刻约得六十余种……庚子、辛丑之间，钱子饮光、姚子经三慨然共事，乃尽发夙藏，倾筐倒庋，而沮于异议，未观厥成。予用是不揣浅陋，殚力搜求，久历岁时，捃摭较夥。因自念竭半生之力，阅三纪之勤，用意良劬，填咽箧衍，委实可惜。谬呼将伯助我毕工，今幸藉手告成，予虽身职仡佬，而方钱姚三子权舆兹集，表彰往哲，实归首庸，予岂敢贪为己功乎？……是集肇举经始于亡友子留，息壤犹温，玉楼忽赋，今书成而宰木且拱矣。至友人方子尔止(文)、杨子古度(臣诤)、方子选青(儿)、邓子颠崖(森广)、陈子子垣(垣)、祝子山如(祺)、左子子兼(国斌)、方子象山(兆弼)、倪子男荫(士棠)、齐子古愚(邦直)、李子仲山(延寿)、方子井公(孝思)、齐子念修(绳祖)、左子夏子(国鼎)、马子一公(敬思)、永公(孝思)皆曾目击收辑，各出家笥，广为搜罗，想与昕夕扬搉者也。"从这段话可知，《龙眠风雅》之编纂系方授与潘江首先提出，钱澄之、姚文燮慨然相助，然后由潘氏多方搜求，通过方文等人的帮助，自清顺治戊子秋(1648)至康熙十七年(1678)完成并刊刻64卷(收录乡贤396人诗作)。

《龙眠风雅续集》27 卷末 1 卷，《四库禁毁书丛刊》收录北京图书馆藏清康熙二十九年(1690)自刻本。续集末 1 卷为潘江的诗集，由萧山毛甡(大可)、泾阳李念慈甡(屺瞻)、宁都曾灿(青藜)、吴江顾有孝(茂伦)选定。“然木崖之为此选，自惟崦嵫颓景，无能再图续举，因自摭其前后诸集附录于诸诗人之后，以待继起之删定，其用意良苦，善乎!”(《龙眠风雅续集》张英序)前集和续集刊刻相差十余年。《龙眠风雅》的编定及刊刻，潘江可谓殚精竭虑，方孝标《与潘木崖书》云：“又和闻足下搜求甚苦，至踵门再四，不异私求割薄田之入，独力程工，此岂非仁人学者斯文自任之道乎?”(《龙眠风雅续集》开篇录方孝标此文)。饶是如此，还是引来许多訾议：“友人尝语予云‘曩所录诗，东乡如青山黄华间，多失实，其乡人宗人皆振振有辞’。”为此潘氏为自己辩护曰：“惟就诗选诗，不肯以父母之邦等诸秦越之视。间有字句欠稳，声韵乏调者，潜为刊饰，刮垢磨光以成合作，区区善善长之厚道，若见美而嫉，闻人之善而疑，非仆所敢出也。”(《龙眠风雅续集》例言)张英也为其鸣不平云：“姑无论其它，即如风雅之役，尝鬻产质田，为人父祖谋不朽之业，其苗裔非惟不知感激且有起而议其后者，予诚不知其为何心也!”(《龙眠风雅续集》张英序)。

由于编刻之困难，《龙眠风雅》付梓之后，潘江本已无心再编辑续集。《龙眠风雅续集·例言》曰：“风雅一书，予不揣畚负，谬事纂辑，成于戊午之春，颇为四方词人所购赏。自惟数十年搜采之功，不忍隳弃，心力已殚，戊午以后诗篇，俟诸异时作者，仆华颠白纷，矢不再任劳怨。会是年大司寇姚端恪公薨于燕邸，嗣子注若(士塈)辈既编排其全集，属予为序，板以行世。又摘其诗卷，求入风雅续集，固辞不获，故是集卷首仅以端恪公弁冕于前，未遑多及，徐待继起操选家广事攟摭。越七年丙寅，注若之长子崇修(孔钦)趋庭京兆，亦记瑶宫崇修，予仲弟子厚之外孙也。注若又邮其诗稿，贻书諈诿，予虽不忍辞，犹逡巡未果。寻以予告归，瀚谆肯者再不得已，遍征戊午后新逝诸公雅什，汇成矩观。然则是集之举实权舆于注若，子孝父慈，后先推挽，予特藉手以告成事耳。"（《龙眠风雅续集》例言）《龙眠风雅续集》之编辑，多是因为外界的推力，因为"年逾古稀，老病颓废"，所以"是集成于仓促。再易暑寒，深惧一手足之力不克遍阅幽潜，犹多里漏，此三四集之役恐儿孙未能负荷，以俟后起有志之士"（《龙眠风雅续集》例言）。从续集之编辑来看，的确较为仓促，所选诗人诗篇数目没有标明，所选诗篇没有前集精严。潘江曰："前集之刻，实赖姚端恪公龙怀程太常公立庵，轸念桑梓文献散佚多年，慨然捐资首倡，共节俸入襄梓，仆始敢任事开局……是集肇举，即遍告亲知，选额羸诎，视贤裔输资之饶俭为率，间有名篇偬伙不获尽登，非仆之过也。"（《龙眠风雅续集》例言）

　　续集刊刻于康熙二十九年（1690），共二十七卷，收录155人诗作，从前集到续集，前后共历时三十余年。从所选作品的时间来看，前集本来定义为《明诗选》，后来由于钱澄之、姚文燮的介入，才采及清代之作品，但是只是选少量顺、康（初年）亡故遗老作品，限于康熙十七年（1678）之前。《龙眠风雅·凡例》云："曩与方子子留首倡斯举，颜曰《龙眠明诗选》，仅掇前代，不列今朝。钱、姚二子又广综已逝，采及时流，良以人亡论定，阐幽发潜，无岐古今耳。"而续集收录的是"戊午（1678）后新逝诸公雅什"。所以两集之选，前集时间跨度大，跨有明一代，所选诗人多，作品多，作者用功较深。而后集之选，所选诗人去世之跨度只有十余年，就比例来看，诗人、作品也不为少，只是由于选定较为仓促，不如前集精严。但是合两集之选，可窥知桐城从明初到清初诗坛之概况。

　　《龙眠风雅》刊刻之后，"颇为四方词人所购赏"，说明其在当时产生了较大影响。但是到乾隆年间编写《四库全书》时，该书遭到禁毁。考其原因，一是受康熙五十年（1711）因左御史赵申乔奏参的"桐城方戴两家书案"(即"《南山集》案")的牵连。①"《南山集》案"主角戴名世和因此而坐罪的方孝标与潘江关系密切。戴氏乃潘江学生,马其昶曰:"戴编修名世初未知名,先生奇其才,悉发藏书资之,卒传其学。"②而方孝标是潘江好友,方孝标被连坐是因为其著作《滇黔纪闻》中载南明桂王史事用永历年号,《南山集》多所采用。康熙帝对之非常痛恨,对已死之孝标,掘墓戮尸,锉骨扬灰,方氏家族坐死及被流放者非常多。《龙眠风雅》开篇录方孝标《与潘木崖书》,并选录了其家族方拱乾、方登峰、方亨咸等人的大量作品,《四库全书》馆臣对这样敏感的问题自然不会坐视不理。二是该书浓郁的遗民情结。潘江在明朝灭亡后,没有出仕,甘做遗老,"康熙十八年举鸿博,以母老辞。后,两征遗逸皆不就"③。他与桐城著名遗民钱澄之、方文、方以智、方授等关系密切,《龙眠风雅》选录了这些遗民诗人的作品,展示了浓郁的遗民情怀,诚如方孝标云:"若夫首以先断事之忠贞,终以家密之之苦节,于衰宗先后能诗者网络略尽,而以先君子与先兄环青、亡弟子留各为一全卷,且云此家国之光,不徒桂林之盛,此又仆辈之承休席宠,籍籍以光昭来兹,岂独一时感辑已哉。"(方孝标《与潘木崖书》)选诗时,突出方氏家族之忠孝节义,这样的隐衷当然也被清廷统治者所忌,禁毁也是理所当然了。被禁毁后,《龙眠风雅》长期处于几乎湮没的状态。道光年间,徐璈编明清桐城合邑诗选《桐旧集》,他在《桐旧集引》中言及《龙眠风雅》:"国初以来,搜辑遗逸,编录韵章,若钱田间、姚羹湖、潘蜀藻、王悔生诸先生诗传、诗选、龙眠诗、枞阳诗之类,皆为总集佳本,第其书或未经锓梓,或已镂板而渐就毁蚀。"(徐璈序)《龙眠风雅》已经付梓,

---

① 参见全祖望《江浙两大狱记》(《鲒埼亭集》外编卷二十二)、无名氏《记桐城方戴两家书案》(《古学汇刊》第一集)。

② (清)马其昶著,毛伯舟点注:《桐城耆旧传》,黄山书社1990年版,第269页。

③ (清)马其昶著,毛伯舟点注:《桐城耆旧传》,黄山书社1990年版,第269页。

应该是"镂板而渐就毁蚀"一类，其侄徐寅、徐裕说其"（徐璈）广为征采，合潘本而并选之"（徐寅、徐裕跋）。《桐旧集引》还提到桐邑选本"无从得观"的情况："至选本如钱田间先生诗选、方盦山先生四十家诗、姚羹湖先生诗传、马湘灵先生诗钞，遍访无从得观，可胜浩叹。"这里并没有提到《龙眠风雅》，并且，《桐旧集》中诗人小传直接明示引用《龙眠风雅》也有多处，可见徐璈应该见到了《龙眠风雅》，并且多所引用。但就其所叙述的情况来看，可能看到的是残编。比较令人费解的是作为编纂者之一的马树华《桐旧集序》称"潘氏选本，已不复存"，其所编《桐城马氏诗钞》早于《桐旧集》，但诗人小传却有引自《龙眠风雅小传》；其侄孙马其昶作《桐城耆旧传》，广泛搜集桐城资料，但是也没有见到《龙眠风雅》，他说："先生（指潘江）辑《龙眠风雅》六十八卷，续二十八卷，《桐城乡贤实录》一卷，《木崖诗文集》五十余卷，续集十五卷，又《六经蠡测》、《字学析疑》、《诗韵尤雅》、《记事珠》均佚。"①可能他们看到的是残本。刻于道光元年（1821）的《桐城方氏诗辑》编者方于谷称："是辑除搜家乘外，其录自潘木崖《龙眠风雅》、沈归愚《别裁集》为多。"（《桐城方氏诗辑·凡例》）从其所选诗歌来看，可能见到了全本。民国时期，光云锦《景印桐旧集识语》中认为《龙眠风雅》"久伤残佚"。可见从被禁毁一直到民国时期较长的一段时间内，桐城文人大部分未见《龙眠风雅》全貌。

2. 编辑宗旨、体例及特征

关于此集的编选目的，潘江初因钱谦益《列朝诗集小传》"龙眠诗登载寥寥"，意欲张扬乡邑诗学。吴道新、汤日父序曰："吾桐先哲诗比于唐有三盛，以洪永宣成四朝为初，弘正嘉隆万五朝为中，启祯两朝为晚。亦不乏篋中搜玉辉映梨枣而矜慎自娱如扁鹊之兄，誉不越乎闾里，是以蜚声寰宇者尟，犹之湮没而无所表著者耳……潘子又曰：'虞山列

---

① （清）马其昶著，毛伯舟点注：《桐城耆旧传》，黄山书社1990年版，第269~270页。

朝选龙眠诗，登载寥寥，由吾乡前辈率尚闲修，流布稀少。'"（吴道新、汤日父序）选集还特意表彰了女性诗学，《龙眠风雅·凡例》云："龙眠彤管之盛，倡自绋兰（张夫人方孟式）、清芬（姚节妇方维仪）……而节妇《宫闱诗史》一书，匹明风烈录，正掖裒，尤裨风教，嗣是玉台香奁，平分鼓吹。吾母《松声阁集》实称鼎立，又有茂松（吴节妇方维仪）、澄心（孙夫人章有湘）、蕙绸（方节妇姚凤仪）诸女宗分路扬镳，云笺赓唱，大约夜半悲鸣，伤黄鹄之早寡；故人恩重，感孤燕之独归。岂欢愉之辞难工，愁苦之言易好乎？若夫环珠（何孺人吴令则）、棣倩（方夫人吴令仪），咸琢词章；纕芷（姚夫人左如芬）、缄秋（张孺人姚宛）并工藻翰。可谓钟礼郝法，嗣京陵东海之散；谢遏张玄，逊林下闺房之誉，笄帏女士，何减词人？然而内行肃雍，母仪贞顺。笔沾花露，皆琎金虹璧之吟；墨蘸香脂，鲜治叶条之奏，则有闺阁铮铮雅音，与高行并传矣。"因重在表彰，所以选择相对宽泛，但却招致了他人"不无溢滥"的批评。对此，潘江辩白道："兹集所登，务期全体……是集成，或谯予不无溢滥。退有后言，不知三百余年，吾乡诗人从未汇成合集用备大观，当兹标榜之始，征文不得不宽，取人不得不恕。异时宗工硕彦采风下里，庶不患裁择无资，苟存什一于千百，良为厚幸。夫十步之间，必有香草，百里之邑，岂乏风人。况以三百余年之久远，登载者仅三百余人，恶得谓之溢滥乎？古诗三千余篇，宣圣公其重可施于礼义者存三百五篇，然则予兹选即与古风雅比契，亦宣圣未删前之三千余篇，非既删后之三百五篇也。诚欲执化权以进退，词流穷真赝、别妍媸，汰三千为三百，有志删定者任自为之，其何以谯子为？"（《龙眠风雅·凡例》）方孝标对此也很认同："吾乡人文之盛，唐宋以前尚矣。即自明洪永而后，皇皇秩秩，岂亚汉之扶风三辅，唐之博陵陇西。而诸先正生当治世，敦本力行，辄不欲以虚声动海内。……凡选宜严，此选宜宽。盖凡选主规模，此选主表章也……又闻足下搜求甚苦，至踵门再四，不异私求割薄田之入，独力程工，此岂非仁人学者斯文自任之道乎？且仆昔读虞山钱先生所编列朝诗选，体裁颇与足下此书合，但其客气未除，宅心未厚，于索般隐刺之言则详，敷扬盛美则略，门户玄黄之事，则艳称长纪，而和平正大之气往往不足。以视足下此书，传贤贵者既详悉有度，而于隐逸之老、穷约之儒尤加扬诩，访咨遗迹极备，而又皆芟繁辨伪，扢善阐幽，毫无吐茹于其间，仆于此为足下服，且为足下庆矣。"（方孝标《与潘木崖书》）

关于此书的编辑宗旨，《龙眠风雅·凡例》云："第姚曰诗传盛推昔人著作，钱曰诗存严持一已，权衡揆之，鄙衷均不敢出。因思诗首葩经托始风雅，太史公曰国风好色而不淫，小雅怨诽而不乱，摛词之家，取法乎上，风雅二字尽之矣。虽不能至心向往之，亦曰此吾龙眠风雅云尔。"以风雅为宗尚，发扬儒家之诗教，是选诗之宗旨。宋实颖云："于诗选也，上自洪永，下迄本朝，阐潜德之幽光，表喆人之忠孝，俾风雅渊源，直可媲美于卜氏之序毛公之传，岂独为龙眠职志而已哉。"方孝标曰："若夫首以先断事之忠贞，终以家密之之苦节，于衰宗先后能诗者网络略尽，而以先君子与先兄环青、亡弟子留各为一全卷，且云此家国之光，不徒桂林之盛，此又仆辈之承休席宠，籍籍以光昭来兹，岂独一时感辑已哉。"（方孝标《与潘木崖书》）选桂林方氏家族诗，特意突出其忠孝节义。

《龙眠风雅》采用按时间先后分卷系人的体例，潘江云："卷次悉依世代，不敢任意后先，惟以科目起家者，甲乙了然，按籍可考。至于俊民节士，末由编年。然初盛中晚亦在仿佛之间，无甚了绝，其有雁字连章，似窦氏连珠之集；嘤鸣接简，等彭阳唱和之篇，间或触手随编，并无成见。"（《龙眠风雅》凡例）所选诗人，都有小传，《龙眠风雅·凡例》曰："集中所列小传，率采诸国史，副以家乘。庶不致文采斓然。实行蒐据其无所考证，又不以行状来者，卫冕却如，非予过也。"在编选时，尊重原作，尽量不予改变："予于先辈杰构，不敢妄为更弦，惟韵脚欠稳及字义未安者，间效他山。"（《龙眠风雅·凡例》）

3.《龙眠风雅》与桐城望族诗歌

前已述及，潘江编纂《龙眠风雅》，意在张扬乡邑诗学，因此"兹集所登，务期全体"(《龙眠风雅·凡例》)。《龙眠风雅》所选诗人数量较为庞大，正、续集共选了551位诗人的作品。这么多的诗人，很多是出于"以诗存人"的目的。但是诗人在选择时，又并非毫无原则，而是本着"风雅"之宗旨。潘江在选诗时，并没有着力突出家族特征，但是由于桐城望族诗人的强势地位，选集客观上还是展示了桐城望族诗学的繁盛。如果我们把所选诗人诗作按家族标示出来，那么《龙眠风雅》清晰地展示了桐城望族诗学从明初到清初的发展脉络。从所选诗人来看，桐城望族诗人几乎被网罗殆尽；从选诗数量上看，桐城望族诗人的作品也占去绝大部分。以《龙眠风雅》正集为例，我们看一下桐城几大望族的选诗情况，见表1-3。

表1-3

| | |
|---|---|
| 桂林方氏 | 方法(5)方佑(26)方向(34)方见(32)方玺(1)方效(46)方照(1)方学渐(44)方学箕(27)方学记(1)方大美(3)方大镇(18)方学权(1)方大年(1)方大晋(2)方大玮(32)方孟式(42)方大铉(30)方维则(5)方大钦(6)方维仪(80)方大任(106)方孔炤(43)方大阶(13)方拱乾(257)方若沬(45)方象干(2)方元芳(8)方孟图(6)方若素(11)方文(230)方思(30)方授(108)方以智(174)方儿(311)方兆及(55)方兆弼(169)方里(53) |
| 麻溪姚氏 | 姚之骐(4)姚孙棨(3)姚孙榘(38)姚氏宛(22)姚孙棐(174)姚式过(1)姚孙森(63)姚文烈(41)姚文鹿(8)姚文炱(4)姚凤仪(26)姚士垄(15)姚鼎孝(18) |
| 宰相张氏 | 张秉文(27)张秉贞(9)张秉成(10)张秉彝(3)张克佐(1)张秉哲(42)张晓(5)张竑(30) |
| 左氏家族 | 左光斗(106)左光先(3)左国柱(4)左国林(15)左如芬(30)左国斌(52)左国鼎(23)左国昌(15) |
| 马氏 | 马懋勋(2)马之瑛(155)马敬思(162)马孝思(125)马方思(13)马日思(7) |

　　需要说明的是，这几大家族并不是在明代都很兴旺，像张氏、姚氏到清代才逐渐走向繁盛，人才涌现，但由于是明代诗选，所以所选诗人作品不是特别多。即便如此，数量已足够可观，显示出明代桐城望族诗学的兴盛。

### (二)《桐旧集》

　　《桐旧集》42卷，徐璈辑。关于徐璈生平，马其昶《桐城耆旧传》记载："徐公讳璈，字六襄(又做六骧)。其先元至正中由婺源迁桐城，十四世祖讳良佐，当元季以进士至陕西左布政使。父讳之柱，少孤贫，育于外家。既长，辛勤治生，孝友刚介，家人惮焉。长子眉，字六阶，工为文，乡举，早卒；公其季子也，以父母恸伤兄，益自刻厉。嘉庆十九年进士，授主事。以母老，改外补浙江寿昌县。开种山地，兴书院。调山西阳城。蝗大起，民畏蝗以为神，因取食蝗示无畏，民乃敢捕蝗扑灭。修葺文庙，依古制笾豆、琴瑟之属，以乐章协宫商歌焉。居阳城六年，引疾归，民立祠祀之。商歌焉。居阳城六年，引疾归，民立祠祀之。行事率胸臆，不能伺应颜色。喜求民隐，与长官争是非。尝曰'性不随时，才不周务，不堪世用也'。因自号'樗尹'云。历主亳州、徽州书院。自少至老，纂述不辍，人服其精博。著《〈诗经〉广诂》三十卷，《牖景录》六卷，《河防类要》六卷，《黄山纪胜》四卷，《樗亭文集》四卷。又选乡先辈诗为《桐旧集》四十二卷，皆刊行。"①

　　1. 编纂过程及流传情况

　　《桐旧集》是迄今选诗最全的一部桐城诗歌总集，辑录了从明初到清道光庚子(1840)年间，1200余位诗人7700余首诗作。这部诗歌总集对桐城文献的保存意义重大，如光云锦所云："吾乡文献之存，惟此集是赖"②。此集并非只出自徐璈一人之手，马其昶云："布政(指光聪

------

　　①　(清)马其昶著，毛伯舟点注：《桐城耆旧传》，黄山书社1990年版，第384~385页。

　　②　(清)徐璈辑：《桐旧集》，民国十六年影印原刻本。

谐)、阳城(指徐璈)学为通儒，又皆惓惓先辈述作。《桐旧集》刊未半而阳城卒，先通判公(指马树华)续成之，两朝作者诗略备。"①的确，这部集子最后编订完成，经历了许多波折，凝结了许多人的心血。马树华曰："樗亭(指徐璈)方为阳城令，旋寓书来，言桐旧集已有端绪，属为网罗所未备……遂举向所藏弆数十家，悉以寄之。嗣有续获，随时邮致，樗亭乃编订四十二卷。付梓十数卷已用钱六十余万。庚子之冬，言归将谋竣其事，不意献岁遽卒。予亟具启，同人应者殊罕，忽忽又十载矣！今春与姚君石甫语及，辄慷慨倡捐白金，闻者勃焉兴起。而樗亭之甥苏君厚子适馆予家，力任其劳，数月之间，遂刊得数十卷，计日可以竣事。"(马树华序)徐璈之甥苏惇元云："吾舅氏徐樗亭先生……于嘉庆之末始拟选辑合邑之诗，遂随时抄录若干家。道光乙未，待选京师，旅居闲暇，乃征诗选录及。授阳城令，公余丹铅逾数年而成……其批评圈点皆简要而中关键，大家名家选录尤为精当。小家无刻本者或少从宽。奈舅氏自阳城解组归，甫七十日而捐馆，舍兹集所刊仅三之一，家计艰窘，未能续刊，淹滞已及十载。马公实通守为之劝募，筹赀续刻。去岁春，姚石甫廉访归里，慷慨倡捐，邑中多乐助者。内兄徐汝谐汝卿亦请诸前辈为之筹划，通守任总其事。时惇元授徒通守家，想与商定校勘，越岁，余刊始藏事。"(苏惇元序)徐璈之侄徐寅、徐裕说："(徐璈)居恒每当心桐邑掌故，于先辈诗文篇什搜求阐扬，盖三致意焉，往者潘木崖先生选刻龙眠诗，自前明洪武迄本朝康熙间三百余年，为正、续二集，诚善举也。叔父念自康熙迄今道光间又近二百年，作者林立，恐久而散佚，于是广为征采，合潘本而并选之，汇为一编，题曰桐旧集。诗以姓为区别，名字之下系以事实，凡四十二卷，实吾邑文献攸关。惜仅刊刻三分之一。辛丑春，叔父遽捐馆舍事，遂寝息。己酉秋，弟裕归自吴门，每与寅商榷思续成其事。弟昆亦邮书问询。明年夏，想与咨请方

① (清)马其昶著，毛伯舟点注：《桐城耆旧传》，黄山书社1990年版，第385页。

植之、马元伯、光律原、姚石甫、马公实诸丈为之筹划。蒙慨然佽助，遂续剞劂，几讨论雠校，公实丈暨表弟苏厚子之功实多。"（徐寅、徐裕跋）徐璈也在序言中回顾自己广征博采以成就此编的艰苦历程，他说："国初以来，搜辑遗逸，编录韵章，若钱田间、姚羹湖、潘蜀藻、王悔生诸先生诗传、诗选、龙眠诗、枞阳诗之类，皆为总集佳本，第其书或未经锓梓，或已镂板而渐就毁蚀。其诸家专集亦大半湮落，无可收拾。且自康熙迄今又百余年，名辈益重……窃欲效施阮诸公辑宛雅、广陵诗事之意，赓续钱王诸先生之绪，采萃乡邑先辈诗章并言行之表。见于他书者，寸累尺积，汇为若干卷，颜曰桐旧集。以薪流示来兹，永言无歝焉。惟是衣食奔走，见闻婾陋，每于藏本莫备辍颖而叹。尚冀里中同志凡有专集总集与夫稗乘往编，或经刊布，或待传抄，示以所藏，俾就甄录，庶几盛有可传，善有同归，不胜引企之切云。"（徐璈序）

直至徐璈道光辛丑（1841）去世时，《桐旧集》仅刊刻三分之一，后来经过众人襄助，终于在咸丰辛亥（1851）秋全部刊刻完毕，但是其后很长时间内并无再版，并且流传过程也是命途多舛。光云锦于民国十六年（1927）重新刊行《桐旧集》，他叙述是书遭遇时说："越二年癸丑，吾邑遭洪杨巨劫，板片遂毁，书亦散失。同人欲觅原本重印，迄不可得。盖存者率残阙不完，间有全者，又或以独得自矜，不肯公诸于世，一书之传，其难又如是。去秋，于里门闻方盘君世丈收得是集，缺末册列女、方外二卷，适余所藏残本缺卷具在，竟合成完书，因请付诸景印，以广流传。"①

2. 编辑体例及选诗宗旨

前已述及，《桐旧集》在编纂时，对已有之乡邑诗选尤其是《龙眠风雅》多所取法，但是其体例却自有特色。编者云："是编起于明初，迄于今之逝者，仿江苏诗征之例，分姓列卷，其间略以时代之先后为序。

---

① 　（清）徐璈辑：《桐旧集》，民国十六年影印原刻本。

至望族之同异，行之尊卑，年齿之长幼，有不能尽详者，则有各姓之谱牒在，览者谅之。"（《桐旧集》例言）全集前四十卷采用"分姓列卷"的形式，后两卷录"列女"和"方外"。具体到每一编，以时代先后为序，所谓"每姓以最前之一人为次第，如甲家之卷，前一人系洪武朝人，乙家之卷前一人为永乐朝人，则以洪武朝人居前，永乐朝人居次，非有所轩轾于其间也，阅者鉴之"（《桐旧集》例言）。全编采用因人系诗的方式，每一名诗人名下都有或详或略的小传，传记后多附以诗作本事和相关评论。例如方文，小传曰："字尔止，号明农，崇祯间诸生，有尔止集。"接着后面附了郑方坤《诗人小传》，吴德旋《闻见录》，王士禛《池北偶谈》、《渔洋诗话》、《居易录》，施闰章《嵞山游草序》，朱彝尊《静志居诗话》、《感旧集》，李调元《雨村诗话》、《宜田汇稿》等有关其生平、学术及诗学成就的评论。如果集中所选之诗，一些比较著名的诗选如《明诗综》、《列朝诗集》、《御选明诗》、《明诗别裁集》、《清诗别裁集》、《明诗正钞》，或比较著名的诗话如朱彝尊《静志居诗话》、袁枚《随园诗话》、李调元《雨村诗话》已经选录的，都会在题下或诗后注明。对一些名作或编者认为不错的作品，往往在后面有本事介绍或诗歌评点。评点有引录前人的，也有选家自评的。另外，为了最大限度地展现诗人的成就，编者还采用了"摘句"之法，将编者认为其他诗作中好的句子在评论中列出，仿诗话之例。

与《龙眠风雅》一样，《桐旧集》的主要编纂目的是为了存乡邑之文献，表彰先贤诗学成就，尽管很多诗人集子和诗歌选集徐璈没有看到，并引以为憾，所谓"专集未付镌者，往往渐就湮没，即刻本亦未能尽存，如龙眠古文李芥须、何存斋两先生所阅各家集，今已十不存五六矣。至选本如钱田间先生诗选、方嵞山先生四十家诗、姚羹湖先生诗传、马湘灵先生诗钞，遍访无从得观，可胜浩叹""兹集计千有余家，所见原集不过三四百家，就个选本、钞本录出者居其大半"，但是所采诗人诗作数量已是惊人，于是不得不删繁就简，他说："各家专集繁简不同，今于诸家之诗，所录少者仅一二首，多者不过八九十首，非妄为去取也。凡千二百余家，不能不约之。"虽然有"以诗存人"之初衷，但徐璈在选诗时，并不"妄为去取"，而是有自己的宗旨。徐璈言及要"采萃乡邑先辈诗章并言行之表"（徐璈《桐旧集》引），苏惇元曰："古者孟春之月行人振木铎徇于路以采诗，献之太师，比其音律，以闻于天子，此列国风诗所由载之简策，孔子所由删定存三百篇者也。后世其制寝废，而郡邑各辑其诗为总集，亦犹古国风之遗意，其可阙乎？"（《校刊桐旧集后序》）此集之选也意在观风俗、正得失，发挥儒家传统诗教功能，所以《桐旧集》所选诗歌大多追摹风雅传统，或美或刺，平实雅正。

3.《桐旧集》和桐城望族诗学

《桐旧集》采用分姓列卷的编排方式，最大限度地突出家族特征。全编前四十卷采及八十五姓诗人的作品，依次是：方、姚、陈、谢、章、邱、盛、袁、余、钱、齐、吴、江、汪、阮、秦、林、萧、何、赵、丁、戴、胡、张、马、刘、左、叶、倪、周、李、侯、童、范、邓、高、殷、王、程、朱、杨、光、夏、唐、潘、石、曹、孙、徐、彭、白、都、蒋、陶、苏、鲍、郑、祝、曾、严、董、臧、厉、项、柏、杜、许、金、疏、施、魏、陆、谈、钟、顾、邹、梁、史、任、崔、乔、雷、储、龙、文。这些姓氏的选诗数量并不一样，方氏为桐邑第一大姓，冠于首，分四卷收录方姓诗人 134 人，诗作 1046 篇，为全书之最。合方、姚、吴、张、马五姓，选诗数量已占全书三分之一强。一些小姓，或数姓一卷，或一姓一人一诗（如臧、柏、杜、雷四姓），数量较少，见表 1-4。

表 1-4

| 姓氏 | 诗人数量 | 所占比重 | 诗歌数量 | 所占比重 |
| --- | --- | --- | --- | --- |
| 方氏 | 134 | 11.17% | 1046 | 13.58% |
| 姚氏 | 123 | 10.3% | 812 | 10.54% |

续表

| 姓氏 | 诗人数量 | 所占比重 | 诗歌数量 | 所占比重 |
|---|---|---|---|---|
| 吴氏 | 110 | 9.17% | 608 | 7.89% |
| 张氏 | 91 | 7.58% | 701 | 9.10% |
| 马氏 | 70 | 5.83% | 647 | 8.40% |
| 左氏 | 53 | 4.42% | 220 | 2.86% |
| 王氏 | 38 | 3.17% | 155 | 2.01% |
| 周氏 | 29 | 2.42% | 125 | 1.62% |
| 何氏 | 28 | 2.33% | 136 | 1.77% |
| 孙氏 | 26 | 2.17% | 305 | 3.96% |
| 齐氏 | 26 | 2.17% | 140 | 1.82% |
| 刘氏 | 24 | 1.98% | 255 | 3.31% |
| 钱氏 | 24 | 1.98% | 165 | 2.14% |
| 陈氏 | 24 | 1.98% | 109 | 1.42% |
| 戴氏 | 23 | 1.90% | 99 | 1.29% |
| 胡氏 | 23 | 1.90% | 133 | 1.73% |
| 汪氏 | 23 | 1.90% | 106 | 1.38% |
| 共计 | 869 | 72.42% | 5762 | 74.83% |

具体到每个姓氏的不同家族，入选诗人、诗作明显不同，望族诗人、作品较多，就拿方姓来说，全编主要选录了桂林方氏家族的诗人、诗作，如若把其他方姓家族诗人诗作掩去，桂林方氏家族的诗学成就就得以明晰的展示。

二、家族诗歌总集与明清桐城望族诗歌

1.《桐城方氏诗辑》

《桐城方氏诗辑》67 卷，方于谷辑，笔者所见为国家图书馆和南京图书馆所藏道光辛巳镌饲经堂藏板。关于编者生平，《桐城耆旧传》记载："方先生讳于谷，字石伍，嘉庆间岁贡生。筑室龙山之幽，号曰拳庄。自以方氏风雅旧家，虑先世篇章散佚，勤事搜集，成《方氏诗钞》数十卷，并自撰《拳庄诗钞》十余卷附之。"①

《桐城方氏诗辑》共收录桂林方氏家族自明初至清代嘉庆年间130位诗人的5022首诗，另附编者方于谷《拳庄诗钞》正、续集十四卷1534首诗，见表1-5。

表 1-5　　　　　　　　　　《桐城方氏诗辑》情况表

| 卷　　数 | 所选诗人、诗作数量 |
|---|---|
| 卷一 | 方法(4)方学渐(11)方大镇(9)<br>附：《纫兰阁》(6)《清芬阁》(26) |
| 卷二、卷三 | 方孔炤(71) |
| 卷四、卷五 | 方其义(135) |
| 卷六~卷十 | 方中发(439) |
| 卷十一、卷十二 | 方城(99) |
| 卷十三、卷十四 | 方根机(181) |
| 自断事公以下本支八代诗止此，共 10 人，诗 981 首 | |
| 卷十五、卷十六 | 方正管(5)方泽(184)方根椅(3)方于泗(3)方南(7)方福畴(2)方命虎(6) |
| 卷十七~卷十九 | 方杓(124)方杰(13)方根楼(2)方桂(8)方于飞(9)方于仁(2)方于陵(10) |
| 卷二十、卷二十一 | 方于鸿(126)方于礼(5)方于昂(2) |
| 自鹿湖公以下诗止此，共 17 人，诗 511 首 | |
| 卷二十二~卷二十七 | 方以智(205) |
| 卷二十八~卷三十 | 方中通(63)方中履(254) |

---

① （清）马其昶著，毛伯舟点注：《桐城耆旧传》，黄山书社 1990 年版，第 385 页。

续表

| 卷　　数 | 所选诗人、诗作数量 |
|---|---|
| 卷三十一、卷三十二 | 方正璥(127)方正玭(92)方正玭(18)方正玢(7)方正珠(4)方正璐(7)方正琇(1)方根枏(2)方淇(4)方于兴(1)方于洪(2)方赐豪(1)方于昌(1)方性衙(2) |
| 卷三十三、卷三十四 | 方正瑗(128)方正瑹(101) |
| 卷三十五、卷三十六 | 方张登(135)方轼(9)方根橪(2)方赐吉(23)方寰(19)方和(1 首)方孚(14)方爕(3)方启寿(56) |
| 卷三十七~卷四十 | 方宫声(原名梦松，253) |
| 自文忠公以下诗止此，共 29 人，诗 1535 首 | |
| 卷四十一、卷四十二 | 方大铉(8)附《茂松阁》(3)方孔一(5)方孔矩(8 首)方文(160) |
| 自玉峡公以下诗止此，共 5 人，诗 184 首 | |
| 卷四十三 | 方大钦(1)方若洙(10)方兆弼(21)方传恩(6)方秉澄(7) |
| 自唐山公以下诗止此，共 5 人，诗 45 首 | |
| 卷四十四~卷四十八 | 方兆及(8)方登峄(217)方式济(79) |
| 卷四十九~卷五十七 | 方观承(549) |
| 卷五十八 | 方观永(4)方受畴(40)方维甸(28)附《镜清阁》(38)《琴韵阁》(7)方传穆(1)方传馨(1)方传毯(7) |
| 自金事公以下诗止此，共 12 人，诗 979 首 | |
| 卷五十九 | 方佑(5)方向(16)方见(7 首)方玺(1)方效(7)方照(1)方学箕(3)方学记(1)方大美(3)方学权(1)方大年(1)方大玮(6)方大任(56)<br>方大阶(2) |
| 卷六十 | 方拱乾(129) |
| 卷六十一 | 方授(53)方无隅(3)方里(18)方道乾(1)方戡(1)方硕(2)方日岱(1)方元醴(1)方梦袍(2)方朔(1)方日新(6)方保升(16)方虎文(1) |
| 卷六十二 | 方畿(65)方遵轼(26)方诸(22) |

| 卷　数 | 所选诗人、诗作数量 |
|---|---|
| 卷六十三 ~卷六十五 | 方世举(75)方贞观(144) |
| 卷六十六 | 方大普(2)方象乾(1)方元芳(1)方孟图(3)方若素(2)方思(11)方膏茂(1)方嵩年(2)方原愽(44)方求愉(5) |
| 卷六十七 | 方元澄(1)方赞(1)方曾祜(4)方庄(3)方开元(3)方树(10)方常(1)<br>方世俊(1)方潮(14) |
| 自桂林公以下各房诗止此, 共52人, 诗787首 | |

总计130人, 诗5022首

方于谷辑录此集的目的是为了表彰家族诗学, 以有为于宗族。他说:"吾宗占籍桐城溯元至今已历二十余代, 非徒科第名家, 实以著作如林, 代有作者, 自明善公而下历代所著……不下数百种, 海内无不周知, 毋庸夸述。"(《桐城方氏诗辑·凡例》)也正因如此, 所以他想通过此举来"尽子孙之责"(《跋》), 而这一点也得到同宗中人和他人的肯定。方受畴说:"窃叹自明以来吾宗著述如是之富, 而家刻全编亦得附于诗辑以垂不朽, 欣幸之私殊不能自已。……惟兹集之辑规模体例实能创前人之所未及, 而吾弟抒一生之心力, 裒先世之篇章, 其敬宗之谊、敦学之功, 胥寓于中矣"(《桐城方氏诗辑》后序), 而管同《答方明经书》云:"士不能有为于天下, 便当有为于乡里, 又不然犹当有为于宗族……(于谷)近又搜刻一族遗诗, 使桐城方氏五百年词章存而不坠。"①为了最大限度地展示家族诗学之盛, 方于谷还特别选录了女性诗人的作品加以表彰, 他说:"彤管流徽, 吾桐最盛, 如环珠(何孺人吴

---

① (清)管同:《因寄轩文集》, 道光十三年(1833)管氏家刻本。

令则)、棣倩(何孺人吴令则)、纕芷(姚夫人左如芬)、缄秋(张孺人姚宛),不可胜数。若吾宗纫兰阁(张夫人孟式)、清芬阁(姚节妇维仪)、茂松阁(吴节妇维则),或殉死于危城,或守贞于陋巷,大节清风,尤裨风教,其诗务附于本生之后,表章幽隐,谁曰不宜?"(《桐城方氏诗辑·凡例》)

《桐城方氏诗辑》规模宏大,方于谷为刻成此辑,颇费心力。他说:"吾宗先世诗文集元明以来两经丧乱,荆榛戎马销蚀良多,加以孙子式微,半归零落,既不能登诸梨枣,复不能守在蓬茅,以致断简残篇,不过仅存百十耳。于谷幼闻先人绪论,即为随地留心,片羽吉光亦为登贮;晚年移居拳庄,杜门无事,复从远近各房中搜得若干篇重加厘订。奈人事不齐,各房中有远宦者、有久徙他处者、有糊口四方者、有数世已不读书者、有其后已绝者,搜寻无处,为之惘然。"(《桐城方氏诗辑·凡例》)由于文献散佚、子孙式微等种种原因,收集资料比较困难,所以"于谷搜求斯集,积数十年","是辑除搜家乘外,其录自潘木崖《龙眠风雅》、沈归愚《别裁集》为多,间于他人诗集中有附刻一二赠答者,亦为采入。第思吾宗上下数百年所录仅此,真可浩叹,然一滴水亦可知大海味矣"(《桐城方氏诗辑·凡例》)。

还有比较大的困难是费用问题:"至丁丑岁始矢志汇选,镂板其抄录校雠之役,不敢告劳。惟此辑,卷轴繁多,非千金不能刊印,且年迫桑榆,更时以不克,且晚告成。"(《桐城方氏诗辑·凡例》)为了解决这一问题,他不得不变产鬻田:"则变产刻书韵事也,实吾家故事也。拟卖田一区,冀得五百金便可开雕,必待费足则刊行,恐岁不我与也。"(《桐城方氏诗辑·凡例》)"于今[道光元年(1821)]春二月借青山寺召匠开雕,至冬底而竣,费甚不敷,为卖铜山颈庄田一业,得数百金而已。"(《桐城方氏诗辑·凡例》)

经过多方搜求之后,方于谷掌握了大量的原始资料,但是出于费用昂贵等因素的考虑，临刻时又删掉一部分。"(谷)初辑时以搜寻不易，故誊入副本者，卷轴颇繁，后晤阳湖吕孝廉备，言诗当审其可传，不宜贪多，则转为作者之累，镂板时纵不惜费，窃恐流传海内，全诗一部盈箱堆案，其价非轻，贫士多力有不逮。味其言殊当理，因从副本中再加去取，十减二三。"(《桐城方氏诗辑·凡例》)"自居乡及奔走四方，随所得必录而藏之，邮筒所索且有不远数千里者。近移家万山中，老谢人事，乃为上辑先世及近宗之称诗者，得八十卷，临刻时复删订为六十七卷，附以拳庄诗钞十卷。"(《桐城方氏诗辑·凡例》)

由于此集重在表彰家族诗学，以诗存人，所以编辑体例并不统一。"是辑第因诗存人，非人以诗传也。然则人之重轻，尚不关乎诗之有无耳。后世辑先世遗诗，非比寻常选家，可为发凡起例，卷轴虽多，体制必划于一也。故是辑于前人已有专刻者，即昭原本之式；无专刻而散见于诸选本或有小传者，即照选本之式或未选刻只有抄写藏本者，亦仿小传例，总括数语，略叙生平，论世知人，庶有印证，但不敢涉誉词耳。以故体例不一，虽不免各分营垒，实不敢自握刀圭。"(《桐城方氏诗辑·凡例》)"从来操选政者，笔削丹黄，多所改订。是辑虽不费推敲，必求致当然。删者原不必以多为贵，即录选者一未敢狎侮前人，私加修饰。即与他本所载稍有不同，亦必觅得底本。或有删改者，斟酌而录之；或经坊本所已改者，亦必择其善者而从之。点窜澄江，则吾岂敢?"(《桐城方氏诗辑·凡例》)"自断事公冠首而下至善佛公为本生八代，次即编文忠公、鹿湖公以下诗，再次即编玉峡唐山公、金事公，以下诗系自明善公分支，俱为本房，通称中一房，后乃编及各房，溯源赴委，各自了然，亲疏以判，前后以分，非有所轩轾于其间也。"(《桐城方氏诗辑·凡例》)

2.《桐城马氏诗钞》

《桐城马氏诗钞》70卷，马树华辑。马树华(1786—1853)，字公实，一作君实，号筱湄，又号怀亭，桐城人，嘉庆十二年（1807）贡生，官汝宁府汝南通判。咸丰三年（1853）避洪、杨之乱居乡，被太平军所杀。其孙马其昶为桐城后期重要作家。据方宗诚《马公实传》记载："君著书甚多，不肯校刊，惧先世遗书散佚，乃辑《马氏诗钞》七十卷、《太仆奏略》四卷、《翊翊斋遗书》四卷、《怀亭琐记》四卷、《岭南随笔》三卷。"①正因马氏博学通达，尤热衷于乡邑文献的整理，所以《桐旧集》功成于手。

笔者所见是南京图书馆藏本，首页有篆书署名《桐城马氏诗钞》七十卷，注明道光十六年（1836）岁次丙申仲秋可久处斋刊本，半页十行，行二十一字，黑口，单鱼尾，左右双边。《桐城马氏诗钞》由马氏家族后代马树华搜集三十年，然后谨加选定编次而成。作为家族诗歌总集，《桐城马氏诗钞》共收录马氏家族明代万历以降至清道光年间共72人，4326首作品，其中闺阁三人，二十三人因"篇什仅存，不能成卷，辄汇录为卷末"（《桐城马氏诗钞》识语），见表1-6。

表1-6 　　　　　　　　《桐城马氏诗钞》情况表

| 卷　　数 | 作品集名称、卷数 | 所选诗人、诗作数量 |
|---|---|---|
| 卷一 | 《介石斋稿》一卷 | 马懋功（35） |
| 卷二 | 《亦爱庐诗存》一卷 | 马懋勋（14） |
| 卷三 | 《湖上草堂诗钞》一卷 | 马之瑜（38） |
| 卷四 | 《半亩园诗钞》一卷 | 马之璋（23） |
| 卷五~卷十四 | 《秋庄诗集》十卷 | 马之瑛（954） |
| 卷十五 | 《恕庵诗钞》一卷 | 马之琼（23） |
| 卷十六、卷十七 | 《虎岑诗集》二卷 | 马敬思（245） |

① （清）方宗诚：《柏堂集续编》，光绪方氏柏堂遗书本。

48

| 卷　　数 | 作品集名称、卷数 | 所选诗人、诗作数量 |
|---|---|---|
| 卷十八 | 《屏山诗草》一卷 | 马孝思(80) |
| 卷十九 | 《菜香园集》一卷 | 马继融(160) |
| 卷二十 | 《严冲诗存》一卷 | 马教思(18) |
| 卷二十一 | 《怀亭集存》一卷 | 马国志(23) |
| 卷二十二 | 《白下诗草》一卷 | 马日思(35) |
| 卷二十三 | 《寒桧轩诗》一卷 | 马方思(43) |
| 卷二十四 | 《尺玉轩诗集》一卷 | 马云(46) |
| 卷二十五~卷二十九 | 《复初堂诗集》五卷 | 马凤翥(524) |
| 卷三十 | 《双岑诗存》一卷 | 马庶(25) |
| 卷三十一 | 《听雨楼诗存》一卷 | 马昶(11) |
| 卷三十二 | 《菱塘诗钞》一卷 | 马源(38) |
| 卷三十三 | 《髣山诗钞》一卷 | 马霶(41) |
| 卷三十四 | 《寒松馆诗存》一卷 | 马蕃(19) |
| 卷三十五 | 《宕渠丛稿》一卷 | 马潜(90) |
| 卷三十六 | 《善藏斋集》一卷 | 马祜(37) |
| 卷三十七、卷三十八 | 《报循堂诗钞》二卷 | 马朴臣(183) |
| 卷三十九 | 《健斋诗存》一卷 | 马棻臣(26) |
| 卷四十 | 《霍山诗存》一卷 | 马耕臣(17) |
| 卷四十一 | 《北轩诗存》一卷 | 马一鸣(26) |
| 卷四十二、卷四十三 | 《偶景斋诗钞》二卷 | 马苏臣(198) |
| 卷四十四 | 《匣锋集存》一卷 | 马枚臣(17) |
| 卷四十五 | 《石门山房集》一卷 | 马庸德(26) |
| 卷四十六 | 《翙翙斋诗钞》一卷 | 马翙飞(44) |
| 卷四十七 | 《心堂诗钞》一卷 | 马腾元(26) |
| 卷四十八 | 《玉屏山庄诗存》一卷 | 马鹏飞(19) |

续表

| 卷　　数 | 作品集名称、卷数 | 所选诗人、诗作数量 |
|---|---|---|
| 卷四十九 | 《定庵诗存》一卷 | 马泽(12) |
| 卷五十 | 《短檠斋诗存》一卷 | 马濂(24) |
| 卷五十一 | 《延景堂诗钞》一卷 | 马春生(47) |
| 卷五十二 | 《爱吾诗存》一卷 | 马岑楼(16) |
| 卷五十三 | 《古愚诗存》一卷 | 马岳(17) |
| 卷五十四~卷五十七 | 《乃亨诗集》四卷 | 马春田(344) |
| 卷五十八 | 《花萼轩诗存》一卷 | 马春长(15) |
| 卷五十九 | 《升圃诗钞》一卷 | 马登贤(45) |
| 卷六十 | 《中州杂咏存》一卷 | 马维瑗(18) |
| 卷六十一 | 《德素堂诗存》一卷 | 马廷芬(27) |
| 卷六十二、卷六十三 | 《校经堂诗存》二卷 | 马宗琏(192) |
| 卷六十四 | 《秋水居诗存》一卷 | 马湄(14) |
| 卷六十五、卷六十六 | 《代躬耕轩诗钞》二卷 | 马鼎梅(196) |
| 卷六十七 | 《自娱吟草》一卷 | 马用章(85) |
| 卷六十八 | 《凝晖斋集存》一卷 | 姚氏(马方思室,22) |
| 卷六十九 | 《清香阁诗钞》一卷 | 姚德耀(马占鳌室,70) |
| 卷七十 | 《炙窗闲咏》一卷 | 马氏(姚问松母,44) |
| 卷末78首 | 马懋德(3)马之璜(3)马书思(7)马宵(4)马飏(1)马元文(1)马枫臣(3)马鸣鸾(5)马策臣(1)马棠臣(2)马谷臣(3)马燧(1)马燮(9)马澄(5)马春仪(4)马嗣缃(3)马春芳(3)马维璜(4)马彭年(1)马梁(3)马宗辉(8)马良辅(2)马先桂(2) | |

　　《桐城马氏诗钞》共十册,七十卷,按年代顺序编次而成。《桐城马氏诗钞》前面有朱为弼和方东树的序,序言都叙及编选者搜集文献之

难，肯定编者保存家族文献之功。序言后面是目录，接下来是编者对该书的说明，其中言及编选初衷及过程。由其序言来看，马树华从嘉庆己巳开始搜集到道光丙申付梓前后长达三十年。马树华编辑此诗钞的主要目的非常明显，就是保存家族文献，传承先祖风雅。他说："吾家自四世祖肇兴文学，六世祖太仆府君为时名臣，一门群从，彬彬汇起，七世、八世间遂有'怡园六子'，而八世伯祖兵部府君《秌庄集》尤为巨制，自是风雅代不乏人。顾万历以前，阅世久远，既缺有间，六子遗稿，散佚过半，厥后儒素相承，著书满家，付梓者尠，流传未几，或存或佚，其存者又或残缺不完，树华慨然惧其久而愈湮也，爰有志搜辑。自嘉庆己巳至今丙申垂三十年，乃取所得，谨加选定，编次成帙……《明诗综》录吾邑二十余人，吾家阙如，如《别裁集》亦仅载相如先生三诗，幽隐弗宣，若合一辙。"（《桐城马氏诗钞》识语）尽管家族先世代有风雅，但是《明诗综》、《别裁集》等著名选本却没有选入一人，马树华认为原因是"岂不以先世类多厚重不急务名誉而然耶?"（《桐城马氏诗钞》识语)这也使马树华决心编辑诗钞，以示表彰，也即方东树所言"马君之诗钞为著一邑源流之大旨，俾来者有所考"（方东树序）。就诗钞来看，的确是马氏家族诗学文献的大汇总，连女性诗人也予以选入，马树华对家族文献的保存可谓功莫大焉。

《桐城马氏诗钞》编辑体例很明晰，按"人各有卷"原则编选，四十六人诗集汇成七十卷，大部分是人各一卷，多于一卷的有马之瑛、马敬思、马凤翥、马朴臣、马苏臣、马春田、马宗琏、马鼎梅等，其中最多的是马之瑛，共有十卷，954首诗，占整个家族的五分之一强。对于不能成卷的，放在卷末成一卷，马树华云："冀有嗣获，可以随时增益。盖有昔时曾见全书，后为人所窃夺，辗转求之，仅得数十篇，如所列菱塘诗钞，短檠斋诗存皆是也，其尔常先生以下诸人篇什，仅存不能成卷，辄汇录为卷末。至于蒿邨先生有文源堂诗文集，说岩先生有扪轩集，莘贤先生有耐庵集，黄孺人有天香阁诗钞，仅知其名，不存只字，嘻嘻是可慨已!"(《桐城马氏诗钞》识语)《桐城马氏诗钞》作者名下皆有小传,小传来源于其他资料,皆加以注明。比如第一卷马懋功,列举了《安徽通志》、《桐城县志》、《桐溪渔隐》等的介绍,其他还有《安庆府志》、《一统志》、《龙眠风雅小传》、《赖古居诗话》及诗文集的名人序跋等。就选诗标准看,诗集本着保存家族文献、因诗存人的理念,对搜集到的诗歌都进行了整理。

## 三、明清桐城望族诗人留存诗歌别集考录

明清桐城诗人众多,据马其昶《桐城耆旧传》,有别集的有 600 余家之多,大多数是望族诗人。但是,由于种种原因,许多诗人的别集并没有流传下来,下面就明清桐城望族诗人流传别集情况作一考录,见表 1-7。①

表 1-7

| 家族 | 诗人 | 留存诗歌别集 | 版本、馆藏 |
|---|---|---|---|
| 桂林方氏家族 | 方孔炤 | 环中堂诗集 | 桐城方氏诗辑本(北图、南图) |
| | 方文 | 嵞山诗 6 卷 | 信芳阁刻本(台湾史语) |
| | | 嵞山集前集 12 卷续集 4 卷再续集 5 卷 | 康熙古樃堂刻本(北图、皖图、中科院、中科院文研所、安徽师大、福建师大)、1979 年上海古籍出版社影印康熙刻本 |
| | 方孟式 | 纫兰阁集 14 卷 | 清康熙三十四年张祁度刻本(北图、南图) |
| | 方拱乾 | 何陋居集 1 卷苏庵集 2 卷 | 稿本(上图) |
| | | 何陋居集 3 卷 | 康熙刻本(复旦) |
| | | 蔓堂集 | 清刻本(日本内阁) |

---

① 参考四库系列、《清人别集总目》、《清人诗文集总目提要》、《清人诗集叙录》、《桐城马氏诗钞》、《桐城方氏诗辑》、《桐城姚氏诗钞》及相关图书馆书目。

续表

| 家族 | 诗人 | 留存诗歌别集 | 版本、馆藏 |
|---|---|---|---|
| 桂林方氏家族 | 方以智 | 薄依集 10 卷 | 明崇祯刻本(北图、北大);清初刻本(北图) |
| | | 方子流寓草 9 卷 | 明崇祯刻本(北大) |
| | | 方密之诗钞 3 卷 | 清抄本(北图) |
| | | 禅乐府 1 卷 | 清刻本(安庆);民国二十四年排印本(皖图) |
| | 方其义 | 时术堂遗诗不分卷 | 康熙刻本(上图) |
| | 方孝标 | 钝斋诗选 22 卷 | 清抄本(中科院,按:有邓之诚题记);清抄本(上图);民国七年桐城方云锦抄本(安庆,按:有周退舟跋);抄本(中科院文研所);1996 年黄山书社排印安徽古籍丛书本 |
| | 方中通 | 陪集 17 卷 | 康熙继声堂刻本(北图、上图、粤图、中科院、中科院文研所)<br>按:粤图藏本为 12 卷,上图藏本存陪古 3 卷陪诗 7 卷陪词 1 卷;粤图、中科院和文研所藏本附陈舜英撰文阁诗选 1 卷 |
| | | 迎亲集 | 桐城方氏诗辑本 |
| | 方中履 | 江青阁诗集;省亲集;梦游草 | 桐城方氏诗辑本 |
| | 方中发 | 白鹿山房诗集 15 卷 | 康熙四十九年云松阁刻本(北图、中科院文研所) |
| | 方登峰 | 葆素斋今乐府 1 卷 | 清诗抄,抄本(丛书综录补编) |
| | | 葆素斋集 3 卷 | 清刻本(台湾史语) |
| | | 依园诗略 1 卷星砚斋存稿 1 卷垢砚吟 1 卷葆素斋集 3 卷如是斋集 1 卷 | 乾隆二十年桐城方氏刻述本堂诗集本(丛书综录、齐齐哈尔);嘉庆十四年刻述本堂诗集本(丛书综录) |
| | | 述本堂诗集 7 卷 | 乾隆二十年刻本(南图、皖图、上图、北大、南京师大、安徽科研所) |

续表

| 家族 | 诗人 | 留存诗歌别集 | 版本、馆藏 |
|---|---|---|---|
| 桂林方氏家族 | 方正瑗 | 连理山人诗钞金石集 4 卷江淮集 3 卷京华集 2 卷关河集 5 卷潇洒集 3 卷 | 乾隆刻本(皖图、北大、清华) |
| | 方正玭 | 醉经斋诗稿 | 桐城方氏诗辑本 |
| | 方正璐 | 五峰集 | 乾隆九年刻本(中科院文研所) |
| | 方式济 | 陆塘初稿 1 卷出关诗 1 卷 | 乾隆二十年桐城方氏刻述本堂诗集本(丛书综录、南图、皖图、徐州) |
| | | 方沃园杂词 1 卷附东粤竹枝词 1 卷 | 清诗抄,抄本(丛书综录补编) |
| | 方贞观 | 方南堂诗稿 | 抄本(皖图) |
| | | 方贞观诗集 | 清抄本(北大) |
| | | 南堂诗抄 6 卷附辍锻录 1 卷 | 康熙刻本(上图) |
| | | 南堂诗集 6 卷 | 清桐城姚氏抄(皖图) |
| | | 南堂诗抄 3 卷 | 清刻本(南图) |
| | | 南堂诗抄 1 卷 | 清方观承刻本(皖图) |
| | | 方贞观诗集 6 卷 | 乾隆三年歙县汪廷章刻本(北图、南图、闽图、中科院、北大、北师大、复旦、苏州、重庆、日本京文) |
| | 方世举 | 春及堂初集 1 卷二集 1 卷三集 1 卷四集 1 卷兰丛诗话 1 卷附南塘诗钞 1 卷<br>按:附 1 卷为方世恭撰 | 乾隆方观承刻本(北图、皖图、川图、赣图、中科院、中科院文研所、南开);道光重刻本 |
| | 方世恭 | 南塘诗钞 1 卷 | 乾隆刻方世举撰春及堂集本附(北图、皖图、川图、赣图、中科院、中科院文研所、南开) |

| 家族 | 诗人 | 留存诗歌别集 | 版本、馆藏 |
|---|---|---|---|
| 桂林方氏家族 | 方张登 | 好影轩诗集 | 桐城方氏诗辑本 |
| | 方城 | 绿天书屋诗钞 | 桐城方氏诗辑本 |
| | 方观承 | 卜魁竹枝词1卷 | 清诗抄，抄本(丛书综录补编) |
| | | 东间剩稿1卷入塞诗1卷怀南草1卷竖步吟1卷叩舷吟1卷宜田汇稿1卷看蚕词1卷松漠草1卷薇香集1卷燕香集2卷二集2卷 | 乾隆二十年桐城方氏刻述本堂诗集本(丛书综录、南图、齐齐哈尔)；嘉庆刻述本堂诗集本(丛书综录)；清刻本(华中师大) |
| | | 述本堂诗续集3卷 | 清刻本(鲁图、皖图) |
| | 方根机 | 善佛斋诗草 | 桐城方氏诗辑本 |
| | 方维甸 | 勤襄公诗稿遗存2卷 | 道光十三年镜清阁方若蘅汇刻本(南图) |
| | | 勤襄公诗稿遗存2卷词1卷附孝思留翰不分卷 | 光绪二十二年上海石印本(北图) |
| | 方于谷 | 《拳庄诗钞》(按：又名《稻花斋诗钞》)8卷续钞6卷 | 嘉庆二十二年方命圭刻本(北图、南图、皖图) |
| | | 《拳庄诗钞》8卷续钞3卷 | 道光元年饲经堂抄桐城方氏诗辑本(皖图)；道光元年饲经堂刻桐城方氏诗辑本(南图、北师大) |
| | 方昌翰 | 虚白斋诗抄10卷 | 光绪十三年刻本(北图) |
| | | 虚白室诗文抄诗11卷文2卷 | 同治十三年刻本(中科院)；光绪十三年刻本(南图、豫图、中科院、南开、安徽科研所、无锡、台大、日本东洋)；桐城方氏七代遗书本(安庆)；光绪十五年安庆刻本(安庆) |

| 家族 | 诗人 | 留存诗歌别集 | 版本、馆藏 |
|---|---|---|---|
| 桂林方氏家族 | 方昌翰 | 虚白室诗文抄诗 14 卷文 4 卷 | 同治十三年刻本(皖图、南开、天津师大);光绪十三年安庆刻本(安徽师大、安庆) |
| | | 虚白室诗抄 5 卷文抄 2 卷 | 光绪刻本(皖图) |
| 鲁谼方氏 | 方　泽 | 待庐遗集文 1 卷诗 2 卷 | 方植之全集本,光绪十五年刻(丛书综录、日本人文) |
| | 方宗诚 | 柏堂集 94 卷 | 稿本(皖图) |
| | | 柏堂集前编 14 卷次编 13 卷续编 22 卷后编 22 卷 | 光绪七年刻本(北图、湘图、安徽师大、常州) |
| | | 柏堂集前编 14 卷次编 13 卷续编 22 卷后编 22 卷余编 8 卷补存 3 卷外编 12 卷 | 光绪八年刻本(皖图、浙图、安徽科研所、无锡);光绪桐城方氏刻柏堂遗书本(丛书综录、首都、人大、无锡、安庆、台湾史语、台大、日本国会、静嘉、东洋、人文、大阪、东研、京图) |
| | 方东树 | 仪卫轩诗集 5 卷 | 同治七年刻本(湘图、赣图、皖图、安徽师大、日本人文) |
| | | 仪卫轩遗诗 2 卷半字集 2 卷 | 光绪十五年刻本(上图、皖图) |
| | | 半字集 2 卷考盘集 3 卷王馀集 1 卷仪卫轩遗诗 2 卷 | 方植之全集本,光绪十五年刻(丛书综录、安徽师大、日本东洋、日本人文);仪卫轩遗书本(安庆、日本人文) |
| | | 仪卫轩文集 12 卷外集 1 卷诗集 5 卷 | 同治七年刻本(北图、上图、浙图、豫图、粤图、湘图、皖图、南图、北师大、天津师大、安徽科研所、日本静嘉) |

续表

| 家族 | 诗人 | 留存诗歌别集 | 版本、馆藏 |
|---|---|---|---|
| 麻溪姚氏家族 | 姚孙斐 | 亦园全集 6 卷 | 清初瑞隐窝刻本(南图、皖图、南京博物院) |
| | 姚　宛 | 缄秋阁遗稿 | 康熙二十三年张廷玮刻芸圃诗集本附(清人诗集叙录) |
| | 姚文然 | 姚端恪公诗集 12 卷 | 康熙刻本(皖图) |
| | | 姚端恪公文集 18 卷诗集 12 卷外集 18 卷 | 康熙二年刻本(北图、上图、南图、皖图、中科院、北大、复旦、日本京图、内阁) |
| | 姚文燮 | 薤簏吟 10 卷 | 顺治十八年姚自弘、史鉴宗刻本(北图、上图、鄂图、闽图、中科院、北京文物局、华东师大、天津师大) |
| | 姚士陛 | 空明阁集 4 卷 | 乾隆刻本(皖图) |
| | 姚士基 | 松岩诗集 8 卷 | 康熙三十七年写刻本(皖图);光绪安福县署刻本(皖人书录) |
| | 姚孔鈵 | 西垆诗抄 10 卷 | 姚氏抄本(皖图);姚氏刻本(皖图) |
| | 姚孔鋹 | 小安乐窝诗抄 15 卷 | 乾隆二十二年刻本(皖图) |
| | 姚孔锌 | 抱影轩诗选 1 卷 | 雍正刻本(南图) |
| | | 姚道冲诗抄 7 卷 | 乾隆刻本(皖图、安徽文献书目) |
| | 姚孔钢 | 古梁杂韵 1 卷 | 清刻本(皖图、安徽文献书目) |
| | | 华林庄诗集 4 卷 | 乾隆三年姚孔鈵刻本(北图) |
| | 姚　范 | 援鹑堂诗集 7 卷文集 6 卷 | 嘉庆十七年刻本(南图、皖图、安徽科研所) |
| | 姚　鼐 | 姚姬传诗 1 卷 | 稿本(浙图) |
| | | 惜抱轩诗 | 清抄本(上图) |
| | | 惜抱轩诗集 10 卷 | 嘉庆三年刘文奎刻本(南图、皖图、中科院、人大、南开) |
| | | 惜抱轩诗集 10 卷后集 1 卷外集 1 卷 | 嘉庆三年刻本(复旦、华东师大) |

| 家族 | 诗人 | 留存诗歌别集 | 版本、馆藏 |
|---|---|---|---|
| 麻溪姚氏家族 | 姚鼐 | 惜抱轩诗训纂6卷(按:又名惜抱轩诗抄释) | 姚永朴训纂民国石印本(皖图、安徽师大);民国十五年木活字排印本(上图、皖图、湘图、复旦) |
| | | 惜抱轩文集16卷诗集10卷 | 嘉庆六年刻本(北大、皖图);嘉庆十二年序刻本(上图);四部丛刊本;光绪九年刊本(台湾师大) |
| | | 惜抱轩文集16卷文后集10卷诗集10卷诗后集1卷诗外集1卷 | 嘉庆刻本(上图、湘图、辽图、中大、台大);咸丰十一年董文焕校刊题跋本(齐齐哈尔);同治五年合肥李氏省心阁刻惜抱轩全集本(丛书综录、首都、人大、天津师大、华中师大、安徽师大、扬州师院、青岛、常州、无锡、安庆、台湾东海、台大、日本人文、大阪、东研、韩国汉城大学);光绪三十三年上海校经山房刻惜抱轩全集本(丛书综录、山东师大、华南师大、台湾史语、台大、日本京文);民国三年上海会文堂书局石印惜抱轩全集本(丛书综录、川图、赣图、北师大、南大、复旦、山东师大、安徽师大、武汉师院、杭大、广州社科所、安徽科研所、厦门、旅大、徐州、台湾东海、韩国成均馆大学、高丽大学);民国二十五年上海国学整理社刊惜抱轩全集本(湘图);四部备要本 |
| | | 惜抱轩集 | 道光元年刻本(赣图) |
| | 姚景衡 | 思复堂文存1卷诗选1卷 | 抄本(南开);同治十二年安福县署聚珍版排印本(皖图) |

| 家族 | 诗人 | 留存诗歌别集 | 版本、馆藏 |
|---|---|---|---|
| 麻溪姚氏家族 | 姚 莹 | 后湘诗集 5 卷 | 嘉庆十九年刻本(华南师大) |
| | | 后湘诗集 9 卷二集 5 卷续集 1 卷 | 嘉庆十九年刻本(粤图、上海师大) |
| | | 后湘诗集 9 卷二集 5 卷续集 7 卷 | 道光刻中复堂全集本(丛书综录、赣图、鲁图、中科院、山大、天津师大、安庆、日本静嘉);道光二十九年姚氏金陵刻中复堂全集本(赣图、川图、湘图);同治六年姚浚昌安福县署刻中复堂全集本(丛书综录、人大、安徽师大、青岛、常州、台湾中图分馆、台大、史语、日本国会、东洋、人文、京图、东研);台北文海版近代中国史料丛刊续编 6 辑 |
| | 姚元之 | 使沈草 3 卷 | 道光二年刻本(北图、上图、南图、旅大) |
| | | 荐青集不分卷 | 道光二十三年刻本(中科院) |
| | | 荐青集 2 卷 | 咸丰元年四川叶朝采刻本(川图) |
| | 姚柬之 | 伯山诗集 2 卷文稿 1 卷 | 抄本(浙图) |
| | 姚浚昌 | 幸馀轩诗稿 2 卷清寐轩诗稿 2 卷素养斋诗稿 1 卷 | 稿本(皖图) |
| | | 幸馀诗稿 6 卷 | 抄本(皖图) |
| | | 竹山诗稿不分卷 | 抄本(皖图) |
| | | 五瑞斋诗抄 6 卷 | 民国四年北京共和印刷局排印本(上图、南图、皖图、中科院) |
| | | 五瑞斋诗续抄 9 卷附远心轩遗诗 1 卷<br>按:远心轩遗诗乃其子永楷撰。 | 清光绪安庆刻本(北图、南图、皖图、安庆) |

续表

| 家族 | 诗人 | 留存诗歌别集 | 版本、馆藏 |
|---|---|---|---|
| 麻溪姚氏家族 | 姚倚云 | 蕴素轩诗稿 4 卷 | 民国铅印范伯子诗集本附(上图、南图、首都、鲁图、晋图、中科院、杭大、镇江、台湾史语) |
| | | 蕴素轩诗稿 5 卷 | 光绪刊范伯子诗本附(辽图、豫图、晋图);民国二十二年刻范伯子全集本附(北图、上图、南图、川图、粤图、中科院、人大、复旦);1986 年中国书店影印范伯子集本附;台北文海影印近代中国史料丛刊续编本 |
| | | 沧海归来集 11 卷词 1 卷续集 1 卷选徐 2 卷消愁吟 2 卷文 1 卷 | 民国二十二年铅印本(南图、复旦) |
| | 姚永朴 | 素园丛稿 6 卷 | 民国元年京务印书局石印本(南图、首都、湘图) |
| | 姚永概 | 慎宜轩诗集 8 卷 | 宣统二年安徽官纸印刷局铅印本(粤图、华中师大、安徽师大、安徽科研所、旅大);民国八年安庆铅印本(北图、南图、豫图、首都、中科院、北师大、南开、安庆) |
| | | 慎宜轩诗集 8 卷续抄 1 卷 | 民国二十年安庆排印本(复旦、南京师大) |
| | | 慎宜轩诗文集 13 卷 | 光绪三十四年灵萱室排印本(安庆) |
| | | 慎宜轩诗文集 16 卷 | 民国五年排印本(安徽科研所) |
| 苓涧姚氏 | 姚康 | 姚休那诗集不分卷 | 抄本(上图) |
| | | 休那遗稿 12 卷诗集 1 卷外集 3 卷货殖传评 1 卷 | 光绪十五年桐城姚氏五桂山房木活字排印本(北图、上图、南开、安庆) |
| | 姚灼 | 东游小草 2 卷 | 民国十二年子恩泽五桂堂刻本(上图、皖图、安徽科研所) |

续表

| 家族 | 诗人 | 留存诗歌别集 | 版本、馆藏 |
|---|---|---|---|
| 宰相张氏家族 | 张英 | 笃素堂诗集7卷 | 清抄本(南图) |
| | | 笃素堂诗集 | 康熙刻本(南京师大)；光绪二十三年刻本(安徽科研所) |
| | | 存诚堂诗集5卷附应制诗5卷笃素堂诗集7卷 | 康熙刻本(湖南师大) |
| | | 存诚堂诗集20卷 | 康熙刻本(安徽师大) |
| | | 存诚堂诗集25卷 | 清抄本(南图)；康熙四十三年刻本(首都、皖图)；康熙刻本(华东师大、青岛)；光绪二十三年桐城张氏刻张文端集本(丛书综录、豫图、湘图、赣图、中科院、南开、镇江) |
| | | 存诚堂诗集25卷应制诗5卷 | 康熙四十三年刻本(中科院、湘图)；同治刻本(上图)；清刻本(粤图) |
| | | 存诚堂诗集25卷笃素堂诗集7卷 | 清刻本(南图、徐州) |
| | | 存诚堂应制诗5卷 | 张文端集本(丛书综录、豫图、湘图、赣图、中科院、南开、镇江) |
| | | 存诚堂讲筵应制集2卷 | 抄本(上图) |
| | | 张文端公诗文选2卷周学熙选 | 民国至德周学熙辑刻周氏师古堂所编书本(丛书综录、南开) |
| | | 笃素堂文集16卷诗集6卷附易经衷论2卷 | 康熙三十七年刻本(南图、华东师大) |
| | | 笃素堂文集16卷诗集7卷 | 康熙刻本(首都、鄂图、皖图)；康熙刻后印本(人大)；张文端集本(丛书综录、豫图、湘图、赣图、中科院、南开、镇江)；清刻本(粤图) |
| | | 笃素堂文集16卷诗集4卷 | 康熙刻本(皖图、台湾史语) |

续表

| 家族 | 诗人 | 留存诗歌别集 | 版本、馆藏 |
|---|---|---|---|
| 宰相张氏家族 | 张英 | 笃素堂文集 16 卷诗集 7 卷存诚堂诗集 5 卷 | 康熙刻本(清华) |
| | | 笃素堂文集 16 卷诗集 6 卷存诚堂诗集 25 卷应制诗 5 卷 | 康熙刻本(北图) |
| | | 存诚堂诗集 25 卷应制诗 5 卷笃素堂诗集 7 卷文集 16 卷 | 清刻本(中科院) |
| | | 笃素堂文集 20 卷诗集 7 卷存诚堂诗集 26 卷 | 康熙刻本(南图、青岛) |
| | | 文端集 46 卷(存诚堂应制诗 4 卷存诚堂诗集 25 卷笃素堂诗集 7 卷笃素堂文集 10 卷) | 《四库全书》本 |
| | 张茂稷 | 芸圃近诗 1 卷诗集 10 卷 | 康熙二十三年刻本(清人诗集叙录) |
| | 张令仪 | 蠹窗诗集 14 卷(诗 12 卷词 1 卷文 1 卷) | 雍正二年侄女姚仲芝澄碧楼刻本(上图、皖图);乾隆刻本(天津师大);嘉庆刻本(天津师大);道光刻本(天津师大) |
| | | 蠹窗诗集 1 卷 | 道光二十四年序蔡殿齐辑刻国朝闺阁诗抄本(丛书综录) |
| | | 蠹窗诗集 14 卷二集 6 卷 | 雍正二年刻本(上图);乾隆刻本(北图) |
| | | 蠹窗诗集 14 卷文集续刻 1 卷 | 雍正二年姚仲芝刻本(中科院、复旦、人大) |
| | 张廷玉 | 澄怀园诗选 12 卷 | 雍正五年家刻本(北图);乾隆二年写刻初印本(皖图、中大);光绪十八年张绍棠金陵刻本(上图、南图、粤图、皖图、晋图、湘图、复旦、南京师大);台北文海版近代中国史料丛刊第 52 辑 |

续表

| 家族 | 诗人 | 留存诗歌别集 | 版本、馆藏 |
|---|---|---|---|
| 宰相张氏家族 | 张廷玉 | 澄怀园文存 15 卷诗选 12 卷<br>按：旅大书目作 25 卷。 | 光绪十七至十八年张绍文云间官舍重刻本（安徽师大、旅大） |
| | 张廷璐 | 咏花轩诗集 6 卷 | 乾隆刻本（北图、上图、南图、中科院、北大、华南师大、安徽师大、重庆） |
| | 张廷瓒 | 传恭堂诗集 5 卷 | 康熙四十三年刻本（皖图、中科院） |
| | 张若霭 | 晴岚诗存不分卷 | 清刻本（上图、粤图、赣图、南京师大） |
| | | 晴岚诗存 2 卷 | 清刻本（北图、皖图） |
| | | 晴岚诗存 7 卷 | 清刻本（台湾史语） |
| | | 晴岚诗存 1 卷玄孙张绍华编<br>按：残存瞻岊集、买闲集、兰舫集各 1 卷。 | 清桐城张氏刻本（复旦） |
| | 张方爽 | 默稼轩诗集 4 卷 | 雍正带存堂刻本（贩书偶记续编） |
| | 张聪贤 | 岁暮解愁吟不分卷 | 嘉庆七年稿本（上图） |
| | 张聪咸 | 傅岩诗集 4 卷 | 嘉庆二十三年刻本（北图、皖图、温州） |
| | 张祖翼 | 伦敦竹枝词 1 卷 | 光绪十四年石埭徐氏刻观自得斋丛书本（丛书综录、旅大）；1994 年北京大学出版社排印清代海外竹枝词本 |
| | 张家骕 | 适庐求定稿 1 卷<br>按：署张石卿撰。 | 民国刻张笃生撰先资政公遗稿本附（安徽文献书目、皖图、杭大、洛阳）；民国排印本（上图、南图、皖图） |
| 连城张氏家族 | 张敏求 | 纪游诗草 2 卷 | 道光刻本（南图） |
| | | 问花亭诗初集 8 卷 | 道光桐城刻本（安庆）<br>同治重刻本（北图、皖图） |

续表

| 家族 | 诗人 | 留存诗歌别集 | 版本、馆藏 |
|---|---|---|---|
| 左氏家族 | 左光斗 | 左忠毅公集 5 卷 | 清康熙刻本(北大) |
| | 左如芬 | 纕芷阁诗稿 1 卷 | 康熙刻本(南图) |
| | 左 眉 | 静庵诗集 6 卷 | 民国铅印本(南图) |
| | | 静庵文集 4 卷诗集 6 卷 | 道光十九年方征泰刻本(南图);同治十三年桐城方氏排印静庵遗集本(丛书综录) |
| | 左庚虞 | 默斋诗草 2 卷 | 光绪十一年刻本(上图、皖图) |
| | 左挺澄 | 适轩吟摘抄 | 抄本(中科院) |
| 马氏家族 | 马懋功 | 介石斋稿 1 卷 | 桐城马氏诗抄本(南图) |
| | 马懋勋 | 亦爱庐诗存 1 卷 | 桐城马氏诗抄本(南图) |
| | 马之瑛 | 秫庄诗集 10 卷 | 桐城马氏诗抄本(南图) |
| | 马之瑜 | 湖上草堂诗钞 1 卷 | 桐城马氏诗抄本(南图) |
| | 马之璋 | 半亩园诗钞 1 卷 | 桐城马氏诗抄本(南图) |
| | 马之琼 | 恕庵诗钞 1 卷 | 桐城马氏诗抄本(南图) |
| | 马国志 | 怀亭集存 1 卷 | 桐城马氏诗抄本(南图) |
| | 马敬思 | 虎岑诗集 2 卷 | 桐城马氏诗抄本(南图) |
| | 马孝思 | 屏山诗草 1 卷 | 桐城马氏诗抄本(南图) |
| | 马继融 | 菜香园集 1 卷 | 桐城马氏诗抄本(南图) |
| | 马教思 | 严冲诗存 1 卷 | 桐城马氏诗抄本(南图) |
| | 马日思 | 白下诗草 1 卷 | 桐城马氏诗抄本(南图) |
| | 马方思 | 寒桧轩诗 1 卷 | 桐城马氏诗抄本(南图) |
| | 马 云 | 尺玉轩诗集 1 卷 | 桐城马氏诗抄本(南图) |
| | 马凤翥 | 复初堂诗集 5 卷 | 桐城马氏诗抄本(南图) |
| | 马 庶 | 双岑诗存 1 卷 | 桐城马氏诗抄本(南图) |
| | 马 昶 | 听雨楼诗存 1 卷 | 桐城马氏诗抄本(南图) |
| | 马 源 | 菱塘诗钞 1 卷 | 桐城马氏诗抄本(南图) |
| | 马 霱 | 劈山诗钞 1 卷 | 桐城马氏诗抄本(南图) |
| | 马 蕃 | 寒松馆诗存 1 卷 | 桐城马氏诗抄本(南图) |

| 家族 | 诗人 | 留存诗歌别集 | 版本、馆藏 |
|---|---|---|---|
| 马氏家族 | 马潜 | 宕渠丛稿1卷 | 桐城马氏诗抄本(南图) |
| | 马祜 | 善藏斋集1卷 | 桐城马氏诗抄本(南图) |
| | 马朴臣 | 报循堂诗钞2卷 | 乾隆十九年马腾元刻本(南图) |
| | | 马相如遗诗不分卷 | 抄本(上图) |
| | 马葆臣 | 健斋诗存1卷 | 桐城马氏诗抄本(南图) |
| | 马耜臣 | 霍山诗存1卷 | 桐城马氏诗抄本(南图) |
| | 马一鸣 | 北轩诗存1卷 | 桐城马氏诗抄本(南图) |
| | 马苏臣 | 偶景斋诗钞2卷 | 桐城马氏诗抄本(南图) |
| | | 万里吟 | 雍正十二年扬州汪肤敏选刻本(南图) |
| | 马庸德 | 石门山房集1卷 | 桐城马氏诗抄本(南图) |
| | 马枚臣 | 匣锋集存1卷 | 桐城马氏诗抄本(南图) |
| | 马翮飞 | 翊翊斋诗钞1卷 | 桐城马氏诗抄本(南图) |
| | | 翊翊斋诗抄1卷文抄1卷 | 嘉庆刻本(上图);光绪刻马氏家集本(丛书综录) |
| | | 诩栩斋遗书文抄1卷诗抄1卷笔记2卷 | 道光十七年刻本(南图、粤图、湖南师大、无锡);清刻本(皖图、无锡) |
| | | 一斋先生诗文抄2卷 | 清抄本(皖图) |
| | 马腾元 | 心堂诗钞1卷 | 桐城马氏诗抄本(南图) |
| | 马鹏飞 | 玉屏山庄诗存1卷 | 桐城马氏诗抄本(南图) |
| | 马泽 | 定庵诗存1卷 | 桐城马氏诗抄本(南图) |
| | 马濂 | 短檠斋诗存1卷 | 桐城马氏诗抄本(南图) |
| | 马春生 | 延景堂诗钞1卷 | 桐城马氏诗抄本(南图) |
| | | 复堂先生诗抄1卷 | 清抄一斋先生诗文抄本附(皖图) |
| | 马岑楼 | 爱吾诗存1卷 | 桐城马氏诗抄本(南图) |
| | 马岳 | 古愚诗存1卷 | 桐城马氏诗抄本(南图) |
| | 马春田 | 乃亨诗集4卷 | 桐城马氏诗抄本(南图) |
| | 马春长 | 花萼轩诗存1卷 | 桐城马氏诗抄本(南图) |

续表

| 家族 | 诗人 | 留存诗歌别集 | 版本、馆藏 |
|---|---|---|---|
| 马氏家族 | 马登贤 | 升闻诗钞 1 卷 | 桐城马氏诗抄本(南图) |
| | 马维瑷 | 中州杂咏存 1 卷 | 桐城马氏诗抄本(南图) |
| | 马廷芬 | 德素堂诗存 1 卷 | 桐城马氏诗抄本(南图) |
| | 马宗琏 | 校经堂诗存 2 卷 | 桐城马氏诗抄本(南图) |
| | 马湄 | 秋水居诗存 1 卷 | 桐城马氏诗抄本(南图) |
| | 马鼎梅 | 代躬耕轩诗钞 2 卷 | 桐城马氏诗抄本(南图) |
| | 马用章 | 自娱吟草 1 卷 | 桐城马氏诗抄本(南图) |
| | 马树华 | 可久处斋诗集 1 卷 | 桐城马氏诗抄本(南图) |
| 麻山刘氏家族 | 刘开 | 孟涂先生遗诗 2 卷 | 光绪十二年刻本(南图、复旦、温州);光绪刻本(安徽科研所) |
| | | 孟涂前后诗集 31 卷骈体文 2 卷 | 道光六年姚氏粟山草堂刻本(南图、川图、浙图) |
| 陈洲刘氏 | 刘大櫆 | 海峰先生诗 6 卷 | 乾隆刻本(粤图);清敦本堂刻本(鲁图);醒园刻本(台湾史语);清刻本(安徽科研所) |
| | | 海峰先生诗集 10 卷姚鼐校订 | 乾隆刻本(复旦);光绪十五年萧氏刻本(皖图) |
| | | 海峰先生诗集 10 卷附萧穆海峰诗札记 | 光绪二十五年萧穆刻本(南图、首都、南开、安徽师大、北师大、南大、台大、日本广岛、东洋、爱知、尊经、大阪、京文、韩国成均馆大学) |
| | | 海峰先生诗集 10 卷附历朝诗约选 | 清刻本(日本人文) |
| | | 海峰诗集古集 5 卷今集 6 卷 | 乾隆刻本(江西师大);缥碧轩刻本(皖图、北师大);敦本堂刻本(复旦);清刻本(南图、温州) |
| | | 海峰诗集 | 同治十三年刻本(湘图);刻本(赣图) |

| 家族 | 诗人 | 留存诗歌别集 | 版本、馆藏 |
|---|---|---|---|
| 陈洲刘氏 | 刘大櫆 | 海峰文集 8 卷诗集 2 卷 | 同治十三年安徽刘继、邢邱重刻本(川图) |
| | | 海峰诗文集 6 卷 | 清缥碧轩刻本(南大) |
| | | 海峰文集 6 卷诗集 5 卷 | 光绪元年重刻本(上图) |
| | | 海峰文集不分卷诗集 11 卷 | 清刻本(中科院) |
| | | 海峰文集 8 卷诗集 6 卷 | 同治十三年刻本(晋图、日本静嘉、东文、东洋);清醒园刻本(皖图);清刻本(南大) |
| | | 海峰先生文 10 卷诗 6 卷 | 同治十三年重刻本(南图、粤图、皖图、安徽师大) |
| | | 海峰文集 8 卷诗集 11 卷 | 乾隆醒园刻本(南图、南开);敦本堂原刻本(复旦);同治十三年刘继、邢邱重刻本(上图、辽图、皖图、南开、北师大、人大、台大、日本东洋、人文、京图)<br>按:辽图书目缺文集 2 卷 |
| | | 海峰先生文集 10 卷补遗 1 卷诗集 8 卷制艺 1 卷 | 光绪十四年桐城吴大有堂木活字排印本(上图、赣图、鲁图、湘图、南开、台湾史语、日本静嘉) |
| | | 海峰文集 8 卷诗集 11 卷刘海峰稿 3 卷 | 同治光绪刻本(日本静嘉) |
| | | 海峰文集 8 卷诗集 6 卷八家文选 2 卷时文 2 卷 | 光绪二年重刻本(华东师大、南大) |
| | | 海峰诗文集 19 卷精选八家文抄不分卷制义不分卷附惜抱时文不分卷 | 同治十三年刘氏重刻本(北图、南图、皖图) |

| 家族 | 诗人 | 留存诗歌别集 | 版本、馆藏 |
|---|---|---|---|
| 陈洲刘氏 | 刘大櫆 | 海峰先生集文 10 卷诗 6 卷 | 同治十三年重刻本(南图、鲁图、赣图、复旦、天津师大);清时还书屋重刻本(复旦、北师大) |
| | | 海峰先生全集 | 光绪刻本(青岛) |
| | | 刘大櫆集　吴孟复编校 | 1990 年上海古籍出版社排印本 |
| 苍基孙氏 | 孙元衡 | 片石园诗 4 卷 | 康熙四十八年刻本(上图、台大) |
| 高甸吴氏 | 吴　直 | 井迁文集 7 卷诗集 6 卷 | 道光三十年吴逢盛刻本(北师大、安庆);民国十九年据桐城吴氏藏板重印本(皖图、辽图、南开、天津师大、人大、安徽师大) |
| | 吴　询 | 画溪诗集 16 卷论诗 1 卷选诗 4 卷逸语 7 卷斋记 7 卷 | 乾隆刻本(皖图) |
| | 吴承弼 | 餐霞馆诗 2 卷词 1 卷 | 咸丰九年刻本(皖图、安徽科研所) |
| | 吴　鳌 | 爱吾庐诗抄 1 卷 | 民国二十六年桐城排印本(皖图、安徽科研所) |
| | 吴芝瑛 | 吴芝瑛夫人诗文集 | 民国十八年排印本(国学图书馆) |
| | 吴光祖 | 回照轩诗稿 6 卷 | 民国三十五年桐城吴氏排印本(北图、杭大、南京师大、湖南师大) |
| | 吴汝伦 | 桐城吴先生诗集 | 写刻本(中科院);桐城吴氏刻本(鲁图、湘图、安庆、泰州) |
| | | 吴挚甫诗集 1 卷 | 宣统元年国学扶轮社石印本(上图、川图、辽图、豫图、湘图、皖图、洛阳、日本人文、大阪) |
| | | 吴挚甫诗集 1 卷附 1 卷 | 宣统二年国学扶轮社石印本(北图、南图、皖图、南京师大、南大、厦门、日本京文) |

| 家族 | 诗人 | 留存诗歌别集 | 版本、馆藏 |
|---|---|---|---|
| 高甸吴氏 | 吴汝纶 | 吴挚甫先生文稿不分卷杂稿不分卷诗稿不分卷朋游来牍不分卷 | 稿本(北图) |
| | | 桐城吴先生文集 4 卷诗集 1 卷 | 光绪三十年吴氏家刻桐城吴先生全书本(丛书综录、浙图、湘图、晋图、人大、南通师专、泰州、台湾东海、史语、日本人文、京文、大阪、东研、东洋、韩国成均馆大学)；台北文海版近代中国史料丛刊第 37 辑 |
| | | 吴挚甫文集 4 卷附录 1 卷诗集 1 卷 | 宣统元年国学扶轮社石印本(南大、复旦、安徽科研所、旅大) |
| | 吴闿生 | 北江诗草 5 卷 | 民国十二年桐城吴氏手抄稿本(北图) |
| | | 北江先生诗集 5 卷 | 民国十二年文学社排印本(北图、南图、湘图、首都、中科院、镇江、旅大) |
| | | 北江先生文集 12 卷诗集 5 卷 | 民国十三年文学社刻本(上图)；民国二十二年文学社刻本(北图、首都) |
| 麻溪吴氏 | 吴坤元 | 松声阁集 1 卷二集 1 卷三集 1 卷文集 1 卷 | 民国二十六年十世孙吴田铅印本(皖图、南大) |
| | 吴隆鹭 | 拙馀轩诗集 2 卷附静者居诗集 2 卷芸晖馆诗集 2 卷按：所附分别为吴贻诚、贻咏撰 | 道光十三年刻本(中科院) |
| | 吴贻咏 | 芸晖馆诗集 2 卷 | 道光十三年刻吴隆鹭撰拙余轩诗集本附(中科院) |
| | 吴贻诚 | 静者居诗集 2 卷 | 道光十三年刻拙徐轩诗集本附(中科院) |
| | 吴国琦 | 怀兹堂集 8 卷 | 明崇祯十四年吕士坊刻本(台湾中图) |
| | 吴元安 | 虚直斋诗抄 2 卷 | 乾隆八年刻本(南图) |
| | 吴云骧 | 岳青诗集 2 卷 | 道光二年刻本(中科院) |

续表

| 家族 | 诗人 | 留存诗歌别集 | 版本、馆藏 |
|---|---|---|---|
| 麻溪吴氏 | 吴宝三 | 鞠隐山庄遗诗 1 卷 | 光绪十八年刻本(湘图、复旦、无锡民国排印本(北图、上图、南图、中科院、南开、洛阳);民国七年排印小万柳堂丛刊本(丛书综录) |
| | 吴肖萦 | 吴君婉遗诗 1 卷 | 民国十八年排印本(南图) |
| 鹧石周氏 | 周 岐 | 周氏清芬诗文集 38 卷 | 光绪十九年刻本(安徽科研所) |
| 宕山钱氏 | 钱澄之 | 田间诗残帙 | 清稿本(皖图) |
| | | 田间诗集 28 卷 | 康熙十九年斟雉堂刻本(上图、川图、首都、日本内阁);1998 年黄山书社排印诸伟奇校点安徽古籍丛书·钱澄之全集本 |
| | | 藏山阁诗存 14 卷 | 光绪三十四年铅印本(皖图、温州) |
| | | 田间诗集 28 卷文集 30 卷 | 康熙二十九年斟雉堂刻本(北图) |
| | | 藏山阁诗存 14 卷文存 6 卷尺牍 4 卷 | 清抄本(皖图按:有萧穆批校);清抄本(北图按:有伦明校)光绪三十四年铅印本(上图、南图、皖图、复旦、南开、南大、湖南师大) |
| | 钱劬仍 | 听雪斋诗集 10 卷二集 12 卷 | 清刻本(皖图) |
| 木山潘氏 | 潘 江 | 怀古轩诗抄 5 卷 | 康熙四十七年刻本(上图) |
| | | 木崖集 27 卷 | 康熙刻本(北图) |
| | | 木崖续集 24 卷末 4 卷 | 康熙二十五年河墅名山堂刻本(北图、中科院、清华) |
| | | 木崖诗集 1 卷 | 龙眠风雅续集附,康熙刻本(北图) |
| 仓前戴氏 | 戴钧衡 | 味经山馆遗诗 2 卷 | 抄本(皖图) |
| | | 味经山馆诗抄 6 卷附评语 1 卷 | 咸丰二年王祐蕃校江苏刻本(北图、皖图、赣图、川图、安庆、镇江、温州) |

续表

| 家族 | 诗人 | 留存诗歌别集 | 版本、馆藏 |
|---|---|---|---|
| 仓前戴氏 | 戴钧衡 | 味经山馆文抄 4 卷诗抄 6 卷遗书文 1 卷诗 5 卷尺牍 1 卷 | 咸丰三年刻本(北图、赣图) |
| | | 味经山馆集<br>按：收蓉渊初集 6 卷、味经山馆诗抄 6 卷、味经山馆文抄 4 卷、蓉洲文集、悔言、行述，附戴氏先德传 | 道光十九至二十三年刻本(鲁图) |
| | | 戴钧衡诗文集 16 卷 | 道光咸丰刻本(湖南师大) |

# 第二章　明清桐城望族诗歌的文化历史环境

## 第一节　地域文化和明清桐城望族诗歌

### 一、桐城的文化地理环境

桐城自古以来地理位置就非常重要："桐邑地当孔道，北通直豫，南达江广，而且沉分水陆，为皖郡门户，四达之区也"，乃"七省通衢"之地，是"淮西要地，江北名区"①(《桐城县志》卷一"形胜")，为"淮服之屏蔽，江淮之会衡"②(《道光续修桐城县志》卷一"形胜")，"与楚之薪黄，豫之光固，以及江淮间诸州县，壤地相接，犬牙交错，虽山川阻深，而人民之所走集，皆为四达之衢"③。

桐城是地理形胜之地，它"表罩江湖，周环山泽"，"其山深秀而颖厚，其川迤逦而荡涌"，"投子峙其后，横山矗其前，江流绕其左，龙眠环其右"，"龙眠、峡关阻其北，浮渡、云岩经其东。下连濡须、居

---

① (清)胡必选主修，赵君访编纂：《(康熙)桐城县志》，江苏古籍出版社 1998年版，第 8 页。
② (清)廖大闻等修：《(道光)续修桐城县志》，江苏古籍出版社 1998年版，第 11 页。
③ (清)戴名世：《戴名世集》，中华书局 1986 年版，第 23 页。

巢，上接潜、霍、英、六。绕群嶂而漾巨浪"①(《道光续修桐城县志》卷一"形胜"，"环桐皆山也，而河流自东北以旋绕西南，若关梁，悉依附以立，风水固秀绝人寰矣"②。桐城地势西北高而东南低，西北多山，中部丘陵，东南滨水，山地、丘陵、平原依次呈阶梯状分布，境内有白荡、白兔、菜子、嬉子等湖泊数处，镶嵌其间，可谓山环水抱。姚鼐曰："夫黄、舒之间，天下奇山水也"③，戴名世云："吾桐山水奇秀，甲于他县"④，"江北之山，蜿蜒磅礴，连亘数卅，其奇伟秀丽绝特之区，皆在吾县。县治枕山而起，其外林壑幽深，多有园林池沼之胜。出郭循山之麓，而西北之间，群山透迤，溪水潆洄"⑤(戴名世《河墅记》)。就山而言，大别山余脉断断续续绵延于境内，龙眠、岱鳌、投子、挂车、鲁硪、华崖、浮山、柳公、拔茅、黄公诸峰挺秀其中。众多湖泽之中，大沙、挂车、龙眠、孔城四河汇入菜子湖，通过枞阳闸注入长江。桐城最有名的山是"擅江北名山之秀"⑥(《安庆府志·山川》)的龙眠山，因为状如青龙，且山中有二龙井而得名。被誉为"宋画第一"的李公麟晚年归隐龙眠，建"龙眠山庄"，号"龙眠居士"，与苏轼、苏辙、黄庭坚来往密切，苏轼曾为其《龙眠山庄图》作跋，苏辙有《龙眠山二十咏为李伯时赋》，黄庭坚也多次赋诗吟咏龙眠山。清代大学士张英于康熙四十年辞官回乡，隐居龙眠山中，在双溪筑草堂，沿溪筑堤种松，并用康熙帝赐金的一半建赐金园，《桐旧集》记载："桐城张文端公

---

① (清)廖大闻等修：《(道光)续修桐城县志》，江苏古籍出版社 1998 年版，第11 页。

② 涂庶、叶濒：《桐城民俗风情》，黄山书社 2002 年版，第 1126 页。

③ (清)姚鼐著，周中明选注：《姚鼐文选》，苏州大学出版社 2001 年版，第 55 页。

④ (清)戴名世著，石钟扬、蔡昌荣选注：《戴名世散文选集》，百花文艺出版社 2003 年版，第 267 页。

⑤ (清)戴名世著，石钟扬、蔡昌荣选注：《戴名世散文选集》，百花文艺出版社 2003 年版，第 63 页。

⑥ (清)张楷修：《安庆府志》，中华书局 2009 年版，第 11 页。

(张英)以山水为性情,自称曰圃翁。尝以水衡构园居之,名'赐金园'","双溪上有碧潭奇石,中有爱吾庐,折而北有'赐金园',文端公优游于此间"。①另外,明代大学士何如宠在龙眠山建"泻园",大司马孙晋建"椒园",巡抚赵鉽建"杏花村",都御使左光斗建"三渡庵"和"寒知阁",戴震建"太古山房",姚文燮建"乐耕堂",方大任与方文建"碾玉峡山房",等等,桐城文士多喜欢在此流连,并留下许多吟咏。桐城文人以龙眠为号者也不鲜见,比如明末大学者方以智即号为龙眠愚者。此山对桐城的重要性不言而喻,明末潘江集桐城诗、文,名为《龙眠风雅》、《龙眠古文》。鲁䂬山因三国吴名将鲁肃得名,颇多人文胜迹,《康熙桐城县志》云:"鲁䂬山,县东北十五里,相传鲁肃居此,其上有试剑石古迹。"②另外,投子山、华崖山等也是风景秀丽,景色宜人。

## 二、地域文化对明清桐城望族诗歌的影响

人类社会的发展和地理环境密不可分。《孔子家语》云:"坚土之人刚,弱土之人柔,墟土之人大,沙土之人细,息土之人美。"拉布拉什说:"一国的历史不可同国人居住的地域相脱离。"③孟德斯鸠认为,能够支配人们的东西有许多——气候、法律、政府的准则、过去的榜样、习惯、风俗等,但只有包括土壤肥瘠在内的气候带才是"支配一切的东西"④。中国著名学者钱穆认为,中国的地理环境影响了中国古代的政治格局、经济形态、文化进展以及中国人对于人生观念和人生理想、宗

---

① (清)徐璈辑:《桐旧集》,民国十六年影印原刻本。

② (清)胡必选主修,赵君访编纂:《(康熙)桐城县志》,江苏古籍出版社1998年版,第11页。

③ [法]布罗代尔著,顾良、张泽乾译:《法兰西的特性》,商务印书馆1994年版,第215页。

④ [法]孟德斯鸠著,张雁深译:《论法的精神》,商务印书馆1961年版,第311页。

教信仰的特征等。① 这种地理环境决定论在中西方都有非常重大的影响，许多著名学者对此有论述。

不同地理环境往往产生不同的地域文化，许多学者因此还进行了文化类型的归纳。黑格尔(1770—1831)把整个世界的地理环境划分为三种类型："(1)干燥的高地，广阔的草原和平原。(2)平原流域——是巨川、大江所流过的地方。(3)和海相连的海岸区域。"②黑格尔认为，由于地理环境的不同，这三种区域的民族性格和社会生活都有较大不同。生活在第一种类型地区的民族过着游牧生活，其政治生活的特点是家长制。生活在第二种类型区域的是农耕民族。生活在第三种类型区域的民族"则追求利润，从事商业"③。钱穆先生论及地理环境与文化类型之间的因果关系曰："各地文化精神之不同，穷其根源，最先还是由于自然环境有分别，而影响其生活方式。再由生活方式影响到文化精神。人类文化，由根头处看，大别不外三型。一、游牧文化，二、农耕文化，三、商业文化。游牧文化发源在高寒的草原地带，农耕文化发源在河流灌溉的平原，商业文化发源在滨海地带以及近海之岛屿。三种自然环境，决定了三种生活方式，三种生活方式，形成了三种文化型。此三型文化，又可分成两类。游牧、商业文化为一类，农耕文化为又一类。"④而当代学者李桂海认为，我国因地域复杂自古就形成了几种不同的文化类型，即河谷型、草原型、山岳型和海洋型。河谷型文化的特点是内聚力和容纳性强；草原型文化的特点是它的流动性和外向性；山岳型文化的特点是它的封闭性和排他性；海洋型文化的特点是开放性和冒险精神较强。这四种地域文化交流碰撞的结果，总的趋向是河谷型文化不断得

---

① 钱穆：《中国文化史导论》，商务印书馆 1994 年版，第 20 页。
② [德]黑格尔著，王造时译：《历史哲学》，三联书店 1956 年版，第 123、131~132 页。
③ [德]黑格尔著，王造时译：《历史哲学》，三联书店 1956 年版，第 132~135 页。
④ 钱穆：《中国文化史导论》，商务印书馆 1994 年版，第 2 页。

到充实和发展，而其他类型的文化却相对发展缓慢，有的甚至被融合同化。主要原因是河谷型文化比其他类型的文化有更强的发展基因，它是一种以农业为主体的混合型文化，有较大的伸缩性和较强的适应性，有很强的容纳、吸收和同化别的文化的潜力。①

　　文学和地域文化密切相关。不同的地理环境产生了相异的地域文化，它作用于生活于其中的个体，对文学产生重大的影响。唐魏徵《隋书·文学传序》："江左宫商发越，贵于清绮；河朔词义贞刚，重乎气质。气质则理胜其词，清绮则文过其意。理深者便于时用，文华者宜于咏歌。此其南北词人得失之大较也"②，是非常著名的论断。陈寅恪先生著于1939年的《隋唐制度渊源略论稿》曰："盖自汉代学校制度废弛，博士传授之风气止息以后，学术中心移于家族，而家族复限于地域，故魏晋南北朝之学术、宗教皆与家庭、地域两点不可分离。"③吴大琨说："在中国的历史上，家族一直在社会的发展中占着非常重要的地位。要弄清楚某一地区的文化发展情况，就必须弄清楚这一地区的一些代表性家族的情况，两者是分不开的。"④吴承学认为："地域的文化氛围与传统，无疑对本地域的作家起着强烈的直接影响。"⑤

　　桐城的自然地理环境孕育了独特的地域文化，而这种地域文化在桐城士人身上打上了深深的印迹。对此，许多桐城学者有非常清晰的认识。康熙时大学士张英说："桐邑居大江之北，其地介吴楚，其县治倚龙眠山麓，岭岫绵亘，百泉奔汇，其山之秀异特出者，则又有二龙浮渡白云诸峰，雄奇峰崒，峙于境内，平湖百里，潆回曲折而与之俱；其地灵之结聚，风气之蟠郁，洵江南之奥区也。生斯地者，类多光伟磊落之

　　① 李桂海：《对我国地域文化发展特点的一点思考》，《云南社会科学》，1989年第3期。

　　② （唐）魏徵等撰：《隋书》，中华书局1972年版，第1730页。

　　③ 陈寅恪：《隋唐制度渊源略论稿》，上海古籍出版社1982年版，第17页。

　　④ 吴大琨：《笔淡吴义化》，《文史知识》1990年第11期。

　　⑤ 吴承学：《中国古典文学风格学》，花城出版社1993年版，第13页。

士。数百年间，名公卿大夫，学人才人，肩背相望。官于朝者，皆能区明风烈，建立事功，或以直谏名，或以经济显，或以文学为时所推重，卓然有所表见而不同于流俗。予初入仕版时，每于岩廊宁会之闲，得接见海内耆儒宿老，必召而进之曰：'而桐士也，端重严恪，不近纷华，不迩势利，虽历显仕，登津要，常欿然若韦素者，此桐城诸先正家学也。新进之士，于众中觇其气度，多不问而知其为桐之人。'予志斯语久矣。"①"觇其气度"，便"知其为桐之人"，张英认为是故乡"地灵"造就"人杰"，使桐城士人展现出不同的精神气质，而这种精神气质又有桐城地方文化的强烈印迹。在文学领域，这种强烈印迹会对桐城作家的创作产生重大影响。

　　谈及桐城地域文化与文学的关系，研究桐城派的学者周中明云："（桐城）山水奇秀，师法自然、清正雅洁文风的形成……既开放又封闭的区位，有助于桐城作家的生长……优美的自然风光，足以吸引外地人才的荟萃。"②周先生认为，一方面桐城秀美的自然风光能够净化桐城文士的身心，使桐城派本土作家在进行文学创作时能够不受浮靡陋习的浸染，而追求清正雅洁的文风。事实上，桐城望族诗人的诗歌创作也是如此，他们的诗作大多格调高雅，清净自然，不涉鄙俗。另一方面，桐城特殊的地理环境造就了当地特殊的文化氛围和社会风气，对桐城派作家产生了重大的影响。戴名世《孑遗录》云："桐城居深山之中，地方百余里，一面滨江，而群山环之，山连亘千余里，与楚之蕲、黄、豫之光、固，以及江、淮间诸州县，壤地相接，犬牙错处，虽山川阻深，而人民之所走集，皆为四达之衢……四封之内，田土沃，民殷富，家崇礼让，人习诗书，风俗醇厚，号为礼义之邦。"③姚鼐曰："夫黄、舒之间，天下奇山水也，郁千余年，一方无数十人名于史传者。独浮屠之雄，自梁

---

①　（清）张英：《笃素堂文集·龙眠古文物集序》，新文化书社1934年版。
②　周中明：《桐城派研究》，辽宁大学出版社1999年版，第4~6页。
③　（清）戴名世：《孑遗录》，《四库禁毁书丛刊》本。

陈以来，不出二三百里，肩背交而声相和也，其徒遍天下，奉之为宗。岂山川奇杰之气，有蕴而属之邪？夫释氏衰歇，则儒士兴，今殆其时矣。"①刘开说："余观枞阳（原属桐城）之地，外江内湖，群山为之左右，峰势喷薄，与波涛互相盘护，山川雄奇之气郁而未泄。士生其际，必有不为功利嗜欲所蔽，而以气概风节显于天下，而女子节行之嘉犹未足以尽之也。"②

群山环绕形成桐城相对封闭的内陆环境，从而使桐城能够保持独立的文化环境，少受外界的侵蚀。就文化类型来说，桐城属于典型的以农业文明为基础的河谷型文化，桐城望族大多以耕读传家，诗礼相承，学风浓厚，尊师重教，保持典型的儒家文化传统。《桐城续修县志》卷三："中皆世族列居，惟东南两街有市廛，子弟无贫富皆教之读，通衢曲巷书声夜半不绝。士重衣冠，无以小帽马褂行于市者，虽盛暑不苟，贫士以布为袍褂，与裘帛并立不耻。重长幼之序，遭长者于道，垂手立，长者问则对，不问则待长者过，然后行；或随长者行，毋敢逾越。士人晨昔以文字往来相攻错，明以来，多讲性理之学。"③

这样的文化环境对桐城望族诗歌的创作产生了重要影响。陈焯云："龙眠之为山，深秀而迥复。蟺蜒百里，自为奥区，于天柱诸峰无所附丽，士生其间，秉山川苍迥沉郁之气，人尚实学，不竞浮名。尚实学则含英咀华，先求根柢，风骚乐府，户习家传，虽闺阁童孺之言，必无贫俚寒俭之态。不竞浮名，则适性缘情，各摅才致，外诱莫夺，世趋莫移。故有明三百年来诗体三变，龙眠之名卿硕士与四方分坛立埠者，未尝不声光相接而坚守朴学，一以正始为归者，固自如也。"④一方面，桐

① （清）姚鼐著，王镇远选注：《姚鼐文选》，苏州大学出版社2001年版，第114页。

② （清）刘开：《刘孟涂集》，上海古籍出版社2010年版，第21页。

③ （清）廖大闻等修：《（道光）续修桐城县志》，江苏古籍出版社1998年版，第51页。

④ （清）潘江辑：《龙眠风雅》，康熙十七年潘氏石经斋刻本。

城人热衷作诗，有浓郁的诗学氛围，但作诗"虽闺阁童孺之言，必无贫俚寒俭之态"，原因就是"尚实学"，于是"含英咀华，先求根柢，风骚乐府，户习家传"；另一方面，作诗能"适性缘情，各摅才致，外诱莫夺，世趋莫移"，原因就是"不竞浮名"。陈焯在这儿显然有所指，所谓"贫俚寒俭之态"当是指公安、竟陵而言；"竞浮名"是指明代诗坛热闹异常，流派迭起，你方唱罢我登场，难掩浮躁空疏之态，而桐城诗家却不凑时流，不争虚名。所以有明"诗体三变"，无论明初、七子还是公安、竟陵，"四方分坛立埠者"众，"龙眠之名卿硕士"也曾与他们"声光相接"，但他们始终"以正始为归，固自如也"。陈焯把这一切都归结为地域文化的影响。

　　实际上也的确如此。从明至清，时移世易，心学的盛行、市民思潮的涌动都给士人的思想带来巨大的冲击，但是从桐城望族诗家的诗学思想和诗歌取向来说，始终以平实雅正为旨归，呈现出重人格修养、思想上的正统性特点。这一点可以从许多诗人的诗论中得到印证。姚鼐云："古之为诗者，不自命为诗人者也，其胸中所蓄高矣、广矣、远矣，而偶发之于诗则诗与之为高、广且远焉。故曰：善为诗也，曹子建、陶渊明、李太白、杜子美、韩退之、苏子瞻、黄鲁直之伦，忠义之气、高亮之节、道德之养、经济天下之才，舍而仅谓之一诗人耳，此数君子岂甘哉？唯能知为人之重于为诗者其诗重矣。"[1]姚莹曰："李杜白陆，竞以诗人震耀古今，称名之伟如日月江河者，何也？不唯其诗，唯其人也。……是其忠义之气、仁孝之怀、坚贞之操、幽苦怨愤郁结而不可申之志所存者然也。……吾以为学其诗不可不师其人，得其所以为诗者，然后诗工而人不废。"[2]

　　因为"尚实学"，桐城诗家作诗往往"先求根柢"。一方面，桐城诗

---

[1]　(清)姚鼐：《惜抱轩全集》，中国书店1991年版，第37页。
[2]　贾文昭：《桐城派文论选》，中华书局2008年版，第241页。

家注重诗歌的"风雅"传统，不斤斤于唐宋之间，而是追本溯源，"风骚乐府，户习家传"。明末潘江辑桐城诗，名之曰《龙眠风雅》，代表了桐城望族诗家向"风雅"看齐的观念，潘江云："第姚曰诗传盛推昔人著作，钱曰诗存严持一己，权衡揆之，鄙衷均不敢出。因思诗首葩经托始风雅，太史公曰国风好色而不淫，小雅怨诽而不乱，摛词之家，取法乎上，风雅二字尽之矣。虽不能至心向往之，亦曰此吾龙眠风雅云尔。"① 另一方面，桐城望族诗家特别注重诗人的学养，强调"诗人之学"的重要性。这些在后文都将论及。

桐城具有浓郁的诗学氛围，所谓"江淮之间，士之好为诗者莫多于桐"②。桐城诗家之多，可从《桐旧集》中得到印证。《桐旧集》选录了自明初迄清道光庚子近五百年桐城籍一千二百余人的诗作，其中诗人有专集的有 600 余家。虽然以诗名家者多，但湮没无闻者尤多，这其中就有很多成就很高的诗人。清道光年间，马树华辑《桐城马氏诗钞》，谈及朱彝尊《明诗综》"吾家阙如"、沈德潜《别裁集》"亦仅载相如先生三诗"的原因时，他的结论是"岂不以先世类多厚重不急务名誉而然也"③，这和陈焯所言桐城诗家"不竞浮名"不谋而合。因为"不竞浮名"，"则适性缘情，各摅才致，外诱莫夺，世趋莫移"。所以桐城诗家尽管风格不一，所谓"汉魏六朝三唐两宋以及元明清大家之美无一不备"④，但大多以适性缘情为主。桐城诗家论诗，特别注重"情真"。钱澄之云："夫诗者，性情之事也。世称北方尚气，故多悲歌慷慨之音。若先生之缠绵悱恻，其诗一出以柔淡，而归于和平，则纯乎性情之为，非气之为矣。夫气出于性情，而后才有真气、真诗。"⑤这样的论调在桐城望族诗人中比

---

① （清）潘江辑：《龙眠风雅》，康熙十七年潘氏石经斋刻本。
② （清）戴名世著，王树民编校：《戴名世集》，中华书局 1986 年版，第 32 页。
③ （清）马树华辑：《桐城马氏诗钞》，道光十六年（1836）可久处斋刊本。
④ （清）徐璈辑：《桐旧集》，民国十六年影印原刻本。
⑤ （清）钱澄之撰，彭君华校点：《田间文集》，黄山书社 1998 年版，第 294 页。

比皆是。

姚振黎《桐城文派社群考察》云："封闭中有开阔之交流生态，使桐城得以吸收众美；开阔中有封闭之地域环境，形成淳朴社会风气，对于养成桐城文派作家专心致志于古人道德，文章，并不懈探求之精神，显然大有帮助。"①这个论断同样适用于桐城望族诗家。因为其"封闭中"的"开阔性"，他们得以走出去，吸收众美；因为其"开阔中"的"封闭性"，形成淳朴之社会风气，他们能够"不竞浮名"，作诗以"适性缘情"为意，只要不违背传统诗教，在诗学取向上较为通达，少有门户习气。所以当大批桐城望族诗人走出去，多年"封闭性"地域文化的浸润，使他们面对纷繁复杂的诗坛格局时，能够保持清醒的头脑，不为时流所趋，这使他们具有更大的包容性，面对诗坛此消彼长的论争，他们在保持自己根底的基础上尽力去融合，直至姚鼐主张"兼综唐宋"，形成桐城诗派，桐城诗文化的地域性痕迹得到进一步延伸。

## 第二节　家族文化和明清桐城望族诗歌

作为宗族制的农业社会，家族在中国古代整个社会结构中扮演着重要角色，而许多名门望族甚至逐步成为学术文化的主要载体。陈寅恪先生指出：

> 东汉以后学术文化，其重心不在政治中心之首都，而分散与各地之名都大邑，是以地方大族盛门乃为学术文化之所寄托。中原经五胡之乱，而学术文化尚能保持不堕者，固由地方大族之力，而汉族之学术文化变为地方化及家门化矣。故论学术，只有家学之可

---

① 姚振黎：《桐城文派社群考察》，《构建与反思：中国文学史的探索学术研讨会论文集上》，辅仁大学中国文学系中国古典文学研究会，2002 年，第 195 页。

言，而学术文化与大族盛门常不可分离也。①

　　这段话指出了学术文化变为地方化和家门化的历史现实。实际上，一直到明清时期，这样的局面也没有大的改观，学术文化与大族盛门仍然不可分离。这些大族盛门之所以能够垄断当地的学术文化，是因为在这些家族中，能够出现大批学术文化的承载者，而这些承载者的学术文化又是基于家族文化的丰厚土壤。所以要研究中国的学术文化，就必须关注这些大族盛门的家族文化。论及家族文化，有的学者认为："家族文化主要包括调整家族成员之间相互关系的伦理道德规范，家族成员的行为规范，家族成员的家族观念及对自身、社会与家族关系的认识。"②关于家族文化的具体内涵，有学者论述道："家族文化作为我国传统文化的重要组成部分，其内涵极为丰富和复杂，且随着社会的发展不断地演化、发展和完善。在结构上，它表现出聚族而居、宗姓群体、辈分、房族、族老、亲属等特征；从功能上，它维持着整个家族的生存和发展，保证家族的稳定有序；从性质上看，它具有端下风气、团结互助、敬老养老的优质特征。……我们认为家族文化主要由三个不同的层面构成，一是它的人伦秩序层面，即家族中人与人之间的关系首先体现为一种尊卑上下、贵贱长幼的伦理秩序。二是它的道德情感层面，在父子、夫妇、兄弟之间虽爱有等差，但也蕴涵着建立在血缘基础之上的亲情，且这种家庭伦理对家族的生存和发展发挥着积极的作用。三是它的价值理想层面，家庭不仅体现为具体的生存场所与人伦关系，它同时也意味着一种价值上的终极关怀，人们对家的感情既表现为对具体家庭的眷恋，有时也把它视为精神的家园与情感的归宿。"③这些论述基本上道及

---

　　①　陈寅恪：《金明馆丛稿初编》，上海古籍出版社 1980 年版，第 329 页。

　　②　李卓主编：《家族文化与传统文化——中日比较研究》，天津人民出版社 2000 年版，第 1 页。

　　③　曾书文：《中国传统家族文化新论》，《中州学刊》2005 年第 3 期。

了家族文化的内涵。简单说来,家族文化是一个家族呈现出的文化特征,这种文化特征会浸润每一个家族成员的内心,影响他们的思想、行为。对大族盛门的作家而言,他们的文学创作往往都有深深的家族文化的烙印。

## 一、理学与桐城望族诗家对儒家诗教的传承

明清时期,尽管时移世易,王学左派也一度风生水起,但正如葛兆光《中国思想史》(第二卷)所云:"主流知识、思想与信仰世界也仍然维持着宋元以来逐渐形成并巩固的同一性,大多数士人仍然在《四书五经》的教育与阅读中,接受传统观念的熏染。"[1]官方的政治意识形态始终是以孔孟之道、程朱理学为中心的儒家学说。明清桐城望族科甲连绵,始终与官方的主流意识形态高度契合,在他们的宣扬之下,由于桐城环境的相对封闭,在当地形成了推尊儒家文化的坚强壁垒。所以桐城社会风气特别注重礼教纲常,《桐城续修县志》曰:"桐城特重礼教,风俗淳厚。""城中皆世族列居,惟东南两街有市廛,子弟无贫富皆教之读,通衢曲巷书声夜半不绝。士重衣冠,无以小帽马褂行于市者,虽盛暑不苟。贫士以布为袍褂,与裘帛并立不耻。重长幼之序,遭长者于道,垂手立,长者问则对,不问则待长者过,然后行;或随长者行,毋敢逾越。""风气质朴,非行嘉礼会宾客,虽行衢市,皆长袍小帽。耕读各世其业,皆能重节义,急租输,敬长官。"[2](道光《续修桐城县志》卷三《学校志·风俗》)"童子散学后,见尊长必逐人揖,使之习礼也。"[3]马其昶说:"吾乡俗乾嘉前至纯至美;荐绅告归皆徒行,无乘舆者;士人出行于市皆冠服,客至亦然;遭长者于途必侧立,待长者过乃行,子

---

① 葛兆光:《中国思想史(第二卷)》,复旦大学出版社 2001 年版,第 380 页。

② (清)廖大闻等修:《(道光)续修桐城县志》,江苏古籍出版社 1998 年版,第 60 页。

③ 徐庶、叶濒编著:《桐城民俗风情》,黄山书社 2002 年版,第 167 页。

弟群出必究其所往，不问其姓名谁何也，或非议，辄面呵之，即异姓子弟皆奉教惟谨。"①明清时期，桐城烈女节妇也特别多，特别是这些名门望族的大家闺秀，更是严格恪守伦理纲常，不逾雷池一步。从清朝顺治至道光，仅麻溪姚氏妇女入《县志·节孝》者153人，《贞女》者2人，《烈妇》者2人，为"失节事大"树立了样板。

　　桐城望族诗家大多奉习儒业，推尊程朱理学，特别是以方学渐为代表的方氏家族是典型的理学世家，所谓"累叶敦儒，濯于忠节"②，"绵延数百年而未艾"③。姚鼐云："儒者生程朱之后，得程朱而明孔孟之旨，程朱犹吾父师也。"④姚永概在《童氏宗谱》五修序中说："余尝过枞阳拜童定夫先生祠，读家惜抱府君所书楹榜，概然相见吾邑学问渊源之所自……盖吾邑盛自前明，仕于朝者立气节，官于外则多循吏，居家则重理学，一时风尚然也。国初，钱田间（按：钱澄之）、方密之（按：方以智）二先生始于文章诏后进，学术稍变，然而立身、行己、居家仍兢兢矣。笃守宋儒遗说，则又往者诸先生所留贻也，遗泽岂不长哉。"⑤这对文学创作产生了非常大的影响，姚鼐说："夫古人之文，岂第文焉而已！明道义、维风俗以昭世者，君子之志；而辞足以尽其志者，君子之文也。"⑥就诗歌来说，他们推崇儒家的诗教观，注重诗歌的政治功能和教化作用。方苞在《徐司空诗集序》中说："诗之用，主于吟咏性情，而其效足以厚人伦，美教化……异世以下，诵公之诗，而得其所以为人，忠孝之心可油然而生矣！"⑦这样的论调在桐城望族诗家中比比皆是。刘

①　（清）马其昶著，毛伯舟点注：《桐城耆旧传》，黄山书社1990年版，第2页。
②　（清）方昌翰编：《桐城方氏七代遗书》，光绪十四年本。
③　（清）方昌翰编：《桐城方氏七代遗书》，光绪十四年本。
④　（清）姚鼐：《惜抱轩文集》，山东画报出版社2004年版，第306页。
⑤　（清）姚永概：《慎宜轩文集》，清刻本。
⑥　（清）姚鼐著，王镇远选注：《姚鼐文选》，黄山书社1986年版，第85页。
⑦　（清）方苞著，王沛霖、王朝晖编：《方苞散文选集》，百花文艺出版社2004年版，第118~119页。

大櫆论诗重格律声色，但他也认为："昔者，圣人制为诗以教天下，田野之农夫，闺房之女妇，乡曲之孺子，奥皆能为歌谣，以项其上之美，而讥其失利罚之烦，赋数之苛，皆有以自达其德，抑塞之情舒，而忿憾无聊不平之气寝以微矣。诗亡则上下之意略指异痞结，而陈胜吴广始徉以纵横于片隋之间……有诗而君臣之志通也，有诗而父子兄弟之忍涣也，有诗而夫台之好永也，夫诗何负于人哉……诗成而礼乐之化行矣。"①汪稼门论述桐城方氏诗歌之特点云："文章为治乱之符，忠孝为性情之本，观于是辑，不益信哉！辑中明世诸公，生逢世乱、变起君父之间，身当家国兴亡之际，故其诗愤而多感，踔厉悲凉，使读之者犹想见其遭时多难，而其发乎忠孝，旁魄勃郁，不能自已之心，百世之下如或遇之……虽然人以德行政事着，不必其有诗也，而忠孝存焉矣；诗不必皆言忠孝也，而忠孝存焉矣。夫顺之则平，逆之则鸣，虽以所遇而异，而其性情之发乎忠孝也，岂有异哉？然则是辑也，传其一家之诗，即谓其家忠孝、文学俱传，于是可也；存其一家之风气，即谓数百年治乱之故俱存，于是可也。"②

## 二、尚学重教的风气与桐城望族诗人对诗人之学的重视

许多桐城望族之所以能保持长盛不衰，就是因为代有人才，科举连绵，这与他们尚学重教的观念是分不开的。《桐城续修县志》卷三云："城中皆世族列居，惟东南两街有市廛，子弟无贫富皆教之读，通衢曲巷书声夜半不绝。"③桐城望族诗家的士人往往从小就受到严厉而良好的教育，刻苦力学的精神秉持一生。如方苞五岁，其父方仲舒即口授经文章句。十岁时，随兄方舟读经书古文。康熙五十年（1711）"南山集"案

---

① （清）刘大櫆著，吴孟复选注：《刘大魁文选》，黄山书社 1985 年版，第 66 页。
② （清）方于谷辑：《桐城方氏诗辑》，道光辛巳镌饲经堂藏板刻本。
③ （清）廖大闻等修：《（道光）续修桐城县志》，江苏古籍出版社 1998 年版，第11 页。

发，戴名世处死，方苞被株连下狱，定为死罪。在狱中仍坚持治学，著述不已，同监夺其纸笔掷于地，责备他说："命在须臾矣！"方苞从容答道："朝闻道，夕死可矣！"刘大櫆父兄均以教书为业，幼年即从读，双目失明的祖母更是督学不辍。姚鼐从小即受其伯父姚范的言传身教，二十岁即授徒四方。姚莹是姚鼐的侄孙，他在得到姚鼐教诲的同时，还受到其母的严格家教，《诗》、《礼》二经即由其母口授，且"旦夕动作，必称说古今贤哲事"①。康熙朝大学士张英教育子弟"仕宦显赫之家，其老者或退或故，而其家索然者，其后无读书之人也；其家郁然者，其后有读书之人也"②。甚至到了晚年，"宅后构一亭，时花竹，列图书，课子孙诵读，晨夕居其中"③。所以明清桐城望族很多士人青年时就已经读遍经史百家，学问渊博，在科举考试中往往能蟾宫折桂。出仕之后，也并不以宦业而废学，叶灿著《读书堂稿》八卷，吴用先著《周易筌语》，张英则有《易经衷论》、《书经衷论》多卷，胡瓒、左光斗精于水利，而方孔炤则娴于地理军事。还有很多士人毕生以学问为志，皓首穷经，授徒传业，著书立说，如钱澄之父钱志立一生讲学之外，浸心治《易》；方以智的外公吴应宾谢却朝廷诏命，数十年研析不歇，学贯儒释天人，著述等身；姚康，亦以精于史而闻于世。也正因如此，桐城才被称作"文献名邦，号天下第一"④。

因为从小就接受了严格的教育，刻苦力学，桐城望族诗家大多学问淹博，在诗歌创作上他们也往往非常重视诗人之学。钱澄之云："诗之为道，本诸性情，非学问之事也。然非博学深思，穷理达变者，不可以语诗。当其意之所至，而蓄积不富，则词不足以给意；见解未彻，则语

---

① 施立业：《姚莹年谱》，《安徽古籍丛书》编审委员会2004年编纂，第12页。

② （清）张英：《聪训斋语》，中国戏剧出版社2000年版，第21页。

③ （清）张英：《文端集》，文渊阁《四库全书》本。

④ （清）马其昶著，毛伯舟点注：《桐城耆旧传》，黄山书社1990年版，第269页。

不能以入情。学诗者既已贯通经史,穷极天人之故,而于二氏百家之书无有不窥,其理无有不研,然后悉置之,而一本吾之性情以为言。于斯时,不必饰词也,而词无有不给;不必缘情也,而情无有不达。是故博学穷理之事,乃所以辅吾之性情,而裕诗之源者也。"①此乃杜甫"读书破万卷,下笔如有神"之义,持此义者,在桐城望族诗家中比比皆是。方以智论诗倡"中边说",认为"论伦无夺,娴于节奏,所谓边也;中间发抒蕴藉,造意无穷,所谓中也。措词雅驯,气韵生动;节奏相叶,蹈厉无痕;流连景光,赋事状物,比兴顿折,不即不离;用以出其高高深深之致,非作家乎?非中边皆甜之蜜乎?义况诵读尚友之人,开帱覆代错之目,舞吹毛洒水之剑,俯仰今古,正变激扬,其何可当?由此论之,词为边,意为中乎?词与意皆边也。素心不俗,感物造端,存乎其人,千载如见者,中也"。方以智认为只有"素心不俗",诗歌才能"发抒蕴藉,造意无穷"。那么怎样才能做到"素心不俗"呢?他说:"读书深,识力厚,才大笔老,乃能驱使古今,吞吐始妙。"②另外一位桐城望族大诗人刘大櫆云:"盖人不穷理读书,则出词鄙倍空疏;人无经济,则言虽累牍不适于用。故义理、书卷、经济者,行文之实……譬如大匠操斤,无土木材料,纵有成风尽垩手段,何处设施?"③他们都强调读书穷理对作诗的重要性。

### 三、家族诗文化的传承与桐城望族诗人的诗歌创作

许多桐城望族能够保持长盛不衰,一方面固有因读书科举而代有才人、显宦之现实,另一方面也由于学术文化之积累和传承,文徵明曰:

---

① (清)钱澄之撰,彭君华校点:《田间文集》,黄山书社 1998 年版,第 256 页。

② (清)方以智:《通雅·诗说》,文渊阁《四库全书》本。

③ 漆绪邦、王凯符选注:《桐城派文选》,安徽人民出版社 1984 年版,第 183 页。

"诗书之泽，衣冠之望，非积之不可。"①此所谓家学渊源。比如桂林方氏家族，从方学渐到方大镇、方孔炤、方以智，再到方中德、方中通、方中履，薪火相继，致力于易学研究，创造了桐城易学的辉煌，形成著名的方氏学派。又如麻溪姚氏家族姚鼐之学传自姚范，然后传至姚莹，传至姚濬昌，至姚永朴、姚永概，直到姚元之、姚柬之，家学源远流长，文脉不辍。虽然诗歌创作和学术研究有所不同，但家族的诗学活动、诗学氛围、长辈的悉心教导、同辈的互相切磋，都会对桐城望族诗人的诗歌创作产生非常重要的影响。

桐城望族诗人的诗学观念和诗歌创作往往来自家学渊源的影响。《桐城耆旧传》卷十《姚濬昌》曰："其治身论学为诗，诸子及女婿等，各以所性，师而承传之。"②姚墉《姚仲实行述》云："曾王考自江右罢官归，买屋挂车山，以奉亲教子。府君兄弟三人随侍，祖姑父马抱润先生，亦时来山中，想与谈艺论学者七八年。"③晚辈受长辈教导，师而承传之，这是大族盛门非常常见的现象。钱基博云："桐城姚永朴、姚永概兄弟为古文，亦兼能诗，禅其家学；为文淡宕而坦迤，每不欲尽，而其诗清刻而峭发，又不害尽，盖笃守姚鼐之教也。"④桐城派主将姚鼐，为学为诗受到其叔父姚范的影响，姚莹《从祖惜抱先生行状》云："（姚范）诸子中独爱先生。"⑤马厚才诗云："惜抱高吟自正宗，诗为文掩见谁同？若征家学推山谷，更有援鹑是首功。"⑥钱基博："姚氏自（姚）范

---

①　(明)文徵明：《文徵明集》，清刻本。

②　(清)马其昶著，毛伯舟点注：《桐城耆旧传》，黄山书社1990年版，第391页。

③　卞孝萱、唐文权编著：《民国人物碑传集》，凤凰出版社2011年版，第735页。

④　钱基博：《现代中国文学史》，岳麓书社1989年版，第278页。

⑤　郭绍虞、罗根泽编：《中国近代文论选》，人民文学出版社1962年版，第48页。

⑥　安徽省社会科学院文学研究所：《桐城派研究论文选》，黄山书社1986年版，第285页。

以诗古文授从子鼐，嗣是海内言古文者，必曰桐城姚氏。而鼐之诗则独为其文所掩。自曾国藩昌言其能以古文之义法通于诗，特以劲气盘折；而张裕钊、吴汝纶益复张其师说，以为天下之言诗者，莫姚氏若也，于是桐城诗派始称于世。"①钱锺书《谈艺录》绍述其父之说，指出："桐城则姜坞、海峰皆尚是作手，惜抱尤粹美。承学者见贤思齐，向风成会。盖学识高深，只可明义，才情照耀，庶能开宗。"同时又指出"桐城亦有诗派，其端自姚南菁范发之"②。姚鼐诗学，的确深受姚范之影响。姚范于诗推崇黄庭坚，"涪翁以惊创为奇。其神兀傲其气崛奇，玄思瑰句，排斥冥筌自得意表。玩诵之久，有一切厨馔腥蝼而不可食之意"③。但并不贬斥唐诗，姚鼐诗学，推崇"镕铸唐宋"之旨，显然受到其伯父的影响。

师承家学，是桐城望族诗学的普遍情况。比如桂林方氏家族有一贯的杜诗学家学传统。方拱乾有批注《杜诗论文》56卷，残存41卷（卷一至卷三四，卷四三至卷四九），由其子方育盛过录并撰写跋语。方拱乾之子方孝标曾为陈式的《问斋杜意》作序，高度称赏杜甫"若夫能以《三百篇》为古体，以古体为近体，撷前人之精华，开后人之宪令，前无匿采，而后不敢逾闲，上下数千年惟杜少陵氏一人而已"④。方文极慕陶渊明、杜甫等人之诗，"尝自以生命壬子，命画师作四壬子图，中陶渊明，次杜子美、白乐天，皆高座，而己呈诗卷枢楼于前""其诗朴老真至洒脱，有少陵之风"⑤。而且，方文曾撰有《杜诗举隅》一书，惜未见传本。他也批点过杜诗，周采泉《杜集书录》称"方氏（方文）所批系据何本，不详。未梓行，但传钞本至今尚有存者。丹徒吴眉孙（库）先生曾

---

① 钱基博：《现代中国文学史》，岳麓书社1989年版，第178页。
② 钱锺书：《谈艺录》，三联书店2001年版，第435页。
③ （清）姚范：《援鹑堂笔记》，道光十五年刻本，第22页。
④ （清）方孝标：《方孝标文集》，黄山书社2007年版，第166页。
⑤ 钱仲联主编：《广清碑传集》，苏州大学出版社1999年版，第148页。

手录一份，现归何处不详。方文的批点内容，何焯《义门读书记》中引录不少"[1]。方氏家族批点杜诗蔚然成风，方象乾之曾孙方苞亦批点过杜诗，虽其批点未见传本，"但各注家颇有征引，乔亿曾见此批"[2]，并有征引。现存安徽图书馆的《杜工部集》批本中，有姚永概过录方苞批点。另外，方贞观亦曾批并跋朱鹤龄《杜工部诗辑注》，用行楷批于书眉，藏南京图书馆。"此批见解议论，远胜仇、浦、杨各家笺注，对初读杜诗者大有启发。"[3]

除了来自长辈的家学传承之外，家族内部的唱和、交流等活动也对明清桐城望族诗人的诗歌创作产生了重要影响。许多同族诗人关系密切，游处过从较多，往往能够同气相求，甚而结成诗学团体。比如马氏家族著名诗人马兵部之瑛，在县城建"怡园"，因生有六子，均以诗名，互相切磋唱和，时人誉为"怡园六子"。左氏家族名臣左光斗曾筑别墅于龙眠山口，其子国柱、国槺、国林、国材在此吟诗作赋，称"龙眠四杰"。方拱乾大约20岁时，诗文为乡里称道，与同乡姚孙森等5人为友，人称"六骏"。姚文烈、文勖、文然兄弟"能文章"，有"江北三姚"之目。姚文然、文焱等"皆以诗名"，有"潜园十五子"之称。钱基博《现代中国文学史》记载一则姚氏家族姚永概的很有意思的掌故："先是其昶甫逾冠，就婚姚氏，永概则十一岁耳。其兄长曰永楷、次永朴，每从其昶商论文史；以永概幼，未遽语也；永概则愠见辞色，谓：'奈何轻我！'永概以其昶及范当世为姊婿，以永朴为兄，耳濡目染，神与古会。"[4]耳濡目染，家族文化氛围的熏陶对姚永概产生了很大的影响。方氏家族中方中发(字有怀)与从叔方以智三子中德、中通、中履关系很好，犹如亲兄弟，相互间以诗唱和，而他因与方中履年龄相仿，关系又

① 周采泉：《杜集书录卷九》，上海古籍出版社1986年版，第527页。
② 周采泉：《杜集书录卷九》，上海古籍出版社1986年版，第527页。
③ 周采泉：《杜集书录卷九》，上海古籍出版社1986年版，第548页。
④ 钱基博：《现代中国文学史》，岳麓书社1989年版，第280页。

最为亲密,钱澄之云:"而有怀少孤单,特于素伯为从兄弟,犹同产也。素伯与有怀年相若,故视诸昆仲,游处较密,唱和尤多。观其音调悲壮,意思缠绵,述聚首之乐,惜离别之苦,彼此留恋,孝友之谊蔼然。盖其得诸明善先生之渊源者厚也。若二方子,可谓同气者矣。览其诗,即可以得其诗之本,而徒以声唱和云哉?"①"可谓同气者矣"的情况在桐城望族诗人中并不少见,甚至连女性诗人也不甘寂寞。明末,方氏家族女性诗人曾结成非常有名的"名媛诗社",主要成员有方孟式、方维仪、方维则姊妹与方维仪弟媳吴令仪及其胞姐吴令则姊妹共五人,她们常常于方维仪的"清芬阁"吟诗作画,互相唱和。这样的诗学活动营造了非常好的诗学氛围,在互相切磋中提高了诗艺,她们分别有诗集,并编纂《宫闱诗史》、《闺阁诗评》等作,为女性诗坛作出了很大贡献。

## 第三节　明清政治风云对桐城望族诗歌的影响

《文心雕龙》云:"文变染乎世情,兴废系乎时序",文学和时代政治密切相关。明清最大的历史事件莫过于甲申国变,它带给士人特别是汉族士人的心理冲击是空前巨大的,桐城望族诗人也不例外。在鼎革之际,这些诗人们的出处选择并不相同,但哀怨莫名的心态则一。透过他们的诗歌,可以深切感受到家国之变在他们心理的投射。当一切尘埃落定,新的王朝逐步步入正轨,时代的风雨似乎已随之烟消云散,桐城望族的诗人们也被纳入新王朝的统治轨道,他们逐步顺应新的政治形势,呼应着时代的需要。

### 一、桐城望族诗人在明清易代之际的出处选择及心灵回响

历史上不断循环的改朝换代,总是将进退两难的艰难处境残酷地摆

---

① (清)钱澄之:《田间文集》,黄山书社1998年版,第43页。

在身为旧臣的士人面前。尤其是明清易代，在华夷大防的固有观念的映照下，士人的进退更具标识意义。因此，他们的出路无非几种。等而上者致力于恢复前朝旧业、违抗新朝，以致杀身成仁，成为忠义之烈士；等而下者要么隐遁佛门，要么归居田园，成为遗民来显示气节和操守。但是如若出仕新朝，就会成为大节有亏之人，遭人唾弃。桐城望族大多通过读书科举起家，在明代为官者众多，特别是桂林方氏家族，和明王朝依附关系颇深，所以甲申国变带给他们的冲击特别巨大。当清军的铁蹄踏破中原，许多桐城望族诗人奋起反抗，积极投入到抗清斗争中，甚至以死来全大义。例如张氏家族张秉文在清兵破济南城时，率兵抵抗，最终寡不敌众而殉难，其夫人方氏家族著名诗人方孟式也投大明湖而死。孙氏家族孙临在仙霞关抗击清兵，和爱妾葛嫩及杨文骢一家一起殉难。另如方氏家族方授虽然明亡时只是诸生，但甲申国变时，他号恸不已，遂焚笔砚，绝食求死，因母亲李氏苦苦哀求而作罢。次年乙酉坚辞不赴金陵乡试，并且削发为僧，取法号"明圁"，"作《剖心歌》，皈依天界浪和尚"[1]。顺治丙戌（1646），其父逼迫他参加科举，以光耀门楣，"强令就试，不可；杖之，无忤色，良久，呕血数升"[2]。后来方授被迫离开故乡，经过南京时，望见钟山孝陵，痛哭失声，纵身赴水想以死报国，为舟人救起。方授于顺治丁亥（1647）抵达宁波，寓居陆氏之湖楼，暗中积极结交抗清复明人士，"求甬上志节之士而友之"，并"相与慷慨谋天下事"[3]。后来，"归而江北山寨未靖，子留复豫之，捕入牢狱，以此尽破其家"，但最终"自其蒙难，呕血数斗，遂病，神气日削，不可疗"；次年，还带病白天门山往石浦，"盖有探于海上之消息"，终因病重而卒于象山，年仅二十七岁。《桐城方氏诗辑》卷六十一"小传"云："子留国变后，漂泊江湖间，自号圁道人。既祝发从浪杖人游，或歌或

---

① （清）钱澄之：《田间文集》，黄山书社1998年版，第462页。
② （清）钱澄之：《田间文集》，黄山书社1998年版，第462页。
③ （清）全祖望：《鲒埼亭集外编卷二十·方子留湖楼记》，《四部丛刊》本。

泣,流离悒郁以死,年才二十有七。"①方授之种种行为很具典型性,在当时具有很强烈的象征意义。

很多桐城望族诗人为了保持节义,选择做了遗民。实际上,清廷统治者入关之后,为了稳固自己的统治,运用了各种手段驱使遗民们为新朝服务,特别是知名度较高的才学之士。邵廷寀《明遗民所知传》云:

> 於乎!明之季年,犹宋之季年也;明之遗民,非犹宋之遗民乎?曰:节固一致,时有不同。宋之季年,如故相马廷鸾等,悠游岩谷竟十余年,无强之出者。其强之出而终死,谢枋得而外,未之闻也。至明之季年,故臣庄士,往往避于浮屠,以贞厥志,非是则有出而仕矣。僧之中多遗民,明季始也。②

在清廷手段阴柔惨烈无所不用其极的情况下,遗民们的处境尤为艰难,要守节自持并不比舍生取义更为容易,但是很多遗民并没有因此而改弦易辙。诚如钱仲联先生所言:"泊乎朱明之亡,南明志士,抗击曼殊者,前仆后继。永历帝殉国后,遗民不仕新朝,并先后图报九世之仇者,踵趾相接,伙颐哉!非宋末西台恸哭少数人所能匹矣。"③在生存状态愈来愈艰难的情况下,他们选择流亡、隐逸或者干脆隐遁佛门来坚守民族气节,桐城望族遗民诗人们也不例外。方以智顺治七年(1650)在广西平乐被清兵逮捕,清帅马蛟腾以冠服置于左边,刀剑置于右边,威迫方以智降清,方以智从容不迫选择引颈就刃,后来干脆削发为僧。钱澄之参加抗清活动失败后,隐居家乡,期间也曾祝发为僧。他们之所以如此选择,是因为对遗民身份的强烈认同。如同黄宗羲在《余恭人传》

---

① (清)方于谷辑:《桐城方氏诗辑》,道光辛巳镌饲经堂藏板刻本。
② (清)邵廷寀:《思复堂文集》,浙江古籍出版社1987年版,第1~2页。
③ 朱诚如、王天有主编:《明清论丛第6辑》,紫禁城出版社2011年版,第193页。

中所论："宋之亡也，文天祥、陆秀夫身殉社稷，而谢翱、方凤、龚开、郑思肖彷徨草泽之间，卒与文陆并垂千古。"①桐城望族大多宗奉儒学，特别讲求忠孝节义，恪守民族大义、为前朝尽忠守节，始终流淌在他们的血液里，所以在"夷族变夏"之际，他们大多选择了抗争和不合作。其中比较典型的家庭，是桂林方氏方孔炤一家，方孔炤及子以智、其义，孙辈中德、中通、中履、中发，祖孙辈七人皆甘做遗民，隐居不仕新朝。另外，张氏家族张载，张秉文三子克倬、克仔、克佑，左氏家族左光斗弟左光先、左光明，子国柱、国栋、国材，马氏家族马懋功，姚氏家族姚孙斐、姚文鳌，钱氏家族钱澄之，潘氏家族潘江等，也是很有名气的遗民。

　　桐城望族诗人在明清之际的另一种政治形态是选择归顺新朝。以桂林方氏家族为例，谢正光据方文《嵞山集》中方文与族人的诗歌赠答所记，并参见县志所载，认为仅以顺治一朝来说，方氏子弟出仕新朝的，有十五人。并且"夷考此十五人于族中之支系所属，则见方大美一房，独占十五人之半有余"②。谢先生所指方大美一房，主要是指方大美五子方拱乾父子。方拱乾父子七人皆出仕清廷，其六子玄成、亨咸、育盛、膏茂、章钺、奕箴皆在新朝有科名，所谓"生两女六男，亦皆掇科名"③，但是，方拱乾及其族人在新朝的仕途并不顺利，其家族先后两次受到"科考案"和"南山集案"的牵连，而被流放东北。其他家族出仕新朝比较有名的是姚氏家族姚文然、姚文烈、姚文燮、姚文燕、姚文熊，张氏家族张秉彝，左氏家族左国林，马氏家族马之瑛等。

　　尽管在鼎革之际，桐城望族诗人们的出处选择不一，但其心境受到甲申国变之强烈冲击却有共同之处。波兰文艺理论家勃兰兑斯说"文学

---

① （清）黄宗羲著，陈乃乾编：《黄梨洲文集》，中华书局1959年版，第90页。
② 谢正光：《清初诗文与士人交游考》，南京大学出版社2001年版，第136页。
③ （清）马其昶著，毛伯舟点注：《桐城耆旧传》，黄山书社1990年版，第267页。

史，就其最深刻的意义来说，是一种心理学，研究人的灵魂，是灵魂的历史"①。以此来观照明清之际桐城望族诗歌，尤具典型意义。

**（一）桐城望族诗人的遗民群体及其诗歌的遗民情怀**

遗民诗人是明末清初诗坛非常重要而又特殊的群体，如严迪昌先生所说："遗民诗群是诗史上的一种复合群体，是特定时代急剧的政治风云激漩盘转中聚汇而成的诗群形态。这是一群'行洁'、'志哀'、'迹奇'，于风刀霜剑的险恶环境中栖身草野，以歌吟寄其幽隐郁结、枕戈泣血之志的悲怆诗人。……该群体中的诗人们的深寄以家国沦亡之痛而足能感鬼神、泣风雨的血泪歌吟，自然具有巨大的认识意义和审美价值。……为一代清诗起首之章增添着凄楚蕴结、血泪飘萧的悲歌色调。"②用这段话来映照桐城望族遗民诗人群体，非常契合。从桐城望族遗民诗人群体的诗歌内容来看，寄托着家国沦亡之痛的血泪悲歌，是其中最重要的主题。如钱澄之《煤山》诗云："玄武门通一水环，君王遗恨满煤山。廷争未必南迁谬，驾出犹闻夜阻还。沧海日沉长此暗，青天龙去有谁攀。即今御苑伤心地，草渍啼鹃旧血斑。"③方授《赠萧尺木居士》："眼枯未忍望钟陵，早见钟山梅下僧。四海有情空入画，千秋何事欲传灯。敢当倒屣怜贫病，聊与科头数废兴。我梦不离灵谷树，欲随君住自云间。"④此类的吟咏在这些遗民诗人的作品中比比皆是。

和当时众多的遗民诗人一样，明清之际桐城望族遗民诗人群体在风雨飘摇的时代背景之下，大多经历坎坷，心境危苦，他们创作了大量表现浓郁遗民情怀的诗篇，堪称诗史。钱澄之《生还集自序》评论自己诗集云："其间遭遇之坎壈，行役之崎岖，以至山川之胜概，风俗之殊

---

① ［丹］勃兰兑斯著，张道真等译：《十九世纪文学主流》，人民文学出版社1997年版，第2页。

② 严迪昌：《清诗史》，浙江古籍出版社2002年版，第61页。

③ （清）钱澄之撰，诸伟奇校点：《田间诗集》，黄山书社1998年版，第400页。

④ （清）陈田：《明诗纪事》，上海古籍出版社1993年版，第3182页。

态，天时人事之变移，一览可见。披斯集者，以作予年谱可也，诗史云乎哉。"①众多遗民诗歌，的确具备记录时代风云的"以诗记史"之功能，同时还可以谓之史外传心之史，这些遗民诗人特定背景下之心迹，尤具"诗史"之价值。桐城望族遗民诗人群体中，方文是其中比较有代表性的一位。方文明亡后气节凛然，以诗为情感寄托，真切袒露其遗民心迹。在方文的众多展露遗民情怀的诗篇中，有数篇以《三月十九日》为题的诗歌，在遗民诗中很有代表意义，颇值得关注。如其中最早一首，作于顺治四年(1647)：

三月十九日作

（时在京口，与邢昉、史玄、潘陆、钱邦寅、范景仁登北固山拜哭）

烈风吹黄沙，白日黯无光。江水声震荡，草木零芬芳。莫春景物佳，何为倏悲凉。痛哉今日月，我后罹厥殃。天人有同心，终古犹尽伤。一从神京没，河北非我疆。龙种陷荆棘，未审存与亡。群盗匿函谷，顷覆奔湖湘。王师岂不多，畴能奋戎行。小臣本微细，愤懑结中肠。陟彼西山巅，涕泗瞻北荒。奄忽岁已周，哀情若新丧。寄言百君子，旧恩安可忘。兹辰易文锈，缟冠白衣裳。北向一稽首，臣庶义所当。曷忍处华屋，对酒鸣笙簧。

最后一首作于临终前己酉(1669)年：

三月十九日作

野老难忘故国恩，年年恸哭向江门。

———

① (清)钱澄之著，汤华泉校点：《藏山阁文存》，黄山书社2004年版，第400页。

南徐郭外三停棹，北固山头独怆魂。(乙酉、丙午、己酉三年三月俱在京口)

流水滔滔何日返，遗民落落几人存?

钱生未死重相见，双袖龙钟尽血痕。(是日遇钱驭少，故云)

三月十九日对这些遗民们来说是非常特殊的日子，也就是在这天崇祯帝煤山自缢，同时也宣告了朱明王朝近三百年的政权走向覆亡。所以每到每年的这一天，许多遗民就会感时伤怀，家国沦亡之痛尤为深切，于是他们往往遥对孝陵哭拜，并写诗抒发亡国之痛情怀。遗民诗中以"三月十九日"为题的哭奠诗应该为数不少，惜因过于敏感而流传者少，所幸方文的这类诗流传下来较多。方文的这些诗对我们认识遗民群体的心境很具典型意义。两首诗前后相距二十年，从最初友朋成群结伴哭奠，到"落落几人存"，展现的是时移世易后希望愈来愈渺茫的残酷现实，但是他还是秉持"纵使海枯还石烂，不叫此恨化寒烟"(《戊子三月十九日作》)的坚定心志，直至去世。潘江《涂山续集跋语》云:"涂山先生以己酉之秋殁于芜阴，客有为乩卜之术者，先生降焉，曰:吾淮西山人方某也，叩以冥府事，不答。题诗曰:'平生诗酒是生涯，老死江干不忆家。自入黄泉无所见，冥官犹戴旧乌纱。'题罢即掷笔而逝。一时江南北传诵，以为词致闲适，襟怀潇洒，非先生必不能为此诗。予为吟叹累日，援笔和之:'浪游踪迹总天涯，客死江湖即我家。知尔心憎武灵服，喜从冥府见乌纱'。"作为同乡遗民，潘江可谓方文之知音矣!而这样的心志在顾炎武、屈大均等遗民诗人的作品中也有很多展露。

就诗歌的色调来说，这些遗民诗人的诗作无疑是悲怆的，而这种悲怆由心底发之，所以尽管诗风不一，但都体现了"情真"的特点。因为情真，所以生气淋漓，是为传心之史。严胤肇《崧山续集序》中评论方文诗歌有感而发的一段话，恰好可以窥见遗民诗歌之特点和价值:

昔人有言文章以气为主，夫诗与文一也。而今言诗家往往较短长、争工拙于字句音响之间，以为苟能是是，亦可以无憾矣。试问其中之所以勃然而来，沛然而往，喤然而钟吕鸣，凄然而风雨至，如怨如慕，欲泣欲歌而不能自已者，谁为为之？曰：不知也。此之不知而自附于能诗，吾不知于古宜风宜雅之旨何若也？盖孟子所云：不得于言，勿求于心；不得于心，勿求于气。此天下之通患也，而于今之号能诗者为甚。

夫古之能诗者，其初皆非有意于为诗也。其气积乎其中而溢乎其外，悲愉感愤、浩歌淋漓，有不知其所以然而然者。譬之空山绝壑，本非有声，忽而大风鼓之，怒号汹涌，陵谷为之动摇，草木为之吟啸，岂非气之所至，声亦随之。而彼所为不得而勿求之气者，果何说之遵而若是欤！①

的确，以方文为代表的桐城望族遗民诗人们，悲愉感愤、浩歌淋漓，内心郁积之情感喷薄而出，其诗篇真气鼓荡，动人心魄，具有打动人心的力量，在诗歌史上具有特殊的价值。所谓"国家不幸诗家幸"，正是因为这些诗人们在特殊时代的特殊境遇，才留下了如此多的感怆人心、光辉灿烂的篇章。

**(二)不平则鸣——桐城望族诗人出仕新朝者的矛盾心态及演变**

明清易代，许多桐城望族诗人选择了出仕新朝。历史上的每次改朝换代，都会有大量士人改仕新朝，但是有两个时代和其他朝代有所不同，那就是宋末和明末，因为这两个朝代都是少数民族入主中原，不再是汉族政权，在儒家传统观念的映照下，属于"夷族变夏"，这种情况下，士人的进退就有了标识意义。做反清复明的志士或者遗民，为前朝

———————————
① （清）方文：《嵞山集十二卷续集四卷再续集五卷》，《四库禁毁书丛刊》本。

守节，是加在这些儒生们身上的道德标杆。但是如若出仕新朝，就属于
"变节"，就会为人所不齿。也正是因为这一层，大批士人选择了做遗
民志士，明末遗民数量之多，确是中国历史上特有的文化景观。清廷入
主中原之后，感觉到了这些遗民们的"冥顽不化"，为了尽快使人心顺
服，清廷统治者实行了一系列政策和手段，纳这些士人为己用。在这种
情况之下，出于各种考虑，许多士人们接受了现实，改事新朝。方孝标
《祭房师贾天牟先生文》说："昔余之受知于吾师也，在丙戌之秋。时奉
诏再行科举，师以芜邑令与分校。余时年才二十九，而昔战已屡北。又
遭世乱，家破身病，几无生理。自谓此不售即当逃何有，索枯鱼，不复
闻人世事。"①且不论方孝标是否在为自己"变节蒙羞"而辩白，处境艰
难，"几无生理"的确是很多士人当时的真实状况，所以出仕新朝，也
是被逼无奈。

　　许多桐城望族诗人入仕清廷后，心绪较为复杂。一方面，为了尽
快站稳脚跟，他们积极顺应新朝的统治政策和文化政策，在诗歌创作
上尽量不去触碰敏感的话题，并积极为新朝统治"摇旗呐喊"，所以仕
清后诗中多歌功颂德、无关痛痒之雅驯之作。另一方面，作为在旧朝
生活多年甚至蒙受旧主恩泽、自小就深受传统儒家思想浸润的士人，
旧朝记忆怎能轻易抹去？亡国之恨近在咫尺，所以心情很难平静，何
况出仕新朝之罪责也时时蚕食着自己的心灵。所以他们在诗中往往情
难自禁，故国之思、亡国之恨时时袒露出来。新朝文网严密，为了远
祸保身，很多诗人在保存诗作或编定诗集时，往往经过了筛选，尽量
将"违碍之语"删掉。但是看这些诗人的作品，往往会显示出出仕新朝
前后诗歌内容、风格的强烈变化。细细审视仕清后的许多作品，特别
是咏史怀古之作，其眷恋故国之未被"驯服"之痕迹，还是有很多蛛丝
马迹的。

---

① （清）方孝标：《方孝标文集》，黄山书社 2007 年版，第 434 页。

在桐城望族仕清的诗人中，方拱乾家族的经历和诗歌创作很具代表性。方拱乾出仕清廷，其六子也俱有科名，迅速得到新朝的青睐，贵显一时。但是好景不长，顺治十四年（1657）因其五子方章钺受到"科场案"牵连，父子兄弟被遣戍宁古塔。放归后，康熙五十一年（1712）戴名世《南山集》案发，方拱乾长子方孝标牵连进去，遭戮尸之祸，其家族亦受到株连，方登峰与子式济，方世举、方贞观等从兄弟辈几十人被遣戍黑龙江卜魁，方贞观、方苞等隶旗籍。五十余年的时间，方氏家族竟然两次遭受到狱案的打击。从方拱乾到方贞观、方苞前后四代人，受到株连。如同严迪昌先生所言："这种株连打击已不仅是'五服'之内，而名副其实的是祸及九族。"①方氏家族这样的遭际在历史上的确很罕见，但又绝不是偶然，它应该是"对以江南文化世族为核心的士阶层道统的高压性整肃"②的结果。作为桐城最具代表性甚而在全国都有很大影响的文化世族，对其接连打击，深谙统治之道的清廷统治者绝对不是无意为之，其隐藏背后的心态亦有迹可循。事实证明，以儆效尤的效果的确达到了。

方拱乾家族祖孙几代人，都能诗，几乎人人都有诗文专集，其中方拱乾、方孝标、方登峰、方享咸、方世举、方贞观等是当时很有名气的诗人。他们的诗，恰好反映了清初诗歌创作受到政治形势影响而演变的轨迹。关于此，严迪昌先生的论述很深入：

> 如果说，诗乃心声，诗心的演化正是诗史的轨迹，那么，从方氏四世诗作的变异过程能清楚地看到：方拱乾虽已归顺清廷，但心态时多失衡，牢骚语与幽愤情时见流露，其类型殆同于吴伟业等；到方孝标一辈，大抵未多变更，孝标、享咸分别生于明万历四十六

---

① 严迪昌：《清诗史》，浙江古籍出版社 2002 年版，第 187 页。

② 马大勇：《流放诗人方拱乾论》，《黑龙江社会科学》2003 年第 2 期。

年(1618)和四十八年，入清虽仕，但旧朝印象仍深，故诗中吟咏南明残迹以寄缅怀，不免情不自禁。追第三代方登峰及子侄方贞观等则深味法网严酷，文网紧密，才情既富也就只能抒述戍边之哀或记写边地风物风情，诗心已是自相紧裹，岂敢放胆而吟？方登峰《述本堂诗集》卷六《葆素斋今乐府三十章》最能见出他们的衷情。随同父辈流放的方式济、方贞观则心绪尤为复杂，式济遣戍时已成进士，官内阁中书，后来先其父卒于戍所，年方四十，究其心原本无他；而方贞观乃方章钺之孙，其祖父已是科场案遭殃人，现今自己又罹文字狱株连之罪，心境辛酸苦涩无以名状，他的《望见京城》诗说："潞河西面绕祥烟，遥指鵤棱是日边。独有覆盆盆下客，无缘举目见青天。"正是其苦心的真实写照。但在流放的方氏族众中，方贞观的《南堂诗钞》是尚敢出怨言的一家；雍正初释归后，他又坚决不出仕，乾隆元年(1736)当局荐举其为"鸿博"，拒不赴试。然而正因如此，乾隆中期禁书终于也禁到《南堂诗钞》。是的，诸如"中华多少未耕土，偏爱荒边一片沙"(《拟古边词》)之类诗句确实皮里阳秋，不那么驯服……方拱乾祖孙四代诗情的嬗变以及方仲舒父子对诗的警戒，从一个层面上展示了清诗初期蜕变的史实。这种蜕变究其实是生气的锐退和钝化，而生气则正是诗的命脉。[①]

## 二、盛世元音——桐城望族诗人在新朝规范秩序下的调整和顺应

清朝定鼎中原之后，为了尽快使广大中原地区安稳下来，纳入自己的统治轨道，采取了一系列的措施。在文化领域，清廷采用怀柔政策和大棒政策并举的策略，广大汉族知识分子可以通过科举等方式为当政者用，同时，为了给不那么驯服的士人以震慑，大兴文字狱。清代文字狱

---

① 严迪昌：《清诗史》，浙江古籍出版社 2002 年版，第 187~188 页。

数量之多、量刑之残酷，前代所罕见。在这种情况之下，许多文人不敢再放胆歌吟，甚而不再敢作诗，因为稍有不慎，就会招致杀身之祸。在这方面，方氏家族方仲舒、方苞父子对诗的态度很具典型性。方仲舒从少时即喜欢作诗，并有大量的诗作，方苞《跋先君子遗诗》云："先君子自成童，即弃时文之学，而好言诗。少时耕牧枞阳黄华，有《江上初集》；既而迁于六合，有《棠村集》；康熙甲寅还金陵旧居，有《爱庐集》；庚午后有《渐律草》；辛巳后有《卦初草》：计三千首有奇。先君子弱冠即与宗老麐山、邑人钱饮光、黄冈杜于皇游。诸先生皆耆旧，以诗相得，降行辈而为友。"方仲舒虽然喜欢作诗，却禁止他人收录自己的诗歌，也不允许后人刻录自己诗集。方苞记载："广陵人邓孝威尝于杜于皇所见先君子诗，以入《诗观》二集，先君子再致书，必毁所刻而后止。晚岁，小子苞请录诸集贰之，弗许。"至于原因，"（方仲舒）曰：'凡文章如候虫时鸟，当其时不能自已耳！百世千秋之后，虽韩、杜作者，以为出于其时不知谁何之人，独有辨乎？且谚曰：人惧名，豕惧壮。尔其戒哉'"①！方仲舒之所以不愿刊刻自己诗集，并告诫后辈要戒诗，原因就是怕"不能自已"之候虫时鸟之声带来祸患。果然，方仲舒去世之后四年，方苞罹《南山集》案被捕，为此，方苞感叹道："呜呼！苞以冥顽，玩先君子所戒以祸其身，终不得归守丘墓。"方苞慨叹其父让自己戒诗之明智，而自己不听终致祸患，所以方苞之不为诗，非是不能诗，而是另有隐衷，诗对他们实在是不祥之物。

　　方仲舒、方苞父子之戒诗，是清朝文化高压政策下的一种极端形态。大部分桐城望族诗人并没有这样做，但是他们的诗学观念和诗歌创作却在发生着重大变化，袒露心声的"违碍之语"越来越少，取而代之的是顺应新朝统治的雅颂之音。其中张英、张廷玉父子的诗歌创作就是很好的注脚。作为父子宰相，二人可谓是受尽恩宠，他们的诗歌创作也

---

　　①　（清）方苞：《望溪先生文集·集外文卷四》，《四部备要》本，第 628 页。

是一派庙堂清音，充分展现盛世风范。比如张英的《送钱饮光归里门》：
"湖海人归已廿年，卜居犹待卖文钱。欲谐禽向三山约，须觅枞江二顷
田。花雨红时携锸往，荷香深处抱书眠。翦镫频话家园好，未遂沧浪意
惘然。"饮光（即钱澄之）遗民之志，张英作为同乡，当然深知，但是全
诗没有涉及一点敏感话题，而只是表达一种归隐情怀。又如张廷玉《送
二侄之官琼州》："天语褒循吏，除书出禁林。人言家法好，我叹主恩
深。易了当官事，难酬报国心。门前驱五马，欲别更沉吟。"《春日赐金
园间居即事》："溪流曲曲绕柴门，石作屏风树作垣。每与野人临水坐，
梅花香里话君恩。"无论送别还是闲居，都不忘圣主恩典，真可谓深得
庙堂文学之精髓了。张廷玉诗集中诸如《奉命供奉南书房恭纪》、《奉命
充省方盛典总裁恭纪》之类诗作很多。

　　桐城望族诗学在清朝，影响最大的莫过于以姚鼐为代表的"桐城诗
派"。作为桐城派古文领袖，姚鼐诗歌创作也受到推崇。姚鼐的古文、
诗学备受推崇，不只是因为其融合各派的理论主张，顺应了时代潮流，
而且其以程朱理学为基础的思想背景，其对雅正的崇尚得到了清廷统治
者的肯定。

# 第三章　桐城望族诗学与明清诗坛

## 第一节　明清桐城望族诗人的诗学活动

### 一、明清桐城望族诗人的交游唱和情况

孔子论《诗》，倡"兴观群怨"之说，对《诗》的社会作用作了精当的概括，其中"诗可以群"强调的是诗的社交功能。闻一多先生说："诗似乎没有在第二个国度里像它这样发挥过那样大的社会功能。在我们这里一出世，它就是宗教、是政治、是教育、是社交，它是全面的社会生活。"①的确如此，翻开桐城望族诗人的诗集，可以看到大量的交游唱和之类的诗作，可以看出这是他们诗歌内容的重要部分。桐城望族诗人的交游主要分两种情况：一是基于地缘和姻亲网络的交游，这种情况在他们早年在家乡求学和晚年归隐家园后比较普遍；一是和当时诗坛硕彦、朋辈的交游，这种情况往往发生在他们中举做官或者游历外地离开本土之后。

#### （一）基于地缘和姻亲网络的交游

除了家国之乱等特殊情况外，桐城望族诗人年轻时一般在家乡度过，接受儒家文化的传统教育，刻苦力学，为科举考试做准备。闲暇之余，他们也往往进行许多诗学活动。这些诗学活动一是来自家族内部，

---

① 闻一多：《神话与诗》，上海古籍出版社 1956 年版，第 202 页。

一是来自亲朋故交。桐城望族家庭大多靠科举兴盛，诗礼传家，家庭有浓郁的文化氛围，家族成员往往具有很高的文化修养，即使女性也是如此，因此桐城望族一门风雅的情况很常见，《桐城方氏诗辑》、《桐城马氏诗钞》等家族诗集的编纂即是明证。家族内部成员之间交游宴集，吟诗作赋，互相唱和，是许多望族文化生活的一部分。许多成员还因此形成团体，产生较大影响，前文提及的左氏家族"龙眠四杰"、马氏家族"怡园六子"、姚氏家族"潜园十五子"、方氏家族名媛诗社即属于这种情况。除了家族内部成员外，与来自家庭外部的亲朋故交的交游唱和，也是桐城望族成员社交活动中非常重要的一部分，这也是他们由家族向外延伸的一条重要社交途径。有些还形成团体，比如方氏家族方拱乾年轻时，与姚氏家族姚孙森等五人经常交游唱和，人称"六骏"。在清代，在桐城诗人进一步相互交融的基础上，形成"桐城诗派"，将桐城诗学进一步发扬光大。

值得关注的是，桐城望族中的许多诗人因地缘而结识，又因为志同道合而关系特别亲密，交游唱和尤多，比如方以智和钱澄之。两人都是明末桐城著名的文人，声著天下，在清廷入主中原后，作为复社成员，他们都受到阮大铖排挤而南下，在桂王朝任职，后来在复国无望的情况下，他们都选择了做遗民，经历诸多艰难困苦，甚至一度出家，因此两人关系自是非比寻常。翻阅钱澄之诗集，两人交游唱和之诗非常多，如《藏山阁诗存》中有《同方密之江行纪事》、《密之与鉴在相依桂林贻书招予书怀二十八韵奉答》、《中秋夜至桂林喜晤曼公鉴在》等诗篇，《田间诗集》里有《闻曼公还过白鹿山庄》、《白门过无可师竹关》、《不择地同无可师夜坐》、《寄药地无可师五十》、《乙卯春将入中州过浮山哭无公墓》等篇章。方以智和钱澄之相识于崇祯庚午年（1630），当时方以智年未二十，钱澄之比方以智小一岁，钱澄之云："余年未二十时，尝过白鹿山庄，受知于中丞公，兄事曼公，弟蓄直之。"①中丞公乃方以智父亲

① （清）钱澄之撰，彭君华校点：《田间文集》，黄山书社1998年版，第388页。

方孔炤，曼公即方以智，直之乃方以智弟弟方其义。钱澄之曾经加入阮大铖所结中江社，后来在方以智的劝说下退出。两人在明代灭亡后，都遭到奸佞迫害，并因此而南下，供职于永历朝，到处颠沛流离，居无定所，难得见面，但却始终惦念对方。有一次方以智在桂林终于看到钱澄之的来信，忍不住放笔挥毫："五岳顶上放声哭，哭我残生哭死友。……攻啼发啸伏浪门，龙眠幸有三人存。可怜怀中书、囊中笔，崩山倒海不曾失。灵田出纸共挥毫，悲歌且纪天涯日。"(《方以智诗抄·流寓草·戊子冬来桂林依鉴在，时幼光自闽奔端州，以书与鉴在，见讯信笔写此》)而钱澄之亦有《密之与鉴在相依桂林贻书招予书怀二十八韵奉答》回赠。后来两人流寓南方，穷困潦倒，曾经在梧州相遇，夜里无被覆身，只好同盖牛衣抵御严寒，钱澄之忍不住感叹"十日无栖此夜偏，故人布被拟同眠。那知难后贫如我，抵足牛衣剧可怜"(《藏山阁诗存·失路吟·行路难》)，真可谓患难与共了。钱澄之后来归田后，曾为方以智的《通雅》作序，详述《通雅》成书之艰难，对好友严谨的治学态度也称赞不已。方以智善画，但是从来没有为钱澄之作过画，所以在晚年相聚时感叹"吾两人老矣！此生更得几会，平生未尝为子画"①。于是为钱澄之作《寒林学易图》，并题诗其上(其事在钱澄之《田间文集》卷二十之《题愚道人溪山册子》中有详细记载)。方以智去世之后四年，钱澄之过浮山哭其墓，并写下催人泪下的《乙卯春将入中州过浮山哭无公墓》。像方以智与钱澄之这种情况，在明清桐城望族中并不少见，但是基于明末清初特殊的时代背景，他们的交游唱和又具备特殊的诗史意义，所以在明末的桐城诗坛，这些望族遗民诗人们的交游唱和特别值得关注。就拿钱澄之来说，除了与方以智之外，他和吴德操、方其义、孙临、方几、方文、方授等都有深入来往，而这些诗人们之间也都同气相应。

---

① (清)钱澄之撰，彭君华校点：《田间文集》，黄山书社 1998 年版，第 381 页。

　　桐城望族诗人基于地缘的交游，很多是因为姻亲关系。和当时社会的普遍情况一样，这些望族在家族成员的婚姻问题上，讲求门当户对，以利于家族的继续繁盛，所以这些望族尤其是几大世族之间往往有着盘根错节的婚姻关系网络。我们可以看一下清代最为显赫的张英家族成员一部分婚姻情况：张秉彝妻（即张英之母）吴氏，麻溪吴德升孙女；张秉文（即张英伯父）妻方孟式，方学渐之子方大镇长女，方以智姑母；张秉文女婿方其义，方孔炤次子，方以智弟弟；张秉贞（张英叔父）女张莹婿方中履，方以智子；张英妻姚氏，麻溪姚孙森（浙江龙泉学博赠直隶雄县令）女；张廷玉妻姚氏，姚孙森族孙女，姚文然幼女；张若霭（张廷玉子）妻姚氏，麻溪姚之骐的曾孙姚士埰之女；张廷玉长婿姚孔鈱，姚文然孙，姚士基子。这只是其中的一小部分。其他如左氏家族，左光斗长子左国柱，方大铉女婿；次子左国棅，何如申女婿；三子左国林，姚之兰弟弟之蕑女婿，姚文熊岳父；四子左国材，吴用先女婿。另如麻溪姚十一世姚孙棐（姚之兰第四子，倪应眷女婿），生八子三女，亲家有：桂林方体乾长子方畿、麻溪吴用先三子日昶、桂林方拱乾、桂林方拱乾长子孝标、张英的三伯张士绣、士绣的儿子秉贞、戴名世的爷爷戴宁。这些家族尤其是张、姚两大显赫世家，世代联姻，关系紧密，家族成员们的交游唱和就比较多，翻开他们的集子，比比皆是。值得一提的是，这种婚姻网络对女性诗人的交游唱和提供了很好的条件。明末，方氏家族女性诗人结成桐城第一个女性诗社"名媛诗社"，主要成员有方孟式、方维仪、方维则姊妹与方维仪弟媳吴令仪及其胞姐吴令则姊妹共五人，她们常常于方维仪的"清芬阁"吟诗作画，互相唱和。这样的诗学活动营造了非常好的诗学氛围，在互相切磋中提高了诗艺，她们分别有诗集，并编纂《宫闺诗史》、《闺阁诗评》等作。在她们的带领和教导下，桐城望族女性的交游唱和蔚然成风，许多女性都有诗集传世，如方御（方以智之女）、潘翟（方以智之妻）、陈舜英（方以智之子中通之妻）、方如环（中通长女）、方如璧（如环之妹）、张莹（方以智之子方中履之妻)、张姒谊(张莹之姊妹)等。

桐城望族诗人这种基于地缘的交游唱和，比较集中的形式是结社，他们结成的地域诗社或文社主要有泽园社、中江社、金兰社、名媛诗社等。通过结社，这些诗人们互相交流切磋，提高诗艺，扩大了地域诗学的影响，这些在下文还将详细论及。

### (二) 和诗坛硕彦、朋辈的交游

许多桐城望族诗人早年在家乡接受教育，交游唱和的对象也以本地为主。等他们学成之后，就会走出家乡，参加科举考试，或者到外地游历以增广见闻。在这个过程中，一些诗人就会结交到许多诗坛硕彦或志同道合的朋友，特别是有一定名气或者仕途比较顺利的诗人，他们的交游面会非常广。这一点可以从许多诗人的作品中得到印证，比如方维甸《寄张船山》、姚文默《同王渔洋张敦复家羹湖敬亭山》、姚恺《登燕子矶和渔洋原韵》、姚鼐《寄李调元》、钱澄之《寄吴梅村》、孙临《建业寄陈卧子》等。

就地域来说，桐城望族诗人交游比较引人注意的是在北京和南京。北京是全国的政治、文化中心，许多诗人由于应试、做官等原因，在此逗留时间比较长，特别是许多诗人在此结交诗坛硕彦，互相交游唱和，借以扩大自己的影响，而有些诗人宦途比较显达，比如张英、张廷玉等，一起交游唱和的诗人就特别多。桐城望族诗人在南京的交游唱和比较多，主要是因为地缘政治的影响。明朝开国后定都南京，后来虽然迁往北京，但是南京仍然保留都制，是为陪都。桐城属于京畿上游重镇，道路便易，因此赴南京应试者很多。桐城文学在明代的兴盛，与京都文化的辐射作用有莫大关系。在明代，桐城文士通过科举走上仕途的何如宠、吴用先、钱如京、叶灿、方大镇、方孔炤、马孟祯、张秉文等人，无不与南京有不解之缘。戴名世云："明高皇帝起江北，定中原，王迹实由此兴，而建都南京，则桐为王畿内地，自是天下承平三百年，桐士大夫仕于朝者官盖相望，而持节钺为镇抚者遍天下。"至清代，桐城著名文士大都有南京求学游仕经历，方苞在南京长大，姚鼐曾两度在南京主讲钟山书院。方苞《金陵会馆记》曰："自明以来，虽小郡邑，选举者稍众，必争为之。……夫金陵为东南大都会，数百年以来，乡先生之贵盛者不少矣。"①也正因为这样的渊源，桐城望族诗人吟咏金陵的诗作和在南京的交游唱和之作特别多。崇祯七年（1634）八月，桐城发生民变，汪国华、黄文鼎率民众起义，邑中大姓望族纷纷逃离，其中有很多逃亡南京。吴应箕《留都见闻录》记载："甲戌桐城民变，乙亥流寇猖獗，江以北之巨富十来其九。""桐城自甲戌、乙亥后，巨室尽家于南。"②方文、方以智、周岐、吴道凝、孙临等桐城望族诗人也仓皇逃往南京，并且比邻而居。虽然是逃难至此，但他们正好在此结交复社名士，以文会友，纵论天下大事，互相唱和交游，留下历史上诸多佳话。另外，方苞祖上迁居南京之后，他的家庭实际上成了南京、桐城两地文人聚集、交流之地，戴名世、方苞、刘大櫆、姚鼐等人都曾经生动记述过他们往还于南京、桐城的聚散交谊，以及与江南士大夫的谈学、交往情况。

就时间而言，桐城望族诗人明末清初的交游状况比较值得关注。在当时复杂的历史背景之下，每个人的出处选择并不一样，像方以智、钱澄之、方文、孙临、周岐等人加入复社等团体，积极参与政治，后来又投入到反清活动中，所以他们和复社群体、遗民群体的唱和交游就比较有意义。但是从他们的交游状况来看，交游对象颇为复杂，既有复社文人、遗民志士，也有仕于新朝之士，甚至还有奸佞之人，从这些可以看出当时社会环境之复杂。另外还有一部分人出仕新朝，这些人的状况并不相同，心态也并不一致。通过他们的交游状况，可以窥知其复杂心态。

桐城望族诗人或以名著，或以仕显，在明清诗坛占据重要地位，因

---

① （清）方苞著，刘季高校点：《方苞集》，上海古籍出版社1983年版，第430页。

② （明）吴应箕：《留都见闻录》，南京出版社2009年版。

此他们的诗集中有很多和当时的诗坛硕彦交游唱和的诗篇，这些诗篇一方面映照出当时的诗坛现状，另一方面，可以让我们看到桐城诗学与当时诗坛的联系及影响。

## 二、明清桐城望族诗人的结社

文人结社，是中国古代非常重要的文化现象，至明代尤为盛行。"综观明代文学史、思想史乃至政治史，可谓无不受到文人结社风气的深刻影响。"①明人喜欢结社之原因，夏允彝认为是"以同声相引重"，"以悬书示人而人莫之能非"②，清人杜登春《社事始末》云："白居易与香山九老结'香山社'；远公与十八贤同修净土，号'白莲社'；文潞公与富郑公集洛中士大夫为'耆英社'。……明季诸公本是名以立文章之帜，建声教之坛，其亦取诸治田者之通力合作，守望相助已尔。取诸香山耆英之不论贵贱，不拘等夷，同事笔墨讨论之间已尔。"③郭绍虞先生也认为是明人的标榜习气使然，"只须稍有一些表现，就可加以品题，而且树立门户"④。明代特别是晚明文人结社情况较为复杂，除了谈文论艺、"建声教之坛"的标榜习气外，往往又和政治联系在一起。受当时风气的影响，桐城文人结社也很盛行。就研究现状来看，尽管谢国桢、郭绍虞、李圣华、何宗美等学者对明代文人的结社情况作了较为详尽的研究，但对桐城文人结社情况还有很多挂漏。许多学者作了进一步的考论，仍然不够详明。根据笔者考察，桐城望族诗人参与或所结社团主要有以下几个。

---

① 何宗美：《明末清初文人结社研究》，南开大学出版社 2003 年版，第 17 页。
② （明）陈子龙著，施蛰存、马祖熙标校：《陈子龙诗集》，上海古籍出版社 2006 年版，第 750 页。
③ （清）杜登春纂：《社事始末》，中华书局 1991 年版。
④ 郭绍虞：《照隅室古典文学论集：上编》，上海古籍出版社 1983 年版，第 518 页。

### （一）复社

复社是晚明最具影响的文人社团，以江南文人士大夫为核心，参与者多为青年士子，人数多达 2200 余人。桐城文人参与者主要有方文、方以智、钱澄之、孙临、范士鉴、赵相如、潘映娄、马之瑜、蒋臣等人。其中引人注目的是方以智、钱澄之。马其昶《桐城耆旧传》云："是时复社、几社始兴，比郡中主坛坫者，宜城沈眉生，池阳吴次尾，吾邑则先生及方鉌山、密之诸公。"①

方以智是"复社四公子"之一，王士禛《感旧集》卷三《释宏智》名下自注，其引检讨张中峻若需所云："密之十岁能为诗文，工书画，庚辰成进士，授检讨。父孔炤抚楚剿贼，忤时相系狱。密之伏阙上疏讼冤，乃得解。与陈卧子、吴次尾、侯朝宗诸公，接武东林，主盟复社。为马、阮所中伤，几不免。晚隐于释。"②

方以智主盟复社之具体活动，见于记载者主要是其主盟广业社。吴应箕《楼山堂集》卷十七《国朝广业序》云："南京故都会也。每年秋试，则十四郡科举士及诸藩省隶同学者，咸在焉。举酒呼徒，征歌选伎。自崇祯庚午秋，吾党始合十百人为雅集。其集也，自其素所期响者遴之，称名考实，相聚以类，亦自然之理也。计其时为聚者三，主之者……癸酉则杨龙友、方密之。"③广业社乃吴应箕崇祯六年癸酉（1633）秋，会试南京，以文会友所结之社。黄宗羲《陈定生先生墓志铭》曰："崇祯己卯，金陵解试。先生次尾举国门广业之社，大晗（留都防乱）揭中人也。茞山张尔公、归德侯朝宗……及余数人，无日不连舆接席，酒酣耳热，多咀嚼大铖以为笑乐。"④又《黄梨洲先生年谱》云："（崇祯十二年己卯）

---

① （清）马其昶著，毛伯舟点注：《桐城耆旧传》，黄山书社 1990 年版，第 227 页。

② （清）王士禛辑：《感旧集》，有正书局 1919 年版。

③ （明）吴应箕：《楼山堂集》，中华书局 1985 年版。

④ （清）黄宗羲著，平慧善、卢敦基译注：《黄宗羲诗文选译》，巴蜀书社 1991 年版，第 80 页。

江右张尔公自烈，举国门广社之业，四方名士毕集。而与公尤密者，宣城梅朗中、无锡顾子方、宜兴陈定生贞慧、广陵冒辟疆襄、商丘侯朝宗方域、桐城方密之以智，无日不相征逐也。"①

　　方氏水阁雅集。余怀《珠市名姬》载："己卯岁牛女渡河之夕，大集诸姬于方密之侨居水阁，四方贤豪，车骑盈闾巷。梨园子弟，三班骈演。"②"己卯"为崇祯十二年（1639），"牛女渡河之夕"即七月初七，是中国古代的"情人节"。这次社集，复社举行了一次名妓"选美"活动，参加选美的秦淮名妓达 20 多人。

　　虎丘大会。杜登春《社事本末》"复社自己巳至辛巳，十三年中凡三大会。……壬午春，又大集虎丘，维扬郑超宗先生元勋、吾松李舒章先生雯为主盟，桐城方密之先生以智，直之先生其义……皆与焉"③。

## （二）云龙社

　　云龙社是钱澄之、方以智、方文、方其义等桐城士子与东南复社、几社声气相接所创。方苞《田间先生墓表》云："当是时，几社、复社始兴，比郡中主坛坫与相望者，宣城则沈眉生，池阳则吴次尾，吾邑则先生与吾宗盦山及密之、职之。而先生与陈卧子、夏彝仲交最善，遂为云龙社以联吴淞，冀接武于东林。"④桐城有龙眠山，故称龙眠。松江，又号云间。云龙社，即得名于桐城士子与松江几社声气相联。崇祯七年（1634），钱澄之游云间，明年复至云间，并过太仓访张溥。康熙九年（1670），偕左光斗诸子国柱、国棅、国林、国材读书龙眠山。云龙结社盖在此间。马其昶云："是时复社、几社始兴，比郡中主坛坫者，宣城沈眉生，池阳吴次尾，吾邑则先生及方盦山、密之诸公，而先生又与

①　（清）黄炳垕撰：《黄梨洲先生年谱》，清同治十二年（1873）刻本。
②　（清）余怀著，薛冰点校：《板桥杂记》，南京出版社 2006 年版，第 49 页。
③　（清）杜登春纂：《社事始末》，中华书局 1991 年版。
④　（清）方苞：《方望溪全集》，中国书店 1991 年版，第 165 页。

陈卧子、夏彝仲辈联云龙社，以接武东林。"①

金天羽《钱澄之传》有云："是时东南名士累多结侪偶，以节行相镞砺，号曰复社。皖中主坛坫者，有宣城沈寿民，芜湖沈士柱，贵池吴应箕、刘城，而桐城则方以智与澄之为之魁。澄之又与松江夏允彝、陈子龙别结云龙社以相应和，冀接武东林焉。"②

### (三)泽园永社

泽园永社，简名"泽园社""泽社"或"永社""永兴社"等。泽园乃方以智父亲方孔炤所建，周岐《泽园永社十体引》云："泽园临南河，取丽泽之义。方潜夫夫子玺卿告假还乡所建也。"③方以智读书其中，以文会友，"南郊有小园，修广二十亩。开径荫松竹，临水垂杨柳。西北望列嶂，芙蓉青户牖。筑室曰退居，闭关此中久。晨起一卷书，向晚一尊酒。偶然游吴越，天下浪奔走。《大雅》殊寂寥，黄钟让瓦缶。云间许同调，归来告亲友。结社诗永言，弦歌同杵臼。河梁如嚆矢，风骚为敞帚。聊以写我心，何暇计不朽"。"密之闭关，诵读其中，学耕会友而歌以永言，不枯不乱。"④可见泽园社的性质应该是文社，青年士子们聚在一起切磋时文，以应科举，兼以诗酒风流。

关于泽园社的成立时间，据宋豪飞考证应该不迟于 1628 年，任道斌《方以智年谱》认为是 1626 年左右，总之是方以智少年时，结交家乡豪士所结。《浮山文集前编》卷三《稽古堂二集》卷二《孙武公集序》曰："余往与农父、克咸处泽园，好悲歌，益数年所，无不得歌至夜半也。农父长余，克咸少余，皆同少年。所志同，言之又同，往往酒酣，夜入

---

① (清)马其昶著，毛伯舟点注：《桐城耆旧传》，黄山书社 1990 年版，第 227 页。

② 钱仲联主编：《广清碑传集》，苏州大学出版社 1999 年版，第 158 页。

③ (清)方以智：《薄依集》，清抄本。

④ (清)方于谷：《桐城方氏诗辑卷二十三》，清道光六年饲经堂刻本。

深山，或歌市中，傍若无人，人人以我等狂生，我等亦谓天下狂生也。"①该社的成员，除方以智外，还有方文、吴道凝、孙临、周岐、钱澄之等人。

（1）方文。字尔止，号嵞山，是方以智堂房六叔，比方以智小一岁，但二人从小系同窗，相伴读书，关系非常密切。方以智《孙武公集序》云："余有叔尔止，舅氏子远，虽非同辈，而年相若；且引绳排根，不知何故风若。"②方文《嵞山集》卷三《庐山访从子密之，同宿九夜，临别作歌》诗中有"与尔同学十四年，寒冬夜夜抵足眠"③句。方文以诗歌见长，"其为诗陶冶性灵，流连景物，不屑为章绘句之工"④，时人称之为"嵞山体"，著有《嵞山集》五十卷。《康熙桐城县志》卷四称方文"性豪宕不羁，聪颖过人。幼工文词，所交多天下俊彦。以棘闱数奇，博览名胜，咏吟不辍，后学推为宗匠"⑤。

（2）吴道凝。为方以智舅氏，字子远，顺治丁亥（1647）进士，为官短暂。《康熙桐城县志》卷四《仕绩·吴道凝》曰："字子远，宫谕应宾之子……少负才略，豪放不羁，与人言论，辄风生四座。尤长于诗赋古文，援笔千言立就。善草书。"⑥《桐城耆旧传》卷四称他"才性俊迈，草书尤横绝，自谓似李北海"⑦，著有《大指斋集》十二卷。

（3）孙临。字克咸，是方以智妹夫。《桐城耆旧传》卷六《孙节愍公传》云："放迈不群，书史寓目便了指趣。谈说娓娓，善属辞。晓声伎，

---

① （清）方以智：《浮山文集前编卷二稽古堂二集上》，康熙此藏轩刻本。
② （清）方以智：《浮山文集前编卷二稽古堂二集上》，康熙此藏轩刻本。
③ （清）方文：《嵞山集》，上海古籍出版社1979年版，第152页。
④ 孙静庵：《明遗民录》，浙江古籍出版社1985年版，第259页。
⑤ （清）胡必选主修，赵君访编纂：《（康熙）桐城县志》，江苏古籍出版社1998年版，第169页。
⑥ （清）胡必选主修，赵君访编纂：《（康熙）桐城县志》，江苏古籍出版社1998年版，第169页。
⑦ （清）马其昶著，毛伯舟点注：《桐城耆旧传》，黄山书社1990年版，第121页。

吹箫度曲",著有《肆雅堂集》十卷。孙临文武双全,与方以智、周岐、钱澄之齐名,后与几社君子相交甚密,陈子龙赞曰:"孙郎磊落天下才。"①明亡后积极抗清,顺治三年,与杨文骢一起战死于仙霞关。

(4)周岐。字农父,号需庵。明天启五年(1625),方以智十五岁时经六叔方文介绍,结交周岐,两人一见如故。《博依集》卷八《初识农父·序》曰:"乙丑学于雾泽轩,从六叔闻农父言行,素心慕之,未尝得遇。一日,六叔置酒,一见如相识,各以诗为赠,分得廉字。"②《桐城耆旧传》卷六说他"少与方尔止、密之、钱饮光、吴子远数辈友善,以博雅好奇闻四方",于"天官地理之灾祥,水利河漕之徙决,土田赋役之繁简,兵刑之得失,官制之冗耗,边防之强弱驰饬"③,皆有研究。

(5)钱澄之。《清史稿》卷五百《列传·遗逸二·钱澄之》云:"字饮光,原名秉镫,桐城人。少以名节自励。……好饮酒,纵谈经世之略,尝思冒危难立功名。……帮家世学《易》,后为密之同学,方其义之师。"④钱澄之比方以智小一岁,十九岁时,两人结交,为方氏父子所重:"余年未二十时,尝过白鹿山庄,受知于中丞公,兄事曼公,弟畜直之。"⑤

崇祯七年(1634)八月,桐城发生民变,汪国华、黄尔成起义,方以智、孙临、周岐等人移居南京,其他人也避居他乡,泽社成员很难再聚在一起,基本宣告结束。

**(四)金兰社**

关于此社,见于《桐城耆旧传》记载。马其昶曰:"(孙继陞)崇祯初叙前功,以员外郎征,坚卧不起。乡里休戚,勇于任负。与方赤城(方

---

① (明)陈子龙:《陈子龙诗集》,上海古籍出版社 1983 年版,第 278 页。
② (清)方以智:《薄依集》,北京图书馆藏抄本。
③ (清)马其昶著,毛伯舟点注:《桐城耆旧传》,黄山书社 1990 年版,第 213~214 页。
④ (清)赵尔巽等撰:《清史稿》,中华书局 1976 年版。
⑤ (清)钱澄之:《田间文集》,黄山书社 1998 年版,第 388 页。

大任)、姚心甫(姚孙棐)、何芝岳(何如宠)、戴允孚(戴君采)诸公结金兰社,觞咏往复。"①

### (五)中江社

崇祯五年(1632),潘映娄、方启曾携六皖名士成立中江社,据朱倓《明季桐城中江社考》,魏中林、尹玲玲《阮大铖所结中江社考论》,李圣华《朱倓〈明季桐城中江社考〉补正——兼与魏中林、郑雷诸先生商榷》等文考证,成员主要有方启曾、潘映娄、阮大铖、钱澄之、钱秉镡、范世鉴、赵相如、齐维藩、吴道凝、洪慧中、汪应洛、刘汉、方文、盛应春等人。

(1)方启曾。潘江《龙眠风雅》卷四十七记载:"方启曾,字圣羽,号桥枰。崇祯癸酉,与先从祖次鲁府君结社中江,狎主齐盟。同学如汪应洛人文、范世鉴子明、齐维藩价人、赵相如又汉、吴道凝子远、洪敏中慧生,其铮铮者。"②

(2)潘映娄。字次鲁,崇祯时副贡生,曾任福建福宁道按察副使。

(3)钱秉镡。字幼安,崇祯间诸生,与弟钱秉镫名重江左,有"二钱"之称。

(4)范世鉴。康熙十四年(1675)《安庆府志》载:"范世鉴,字子明,明天启间诸生。性沉重,嗜学,穿穴六经,于汉宋诸儒训诂多所驳正,其为制艺,高朴坚浑,自成一家,学使者先后激赏,常肃然起敬,曰是非今人之文也。年三十留心经济,于马杜丘邓诸书,皆能历历言其所以。时保任议起,中外大僚竞欲举世鉴以应,皆力辞之,事亲至孝,先意承志于产殖,多所推让,其玉成后学,随才埏填,英誉蔚兴,而在金斗皋城尤盛。崇祯末避寇乱,卒于金陵,遗文散佚,士林惜之。"③

---

① (清)马其昶著,毛伯舟点注:《桐城耆旧传》,黄山书社1990年版,第175页。

② (清)潘江辑:《龙眠风雅》,康熙十七年潘氏石经斋刻本。

③ (清)张楷修:《安庆府志》,中华书局2009年版。

（5）赵相如。道光七年（1827）《桐城续修县志》载："赵相如，字又汉，天启间邑诸生。聪颖嗜学，工诗文，摘辞发藻，获所未有，一时名流争景慕之，事孀母尤尽孝道。崇祯四年诏求直言，上治平十二策，阻于权贵，不果行，早卒。"①（所著诗文见《龙眠风雅》中）康熙十四年《安庆府志》云："力学嗜古，于书无所不读，邑令陈赞化奇其文，声誉日起。敦尚气节，汲引后进，与范世然二人各韫宏深，未易肤测然也。相如尤喜为诗，格律在唐中盛间。"②

（6）阮大铖（1587—1646）。字集之，号圆海、石巢、百子山樵。以进士居官后，先依东林党，后依魏忠贤阉党，崇祯朝终以附逆罪罢官为民。明亡后在福王朱由崧的南明朝廷中官至兵部尚书、右副都御史，与马士英狼狈为奸，对东林、复社文人大加迫害，南京城陷后乞降于清。所作传奇今存《春灯谜》、《燕子笺》、《双金榜》和《牟尼合》，合称"石巢四种"。

（7）齐维藩。《桐城县志》中简略提到："崇祯壬午举人，国朝（清）浙江台州府知府。"③

（8）刘汉。字臣向，崇祯十二年（1639）补诸生。性敏慧，从姊夫范世鉴学。入中江社，不阿附阮大铖。马、阮兴大狱，遂与钩党之祸。顺治二年（1645）返里，卜居枞阳，隐于商贾，病卒。事具《田间文集》卷二十四《文学刘臣向墓表》。

（9）盛应春，怀宁人。康熙《怀宁县志·文学》记载："一时中江大社、飞花大社，春皆执牛耳焉。"④

但是，很快钱澄之和方文等退出了中江社。退出之原因，是因为方以智的劝说。钱澄之《文学刘臣向墓表》载："崇祯壬、癸间，吾乡文社

---

①　（清）廖大闻等修：《（道光）续修桐城县志》，江苏古籍出版社 1998 年版，第12 页。

②　（清）张楷修：《安庆府志》，中华书局 2009 年版。

③　（清）胡必选主修，赵君访编纂：《（康熙）桐城县志》，江苏古籍出版社 1998年版。

④　（清）王毓芳、赵梅修：《怀宁县志》，清道光五年（1825）刻本。

聿兴，凡六皖知名士翕然景附，号中江社。而阴为之主者，则熹庙间附珰之注，为当世清议所不容者也。其冬，方子密之自云间来，语予曰："三吴举复社，辨别气类，与朝局相表里。若某之流，皆在所摈，今以某门下士为之介，而谬称其能荐达寒微，以饵皖士，计在悉笼而致之门下。此宧一人，不可复出，吾辈盍早自异诸！'而中江首事与阴主其事者亦渐觉之，气类由此判矣。"①钱撝录《先公田间府君年谱》曰："壬申（崇祯五年），二十一岁。是年，邑人举中江大社，六皖知名士皆在，府君与三伯与焉，首事潘次鲁、方圣羽也。次鲁为阉党汝桢子，圣羽则皖髯门人，皖髯阴为之主，以荐达名流饵诸士，由是一社皆在其门。皖髯与余家世戚，门内人素不以为嫌。府君乡居，不习朝事，漫从之入社。方密之吴游回，与府君言曰：'吴下事与朝局表里，先辨气类。凡阉党皆在所摈。吾辈奈何奉为盟主！盍早自异诸？'"②钱氏父子所载类似，"皖髯"即阮大铖。方以智劝说钱澄之脱离中江社，是因为方以智纵游吴越时，结交复社诸子，明了政治形势，因此回桐即要求钱澄之"辨别气类"，划清和阉党的界限。钱澄之听从方以智劝说，脱离中江社，方文亦应在此时和阮大铖划清界限。

　　关于中江社之成立目的及性质，因为阮大铖的介入而多所争论。朱倓认为："明季结社，其数盈百，而势力之伟大，无如复社；而与复社隐然相抗与之敌对者，其惟中江社。中江社之首领，为桐城阮大铖。……中江社之设，殆与东林党暗争之后，又与小东林党之复社暗争也。"又曰："乃别立中江社，网罗六皖名士，以为己羽翼，一以标榜声名，思为复职之地，一以树立党援，冀为政争之具，中江社成立之原因，盖不出乎此。"③朱氏此说得到郭绍虞的认同："这些为了仕进而组织的集团，不免预先存着推挽汲引而结党营私，由结党营私而把持排

---

①　（清）钱澄之撰，彭君华校点：《田间文集》，黄山书社 1998 年版，第 469 页。
②　（清）钱撝录：《先公田间府君年谱》，人民大学出版社 1998 年版，第 54 页。
③　朱倓：《"中央研究院"历史语言研究所集刊·明季桐城中江社考》，1930 年第一本第二分册。

挤，都是很自然的归束。不必说什么，即在复社也不能免此弊，何况阮大铖这辈小人所组织的'中江社'和'群社'呢。所以当时正人有集团，即小人也有集团。"①朱、郭二人都认为中江社之成立，实阮大铖借以抗衡复社之工具。联系到阮大铖的身份以及后来大量迫害复社成员的事实，似乎证据确凿。但是，实际上中江社的存在不过两年左右的时间，崇祯七年，桐城民变后，此社已经名存实亡。另外，潘映娄、吴道凝等社中诸人大多后来加入复社。此说一度得到学者肯定，后来多有所辩白，社中诸人又多与其反目，加入复社。盖此社不过是阮大铖被迫退隐家乡后，不甘寂寞，成立文社，借此标榜声气而已。这些在李圣华《朱倓〈明季桐城中江社考〉补正——兼与魏中林、郑雷诸先生商榷》一文多所辨明，兹不赘述。

### （六）名媛诗社

名媛诗社是桐城第一个女子诗社，以桂林方氏家族女性诗人为主的诗社，成员主要有方维仪、方孟式、方维则、吴令仪、吴令则五人。她们常常聚集于方维仪"清芬阁"，连吟唱和，乡里人称之为"名媛诗社"。许结认为桐城方氏家族女性结成名媛诗社有着深远的家族文化渊源所在，甚至承载着教化功能："方氏一门名媛，吟唱结社，文风彬蔚，殊非诗书自娱，而实与其家族文化切切相关，具有中国古代传统妇女文学承负某种教化功能的典型意义。"②

## 第二节　明清桐城望族诗学的流变及影响

一、明清桐城望族诗学的流变

就创作实绩和影响来看，明清桐城代表性诗人基本上出自著姓望

---

① 郭绍虞：《照隅室古典文学论集》，上海古籍出版社 1983 年版，第 527 页。
② 张宏生编：《明清文学与性别研究》，江苏古籍出版社 2002 年版，第 349 页。

族，所以明清桐城诗学的流变史，其实就是桐城望族诗学的流变史。姚莹《〈桐旧集〉序》云："窃尝论之，自齐蓉川廉访以诗著有明中叶，钱田间振于晚季，自是作者如林，是以康熙中潘木崖有龙眠诗之选，犹未极其盛也。海峰出而大振，惜翁起而继之，然后诗道大昌，盖汉魏六朝三唐两宋以及元明诸大家之美无一不备矣。"①此段论述，对明清桐城诗歌发展演变脉络的勾勒极为清晰，但比较简略。其实桐城诗学之初兴，可以追溯到明初方法、方向、方见、姚旭诸人。方法《绝命辞》两首，是殉道者的慷慨悲歌，对桂林方氏家族乃至整个桐城诗坛具有象征意义，桐城诗歌选本，大多以此开端，桐城诗歌以风雅为归的旨趣亦由此奠定。至明中叶，齐之鸾（即姚莹所说齐蓉川）成为桐城第一个在当时诗坛影响较大的诗人，他为诗"精思果力，往往造语出人意表。大抵孤行其意，无所依附"，遂"开吾乡风气之始"②（钱澄之《蓉川集序》）。齐氏所生活的时期，七子正举复古旗号，倡"诗必盛唐"，主格调而以模拟为工，而他并不为流风所动，"孤行其意，无所依附"，给桐城诗歌树立了良好的开端。自此以迄明末，随着诸多望族的逐渐兴起，桐城诗人辈出，如方学渐、方大任、方大铉、方孔炤、左光斗、马孟祯、何如宠、周岐、吴应宾等人，皆以诗闻名。不过，桐城诗家能够自成体貌、大开宗风者，还是明末清初的方文、方以智、钱澄之等望族诗家，至若方世举、方贞观、方拱乾、吴令仪、方孟式、方维仪、方授、姚康、潘江、吴道新、马朴臣等望族诗人，或同时并举，或后先相继，不仅铸造了桐城诗学的灿烂辉煌，还对当时的诗坛产生了较大影响。

　　明清之际，诸多桐城望族诗家对明代诗学进行了总结和反思。方以智《诗说》云：

---

①　（清）徐璈辑：《桐旧集》，民国十六年影印原刻本。

②　（清）钱澄之撰，彭君华校点：《田间文集》，黄山书社 1998 年版。

近代学诗，非七子则竟陵耳。王、李有见于宋元之卑纤凑弱，反之于高浑悲壮，宏音亮节，铿铿乎盈耳哉！雷同既久，浮阔不情，能无厌乎？青田浩浩，无所不有，崆峒秋兴，深得老杜诸将之气格，历下、娄东固不逮也。文长从而变之，但取卑近苛瘁而已。竟陵《诗归》非不冷峭，然是快己之见，急翻七子之案，亦未尽古人之长处，亦未必古人之本指也。区区字句，摘而刺之，至于通章之含蓄顿挫、声容节拍，体致全味。今观二公五言律，有幽深淡疏之情，一作七言，则佻弱矣。时流乐于儒其空疏，群以帖括填之，且以评语填之，趋于亡俚，识者叹户外之琵琶焉。①

此段对七子、竟陵诸家进行了评述，有褒有贬。总体看来，方以智对七子是肯定多于批评，而对竟陵是批评大于肯定。这在其他诗论中也可得到印证："芷水之乡曰兰地，此皆因楚辞相传而名者也。……然余恐其(指杨听虞)类和靖、文潜者，竟陵为之也。余挽此道二十年矣，犹有未尽变者，这在天下其不亡乎？治世之音阂以厚，其辞雅，其指远，竟陵反之。"②(《缦轩诗序》)"伯敬《诗归》病在学卓吾评史，评史欲尽，评诗欲不尽。范仲闇曰：自《诗归》行，无一人敢向伯敬言误，伯敬不小，伯敬好裁而笔下不简，缘胸中不厚耳。"③竟陵派是晚明重要诗歌流派，曾一度风靡大江南北三十年之久，方以智《又寄尔公书》曾谈及他早年学诗"悼挽钟、谭，追复骚雅"，可见竟陵派对他的影响之大。但是，随着明朝走向沦亡，对竟陵诗风的不满和批评越来越多。明清鼎革，对许多文人带来了巨大冲击，痛定思痛之余，他们开始反思明朝灭亡的原因，最终认定明人之空疏不学是直接的原因。从诗学方面来说，主张师心独造的公安、竟陵就自然成了他们大力抨击的对象。方以

①　(清)方以智：《通雅·诗说》，文渊阁《四库全书》本。
②　(清)方以智：《稽古堂文集》，桐城方氏七代遗书本。
③　(清)方以智：《膝寓信笔》，桐城方氏七代遗书本。

智批判竟陵不是治世之音、胸中不厚，与钱谦益、朱彝尊等对竟陵大加挞伐者观念如出一辙。竟陵诗学在遭受抨击的同时，古典主义的复古诗学重新抬头，方以智对七子诗说的认同即是在这样的背景之下。其他桐城望族诗家也多持此观念，钱澄之在《〈生还集〉自序》中曰：

> 戊巳以后，始能明体审声，窥风雅之指，所拟乐府以新事谐古调，本诸弇州新乐府，自谓过之。五言诗远宗汉、魏，近间取乎沈、谢，誓不作陈、隋一语，唐则惟杜陵耳。七言诗及诸近体，篇章尤富，皆出入于初、盛之间，间有为中、晚唐者，亦断非长庆以下。此生平学诗之大概。①

和方以智一样，钱澄之希望诗学回到"明体审声"、"窥风雅之指"的路途上来。与公安、竟陵不同，方以智、钱澄之、周岐、潘江等桐城望族诗家非常重视诗体的规范。一方面，诗歌从内容上要重视其社会作用，发挥"美刺"功能，回归传统儒家政教精神。但是在明末社会乱离的背景下，他们对传统的儒家诗教观又提出了新的看法。方以智《诗说》曰：

> 诗者，志之所之也。反覆之，引触之，比兴而已矣。世亦有知比者，未可以言兴也。兴之为比深矣，赋之为比兴更深矣。数千年之汗青蠹简，奇情冤苦，犹之草木鸟兽之名，供我之谷呼击节耳，何谓不可引故事？何谓不可入议论？何谓不可称物当名？何谓不可逍遥吞吐、指东画西、自问答、自慰解耶？故曰兴于诗何莫学夫诗，诗之广大配天地，变通配四时，惜乎日用而不知，虽兴者亦未必知也。水不澄不能清，郁闭不流亦不能清。发乎情止乎礼义，诗

---

① （清）钱澄之著，汤华泉校点：《藏山阁集》，黄山书社2004年版，第400页。

以宣人，即以节人。①

这段话对温柔敦厚的诗教观作出了激烈的批评，陈子龙曾经因此而告诫过他，"或曰，诗以温柔敦厚为主，近日变风，颓放已甚，毋乃噍杀"，但是方以智在这一点上与之意见并不一致，"余曰：是余之过也，然非无病而呻吟，各有其不得已而不自知者"（《陈卧子诗序》）。② 方氏强调，之所以出现"变风"之作，不是"无病而呻吟"，而是情感的"不得已"流露，在乱离的社会背景之下，这是合理的，由此方以智还在《诗说》中提出了"怨怒皆是中和"的观点。无独有偶，钱澄之在这一点上和方以智颇有共鸣，其《叶井叔诗序》云：

> 近之说诗者，谓诗以温厚和平为教，激烈者非也。本诸太史公所云："《小雅》怨诽而不乱。"吾尝取《小雅》颂之，亦何尝不激乎讥尹氏者旁连姻娅，刺皇甫者上及艳妻，暴公直方之鬼蜮，巷伯欲畀诸豺虎，"正月繁霜"之篇，"辛卯日食"之行；可谓极意诟厉，而犹曰其旨"和平"，其词"怨而不怒"，吾不信也。且夫无病而呻，不哀而悼，谓之不情。有如病而不呻，哀而不悼，至痛达于中，而犹缘饰以为文，舒徐以为度，曰："毋激，恐伤吾和平也。"有是情乎情之发也无端，其曰止诸礼义者，惧其荡而入于邪也。若夫本诸忠爱孝友以为情，此礼义之情也。性情也；性情惟恐其不至，可谓宜得半而止乎？③

很显然，钱澄之并不赞赏迁守温厚和平诗教观的诗论家，认为诗人

---

① （清）方以智：《通雅·诗说》，文渊阁《四库全书》本。
② （清）方以智：《稽古堂文集》，桐城方氏七代遗书本。
③ （清）钱澄之撰，彭君华校点：《田间文集》，黄山书社1998年版，第259～260页。

作诗应该展现自己的"性情",即使有怨怒之音也是合理的。他的《田间集自序》也说:"吾不知世之所为温柔和平者何情也? 悲从中来,郁而不摅,必遘奇疾,何则? 违吾和尔。风也者,所以导和而宣郁也?"①(《田间集自序》)为了遵循温柔和平的作诗宗旨,诗人竭力压抑自己的情感,这样必然会带来伤害。方以智、钱澄之等桐城望族诗家对温柔敦厚的诗教观的批判,对诗歌表现"真情"的重视,是明末社会现实对诗人心理产生冲击的必然结果,也是他们反思七子诗学流弊的必然结果。

除了诗歌内容方面的要求,他们还非常重视诗歌的格调声律。方以智《诗说》云:"舍声调字句雅俗可辨之边,则中有妙意无所寓矣。此诗必论世、论体之论也,此体必论格、论响之论也。"②诗歌必须"论格""论响",也即钱澄之所谓"明体审声",这实际上与七子之论是一致的。但是对于七子以模拟为工的弊端,桐城望族诗家也认识得非常清楚,因此他们于声调格律之外,强调诗歌的情感。钱澄之云:"夫诗者,性情之事也。世称北方尚气,故多悲歌慷慨之音。若先生之缠绵悱恻,其诗一出以柔淡,而归于和平,则纯乎性情之为,非气之为矣。夫气出于性情,而后才有真气、真诗。"③(《青箱堂未刻稿引》)"吾谓诗本性情,无情不可以为诗。"④(《陈二如杜意序》)方以智曰:"无复怀抱,使人兴感,是平熟之土偶耳。仿唐诉汉,作相似语,是优孟衣冠耳。"⑤强调人的兴感怀抱的重要性。强调变风变雅的合理性,对诗人真情、兴感怀抱的重视,与明末飘摇的政局和文人士大夫忧国伤时的情怀相应,是当时桐城望族诗家论诗的共同特征。总体看来,方以智、钱澄之、方文、潘江等明末清初桐城望族诗人在对明代诗学的反思中,贬斥竟陵,重新树

① (清)钱澄之撰,彭君华校点:《田间文集》,黄山书社1998年版,第292页。
② (清)方以智:《通雅·诗说》,文渊阁《四库全书》本。
③ (清)钱澄之撰,彭君华校点:《田间文集》,黄山书社1998年版,第294页。
④ (清)钱澄之撰,彭君华校点:《田间文集》,黄山书社1998年版,第245页。
⑤ (清)方以智:《通雅·诗说》,文渊阁《四库全书》本。

立古典主义的复古诗学观念，但是对七子的格调诗说并非完全承袭，而是批判吸收，代表了当时诗坛发展的主流。这些影响到了清初的诗学走向，后来清代格调派重新盛行，并与明代七子展现出不同的风貌，以此为萌发。

桐城望族诗学的进一步发展，当推刘大櫆、姚范、姚鼐等人，方东树《昭昧詹言》中说："近代真知诗文，无如乡先辈刘海峰、姚姜坞、惜抱三先生者。"①由于方苞"绝意不为诗"，清初桐城望族文人论诗比较有影响的是刘大櫆。姚鼐《抱犊山人李君墓志铭》曰："自海峰先生晚居枞阳，以诗教后进，桐城为诗者大率称海峰弟子。"②姚鼐诗学也深受刘大櫆的影响，沈曾植《惜抱轩诗集跋》中说："惜抱选诗，暨与及门讲授，一宗海峰家法，门庭阶闼，矩范秩然。"③吴孟复《刘大櫆集序》云："就桐城来说，刘诗在钱（澄之）姚（鼐）之间，亦如其文在方姚之间一样，起了承先启后的作用。"④刘大櫆论诗崇尚盛唐，他曾经编纂《盛唐诗选》、《唐诗正宗》等诗歌选本，方东树评曰："海峰《正宗》之选，专取高华伟丽，以接引明七子。"⑤的确，刘氏选唐诗，重视诗歌的音节格律，接引七子，实际上承续了方以智、钱澄之等人重格调的诗学观念，也影响了姚鼐等桐城诗家。另外，刘大櫆的文论理论秉持诗文相通的观念，开桐城派诗人以文论诗之先河。观刘大櫆文学理论，诗与文往往并提，许多诗序兼论文，许多论文兼论诗。在这些理论中，其神气论影响较大。他认为："行文之道，神为主，气辅之。""音节者，神气之迹也，字句者，音节之矩也。神气不可见，于音节见之；音节无可准，以字句准之。"⑥指出了文章的一条由字句而音节，而神气，亦即由粗而精的审

① （清）方东树著，汪绍楹校点：《昭昧詹言》，人民文学出版社1961年版。
② （清）姚鼐著，王镇远选注：《姚鼐文选》，黄山书社1986年版，第242页。
③ 沈曾植撰，钱仲联辑：《海日楼札丛外一种》，中华书局1962年版，第40页。
④ 吴孟复：《桐城文派述论》，安徽教育出版社2001年版，第226~227页。
⑤ （清）方东树著，汪绍楹校点：《昭昧詹言》，人民文学出版社1961年版。
⑥ （清）刘大櫆：《论文偶记》，人民文学出版社1959年版，第3页。

美途径，姚鼐"所以为文者八，曰'神、理、气、味、格、律、声、色'"①之"精粗说"深受其影响。刘大櫆还认为诗文受"气"的影响而风格不同，他说："行文生最贵者品藻……如曰浑，曰颧，曰雄，曰奇，曰挫顿，曰跌宕之类。不可胜数。""文章品藻最贵者曰雄曰逸。"②这些为姚鼐的"阴阳刚柔"风格论构筑了框架。在桐城诗学的流变过程中，姚范也是一位不可或缺的人物。姚范是刘大櫆挚友、姚鼐的叔父。姚范尽管声名不显，但是学问淹博，于诗学方面颇有见地，姚鼐从其受学，深受其影响。方东树所作《昭昧詹言》，于姚范论诗之语采择很多。姚范论诗对姚鼐等影响最大的是其对宋诗之推崇。他称赞黄庭坚之诗："以惊创为奇，其神兀傲，其气崛奇。玄思瑰句，排斥冥筌，自得意表。玩诵之久，有一切厨馔腥蝼而不可食之意。"③姚范欣赏七子又不废宋诗的观念与钱谦益等人一致，为清诗的发展开辟了通途。桐城诗学发展到清代影响最大的是姚鼐。姚鼐论诗，充分融合刘大櫆、姚范等的诗学理论，成为桐城诗学的集大成者。他秉持"诗之于文，固是一理"④的观念，以文法通诗法，将桐城派的古文理论入诗。从诗学取向上，针对诗坛的唐宋诗之争，提出"熔铸唐宋"的观点，他说："熔铸唐宋，则固是仆平生论诗宗旨耳。"⑤（《与鲍双五书》）姚鼐之后，桐城望族诗家影响较大的是方东树。方东树乃姚鼐"四大弟子"之一，其所撰《昭昧詹言》被认为是桐城派诗学的纲领性著作。的确，它对桐城派诗学进行了总结，其主要观点是绍述姚范、姚鼐的诗学主张，如推尊杜甫、以文论诗、镕铸唐宋等，不过理论更加系统，论述也更加深入。之后的桐城望

---

① （清）姚鼐选纂：《古文辞类纂》，中国书店 1986 年版，第 26 页。

② （清）刘大櫆：《论文偶记》，人民文学出版社 1959 年版。

③ （清）姚范：《援鹑堂笔记》，上海古籍出版社 1996 年版。

④ （清）姚鼐著，刘季高校点：《惜抱轩诗文集》，上海古籍出版社 2008 年版，第 289 页。

⑤ 贾文昭：《桐城派文论选》，中华书局 2008 年版，第 131 页。

族诗人能诗者众多，姚莹、吴汝伦、姚永概、姚永朴等影响都很大。但从其诗学观念来说，并没有跳出姚鼐、方东树等的窠臼，不再赘述。

总之，桐城望族诗家的诗学流变，既受到时代背景、诗坛风气等的影响，又呈现出自己的特定演变轨迹。

## 二、"桐城诗派"的形成与桐城望族诗学的影响

桐城望族诗学之影响，是随着桐城诗歌的逐步繁盛而逐渐增大的。桐城诗学出现灿烂辉煌的局面是在明末清初，名家辈出，使桐城诗学的影响不再局限于一隅之内，而是扩展到整个诗坛，特别是方文、方以智、钱澄之等人。方文诗歌独具特色，被称为"嵞山体"，在明末遗民诗界享有盛名。方以智与陈子龙、黄宗羲等人友善，论诗颇相契合，其诗论和诗歌创作对清初诗坛产生了一定影响。钱澄之在当时影响很大，钱谦益、朱彝尊、郑方坤、沈德潜等诗坛名家对其推崇备至，吴孟复云："清代的写实诗风，正是由钱澄之与吴嘉纪、施闰章所开创的。"①浙派领袖查慎行曾经跟从钱澄之学诗，诗歌创作受其影响较大。然而，由于钱澄之、方文、方以智等人生当乱离之际，无暇向他人传授诗法，诗学影响受到限制。等到刘大櫆、姚鼐等人，天下承平，以教授为业，又享高寿，所以造就人才较多，诗学影响更大，因此有"桐城诗派"之说。现在学者普遍认为，桐城派不只包括桐城文派，还包括桐城学派和桐城诗派。桐城诗派的形成，有力地促进了桐城诗学的进一步发扬光大。

关于桐城诗派，程秉钊《国朝名人集题词》曰："论诗转贵桐城派，比似文章孰重轻"②，梅曾亮《书示张生端甫》云："是时文派多，独契

---

① 吴孟复：《桐城文派述论》，安徽教育出版社 2001 年版，第 29 页。

② 郭绍虞、钱仲联等编：《万首论诗绝句》，人民文学出版社 1991 年版，第 1574 页。

桐城诗。"①虽然他们没有明确提出桐城诗派的概念，但是很显然已经将桐城诗歌看做一个流派。钱基博《现代中国文学史》评姚永朴、姚永概诗时，明确提出了"桐城诗派"的概念："姚氏自(姚)范以诗古文授从子鼐，嗣是海内言古文者，必曰桐城姚氏，而鼐之诗则独为其文所掩。自曾国藩昌言其能以古文之义法通于诗，特以劲气盘折；而张裕钊、吴汝纶益复张其师说，以为天下之言诗者，莫姚氏若也，于是桐城诗派始称于世。"②钱锺书绍述其父之论，他说："桐城亦有诗派，其端自姚南菁范发之……桐城则姜坞、海峰皆尚是作手，惜抱尤粹美。承学者见贤思齐，向风成会。盖学识高深，只可明义，才情照耀，庶能开宗。坐言而不堪起行者，其绪论亦每失坠而无人掇拾耳。"③钱氏父子之论，得到了很多人的认同，认为桐城诗派的确是曾经存在过的影响较大的诗歌流派。

关于桐城诗派的流变，论者多承袭钱锺书之论，认为姚范是开端，而姚鼐是诗派得以确立的中心人物。的确，桐城诗派尽管成于姚鼐，但和桐城文派的发展路径并不完全一致。戴名世并不以诗见长，方苞更是绝意不为诗，对姚鼐诗学影响较大的是其伯父姚范和老师刘大櫆。姚范对姚鼐产生重大影响的是其推崇七子又不废宋诗的理论，而刘大櫆对其最重要的影响是诗文相通的观念。总之，姚鼐对姚范、刘大櫆等先辈的诗学理论加以融合变通，形成了自己的诗学理论体系。他论诗强调主体的道德修养，主张"熔铸唐宋"，并以文法通诗法等。这些观点有着很强的针对性，矛头指向当时在诗坛上影响较大的性灵派和浙派后期的诗风，其《与鲍双五书》中说："吾断谓樊榭、简斋皆诗家之恶派。"④性灵派诗人的创作则流于俗滥率意，浙派宗宋而趋于尖新，都不是姚鼐欣赏

---

① (清)徐世昌：《晚晴簃诗汇》，中国书店 1988 年版，第 5598 页。
② 钱基博：《现代中国文学史》，岳麓书社 1989 年版，第 178 页。
③ 钱锺书：《谈艺录》，中华书局 1984 年版。
④ 贾文昭：《桐城派文论选》，中华书局 2008 年版，第 131 页。

的。姚鼐的诗学产生了重要影响，吴汝纶《姚慕庭墓志铭》说："方侍郎顾不为诗，至姚郎中乃以诗法教人。其徒方植之东树，益推演姚氏绪论，自是桐城学诗者，一以姚氏为归。"①的确，姚氏弟子刘开、姚莹、方东树、管同、梅曾亮等人，都擅长作诗，诗学观念受其影响较大，方东树绍述其师学说，作《昭昧詹言》，成为桐城诗派诗学理论的纲领性著作。桐城诗派思想上坚持正统，在艺术上折中唐宋的融通诗论，既肯定了诗歌的审美特征和情感体验，又能够结合当时的社会需要，顺应经世致用的思潮，成为神韵、格调、性灵而外清代诗坛的一股重要力量，影响了清代中期以后众多诗人的创作。

桐城诗派对清代中后期诗坛的重要影响，一是使性灵派逐渐消解其影响；另一方面是导引出清后期的宋诗派(包括同光体)。陈衍在《近代诗钞序》中说："有清二百余载，以高位主持诗教者，在康熙曰王文简，在乾隆曰沈文悫，在道光、咸丰则祁文端、曾文正也。"②祁俊藻、曾国藩均与桐城派有很深的渊源关系：祁是姚鼐的得意门生陈用光的女婿及弟子，而曾是姚鼐的私淑弟子，与姚鼐弟子梅曾亮私交甚好，他们的诗学观念受姚鼐等桐城派诗家的影响较大。曾国藩论诗推崇黄庭坚，所谓"自仆宗涪公，时流颇忻向"③(《题彭旭诗集后即送其南归二首》)，很显然受到姚鼐、梅曾亮等人的影响，方东树说："论山谷者，惟姜坞、惜抱二先生之言最精当，后人无以易也。"④梅曾亮就说过："我亦低首涪翁诗。"这些观念影响了之后的同光体诗人，他们多由黄庭坚学杜，所以钱基博说："惜抱之文，盛极而衰；惜抱之诗，方兴未艾。"⑤(《陈

---

①　(清)吴汝纶著，施培毅、徐寿凯校点：《吴汝纶全集》，黄山书社 2002 年版，第 213 页。

②　(清)陈衍：《近代诗钞》，商务印书馆 1935 年版。

③　(清)曾国藩著，王澧华校点：《曾国藩诗文集》，上海古籍出版社 2005 年版，第 80 页。

④　(清)方东树著，汪绍楹校点：《昭昧詹言》，人民文学出版社 1984 年版。

⑤　钱基博：《陈石遗先生八十寿序》，《光华大学半月刊》，1935 年第 7 期。

石遗先生八十寿序》)

就桐城望族而言，姚鼐之后，姚莹、姚濬昌、姚永概、姚永朴、吴汝纶等人也都擅长作诗，并产生了较大的影响。姚莹的《论诗绝句六十首》基本上体现了姚鼐不废七子，又重苏、黄的论诗宗旨。姚永概以诗闻名，沈曾植曾取其诗与马其昶的文合印一册，誉为"皖之二妙"，因此世有"通伯文章叔节诗"之美称，钱基博评其诗云："秀爽而警炼，沉郁而能顿挫。早喜梅宛陵、陈后山，晚乃出人遗山，语必生新，而意在独造，是则曾国藩所谓劲气盘折欲以古文义法通之于诗。"①他的诗歌创作很显然继承了桐城诗学的特点。

总之，桐城望族诗家在明清诗坛是不可忽视的力量，对这方面的研究和认识不仅有益于理解明清诗歌发展的过程，而且对于全面了解桐城派作家的文论和文学创作也颇有益处。

---

① 钱基博：《现代中国文学史》，岳麓书社 1989 年版。

# 第四章　桂林方氏家族诗歌研究

## 第一节　概　　述

　　方姓是桐城大姓，有桂林方(县氏方、县里方、大方)、鲁谼方(猎户方)、会宫方、黄华方、许方、璩方、虎形方等众多家族。其中，桂林、鲁谼、会宫三支名气较大，而桂林方是最具声望者。和桐城众多名门望族一样，桂林方氏也是从外地迁徙而来。至于迁徙桐城的具体时间，不同资料有所出入，《江南通志》卷一百六十《人物志·孝义四》记述桂林方一世祖方德益"元末自池口徙桐"①，《桐城县志》卷一也记述方德益于元末捐资建桐溪桥，而其他许多资料则认为是宋末。方学渐《桐城桂林方氏家谱》卷首《前刊家谱原序》曰："方自宋末籍桐，历世十三，历年三百有五十，始称凤仪，继称桂林。"②马其昶云："其先自休宁迁池口，宋末有德益公者徙桐城。"③苏惇元《方苞年谱》载："始祖号德益于宋元之际，由休宁迁桐城县凤仪坊"④，因此又称"凤仪方"。考察相关资料，宋末元初之说比较可信。方德益迁居桐城之后，开枝散叶，以耕读传家，其子孙在元代多做过小官吏。后来经过数代积累，到

---

① (清)赵宏恩等监修：《(乾隆)江南通志·人物志·宦绩》，文渊阁《四库全书》本。
② (清)方传理辑：《桐城桂林方氏家谱》，光绪六年刊本。
③ (清)马其昶著，毛伯舟点注：《桐城耆旧传》，黄山书社1990年版，第9页。
④ (清)苏惇元：《方苞年谱》，上海古籍出版社1983年版，第883页。

明代六世孙方懋，方氏终于兴盛起来。方懋教子有方，其五子有"五龙"之称，马其昶曰："至公有五子：长，廷献，讳琳，称中一房，次，廷瑞，二房，廷辅，三房，廷实，四房，弟五子廷璋称六房。廷辅讳佑成进士，廷璋讳瓘举于乡。于是都谏王瑞题其门曰'桂林'，而方氏之族乃大。"①关于为何取桂林二字，应该是取折桂如林之意。方以智的看法是："桂林公讳佑，巡按广西，故世称桂林世家。"②王瑞所题，恰是暗合两层意思，非常巧妙。此后，桂林方氏代有才人，门祚绵延明清两代而不衰，成为桐城最具声望的望族。诚如张杰所言："根据方氏后人方显允朱卷履历的记载，统计出至光绪十五年（1889），方氏家族有进士27人，举人54人，生员多至数百人"③，真可谓人才辈出。

考察方懋之后，以中一房和中六房为最盛。马其昶曰："方氏自五世断事有二子，其后分七房，三房在明有桂林，四房有琼州、少卿、副宪，至本朝皆少替矣。其第七房亦多举甲乙科者，惟中一房、六房最盛。中一房天台后有明善，六房太仆后有副使、詹事兄弟，恪敏祖工部实六房学士讳元成子，而出嗣中一房观察讳兆及。恪敏于断事为十二世孙。一门之内，三秉节钺，何其盛也！然如恪敏，学优从政，为时名臣，又岂一族一邑之望哉！"④中一房八世方印曾官居天台令，十一世方学渐开桐城讲学之风，其后方大镇、方孔炤、方以智，四世研究易学，创立方氏易学学派。方以智更是百科全书式的人物，是桐城方氏学术的代表。中六房至十二世方大美时，开始贵显。其四子方象乾一支后代出了方舟、方苞兄弟。而五子方拱乾一支则备极荣辱沉浮，先后受到"科场案"和《南山集》案的牵连，子孙数代被流放黑龙江。但后来其后代方观承、方维甸、方受畴先后做到直隶总督，可谓显荣之极。下面是桂

---

① （清）马其昶著，毛伯舟点注：《桐城耆旧传》，黄山书社1990年版，第9页。
② （明）方以智：《合山栾庐占》，此藏轩刻本。
③ 张杰：《清代科举家族》，社会科学文献出版社2003年版，第227页。
④ （清）马其昶著，毛伯舟点注：《桐城耆旧传》，黄山书社1990年版，第333页。

林方氏世系简表，见表 4-1~表 4-3。

表 4-1 　　　　　　　　　　　　　前七世世系简表

方德益
├─ 方秀实　　方子实
方秀实：
├─ 方谦　　方忠　　方鼎
方谦：
├─ 方圆　　方智
方圆：
├─ 方端　　方法　　方震
方端：方志　方惠
方法：方懋　方恕
方震：方聪

方琳　方玘　方佑　方瑜　方瓘　方瑶　方玠　方华　方饶　方富

| 中一房 | 中二房 | 中三房 | 中四房 | 中六房 | 中五房 | 中七房 |
| --- | --- | --- | --- | --- | --- | --- |

　　桂林方氏家族诗歌成就非常突出。道光年间方于谷辑《桐城方氏诗辑》，多达六十七卷，共收录桂林方氏家族自明初至清代嘉庆年间 130 位诗人的 5022 首诗，另附编者方于谷《拳庄诗钞》正续集十四卷 1534 首诗。方氏家族诗人众多，名家辈出。其中方文、方世举、方贞观称"方氏三诗人"，其他如方以智、方拱乾、方其义、方授等也是诗名卓著。值得一提的是，方氏家族彤管之盛，冠于桐城。方孟式、方维仪、方维则等都擅长诗歌创作，尤其以方维仪最为有名，曾编著《宫闱诗史》，他们一起相聚于方维仪之清芬阁，成立名媛诗社，并在周围聚集了一批女性诗人，流风所及，影响至清代，为明清女性诗坛增添了光彩，见表 4-4。

表 4-2　　　　　　　　　　　　中一房世系简表

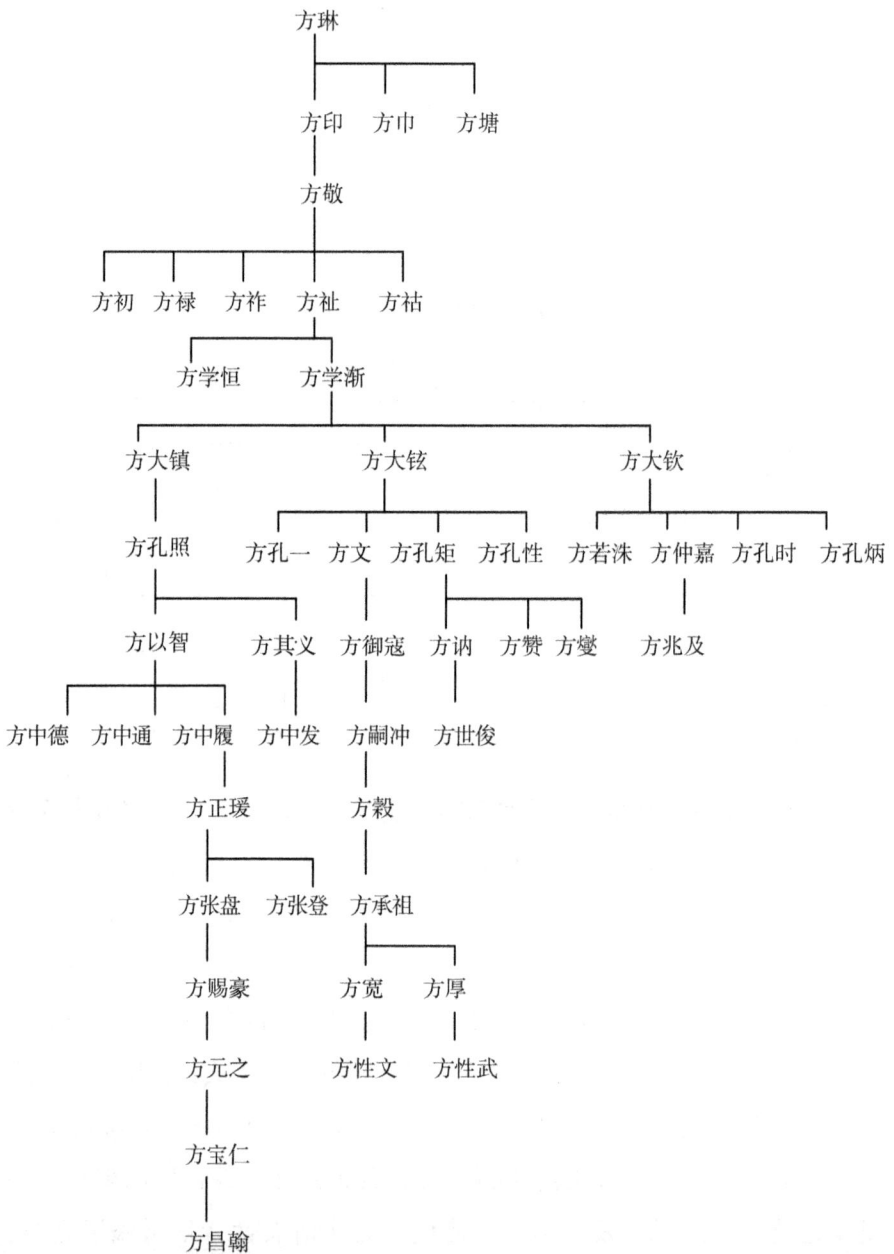

```
                              方琳
                   ┌──────────┼──────────┐
                  方印        方巾        方塘
                   │
                  方敬
          ┌────┬────┬────┼────┐
         方初  方禄  方祚  方祉  方祜
                      ┌────┴────┐
                    方学恒      方学渐
              ┌──────────────┼──────────────┐
            方大镇          方大铉          方大钦
              │       ┌────┬────┬────┐   ┌────┬────┬────┐
            方孔照   方孔一 方文 方孔矩 方孔性 方若洙 方仲嘉 方孔时 方孔炳
              │        │    │    ┌──┼──┐         │
            方以智   方其义 方御寇 方讷 方赞 方燮   方兆及
       ┌────┼────┐   │    │    │
     方中德 方中通 方中履 方中发 方嗣冲 方世俊
                     │          │
                   方正瑗        方榖
              ┌────┴────┐       │
            方张盘      方张登   方承祖
              │              ┌────┴────┐
            方赐豪          方宽      方厚
              │              │        │
            方元之         方性文    方性武
              │
            方宝仁
              │
            方昌翰
```

表 4-3　　　　　　　　　　　　中六房世系简表

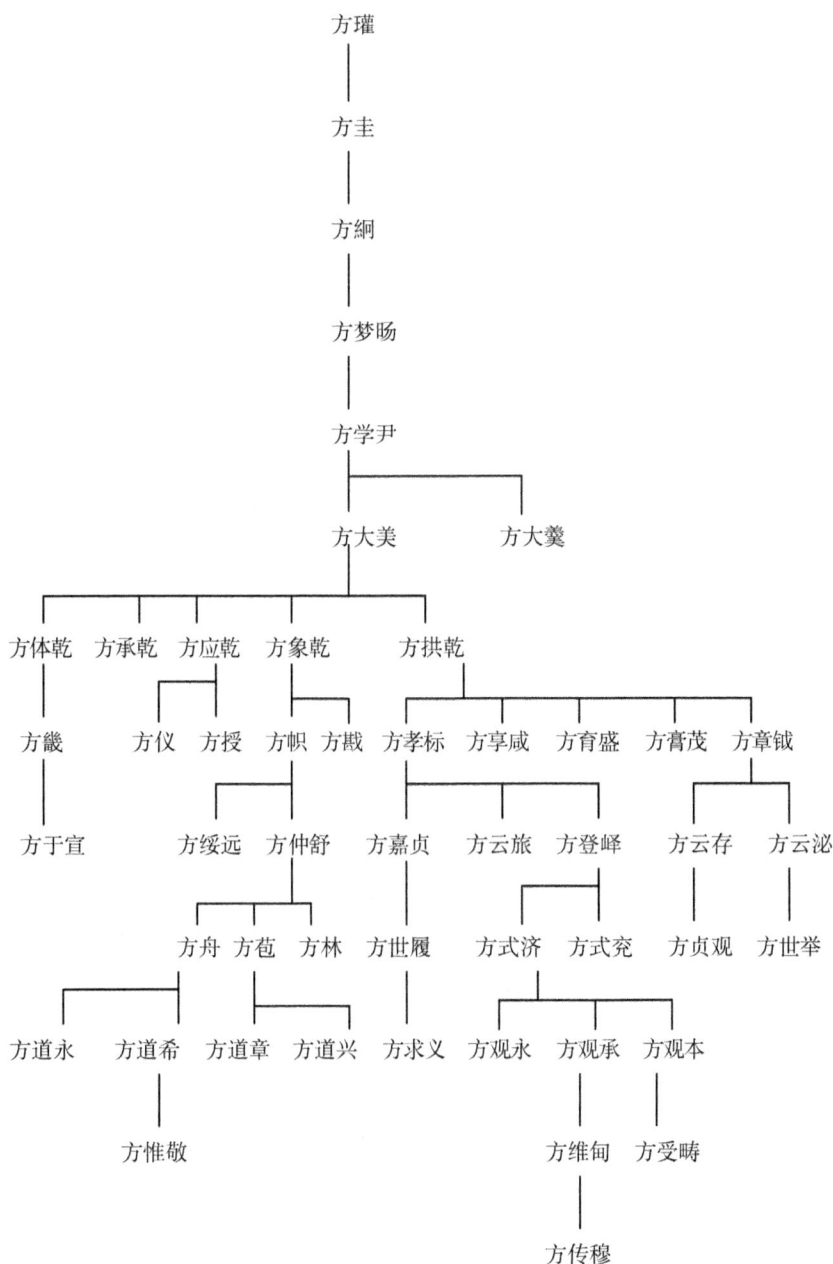

```
                        方瓘
                         │
                        方圭
                         │
                        方絧
                         │
                        方梦旸
                         │
                        方学尹
              ┌──────────┴──────────┐
            方大美                  方大羹
   ┌────┬────┬────┬─────────┬─────────────┐
 方体乾 方承乾 方应乾      方象乾           方拱乾
   │       ┌──┴──┐      ┌──┴──┐    ┌────┬────┬────┬──────┐
 方畿    方仪  方授    方帜 方㦤  方孝标 方享咸 方育盛 方膏茂 方章钺
   │                   ┌──┴──┐   ┌──┴──┐          ┌──┴──┐
 方于宣              方绥远 方仲舒 方嘉贞 方云旅 方登峄  方云存 方云泌
              ┌───────┬─┴──┐    │      ┌──┴──┐     │       │
            方舟 方苞 方林  方世履 方式济 方式尭  方贞观  方世举
         ┌───┴──┐  ┌──┴──┐   │    ┌────┬──┴──┐
       方道永 方道希 方道章 方道兴 方求义 方观永 方观承 方观本
              │                          │       │
            方惟敬                      方维甸   方受畴
                                          │
                                        方传穆
```

135

表4-4　桐城桂林方氏家族诗人简介及诗歌存录诗歌情况一览表①

| 世次 | 姓名 | 简　介 | 《龙眠风雅》、《桐旧集》、《桐城方氏诗辑》等诗歌存录情况 |
|---|---|---|---|
| 五世 | 方法 | 法（1368—1403），圆次子。字伯通，行二。生于洪武戊申年九月十五日辰时，建文元年己卯应天乡试一百九名，四川都指挥使司断事。方孝孺学生，不满成祖自立，被逮，永乐甲申，舟行至望江投水自尽，享年三十七岁，事载《明史》 | 《龙眠风雅》（5）《桐旧集》（4）《桐城方氏诗辑》（4） |
| 七世 | 方佑 | 懋三子。字廷辅。天顺元年（1457）进士，官监察御史，巡监两淮，再按广西。凡所巡历，人不敢循私，被目为"真御史"。后因边民刑案，为忌者中伤，遭廷杖三十，谪攸县，终桂林知府 | 《龙眠风雅》（26）《桐旧集》（6）《桐城方氏诗辑》（5） |
| 八世 | 方向 | 瑜幼子。字与义，号一庵。成化十七年（1481）进士，授户部给事中。弘治初，劾大学士刘吉、宦官陈祖先等，反为其所陷，谪官下狱。后起任云南多罗驿丞，终琼州知府 | 《龙眠风雅》（34）《桐旧集》（16）《桐城方氏诗辑》（16） |
| | 方印 | 琳长子。字与信，号朴庵，行一。生于正统戊午三月初四日辰时，成化十三年（1477）丁酉应天乡试第六十七名，授浙江天台知县。奖励农耕，崇尚学校，抑制豪奸，在任九月，病卒于县衙。卒于弘治甲寅吴越十一日 | 《桐旧集》（1） |
| | 方玺 | 瑜长子，字与节 | 《龙眠风雅》（1）《桐旧集》（2）《桐城方氏诗辑》（1） |

①　简介参考《家谱》、《龙眠风雅》、《桐旧集》、史志资料等。

| 世次 | 姓名 | 简介 | 《龙眠风雅》、《桐旧集》、《桐城方氏诗辑》等诗歌存录情况 |
|---|---|---|---|
| 九世 | 方克 | 舟子。字惟力，号西川。嘉靖五年（1526）进士，先后知贵溪、桐乡二县，后升南京贵州道御史。宦官丘得为南京守备，专恣不法，曾抗疏劾之。后一度归乡，再起为泉州知州，迁陕西苑马寺少卿 | 《桐旧集》(2) |
| | 方见 | 向子。字惟素。有逸才，诗名籍甚 | 《龙眠风雅》(32)《桐旧集》(6)《桐城方氏诗辑》(7) |
| | 方充 | 字惟美，号槐亭，嘉靖邑廪生 | 《龙眠风雅》(1)《桐旧集》(1) |
| 十世 | 方效 | 淑长子。字去病。嘉靖乙酉举人，能诗，有清望 | 《龙眠风雅》(46)《桐旧集》(6)《桐城方氏诗辑》(7) |
| | 方点 | 字子舆，号兰林 | 《龙眠风雅》(2)《桐旧集》(1) |
| | 方兼 | 字子山，号丁崖 | 《龙眠风雅》(1)《桐旧集》(1) |
| | 方宝 | 号西村，嘉靖诸生 | 《桐旧集》(2) |
| | 方可 | 字子时，号山泉，嘉靖诸生，官光禄寺监事 | 《龙眠风雅》(1)《桐旧集》(1) |
| 十一世 | 方学渐 | 学渐(1540—1615)，祉幼子。字达卿，号本庵，行五十。贡生，以子大镇贵，封通议大夫，大理寺左少卿，门人私谥"明善先生" | 《龙眠风雅》(44)《桐旧集》(8)《桐城方氏诗辑》(11) |
| | 方学箕 | 效子，国子监生 | 《龙眠风雅》(27)《桐旧集》(5)《桐城方氏诗辑》(3) |

续表

| 世次 | 姓名 | 简　　　介 | 《龙眠风雅》、《桐旧集》、《桐城方氏诗辑》等诗歌存录情况 |
|---|---|---|---|
| 十二世 | 方大镇 | 学渐长子。字君静，号鲁岳，又号"野同"。万历十七年（1589）进士，授大名府推官，平反冤狱，救活一百三十余人。升任御史，以病乞归。再起巡盐浙江，累迁大理寺少卿，年七十丧母，不久亦卒，门人私谥"文孝" | 《龙眠风雅》（18）《桐旧集》（5）《桐城方氏诗辑》（9） |
| | 方大铉 | 学渐次子。字君节，号玉峡，行四十三。生于嘉靖甲子年正月十八日，万历四十一年（1613）进士，授刑部主事，补户部主事。万历戊午年九月二十五日卒于京邸。工诗歌古文 | 《龙眠风雅》（30）《桐旧集》（14）《桐城方氏诗辑》（8） |
| | 方大钦 | 学渐幼子。字君典，号唐山，行五十八。贡生，以孙兆及任山东济宁兵河道金事赠奉政大夫。生于嘉庆丙寅七月二十一日，卒于天启甲子正月初六日 | 《龙眠风雅》（6）《桐旧集》（1）《桐城方氏诗辑》（1） |
| | 方大美 | 学尹子。字黄中，一字思济，号冲含，万历十四年进士，官至太仆寺少卿。年六十丧母，享年六十二岁 | 《龙眠风雅》（3）《桐旧集》（2）《桐城方氏诗辑》（3） |
| | 方大普 | 号中渡。崇祯三年（1630）举人，任福建省建宁知县。后辞官归隐，守先庐五亩，曰梅花馆。门人谥为文节先生 | 《桐旧集》（2）《桐城方氏诗辑》（2） |
| | 方大任 | 克曾孙。字玉咸，号赤城。万历四十四年（1616）进士，初任元城知县，以廉明公正，拜监察御史，因反对魏忠贤，被削籍。崇祯元年（1628）复官，升都御史，出巡山海关。二年巡抚顺天，出守通州 | 《龙眠风雅》（106）《桐旧集》（9）《桐城方氏诗辑》（56） |

| 世次 | 姓名 | 简　介 | 《龙眠风雅》、《桐旧集》、《桐城方氏诗辑》等诗歌存录情况 |
|---|---|---|---|
| 十二世 | 方大晋 | 字君锡，万历间郡廪生 | 《龙眠风雅》(2)<br>《桐旧集》(1) |
| | 方大玮 | 字君重，号有璞，万历间邑廪生 | 《龙眠风雅》(32)<br>《桐旧集》(5)<br>《桐城方氏诗辑》(6) |
| | 方大阶 | 字景元，诸生 | 《龙眠风雅》(13)<br>《桐旧集》(3)<br>《桐城方氏诗辑》(2) |
| | 方大全 | 字汝棠，诸生 | 《龙眠风雅》(7)<br>《桐旧集》(1) |
| 十三世 | 方孔炤 | 孔炤（1590—1655），大镇子。原名若海，字潜夫，号仁植，人称"贞述先生"。万历四十四年进士，官至湖广巡抚。著有《周易时论合编》、《全边略记》、《春秋窃论》、《中垂公集》等 | 《龙眠风雅》(43)<br>《桐旧集》(17)<br>《桐城方氏诗辑》(71) |
| | 方孔一 | 大钦四子，大铉嗣子。字尔唯，号凝斋，县学生。生于万历乙未八月初六日，顺治三年(1646)应岁荐，授广东清远知县。老病告归，隐居金鸡山，卒于康熙丙辰十一月初四日 | 《龙眠风雅》(41)<br>《桐旧集》(10)<br>《桐城方氏诗辑》(5) |
| | 方孔时 | 大钦三子。字叔茂，号紫岑。县学生，崇祯二年(1629)恩贡生。天启间，作《治平十二策》，由同里左光斗转奏朝廷，所言切中时弊，补国子监生。后因反对魏忠贤配享孔庙，坐黜为民。史可法巡抚安庆，聘入幕府。享年八十五岁，卒时，远近吊者千余人，门人私谥"介节先生" | 《龙眠风雅》(1)<br>《桐旧集》(2) |

续表

| 世次 | 姓名 | 简　介 | 《龙眠风雅》、《桐旧集》、《桐城方氏诗辑》等诗歌存录情况 |
|---|---|---|---|
| 十三世 | 方文 | 文(1612—1669)，大铉长子。字尔识，更名文，字尔止。明亡后，更名一耒，号盦山、明农、忍冬、淮西山人。天启诸生。工诗能文，因与陶渊明、杜甫、白居易同属壬子生辰，故请画师作《四壬子图》，渊明居中，杜甫、白居易分列左右，自己则伛偻呈诗于前，以寄仰慕之情。明亡，隐居金陵，后归桐城，专心著述 | 《龙眠风雅》(230)<br>《桐旧集》(69)<br>《桐城方氏诗辑》(160) |
|  | 方孔矩 | 大铉次子。字尔从，号三峰，县学生。生于万历乙卯七月初四日，卒于康熙癸丑二月十三日，葬大关 | 《龙眠风雅》(38)<br>《桐旧集》(4)<br>《桐城方氏诗辑》(8) |
|  | 方思<br>(方孔炳) | 思(1616—1665)，大钦幼子。原名若洛，更名思，字尔孚，号退谷。崇祯间诸生，豪于为诗，尝取《宋遗民录》各为小传，人系以诗，事核词婉，别寓根触，君子尚其志焉 | 《龙眠风雅》(30)<br>《桐旧集》(5)<br>《桐城方氏诗辑》(11) |
|  | 方孟式 | 方大镇女，山东布政司张秉文室。《明诗综》系传：济南城溃，夫人从其夫与姜陈氏殉节，大明湖赠一品夫人 | 《龙眠风雅》(42)<br>《桐旧集》(21)<br>《桐城方氏诗辑》(6) |
|  | 方维仪 | 维仪(1585—1668)，大镇次女。字仲贤。幼承家学，博学多才，工于诗画。年十七，嫁同乡文士姚孙棨为妻。不久孙棨病故，维仪便请归娘家，守志"清芬阁"，孤灯只影，潜心诗画。恰逢堂妹维则亦十六岁孀居，归宁后同病相怜，过从甚密。大姐孟式常回娘家探望，孔炤之妻吴令仪及其胞 |  |

| 世次 | 姓名 | 简介 | 《龙眠风雅》、《桐旧集》、《桐城方氏诗辑》等诗歌存录情况 |
|---|---|---|---|
| 十三世 | 方维仪 | 姐吴令则皆喜好诗词。方、吴姻亲中五位年轻女诗人常常会聚"清芬阁",吟哦推敲,往来唱和,皆尊为师。令仪不幸早逝,孔炤又宦游他乡,于是便担起教养侄以智的重任 | 《龙眠风雅》(80)《桐旧集》(22)《桐城方氏诗辑》(26) |
| | 方维则 | 大铖女,诸生吴绍忠室,守节。《静志居诗话》:方氏三节,一为孟式,同夫殉国,一为维仪,年十七而寡,守节,寿八十有四。一为维则,年十六而寡,守节,寿八十有四。自圭无玷,苦节可贞,是以昭诸彤管矣 | 《龙眠风雅》(5)《桐旧集》(4)《桐城方氏诗辑》(3) |
| | 方若洙 | 大钦长子,学渐长孙。号莲江。名冠诸生中,门人私谥"贞隐先生"。《桐旧集》:崇祯间岁贡生。潘蜀藻曰:莲江为明善先生孙,博究典籍,研工词翰,晚年因寇逼危城,婴啤共守。著《军城歌》一卷,论者以为诗史,及卒,门人私溢贞隐先生 | 《龙眠风雅》(45)《桐旧集》(7)《桐城方氏诗辑》(10) |
| | 方拱乾 | 拱乾(1596—1666),大美五子。原名若策,字肃之,号坦庵,又号云麓老人、江东髯史等。崇祯元年(1628)二甲第五名进士,官左谕德,兼侍读。入清,官少詹事。以江南科场案,流放宁古塔,后释归,号"苏庵" | 《龙眠风雅》(257)《桐旧集》(11)《桐城方氏诗辑》(129) |
| | 方象乾 | 大美四子。字广野,号闻庵,恩贡生,广州府按察司副使;明季避乱,侨居江宁府上元县由正街,后移居土街;卒葬秫陵 | 《龙眠风雅》(2)《桐旧集》(1)《桐城方氏诗辑》(1) |

续表

| 世次 | 姓名 | 简　介 | 《龙眠风雅》、《桐旧集》、《桐城方氏诗辑》等诗歌存录情况 |
|---|---|---|---|
| 十三世 | 方道乾 | 大式长子。顺治岁贡生 | 《龙眠风雅》(7)<br>《桐旧集》(1)<br>《桐城方氏诗辑》(1) |
| | 方无隅 | 字仲礼，号抑叟 | 《龙眠风雅》(33)<br>《桐旧集》(6)<br>《桐城方氏诗辑》(3) |
| | 方若素 | 大韶长子，字素心。崇祯间诸生 | 《龙眠风雅》(11)<br>《桐旧集》(1)<br>《桐城方氏诗辑》(2) |
| | 方孟图 | 字义先，崇祯间诸生 | 《龙眠风雅》(6)<br>《桐旧集》(1)<br>《桐城方氏诗辑》(3) |
| | 方鲲 | 字梦石，号羽南，崇祯间诸生 | 《龙眠风雅》(7)<br>《桐旧集》(1) |
| | 方元芳 | 字子桓，号郡枝，崇祯间布衣 | 《龙眠风雅》(7)<br>《桐旧集》(1)<br>《桐城方氏诗辑》(1) |
| | 方联芳 | 字杜若，明末布衣 | 《龙眠风雅》(3)<br>《桐旧集》(1) |
| | 方里 | 里(1624—1662)，字井公，号栗村。崇祯末邑廪生 | 《龙眠风雅》(53)<br>《桐旧集》(10)<br>《桐城方氏诗辑》(18) |
| | 方震孺 | 字孩未，万历癸丑进十。官右金都御使 | 《桐旧集》(6) |

续表

| 世次 | 姓名 | 简　介 | 《龙眠风雅》、《桐旧集》、《桐城方氏诗辑》等诗歌存录情况 |
|---|---|---|---|
| 十四世 | 方以智 | 以智（1611—1671），方孔炤长子。字密之，号曼公，别号浮山愚者，出家后别称：无可、五老、药地、墨历、极丸老人等；后裔称"文忠公"。生于万历三十九年辛亥，由县学生中崇祯己卯乡试第二十三名举人，崇祯庚辰中会试八十二名进士，殿试二甲五十四名；工部观政，授翰林院检讨；桂王特诏授东阁大学士；康熙十年辛亥秋十月初七日凌晨于江西万安惶恐滩投水自尽 | 《龙眠风雅》(174)《桐旧集》(84)《桐城方氏诗辑》(205) |
| | 方其义 | （1620—1649），方孔炤次子。字直之 | 《桐旧集》(19)《桐城方氏诗辑》(135) |
| | 方兆及 | 兆及（1613—1667），仲嘉长子。字子诒，号蛟峰。读书无所不窥，尤深于天文之学，与弟兆弼齐名，人称"枞川二方子"。顺治十一年（1654）举人，官刑部郎中，出京为济宁兵河道金事。在任7年，平疑狱、清欠赋、杜绝株连，民无枉累。因积劳病卒于康熙六年四月二十四日酉时，享年五十五岁，葬上元县太平门外后星塘 | 《龙眠风雅》(55)《桐旧集》(17)《桐城方氏诗辑》(8) |
| | 方兆弼 | 字子克，号象山。顺治间贡生 | 《龙眠风雅》(169)《桐旧集》(12)《桐城方氏诗辑》(21) |
| | 方畿 | 畿（1602—1673），体乾之子。字奕于，一字少游，晚自号四松居士。顺治六年（1649）恩贡生，任河南府推官。迁汉府同知，后解职归家 | 《龙眠风雅》(311)《桐旧集》(16)《桐城方氏诗辑》(65) |

续表

| 世次 | 姓名 | 简介 | 《龙眠风雅》、《桐旧集》、《桐城方氏诗辑》等诗歌存录情况 |
|---|---|---|---|
| 十四世 | 方授 | 应乾次子。一名留,字子留,一字季子。生于天启七年丁卯(1627)六月十五日,明亡侯曾为僧,法号"明圃",顺治十年癸巳(1653)正月初七日卒于明州,享年二十七岁,附葬高桥河双墩孙庄母墓右,巽山乾向。有诗集十余卷,潘江为之点校 | 《龙眠风雅》(108)<br>《桐旧集》(15)<br>《桐城方氏诗辑》(53) |
| | 方帜 | 帜(1615—1687),象乾长子。字汉树,号马溪。十二岁为秀才,以诗古文词显名。顺治十四年(1657),以明经贡廷试第一,授芜湖训导。教士孜孜不倦,升兴化教谕。卒于康熙二十六年(1687)七月,葬蒋甸梁庄,后阴流入圹,迁葬石潭菖蒲山 | 《龙眠风雅续集》(96)<br>《桐旧集》(3) |
| | 方孝标 | 孝标(1617—1696),拱乾长子。原名玄成,字符锡,别号楼冈。生于万历四十五年,顺治六年(1649)进士,官至内弘文院侍读学士,充经筵讲官。因案流放宁古塔,获释后入滇,受吴三桂翰林职。三桂败,遁迹为僧,法号"方空",卒于康熙三十五年 | |
| | 方甗 | 象乾次子。字查林。顺治十四年举人 | 《龙眠风雅》(3)<br>《桐旧集》(1)<br>《桐城方氏诗辑》(1) |
| | 方亨咸 | 亨咸(1620—1679),拱乾次子。字吉偶,一字邵村,号龙暝、心童道士。顺治四年(1647)进士,历官获鹿知县、刑部主事、监察御史。因江南乡试案贬至宁古塔(今黑龙江省宁安县),后释归金陵,康熙十八年卒,享年六十岁 | 《龙眠风雅续集》(101)<br>《桐旧集》(9) |

续表

| 世次 | 姓名 | 简 介 | 《龙眠风雅》、《桐旧集》、《桐城方氏诗辑》等诗歌存录情况 |
|---|---|---|---|
| 十四世 | 方育盛 | 育盛（1624—1689），拱乾三子。字与三，号桴舟。顺治十一年举人，随父兄戍宁古塔，后释回 | 《龙眠风雅续集》(89)<br>《桐旧集》(2) |
| | 方膏茂 | 膏茂（1626—1681），拱乾四子。字敦四，号寄山、余斋。顺治五年举人，十二年中会试副榜。流戍宁古塔，释还 | 《龙眠风雅续集》(73)<br>《桐旧集》(1)<br>《桐城方氏诗辑》(1) |
| | 方摲谦 | 字君则，号四颜，崇祯间贡生 | 《龙眠风雅》(8)<br>《桐旧集》(1) |
| | 方尊尧 | 字伯勋，崇祯间诸生 | 《龙眠风雅续集》(2)<br>《桐旧集》(2) |
| | 方毂 | 若洙次子。字子桓。县学生。生于万历辛亥年八月初七日，卒于顺治壬辰年正月二十二日 | 《龙眠风雅》(2)<br>《桐旧集》(1) |
| 十五世 | 方中德 | 中德（1632—1716），以智长子。字田伯，号依岩。工于史，将古今数千年的事类比著成《古事比》52卷。另著有《遂上居稿》10卷、《经学撮钞》、《继善录》、《心学宗续编》、《易爻拟论》、《性理指归》等 | 《桐旧集》(1) |
| | 方中通 | 中通（1635—1698），以智次子。字位伯，号陪翁，学者称继善先生，法名兴磬。著有《数度衍》、《揭方问答》、《音韵切衍》、《篆隶辨从》、《心学宗续编》、《陪翁集》等 | 《龙眠风雅续集》(68)<br>《桐旧集》(9)<br>《桐城方氏诗辑》(63) |
| | 方中履 | 中履（1638—1688），以智三子。字素伯，号小愚，一号合山遗民；后裔称"文逸公"。著有《古今释疑》18卷、《汗青阁文集》2卷、《汗青阁诗集》2卷、《切字释疑》等 | 《龙眠风雅续集》(56)<br>《桐旧集》(32)<br>《桐城方氏诗辑》(254) |

续表

| 世次 | 姓名 | 简　　介 | 《龙眼风雅》、《桐旧集》、《桐城方氏诗辑》等诗歌存录情况 |
|---|---|---|---|
| 十五世 | 方中发 | 中发（1639—1721），其义子。原名中泰，字有怀，又字辅伯，号遐叟，又号鹿湖。由县学生入国子监，考授州同，以屡经忧患，无意仕进，居杨桥白鹿山庄 | 《桐旧集》（18）《桐城方氏诗辑》（439） |
| | 方于宣 | 畿子，字遂高。诸生。顺治初诸生 | 《桐旧集》（2） |
| | 方绥远 | 帜长子。字履开。广东籍贡生。 | 《龙眼风雅续集》（92）《桐旧集》（1） |
| | 方仲舒 | 仲舒（1638—1707），帜次子。字董次，一字南董，号逸巢，国子监生 | 《桐旧集》（25）《桐城方氏诗辑》（1） |
| | 方登峄 | 登峄（1659—1728），孝标幼子，兆及嗣子。字凫宗，号屏垢。康熙三十三年（1694）贡生，授工部都水司主事。因戴名世《南山集》案牵连，谪戍黑龙江卜魁，乾隆间赠光禄大夫 | 《桐旧集》（14）《桐城方氏诗辑》（217） |
| | 方启曾 | 字圣羽，号侨枰。顺治贡生。官江阴训导 | 《龙眼风雅》（2）《桐旧集》（4） |
| | 方在庭 | 字既平，顺治间诸生 | 《桐旧集》（1） |
| | 方阣 | 字夏瑞 | 《桐旧集》（2） |
| 十六世 | 方正瑺 | 正瑺（1651—1703），中德次子。字玖士，一作玫士，或作枚士，号寓安。原居青山，后迁源庄，距白鹿山庄仅里许 | 《桐旧集》（3）《桐城方氏诗辑》（101） |
| | 方正瑷 | 字引蘧，号方斋，康熙庚子举人，官至潼商道 | 《桐旧集》（11）《桐城方氏诗辑》（128） |
| | 方珏 | 字达可，号竹轩，康熙时处士 | 《桐旧集》（1）《桐城方氏诗辑》（1） |

| 世次 | 姓名 | 简　介 | 《龙眠风雅》、《桐旧集》、《桐城方氏诗辑》等诗歌存录情况 |
|---|---|---|---|
| 十六世 | 方正玭 | 字组垂，号养虚，康熙间贡生，官青浦训导 | 《桐旧集》(5)《桐城方氏诗辑》(92) |
| | 方正瑷 | 中通七子。字序左。《南山集》案发，更姓陈以避祸。 | 《桐旧集》(6)《桐城方氏诗辑》(127) |
| | 方正珌 | 字士表，康熙间诸生 | 《桐旧集》(2)《桐城方氏诗辑》(18) |
| | 方正玢 | 中德七子。字弢采。雍正七年(1729)举人，授直隶正定府无极知县。疏通河道，沿岸植柳，以御风沙。升福州理事同知，署永春州知州 | 《桐旧集》(13)《桐城方氏诗辑》(7) |
| | 方正璐 | 中德六子。字述训，号定斋，诸生选州同知 | 《桐旧集》(1)《桐城方氏诗辑》(7) |
| | 方曾佑 | 于宣子。字受斯。康熙间贡生，授休宁训导、迁广德州学正 | 《桐旧集》(3)《桐城方氏诗辑》(4) |
| | 方硕 | 字俣士，诸生 | 《桐旧集》(2)《桐城方氏诗辑》(3) |
| | 方宗菷 | 字梅岩，诸生 | 《桐旧集》(1)《桐城方氏诗辑》(1) |
| | 方洪学 | 字鹿岑，号怡园。国子监生 | 《桐旧集》(1) |
| | 方季芳 | 字澹斋 | 《桐旧集》(1) |
| | 方原博 | 字邴鹤，号一叶。康熙贡生、官泗州训导 | 《桐旧集》(7)《桐城方氏诗辑》(44) |
| | 方元鸢 | 字南皋，号涅然，雍正间太学生 | 《桐旧集》(1) |
| | 方元醴 | 字高悦，号寄巢，雍正己酉举人 | 《桐旧集》(1) |
| | 方元壹 | 字高本，号是巢 | 《桐旧集》(3) |

续表

| 世次 | 姓名 | 简　　介 | 《龙眠风雅》、《桐旧集》、《桐城方氏诗辑》等诗歌存录情况 |
|---|---|---|---|
| 十六世 | 方式济 | 式济（1676—1717），登峄长子。字屋源，号沃园。康熙四十八年（1709）与戴名世同榜进士，赠光禄大夫 | 《桐旧集》（13）《桐城方氏诗辑》（79） |
| | 方泽 | 字云梦，号涵斋，雍正己酉举人，官监人使 | 《桐旧集》（6）《桐城方氏诗辑》（184） |
| | 方苞 | 苞（1668—1749），仲舒次子。字凤九，一字灵皋，晚年自号望溪，康熙三十八年乡试解元，康熙四十五年（1706）进士第四名，官至礼部右侍郎；乾隆七年（1742）建桐城桂林方氏支祠教忠祠于南京清凉山麓 | 《桐旧集》（15） |
| | 方世泰 | 世泰（1679—1747），云存子。字贞观，一字履安，别号南堂，一号洞佛子。弱冠补诸生，屡落秋试，绝意进取，以诗歌、行楷，名噪江淮间。因戴名世《南山集》案牵连入旗籍，乾隆元年（1736）赦归。与族祖文、世举并称为桐城三诗家 | 《桐旧集》（39）《桐城方氏诗辑》（144） |
| | 方世举 | 世举（1675—1759），云泌长子。字扶南，号溪堂，又号息翁。博学笃行。好为诗，晚年酷嗜韩诗，为《韩诗编年笺注》12卷。乾隆初荐举鸿博不就 | 《桐旧集》（15）《桐城方氏诗辑》（75） |
| 十七世 | 方张登 | 正瑗次子。字耘墨，号褚堂。乾隆十七年（1752）举人，任甘肃平罗知县。平罗有地数万顷，赖桃花渠灌溉。该渠日久淤塞，督民疏浚 | 《桐旧集》（1）《桐城方氏诗辑》（1） |
| | 方城 | 字宸山，乾隆间诸生 | 《桐旧集》（3）《桐城方氏诗辑》（99） |

| 世次 | 姓名 | 简　介 | 《龙眠风雅》、《桐旧集》、《桐城方氏诗辑》等诗歌存录情况 |
|---|---|---|---|
| 十七世 | 方观承 | 观承（1698—1768），式济次子。居江宁。字嘉谷，一作遐谷，号问亭。乾隆十四年官至直隶总督，善书法、工诗，著有《宜田汇稿》、《问亭集》、及杂记直隶事凡数十卷，并行于世；乾隆三十三年八月卒，谥"恪敏" | 《桐旧集》（37）《桐城方氏诗辑》（549） |
| | 方观永 | 字盥若，号辨菽，贡生 | 《桐旧集》（2）《桐城方氏诗辑》（4） |
| | 方壶 | 号渤山，乾隆间岁贡生 | 《桐旧集》（2） |
| | 方光远 | 字兰溪，号南邨，乾隆间太学生 | 《桐旧集》（12） |
| | 方叔崖 | 字苔叟，号柏峰 | 《桐旧集》（4） |
| | 方敬扬 | 字吉余，号桐峰 | 《桐旧集》（1） |
| | 方觉 | 字天民，号制荷 | 《桐旧集》（17） |
| | 方德溥 | 号宝龛，乾隆间诸生 | 《桐旧集》（1） |
| | 方玟 | 字守谦，号爱松，乾隆国子监生 | 《桐旧集》（2） |
| | 方其平 | 字浚哲，号赤泉，乾隆间布衣 | 《桐旧集》（1） |
| | 方枸 | 字建初，号华南，乾隆乙酉举人 | 《桐旧集》（4）《桐城方氏诗辑》（124） |
| | 方根健 | 字士强，号卧云，国子监生 | 《桐旧集》（9） |
| | 方树 | 字纫兰，号豆邨，乾隆间诸生 | 《桐旧集》（7）《桐城方氏诗辑》（10） |
| | 方庄 | 字星岩 | 《桐旧集》（1）《桐城方氏诗辑》（3） |
| | 方求晋 | 字仲裴，号石垞，乾隆甲寅举人，官来安训导 | 《桐旧集》（1） |

| 世次 | 姓名 | 简　介 | 《龙眠风雅》、《桐旧集》、《桐城方氏诗辑》等诗歌存录情况 |
|---|---|---|---|
| 十七世 | 方寰 | 字丹九，号姜圃，诸生 | 《桐旧集》(1)《桐城方氏诗辑》(19) |
| | 方根机 | 字石邻 | 《桐旧集》(7)《桐城方氏诗辑》(181) |
| 十八世 | 方辅读 | 字颂椒，号耕石，诸生 | 《桐旧集》(1) |
| | 方惟寅 | 字直清，号厚堂，乾隆间诸生 | 《桐旧集》(5)《桐城方氏诗辑》(1) |
| | 方赐豪 | 张盘长子。字染露。生于乾隆元年，三十年江南乡试举人，清溪令；卒于五十九年，享年五十九岁 | 《桐旧集》(1)《桐城方氏诗辑》(1) |
| | 方赐吉 | 字禧人，号眘痷。乾隆间贡生 | 《桐旧集》(1)《桐城方氏诗辑》(1) |
| | 方维甸 | 维甸(1758—1815)，观承子。字南耦，号葆岩。乾隆五十五年庚子(1790)进士，官至总督；卒于嘉庆二十年(1815)六月，赠太子少保，赐祭葬，谥"勤襄" | 《桐旧集》(9)《桐城方氏诗辑》(28) |
| | 方受畴 | 观本子。字次耘，号来青。乾隆时，以盐课大使发两淮。荐历直隶大名府知府，调保定府，升清河道，因事罢职。嘉庆初给道衔，赴伊犁使用。五年后召还，授苏松粮道，改通永道，升河南按察，调直隶布政。赐花翎，晋浙江巡抚，移河南。后授直隶总督，加太子少保。因病告归，卒于途中 | 《桐旧集》(2)《桐城方氏诗辑》(40) |
| | 方遵轼 | 字雨畴，号小坡。乾隆己亥举人 | 《桐旧集》(2)《桐城方氏诗辑》(26) |

150

| 世次 | 姓名 | 简 介 | 《龙眠风雅》、《桐旧集》、《桐城方氏诗辑》等诗歌存录情况 |
|---|---|---|---|
| 十八世 | 方遵周 | 字用喆，号琴圃，嘉庆间诸生 | 《桐旧集》(2) |
| | 方遵矩 | 字遐照，号晴堂，嘉庆间诸生 | 《桐旧集》(2) |
| 十九世 | 方诸 | 字墨卿，号勿痷，嘉庆岁贡生 | 《桐旧集》(1)<br>《桐城方氏诗辑》(1) |
| | 方启寿 | 字谷存，号子年。嘉庆间监生 | 《桐旧集》(2)<br>《桐城方氏诗辑》(56) |
| | 方于鸿 | 字汉衢，号楞岩 | 《桐旧集》(6)<br>《桐城方氏诗辑》(126) |
| | 方于谷 | 字石伍，嘉庆间岁贡生 | 《桐旧集》(9)<br>《桐城方氏诗辑》附诗集 |
| | 方秉澄 | 字子靖，号竹轩。嘉庆间廪生 | 《桐旧集》(7)<br>《桐城方氏诗辑》(7) |
| | 方坦 | 字履上，号丹衢。嘉庆间诸生 | 《桐旧集》(15) |
| | 方椿 | 字道融，号森痷，嘉庆间衍圣公 | 《桐旧集》(3) |
| | 方楷 | 字道衡，号毅痷，嘉庆间诸生 | 《桐旧集》(1) |
| | 方性道 | 字堃载，乾隆间诸生 | 《桐旧集》(2)<br>《桐城方氏诗辑》(2) |
| | 方宫声 | 字象三，号东溪，嘉庆间拔贡生 | 《桐旧集》(24)<br>《桐城方氏诗辑》(253) |
| | 方元琮 | 字含辉，号竹痷，嘉庆间国学生 | 《桐旧集》(4) |
| | 方又新 | 字瞻生，号浮溪，嘉道间廪膳生 | 《桐旧集》(16) |
| | 方传馨 | 字彦远 | 《桐旧集》(6)<br>《桐城方氏诗辑》(1) |
| | 方若徽 | 维甸女。字仲惠。工诗画篆刻，一时名人印章，多出其手 | 《桐城方氏诗辑》(7) |

| 世次 | 姓名 | 简　　　介 | 《龙眠风雅》、《桐旧集》、《桐城方氏诗辑》等诗歌存录情况 |
|---|---|---|---|
| 十九世 | 方传穟 | 观承从孙。字颖斋。由河南通判历福建台湾知府，擢浙江宁绍台道 | 《桐城方氏诗辑》(7) |
| | 方传穆 | 维甸子。字彦和。以举人候选中书，嘉庆二十四年(1819)赏进士，由翰林院编修，官延建邵道。迁沅州知府 | 《桐城方氏诗辑》(1) |
| 二十一世 | 方昌翰 | 宝仁次子。字宗屏，号涤侪。少与方柏堂(宗诚，字存之，号柏堂，1818—1888)同学，咸丰辛亥举人，曾任河南新野知县。善为文，好吟咏。卒于光绪二十三年十二月初六日，享年七十一岁。曾搜集先祖学渐、大镇、孔炤、以智、中履、正瑗、张登七人的文稿，汇成《方氏七代遗书》，著有《虚白室诗钞》、《虚白室诗文钞》12卷 | |
| 二十三世 | 方义怀 | 义怀(1878—1945)，鉴周次子。名琛。生于光绪四年戊寅三月十三日，清末秀才。曾任桐城中学校长。民国十年，首任桐城县教育局长 | |

# 第二节　明代前中期桂林方氏家族诗人

　　明代前中期桂林方氏家族诗人的诗集大多已经亡佚，诗作主要借《龙眠风雅》、《桐旧集》等地域诗歌总集和家族诗歌总集《桐城方氏诗辑》流传，从数量上来说，多则几十首，少的只有几首，诗歌创作已经难窥全貌。下面就前中期主要诗人予以梳理和论述。

## 一、方法:《绝命辞》的象征意义

方法(1368—1403),字伯通,是桂林方第五世。从小刻苦力学,"公生之岁,为洪武元年,逾岁而孤,时天下初定,人竞戎马;母程氏纺绩,资公使学,务以儒术亢宗。治《尚书》,事母甚谨,里党称其孝。英杰负气,闻朝廷利害,辄自激发"①。建文元年(1399),方法应天乡试,中一百九名,被授以四川都指挥使司断事,是一个掌管刑狱的小官。但是他并不以官小位卑自耻,而以"廉直"闻名。

方法诗歌留存不多,《龙眠风雅》存五首,《桐旧集》和《桐城方氏诗辑》存四首。其中最引人瞩目的是《绝命辞》两首:

(一)

休嗟臣被逮,是报主恩时。不草归降表,聊吟绝命辞。
身当殉国难,死岂论官卑?千载波涛里,无惭正学师。

(二)

闻道望江县,知为故国滨。衣冠拜丘垅,爪发寄家人。
魂定从高帝,心将愧叛臣。相知当贺我,不用泪沾巾。②

关于方法自绝沉江之事,见于《明史》、《江南通志》、《桐城县志》等史志资料。马其昶《桐城耆旧传》记载较详:"建文元年,乡试中式。天台方正学先生典试事,以'托孤寄命,大节不夺'命题。公既受知正学,历政台寺,授四川都指挥使司断事,执法不挠。无何,正学死建文之难。成祖即位,为永乐元年,诸藩表贺登极。公当署名,不肯署,投笔出。俄诏逮诸藩不附者,公与逮,登舟,饬家人曰:'至安庆告我!'行

---

① (清)马其昶著,毛伯舟点注:《桐城耆旧传》,黄山书社1990年版,第9页。
② 所引诗歌出自《龙眠风雅》。

次望江，人曰：'此安庆境也。'公瞻望再拜，慨然赋诗二章，曰：'得望吾先人乡可矣！'遂沉江死，罟尸不获。"①方法追随其师方孝孺，殉难而死，可谓"至是果无忝师承"②(《龙眠风雅》卷一小传)，马其昶云："悲哉，靖难之事！正学不肯草诏，赤十族，公以小臣，亦不肯署表死，大节不夺，殆无愧哉！"③这两首诗是直抒胸臆之作，从艺术上来看并没有多少可资谈论之处，但其对桂林方氏后人影响却较大，主要原因是这两首诗体现出的慷慨赴死、大节不夺的凛然正气和精神气脉，为方氏后人所推崇，成为具有象征意义的精神符号。

方氏后人大多以方法为风范，砥砺自己品行，讲求忠孝节义。因此，遍观方氏后人诗作，不难发现多有追念方法行迹的篇章，特别是明清易代之时，先祖之品格更是给了他们忠孝报国、坚守气节的精神力量。方以智《拜表忠祠：余五世祖断事公当靖难沉于江，余王父廷尉公请入祠云》：

> 圣世怀臣节，殊恩建表忠。庙门荒落日，堂庑起凄风。洒血变青草，拒魂指白虹。遗书传地下，旧阙在云中。麟凤当图阁，龙蛇莫画官。跄跄思我祖，肃肃附群公。种树还朝北，沉江流向东。衣冠今日异，拜跪小民同。野有春秋哭，神磷俎豆丰。累朝谁报国，三卫竟和戎。故老心徒赤，宵人面不红。伤哉无士气，已矣论军功。直谏何曾见，悲歌未敢工。孝陵回首望，松柏正蒙蒙。

方以智祖父方大镇上书请求朝廷旌表方法，得到允许，在成都立祠，方以智此诗就是记述此事。除了表彰先祖高洁品行，方以智此诗显然别有寄托。方以智从叔方文也在诗中对方法多所提及，赞扬其忠义之

---

① （清）马其昶著，毛伯舟点注：《桐城耆旧传》，黄山书社1990年版，第10页。
② （清）潘江辑：《龙眠风雅》，康熙十七年潘氏石经斋刻本。
③ （清）马其昶著，毛伯舟点注：《桐城耆旧传》，黄山书社1990年版，第10页。

魂，并以此勉励与自己志同道合的从子方授："愿尔厚自爱，明德永相辅。此意知者谁？惟我断事祖"①(《寄怀明圃子留》)，"我祖昔沉渊，家风八代传(先断事公殉建文之难)"②(《舟次赠从子子留》)。方以智弟弟方其义《拜五世祖断事公墓》云：

> 一命遐荒贱，捐躯痛不禁。但知臣节重，宁论主恩深。
> 白骨无乡土，丹心自古今。松楸三百载，魂魄尚森森。③

诗乃传心之史，方文、方以智、方授、方其义等人在明清易代之际的泣血悲歌，与方法之绝命辞在时空上完成了对接。

## 二、"铁面御史"方佑的诗歌

方佑(1418—1483)，方懋三子，字廷辅，号省庵，是桂林方七世。天顺元年(1457)登进士第，官监察御史，"风裁凝峻，孤厉而贞，于时咸呼'铁面御史'"④，后来方佑因为边民刑案，为忌者所中伤，遭廷杖三十，谪攸县，又因政绩显著，而升任桂林知府，但仅上任八个月即称病告归，隐居乡里。

方佑有诗集《省庵集》，惜已不传，《龙眠风雅》录其诗二十六首，《桐旧集》录六首，《桐城方氏诗辑》录五首。从所留存诗歌来看，多作于仕宦期间，有《架猎南郊》、《早朝颂扇》等其在京城时歌颂祥瑞之作，更多的则是送别、唱和、纪行之篇，写其坎坷之境遇及真实心境。如《三十六湾南阻风》：

---

① (清)方文：《鑫山集》，上海古籍出版社1979年版。
② (清)方文：《鑫山集》，上海古籍出版社1979年版。
③ (清)潘江辑：《龙眠风雅》，康熙十七年潘氏石经斋刻本。
④ (明)过庭训：《明分省人物考》，明文书局1991年版。

南湾暂泊蓼洲前，风卷秋江浪打船。乔口有山云碍树，洞庭无岸水连天。

一灯听雨愁今昔，九陌看花忆往年。回首禁门清切地，长安路已隔三千。

因为性格刚直，自己遭到排挤离京外任，风翻浪涌正是内心不平静的写照。一灯听雨之孤，不由让人追忆京城为官时之繁华热闹，但如今远离京城，已是无可奈何了。它如《过长沙》：

岳州南望即天涯，湘水衡山道路赊。鸿雁未稀乡信少，枫楸渐老客愁加。

雨余沙净苻无瘴，风逗香清桂有花。可怪贾生常痌苦，却将卑湿怨长沙。

过了长沙，离家愈来愈远，在以清丽之景象调侃贾谊"卑湿怨长沙"的强自宽解中，映照的正是诗人抹不去的愁绪。诗人的这种愁绪在遭遇贬谪南归的路途中一直难以消去。如《中秋泊磊石驿》：

芦苇萧萧橘柚黄，洞庭风静月辉光。张骞不奈星槎远，庾亮其如更漏长。

钓艇归来渔夫冷，邮亭候罢吏人忙。今宵独有南迁客，孤棹天涯一举觞。

自己被贬谪南迁，如同张骞、庾亮之客他乡，内心的孤独、凄凉难以况味。所以诗人在尝尽仕宦之苦后，内心五味杂陈，《书怀》一诗是对其心境的总结和真实写照：

一生书剑客他乡，渐觉萧萧鬓满霜。千里故人频入梦，柳荫疏
处菊花黄。

因为一生书剑飘零，尝尽仕宦辛苦，就会倍添思乡之情，所以诗人不时
流露思乡归隐之意，如《闻砧》：

桂林花落逐秋风，文石家家趁女工。帘幕三更灯影下，关山千
罩月明中。

乡情此夕凭谁遣？宦况今年渐觉穷。安得只携琴与鹤，顺流直
下皖江东？

总之，方佑存诗虽然不多，但是却在诗中真实描写了其仕宦经历，
并真实袒露了其心境，从中可以我们可以窥见在那个时代做一名正直的
官吏，是多么不容易。

### 三、方向、方见父子的诗歌创作

方向，瑜幼子，字与义，号一庵，成化十七年（1481）进士，授户
部给事中。弘治初，弹劾大学士刘吉、宦官陈祖先等，反为其所陷，谪
官下狱，《狱中次龚秋官韵》描写了其真实处境和心境："棘风吹户鬓毛
寒，睡起无时懒着冠。三月乡书愁里绝，一年春色梦中看。我心不转元
非石，世路相倾总是澜。歌罢楚骚天欲暮，当杯且放两眉宽。"后来方
向被起任云南多罗驿丞，终琼州知府。

方向著有《素亭稿》、《一庵稿》等诗集，惜已不传。《龙眠风雅》录
其诗三十四首，《桐旧集》和《桐城方氏诗辑》录十六首。从所存录诗歌
来看，送别、纪实、书怀之作较多。如《出门行》：

晨乌哑哑声到耳，行人匆匆戒行李。瘦妻病妾不梳洗，弱女娇

儿啼不起。

前年君谪滇南时，只恐炎风吹作鬼。寸肠日夜儿回断，釟泪盈盈落秋水。

君今又往西川去，相思又自明朝始。闻道西川道路难，滩高峡急号狐狸。

丈夫固自轻离别。妾心郁郁难为理。门前有水自西来，一钓何时掣双鲤？

这首乐府诗虽然契合古义，但确是诗人真实生活境遇的写照，全诗以思妇之悲写尽离别之况味。方向一生仕途坎坷，因事下狱后，被贬边远地方任职，曾先后任多罗驿丞、四川资阳知县、湖广安陆知州、广东琼州知府等职。每次外放，就意味着和家人的别离，诗人对这样的情况有特别深刻的情感体验，所以在诗中也反复写及。如《草草吟》：

别离何草草，一别一同老。宵装不待晓，朝餐不及饱。行歌声浩浩，

闻者伤怀抱。山高水淼茫，此身难自保。举头明月光，照人空皎皎。

又如《去去词》：

去去复去去，去去何所之。上堂有父母，下房有妻儿。涓涓山中泉，青青园中葵。在家足一饱，行迈多艰危。小星尽北向，大水皆东驰。如何百年内，劳劳独无期。太息视落日，中心讵谁知？

在这样反复的离别中，诗人心力交瘁。如《古意》：

朝出门、暮出门，车烦马殆走奔奔。云山空过风尘眼，鬓发俄惊霜雪繁。

百岁光阴如转烛，几处人家递歌哭。问君浪游归不归，东风吹遍蘼芜绿。

离别的况味非常苦涩，所以当诗人宦游他乡，特别是远谪边地，内心非常苦闷。如《桃源道中》：

桃源西望是辰州，两境中开五置邮。征旆影随红树没，断桥水带夕阳流。

关山迢递孤臣路，风物凄凉满地秋。半世飘零竟何事？独骑瘦马重回头。

又如《界亭驿》：

乱云重叠万山幽，仆马劳顿此暂休。丹叶满林枫树晚，雪花铺地木棉秋。

壁题半染孤臣泪，酒力难浇去国忧。独坐中亭不成寐，寒更已报第三筹。

孤臣之泪，去国之忧，让诗人不由地想起从前。如《枕上偶成》：

榾柮炉中冷未消，芦花被里夜偏遥。隔帘忽送鸡声晓，恍惚当年报早朝。

自己与京城相隔万里，但是却难以忘却当年的时光，诗歌传达出的是诗人对往昔生活的留恋及现实的巨大落差。在坎坷不平的境遇中，诗人思乡之情也愈来愈浓烈。如《夜坐感怀》：

> 小坐傍疏棂，凄然百感生。乡山千里月，砧杵万家声。
> 四壁寒虫切，一灯深夜明。沉吟不成寐，静数短长更。

又如《九日灯下偶成》：

> 纷纷秋思乱如麻，耿直重阳思转赊。客馆青灯一杯酒，故园黄
> 菊几丛花。
> 满城风雨愁边色，万里关山梦里家。最是不堪情切处，夜深廖
> 历起寒笳。

方向的写怀诗色调比较低沉，这与他坎坷不平的仕宦生涯是分不开的，他在诗中袒露了自己的痛苦，真切感人。当然，诗人的心境也并非一直苦闷，如《海南杂咏》：

其一

> 海外风光别一家，四时杨柳四时花。寒来暑往无从识，只看桃
> 符纪岁华。

其二

> 城上阴云拂曙消，曈曈初日照旌旄。年来且喜无征战，引领春
> 风看海潮。

升任琼州知府，方向的仕途已经摆脱了阴霾，其诗歌的色调也明朗了许多，这两首诗写海南的风景，清丽秀美，也明确显示了诗人的心境。

方见，乃方向之子，字惟素，别号南淙，嘉靖间贡生。《龙眠风雅

小传》云："年十七从父之官，赋黄鹤楼，诗典寄超远。比长，才名籍甚。皖守泰安胡公缵宗尝召与论文面试。存存堂记安庆府志序倚待千言，文不加点，邑令燕山蔡公锐过其乡，赋诗云'古木寒鸦集，溪桥老衲迎。欲共南淙语，黄昏到赤城'南淙，公别号也，既至蔬盘村，相对甚欢……承天孙公交莆，田林公俊泉，州王公备中皆数千里走书问，其为名流所推重如此。"①《江南通志》曰："才名冠一时，隐于湖山之间，与诗人徐宣相倡和，有古人风。"②方见著有《南淙稿》、《空石遗音集》等诗集，惜已不传。《龙眠风雅》录其诗三十二首，《桐旧集》录其诗六首，《桐城方氏诗辑》录其诗七首。从留存诗歌来看，写景、送别、赠答之作较多，其中写景的诗比较突出。如《晚霁》：

积雨晚开霁，池塘水自深。浅霞明柳色，斜日澹花阴。
漠漠烟横浦，飘飘鸟入林。采桑何处女，归去露沾襟。

又如《春日》：

东风吹紫陌，到处起香尘。病骨何须酒，晴光自醉人。

再如《渔矶》：

山骨巉岩一片青，苔痕点点带鱼腥。婆娑老子持竿坐，一线风高九鼎轻。

方见的风景诗多写清丽淡雅之风景，表现其淡泊心境。与其父不

① （清）潘江辑：《龙眠风雅》，康熙十七年潘氏石经斋刻本。
② （清）赵宏恩修：《(乾隆)江南通志卷一六十九·人物志·隐逸》，文渊阁《四库全书》本。

同，方见一生并没有出仕，而是基本上过着隐逸的生活，他追求的也是闲适的情怀。如《书寝》：

> 倦坐抛书帙，偷闲入睡乡。曲肱聊当枕，隐几不须床。
> 漫有庄生适，殊无冠老凉。乾坤皆梦境，浪笑说黄粱。

又如《雨中》：

> 受此三日雨，幽居逸兴多。残红飘野槿，嫩绿长庭莎。
> 倚柱时高咏，行田只浩歌。出门何怕湿，壁上有渔蓑。

再如《宴坐》：

> 宴坐白日晚，萧然隔世情。隙光留短晷，落叶走书声。
> 青白分双眼，诗书快一生。翻思江上客，风浪几时平。

但是其诗也并非完全展现方外之情，如《中秋述旧写怀》"去年此日得亡妻讣音"写道：

> 忽得南来信，伤心一泫然。出城驱瘦马，附便问归船。
> 茅屋萧条雨，藜床辗转眠。如何今夜月，人意又难圆。

此诗悼念亡妻，虽然秉持其疏朗的诗歌风格，但是相比其他诗歌而言，感情要浓烈得多，可以看出其诗风的另一面。

## 四、以布衣振风教：方学渐的诗歌创作

方学渐（1540—1615），衹幼子。字达卿，号本庵，贡生，以子大

镇贵，封通议大夫，大理寺左少卿，门人私谥"明善先生"。有《易蠡》10 卷，《孝经绎》1 卷，《心学宗》4 卷，《桐彝》3 卷、续 2 卷，《尔训》20卷，《崇本堂稿》22 卷、续 2 卷，《别稿》4 卷。潘江云："先生明经不仕，里居讲学，时如高景逸、顾泾阳诸公皆所推挹。卒后门人私谥为明善先生。子大镇、大铉，孙孔熠，曾孙以智，文章、科第焜耀联绵，则先生之遗泽远矣。"①张英曰："明善先生以布衣振风教，食其泽者代有传人，至于砥砺名节，讲贯文学，子弟孝友仁睦，流风余韵，皆先生之毅诒也。"②（《桐旧集》卷一）朱彝尊评价他："方氏门才之盛，甲于皖口，明善先生实浚其源。东南学者，推为帜志焉。"③方学渐一生并没有出仕，而以治经、讲学名闻乡里，桂林方氏之门由此而大。其诗集无存，《龙眠风雅》存诗 44 首，《桐旧集》存 8 首，《桐城方氏诗辑》存 11首。就留存诗歌来看，以写景之作居多。例如《浮山二首》、《再游浮山四首》、《重登望华亭》、《龙眠精舍》、《合明山》、《王屋寺》、《灵源观》、《司玄洞》等，特别是其吟咏家乡山水的七言绝句，犹如大型组诗，分别吟咏《石马潭》、《滑石河》、《盘云径》、《豸角峰》、《双目岑》、《莲华屋》、《枫香庵》、《鹅公峤》、《黄白岭》、《蜿蜒溪》、《水帘洞》、《楮棚湾》、《蜈蚣峦》、《赛社檀》、《幽玄峡》、《环流塈》、《吉龙湫》、《泽豹岩》、《博虎峒》、《登洪涛山》等。如《白云岩》：

> 磴道斜飞瀑，岩花半入云。望中孤鸟没，天外一江分。
> 竹柏山楼色，旃檀石鼎熏。轩然长啸发，清兴好谁闻。

方学渐诗集中也多有关切现实之作，如《饥民哀》：

---

①　(清)潘江辑：《龙眠风雅》，康熙十七年潘氏石经斋刻本。

②　(清)徐璈辑：《桐旧集》，民国十六年影印原刻本。

③　(清)朱彝尊：《静志居诗话》，人民文学出版社 1990 年版，第 425 页。

冯夷频作东南崇，旱魃今年复为厉。水田灭没恃高田，高田焦涸空云烟。农家作苦望新谷，播种不收况百畜。磬悬四壁甑蒙尘，拮据木实剖草根。草木铛中无粒米，肠胃虽充脚力痿。壮夫贸贸瘵沟渠，老稚辗转更难呼。闭门僵卧不能出，雨雪飘摇风飒飒。愆阳伏阴郁为灾，子遗札瘥卧蒿莱。不及孤鸿飞千里，犹能一饱江湖水。浮云散去即长空，殍僅征徭隶籍中。追逋悍吏猛于狼，鸣镳连辀驰村乡。小户逃亡追大户，不嗟化离还索贿。帝暗万里阻且迁，谁献监门郑侠图。君不见太仓红粟化为土，啬夫刲羊饲圈虎。

此诗写天灾致使百姓生活艰难，陷于饥荒之中，但是官府不仅不体恤民情，反而猛于虎狼。强烈的贫富对比，展现的是惊人的不公平的社会现实。

值得一提的是，诗人诗中还写到当时的国家战事，如《东征》：

朝鲜海外作东藩，长护辽城绝寇源。岂谓凭陵愁日本，至勤师旅出中原。

千艘铠甲冲鼋浪，万里旌旗散蚁屯。闻说釜山新筑垒，控弦未许息辕门。

总体看来，方学渐诗歌主要是学杜甫，无论是写景之作，还是反映现实之篇，大多工力深厚，含蓄深沉。

## 第三节　明末清初桂林方氏家族诗人的
## 出处选择与诗歌创作

明中叶以后，桂林方氏家族通过科举出仕的族人越来越多，形成和明王朝盘根错节的复杂关系。明清易代，清廷入主中原，为了迅速稳固统治，用各种手段逼迫汉族士人特别是显达之士出仕新朝，桂林方氏族人面临艰难的选择。对于恪守儒家文化理念的他们来说，道路无非几条，要么以身殉节，要么致力于反清复明运动，要么隐遁家园或出家为僧，总之在华夷大防之观念的映照下，保持自己忠节最为重要。但是如果出仕新廷，就会成为千古罪人。在这种情况之下，方氏家族的诗人们大多选择了做遗民，不与新廷合作，但是也有一部分诗人选择了出仕新朝。就诗歌创作来说，所谓国家不幸诗家幸，社会的动荡、心灵的冲击让方氏家族诗人们取得了非常高的成就。

## 一、遗民诗人群体及诗歌创作

### （一）方以智一家的诗歌创作

前已提及，在明清易代之际，方孔炤及其子以智、其义，孙辈中德、中通、中履、中发，祖孙辈七人在清廷的威逼利诱之下，都没有出仕新朝，而是甘做遗民，下面简单介绍其诗歌创作。

### 1. 方孔炤

关于其生平，《桐城耆旧传》云："字潜夫，号仁植，廷尉大镇子也。万历四十四年进士，除嘉定州知州，调福宁州，入为兵部主事。天启初，廷尉方为御史，与邹忠介、高忠宪、顾端文诸公讲学首善书院，天下欣然望治。于时公亦历官员外，擢职方司郎中，未几而逆阉用事，诸赞相次罢。边事棘，枢曹选帅，率通贿得规避，公疏劾之。魏忠贤欲进封兄子良卿伯爵，公执不可。忠贤怒，削籍归。崇祯改元，起职方郎中，迁尚宝卿。丁廷尉忧，庐墓三年。县民倡变，率乡人讨平之……服除，补原官。寻以佥都御史巡抚湖广……至是遂劾公失机，逮下狱。长子以智，啮血濡疏讼冤，得减罪，遣戍绍兴。久之，用荐复官，命督山东军务。未行而京师陷，遂奉母南奔，归隐白鹿山。前在围中，与黄石斋先生论《易》，既归，益潜心经训，著《〈周易〉时论》二十二卷、《〈尚书〉世论》二卷，《〈诗经〉永论》四卷，《礼节论》若千卷，《〈春秋〉窃论》二卷,《全边纪略》十二卷,《抚楚疏稿》四卷,《环中堂集》十二卷。门人私谥曰贞述。"①就诗歌创作来说,《桐城方氏诗辑》录其诗集《环中堂诗集》,存诗七十一首。另外《龙眠风雅》录其诗43首,《桐旧集》录17首。

　　从方孔炤所存诗歌来看,反映现实之作较多,记述国破家变的动荡形势及自己的人生遭际。如《天启乙丑忤珰削籍》一诗:"不即膏唇舌,犹承浩荡恩。瓶原难假器,锄只为当门。鹿马工前辙,鸱枭善叫魂。埋忧惟抱瓆,灭迹此荒园。"这首诗作于天启乙丑(1625),他在朝为官,看不惯武将不愿征战边地而贿赂魏忠贤以求免役,上书弹劾。又加上魏忠贤欲进封兄子良卿伯爵,他也极力反对。因此魏忠贤大怒,"遂削籍"。对于当时朝臣内讧,方孔炤忧心忡忡,如其《密议叹》"楚人歌,秦人舞,窟垒衣传两杖鼓,殿上伏机多危语。密议知与外廷忤,外廷不知乃连章,以为朋党飞严霜。(如议先欻建乃可剿贼,而杨机部争之;督师起复,而黄石斋争之。适符先中之言,而君子又略于经济,时宜之策,故宫中切齿朋党邪正不分云)"。

　　崇祯十年(1637),方孔炤复官,起职方郎中,迁尚宝卿,任南都尚宝司卿,寻以金都御史巡抚湖广。崇祯十二年(1639)十一月,朝廷派杨嗣昌代替熊文灿为总兵,传令楚、川、沅三路会师夹攻张献忠,其于夜间拔营逃走。方孔炤料张献忠有计谋,下令原地驻防,不可移动;但已有二位将官迫于嗣昌命令,率兵出发,行至香油坪,中计,遭围攻溃败。嗣昌在命令军队进击的同时,令方孔炤进驻襄阳。襄阳距香油坪八百里,当得知军队被围消息,方孔炤约沅、川两军赴援,两军又被嗣昌调往他处,他只得率部千余人兼程往救,赶至竹山时,官军由于孤军深入已在六天前被张献忠围攻而溃败。方孔炤诗歌《香油坪行》记述了

---

　　①　(清)马其昶著,毛伯舟点注:《桐城耆旧传》,黄山书社1990年版,第171页。

这个事件，前有小序简要交代了事情经过："川沅楚三路进剿房县贼，杨世恩、罗安邦先进战，胜，贪功深入，而余又奉阁部调回守襄，相去八百里，鞭长不及。川沅近而不捄，二将阵亡，烈哉哀哉！为之哭祭，特疏自劾请恤"。诗歌云：

> 二龙久淬荆江水，八捷一败败即死。死尚杀贼嚼牙齿，恨无救兵发一矢。余调回襄八百里，夷陵归州持重是。香油坪，鬼夜鸣，令箭掣电如风行，可怜不用平谷城。（先是抚献于谷而叛）

方孔炤此次战败，于崇祯十三年（1640）一月十三日，被逮捕下狱。这实际上"为杨嗣昌所陷"，故而"天下冤之"①。方孔炤也深感自己冤屈，其《哀罪》云："天王圣明，人臣之罪。八捷一败，以钩党逮。武陵既坏，赦之召对。烈火烧心，流涕可恨。击县鼓丞，卿怒河外。募兵请不许，嗟乎骛在。梁窜在林，土崩瓦解。不自今劳，人知此病深矣，今日何责诸举子。"方孔炤入狱后，其子方以智身怀血书，呼号朝门外，求百官上达父冤，经过长达一年四个月的坚持，崇祯帝慨叹"求忠臣必于孝子之门"，终于将方孔炤从轻发落，于崇祯十四年（1641）七月出狱，八月遣戍绍兴。而此际，李自成已经率军攻克河南，杀福王朱常洵、唐王朱聿镆。张献忠克湖北，杀襄王朱翊铭。大学士杨嗣昌以剿寇不力而畏罪自杀。所以方孔炤的心情极为沉痛，其《辛巳出狱自讼》小序曰："抚楚一年，陵藩巩固，城池无一失者八捷一败，败将且恤之，而抚臣遂戍命也。越一年，而两藩俱失，皇陵震惊，城邑溃败，以视前者何如乎？宫中念之，惟有刻骨"，诗云：

---

① （清）赵宏恩修：《（乾隆）江南通志·人物志·宦绩》卷一百四十六，文渊阁《四库全书》本。

自从画地后，始更测天宽。征罪遮千古，深文持两。机虽曳屣，臣志竟冲冠。髀肉将消尽，何曾一据鞍。

崇祯十五年(1642)十二月，明廷已是危如累卵，方孔炤由绍兴戍所冒险赴北京，向崇祯上《刍荛小言》，为挽救颓败时局呈策。其《召对之后谨献刍荛感而书此》云：

当今第一病，所教非所用。岩廊相期许，但可称麟凤。比之宋韩范，便谓祸机动。有司慕台省，台省论资俸。别是上流人，巧享钧天梦。筹兵计何鑲，故事毕倥偬。外吏久偃蹇，塞责谓采葑。偶失疆场机，文深不轻纵。安坐讲虚无，圆通暗相奉。所以谈兵家，目为含口赗。抢攘皂白囊，奚补素丝缝。委蛇好容身，慷慨传言讽。骄将赖白驼，卒谁肯饥冻。十库可改折，苜蓿与民共。海运可召商，屯田宜募种。监军徒掣肘，建牙当专控。听言才数事，左右手惶恐。突梯忌直言，植根善隆栋。诸葛躬太轻，胡广道太重。袁安但饮泣，贾生安敢痛。条对稍切骨，他端定巧中。庙堂不虚公，唐虞枉祝颂。天下岌岌矣，坐见庸人送。

但其献策并没有得到崇祯帝采用，只是命他以右佥都御史屯田山东、河北，复兼理军务，督大名、广平。任命刚下达他还未到职，李自成已攻入北京，崇祯帝自缢。其《苍天·甲申三月十九北变时在济南号绝》曰：

万岁山折苍天崩，金鳌社鼠同一坑。撞碎九阍北斗裂，乌号射日弦断绝。增兵剿贼年复年，七百万饷如流泉。既躁西安躏山右，三关宣云遂不捄。卢携张镐丧天下，依倚中人吓仗马。问监国，问迁都，惊破胆，徒摸糊；请内帑，请倡义，总不许，但咽气。九边万队皆溃降，不降便走淮渡江。苍天苍天，来此一月看石田，倒地哭死张空拳。

面对令人痛心的现实，希图有所作为的他投奔凤阳总督马士英，南明王朝立国，他"请使北"，但已当上丞相的马士英以为他"邀功"，不准其请。其《监国后席稿以请》一诗云：

济南闻变一恸绝，新设巡屯无寸铁。招义反为奔帅劫，老母独子梦难诀。闻建行在趋伏阙，请死出使虎狼穴。司马荐枢贰缺（东川），微臣惶惧求自雪。母乃拥戴饷，湔被一片心。不敢说盘水，照见犬马血。

虽然其有报国献身之志，无奈权奸当道，面对"昏恬之政"，他觉得心灰意冷，遂护送老母回到白鹿山庄，其后归隐达十余年，"既归，益潜心经训"①，勤于著述；但其孙方中发回忆："窃尝瞰公兀坐，攒眉忽忽，若有所失，起行廊庑间，呜咽嗫嚅，如梦如吃，咐膺切齿之余，时或哑然一笑。"②（《环中堂诗集跋》）由此可见其晚年之心境。

方孔炤的诗歌关注社会现实，特别是在国破家变的社会背景下，展示其文人士大夫的拳拳爱国之情。如《井中铁》：

连江铁函书似漆，吴门浚井一旦出。沉埋一十三万日，群鬼嘶叫风雨溢。男儿之血本不死，蛟龙盘护千年纸。麝栗场中羽变征，咸淳泪激三江底。泪无端，江且干，防江不难防心难。丸泥难塞圆通关，天使井水浇人间。至今首相麓，不生周草木，此语歌之古今哭。

---

① （清）马其昶著，毛伯舟点注：《桐城耆旧传》，黄山书社1990年版，第171页。

② （清）方于谷辑：《桐城方氏诗辑》，道光辛巳镌饲经堂藏板刻本。

此诗自注"崇祯末吴门浚井得郑所南书"，据史书记载，南宋遗民郑思肖所撰《心史》七卷，于崇祯十一年（1638）在苏州承天寺井中发现，盛以铁函，上题"大宋孤臣郑思肖百拜封"，故又称《井中心史》、《铁函心史》。方孔炤所咏，乃亲历时事，极具史料价值，又可以窥知其爱国之心。

当然，方孔炤的诗歌并非完全写政治事件，写家庭生活的诗歌也真切感人。如写其子方以智的两首诗，其中一首《儿来》"五月九日至"曰：

> 万死不污贼，银铛间脱身。翻城弃妻子，潜窜为君亲。
> 两踝骨犹见，三号生不辰。孝陵前叩血，总是剑锋人。

此首写方以智于国变后，历尽艰辛，从农民军手中逃脱南下，父子相见之情景，在怜子情中注入对其忠孝品格的赞赏。另一首《米舍子得放还》"壬辰冬"云：

> 白头余独子，万里一瓢回。历尽刀头路，亲翻池底灰。
> 普天皆北塞，抱膝即西来。哭咲咽喉并，连吞瓠叶杯。

方以智在国变之后，被阉党所害，流离在外数十年，后出家为僧避难，经历千辛万苦，父子终于相见，历尽沧桑的感慨，感人至深。

2. 方以智

方以智（1611—1671），方孔炤长子，字密之，号曼公，别号浮山愚者，出家后法号弘智，别称无可、五老、药地、墨历、极丸老人等。方孔炤《名儿以智、其义》诗云："大儿方以智，天下藏于密。二儿方其义，所以用干直。连理著《易蠡》，荷薪以意释。两儿念此名，根本在学《易》。"①方以智天资聪颖，九岁就能作诗，十二岁时母亲吴令仪去

---

① （清）方于谷辑：《桐城方氏诗辑》，道光辛巳镌饲经堂藏板刻本。

世，依靠孀居在家的姑母方维仪抚养长大。姑母严厉教育，自己勤奋好学，方以智二十岁时已经学问赅博，著书数十万言。

方以智弱冠之后游历四方，借到南京应举的时机，结交天下名士，交游唱和，和冒襄、陈贞慧、侯方域称"复社四公子"。崇祯己卯（1639），方以智中乡试第二十三名举人，次年中会试八十二名进士，殿试二甲五十四名，授翰林院检讨，后任定王讲师。就在他参加会试前两月，其父方孔炤蒙冤被逮下狱，为了营救父亲，他怀揣血书，膝行号哭宫门外一年多，崇祯帝终被感动，将其父亲释放。崇祯十七年，李自成率农民军攻入北京，崇祯帝煤山自缢，方以智听到消息后，赶往宫门哭悼，被农民军抓获，终于借机逃脱，撇下妻儿，逃往南京，希图有所作为。但是当时马士英、阮大铖掌权，大肆迫害之前与之斗争的东林后裔及复社成员，方以智不得不逃出南京，远走闽、粤一带，受尽苦楚。桂王在肇庆即位，方以智被召任经筵讲官，但很快离职。因他看清永历政权很难有所作为，所以永历帝再次特诏授予他东阁大学士时，坚辞不受。顺治七年（1650），方以智逃亡时在广西平乐被清兵逮捕，元帅马蛟腾于左边置冠服，右边置刀剑，威逼其投降，但方以智不为所动，从容引颈就刃，马蛟腾为其气节折服，允其削发为僧。从此方以智置身方外，潜心著书立说。顺治十二年（1655），方以智父亲方孔炤去世，他破关回家奔丧，庐墓尽孝。服孝期满之后，方以智便禅游庐山各名寺，后任江西青原山净居寺主持。康熙辛亥（1671）三月，"粤难"案发，方以智被捕，卒于押赴岭南途中。方以智逝世后，"学者欣慕，称为文忠先生"①。

方以智是一个百科全书式的人物，《清史稿》本传说："以智生有异秉，年十五群经子史略能背诵。博涉多通，自天文、舆地、礼乐、律

---

① （清）廖大闻等修：《（道光）续修桐城县志》，江苏古籍出版社 1998 年版，第 11 页。

数、声音、文字、书画、医药、技勇之属，皆能考其源流，析其旨趣。"①《桐城耆旧传》云："凡天人、礼乐、律数、声音、文字、书画、医药，下逮琴剑、技勇，无不析其旨趣。著书数十万言，名流海外。方氏自先生曾祖明善先生为纯儒，其后廷尉、中丞笃守前矩，至先生乃一变为宏通赅博。其三子——中德、中通、中履并传父业。于是方氏复以淹雅之学世其家矣。"②方以智著述颇丰，著作有《通雅》五十二卷、《切韵声源》一卷、《易余》二卷、《物理小识》十二卷、《药地炮庄》九卷、《诸子燔痏》、《几表》、《浮山文集前后编》二十二卷、《五言古诗》、《学易纲宗》等五十多种百万余言。关于方以智著作具体情况，可以参见任道斌编撰的《方以智、茅元仪著述知见录》（书目文献出版社1985年版）。其中《通雅》、《物理小识》收入文渊阁《四库全书》，《四库全书总目提要》对其评价较高。就诗歌创作而言，据任道斌《方以智茅元仪著述知见录》考证，方以智存世诗作有1600多首。

（1）方以智的诗学思想。

方以智不仅诗歌创作成就较高，而且在诗学理论方面也颇有建树。其诗学思想主要集中在《诗说》一文（《通雅》卷首之三），另外散见于其序跋、笔记、书信中。

①中边言诗。

方以智《诗说·庚寅答客》开头即提出"中边言诗"：

　　　　姑以中边言诗，可乎？勿谓字栉句比为可屑也。从而叶之，从而律之，诗体如此矣，驰骤回旋之地有限矣；以此和声，以此合拍，安得不齿齿辨当耶？落韵欲其卓立而不可逐也，成语欲其虚实

---

① （清）赵尔巽、柯劭忞等纂：《清史稿》，中华书局1977年版。
② （清）马其昶著，毛伯舟点注：《桐城耆旧传》，黄山书社1990年版，第209页。

相间而熨帖也。调欲其称，字欲其坚。字坚则老，或故实或虚宕，无不郑重；调称则和，或平引或激昂，无不宛雅。是故玲珑而历落，抗坠而贯珠，流利攸扬，可以歌之无尽。如是者：论伦无夺，娴于节奏，所谓边也；中间发抒蕴藉，造意无穷，所谓中也。措词雅驯，气韵生动；节奏相叶，蹈厉无痕；流连景光，赋事状物，比兴顿折，不即不离；用以出其高高深深之致，非作家乎？非中边皆甜之蜜乎？又况诵读尚友之人，开帱覆代错之目，舞吹毛洒水之剑，俯仰今古，正变激扬，其何可当？由此论之，词为边，意为中乎？词与意，皆边也。素心不俗，感物造端，存乎其人，千载如见者中也。俗之为病，至难免矣。有未能免而免者存。闻乐知德，因语识人，此几知否？①

在这段论述中，方以智引入佛家的"中边"理论，从诗歌的艺术构造层次出发论诗，实际上涉及的是诗歌内容与形式的关系问题，这也是诗歌创作的核心问题。所谓"中边"，即中心与边缘，里与外。诗歌最外层之"边"，即字句等外在形式。既然词为"边"，那么诗歌的内容即"意"应该是"中"了，但是，诗人予以否定，认为"词与意，皆边也"。那么何为"中"呢？诗人认为"中间发抒蕴藉，造意无穷，所谓中也"，"素心不俗，感物造端，存乎其人，千载如见者中也"，即诗人以"不俗"之"素心"，呈现"无穷"之"造意"，从而"存乎其人，千载如见"。

诗歌要做得好，就得做到"中边皆甜"，即诗歌的各个层次能做到妙合无垠。所以不能"以中废边"：

关尹子曰："道寓，天地寓。"舍可指可论之中边，则不可指论之中无可寓矣；舍声调字句雅俗可辨之边，则中有妙意无所寓矣。

① （清）方以智：《通雅·诗说》，文渊阁《四库全书》本。

此诗必论世、论体之论也，此体必论格、论响之论也。韩修武曰："汲汲乎惟陈言之务去。"数见不鲜，高怀不发，此诵读咏歌之情即天地之情也。冒以急口愉快，优人之白，牧童之歌，与《三百》乎何殊？然有说焉，闽人语闽人，闽语故当；闽人而语江、淮、吴、越人语，何不从正韵而公谈？夫史、汉、韩、苏、骚、雅、李、杜，亦诗文之公谈也。但曰吾有意在，则执樵贩而问讯，呼市井而诟谇，亦各有其意在；其如不中节奏，不堪入耳何！此一喻也，谓不以中废边。①

如若舍弃"声调字句"，那么"中有妙意"就会无所寄托，甚至导致"不堪入耳"，这也是诗必须论格调的原因。

从另一个方面来说，当然也不能以边废中。方以智云："法娴矣，词赡矣，无复怀抱，使人兴感，是平熟之土偶耳；仿唐溯汉，作相似语，是优孟之衣冠耳。"如果只讲格调，那么很容易陷入"优孟衣冠"的境地。这里显然有感而发，对前后七子之讲格调而陷入拟古泥潭不能自拔，深致批判。

"中边皆甜"之说，来自于佛家《四十二章经》："佛所言说，皆应信顺，譬如食蜜，中边皆甜，吾经亦尔。"其实苏轼《评韩柳诗》一文就已经用过："柳子厚诗，在陶渊明下，韦苏州上，退之豪放奇险则过之，而温丽靖深不及也。所贵乎枯淡者，亦何足道？佛云：'如人食蜜，中边皆甜。'人食五味，知其甘苦者皆是，能分别其中边者，百无一二也。"②把诗之味，比作蜜糖，的确非常巧妙，深入浅出，但又是很难企及的标准。以"中边论诗"实际上探讨的仍然是内容与形式的问题，这也是老生常谈的问题，但是方以智之所以把这个诗歌的基本问题拈出

---

① （清）方以智：《通雅·诗说》，文渊阁《四库全书》本。

② （宋）苏轼：《苏轼文集》，中华书局 2004 年版，第 2109 页。

来，细加论述，有强烈的现实意义。《诗说》见于《通雅》卷首之三，题下方氏自注曰："庚寅（1650）答客"，而在其中，方氏又云："崇祯壬午（1642）夏，与姜如须论此而笔之。"可见《诗说》之论，是方氏经过数年思考的结果，当时，其正处于人生三十余岁到四十岁的盛年时期。方氏早年作诗"性好为诗歌，悼挽钟、谭，追复骚雅，殊自任也"①，所作诗歌，"诸体都有，大要归于极古"②。他早年作诗，顺应明代复古之潮流，但是随着其阅历的增加，对于诗坛现状认识更加清楚，对于明代诗坛之得失之认识也更加明晰，诗歌创作观念也在不断发生改变。所以，无论对于"以边废中"之台阁体、前后七子，还是对于"以中废边"之公安、竟陵，诗人都不满意。"中边皆甜"之说可以说是方以智对明代诗坛作全面审视后总结性的诗论，它跳出明代诗歌尊唐兆宋的门户之见，从诗歌的本体出发，探讨诗歌的创作规律，具有强烈的现实意义。

②"以生死之说说诗"与"中和"之论。

"以生死之说说诗"，也是方以智比较有特色的诗论，其《范汝受集引》云：

> 欲其以生死之说说诗也。一切法法而无一法，诗何尝不如是，则请以诗知生死。知生死无他，死其心则知之矣。尼山以兴，天下属诗而极于怨，怨极而兴，犹春生之，必冬杀之，以郁发其气也。行吟怨叹，椎心刻骨，至于万不获已。有道之士相视而歌，声出金石，亦有大不获已者存。存此者，天地之心也，天地无风霆，则天地暗矣。嘻噫！诗不从死心得者，其诗必不能伤人之心、下人之泣者也。明允曰：穷于礼而通于诗。圣人知读书之士，无如其性情，何故？以诗为风霆以激之，当其节宣，哀乐不能入也。世之情，其

---

① （清）方以智：《稽古堂文集》，桐城方氏七代遗书本。
② （清）方以智：《薄依集》，北京图书馆藏抄本。

性者，任情而为诗，不知中节，未尝持志耳。诗也者，志也，持也。志发予不及持，持其不及持，以节宜于五至中则心与法泯矣。法至于诗，真能收一切法而不必一法以诗，法出于性情而独尽其变也。不以词害，不以理解，其下语也；能令人死，能令人生，专门生死之家冲口迸出，铿然中乎天地之音。况能以不变变者。诗而不自知，其诗而出久，生死者乎？由此观之，诗固随生死、超生死之深几也！幸哉！二十年前不言，言之二十年后，此言诗者之变乎？以不变变，变亦随之，谓为诗家之风霆也可。①

甲申国变之后，方以智历尽劫难，数十年过着颠沛流离的生活，多次经历生死，其诗学观念也发生了重大变化。以死生言诗，实际上着重谈论的是诗歌要表达什么内容才能长存的问题，方氏的结论是"诗不从死心得者，其诗必不能伤人之心、下人之泣者也"。方以智秉持的基本观点仍然是"诗言志"，"志"乃诗家之"性情"，不必拘泥于"法"，但是"能令人死，能令人生，专门生死之家冲口迸出，铿然中乎天地之音"。只有悟透生死之人，才能做到"诗固随生死、超生死之深几也！"方氏《岭外稿》卷中《屈子论》曰："古人其心，翱翔乎天地，呼吸乎古今，随所出处，倘然自适。或著书以垂教，或发声以言志，何与乎死生，讵必以其无文，见其无情；讵必无情，然后能不为生死累乎？忠不见用，信而见疑，其心一，其声悲，不必以传，不能以不传。此其日月争光之文，文固已传天地之心矣！吾故谓屈子之死，故不死，其文固不死也。"②因为屈原将死生置之度外，其诗能"传天地之心"，所以"其文固不死"。

方以智以"死生"言诗，与其人生经历有莫大的关系，在经历国变

---

① （清）方以智：《浮山文集前编》，此藏轩刻本。
② （清）方以智：《浮山文集前编》，此藏轩刻本。

与生死考验之后，他与屈原更加心意相通，屈原之孤臣孽子之心，孤愤之情，是方以智所称赏的。但是在这样的情况之下，怎么看待儒家诗学观中的"中和论"呢？实际上他也多次论及。其《合山栾庐占》戴移孝《跋》曰：

> 古人声出金石，音漏天地，皆不得已，不知其然，而然以古今间出之才，穷尽古今之理，历尽古今之患难，天之成人，人岂知之？愚者大师，伤尽古今之心，而知天下不得已，感此不得已之恩，岂人之所知乎！……谁是伤尽古今之心，而知天以尽人者？哀岂得已哉！真中和者，怨怒皆是中和。时行鸟道，时自慰解，皆非世所知也。大宗师终以桑户之若歌若哭，呼天呼命。初入门者曰："此犹未出生死也夫。"岂知其无生死可出，而一真塞两者也乎哉！移谨录之，以告吾党之致中和者。①

"真中和者，怨怒皆是中和"，是方以智得出的结论。其《熊伯甘南荣集序》进一步阐释曰：

> 智尝问中丞公曰：诗三百篇大抵皆贞谊孤孽感愤之所作也，于中和也已伤。曰：汝信"思无邪"乎？怨即所以兴，发即所以止；苟为不然，蔚气倚之。倚则安能不偏，必且诋嫚以偷快斗胜。琴太促则入慢，鼓太严则隐雷，贵中节耳。廷尉公不云乎？诗，志也；诗，时也。随时永志，有变，变而不变者存；与时消息，感不自欺，知此几否。今所谓浮阔者伤于不情，苦瘁者伤于纤佻，苟而之俚，掉而之险，祇严词章之雅未及平声。神之听之，终和且平，有知感之所自来者耶。学为之养，节乃能中，不可不自问也。我闻大

---

①　（清）方以智：《合山栾庐占》，安徽博物馆藏清初刻本。

司马公之论致中和也，犹我廷尉公也。①

方氏之论，实际上是对"中和"之论的进一步探讨。其《陈卧子诗序》云：

> 嗟乎！博闻者寡矣。亟时取宠恶事于此，彼其中无所发愤，俯仰于古今，苟有所作能免丁时趣乎？何责其韫藉骚雅存比兴也。卧子负天下材，欲有所为于天下，然屡退而著书称说，称说之不足又呻吟之，是以其音沈壮多慷慨。余亦素慷慨欲言天下事而不敢，但能悲歌。歌卧子诗，抑又自悲其志矣。或曰，诗以温柔敦厚为主，近日变风，颇放已甚，毋乃噍杀？余曰：是余之过也，然非无病而呻吟，各有其不得已而不自知者。……今之歌实不敢自欺，歌而悲实不敢自欺。既已无病而呻吟矣，又谢而不受，是自欺也。必曰吾求所为温柔敦厚者以自讳，必曰吾以无所讳而温柔敦厚，是愈文过而自欺矣。日当流离，故乡已为战场，困苦之余，蒿目所击，握粟出自何能谷，此果不敢白欺于鸣鸠之渊冰者。江南全盛卧子生长其地，家拥万卷，负不世之才，左顾右吟，声声黄钟，行且奏乐府于清庙，歌辟雍之石鼓，备一代之蠲黻，以挽逝波于中和，岂不伟哉！然歌卧子沉壮之音亦终不能自欺，其慨慷也。②

"以生死之说说诗"与"中和"之论，探讨诗歌内容与表达情感的问题。死生言诗，要求诗人表达真性情，"行吟怨叹，椎心刻骨"之言，也未尝不可。方以智"变风"之作，陈卧子"慷慨"之言，是"不自欺也"。但是，这似乎违背了"中和"之论、温柔敦厚之旨，对此，方以智抛出"真中和者，怨怒皆是中和"的观点。只要诗人不是无病呻吟，而

---

① （清）方以智：《浮山文集前编》，此藏轩刻本。
② （清）方以智：《浮山文集前编》，此藏轩刻本。

是表达合乎"天地之心"的内容，都是可以的。方以智之论，实际上并没有否定传统儒家诗论，而是对其作了新的阐释。

③分体裁言诗与"兼互用之"的诗学思想。

方以智言诗，非常注重论体。在"中边言诗"中，他提到"此诗必论世论体之论"。本着诗歌必须"论世论体"的观念，方以智在《诗说》中，把诗歌体裁作为线索，追源溯流，勾勒了古代诗歌的发展历史。

从体裁上，方以智将诗歌分为古诗和近体两大类。在古诗中，方氏推崇《诗三百》、《楚辞》、汉魏乐府，认为它们"直而曲，近而远，质淡而不枯，追琢而不列。或以数句为一句，或分章以为篇；或平衍而突立别峰，或激起而旁数历落；或中断以为回环，或琐屑而寓冷指。转折之法，如作古文，奇矫屈诘，尝类谣谚。殊非浅所能梦见也"。他对《无羊》等篇非常推崇，说："格莫奇于三百牛羊之章。先叙饮讹之状，忽曰牧人乃梦，变鱼变诈，从而占之，何其幻乎！《采绿》忆远，忽而作计，此后永不相离，薄言观者，冷缀便收，至于《正月》、《小弁》、《雨无》之沉悼，《萋菲》（即《小雅·巷伯》）、《彼何人斯》之激怒，章法次第，最称神品，皆非后人所能仿佛也。"从这些论述可以看出，方以智对《诗三百》、《楚辞》、汉魏乐府等古诗极为推崇，认为学诗者应该以此为典范，仔细揣摩领会学习，"人不能反复于《诗三百》、《楚辞》汉魏乐府，乌能有蕴藉温雅者乎"？①

在古诗中，方以智对五言诗比较关注，并编选《五言古诗》选本，阐述自己的观念。此书已不存，仅留有一篇序言，《五言古诗序》曰："建安中，吾亦谓曹氏父子犹可称善。嗣宗《咏怀》，思深哉！学元亮者，不免自放矣。谢、陆辈诸人，唯丽是工，即追琢，尽金玉乎？吾谓甚无谓也。明远、文通皆得才士风，然佳者为唐人户牖矣。《河梁》、《十九首》不亦希声也与！……夫古五言原于三百，蕴藉于楚骚，其指

---

① （清）方以智：《通雅·诗说》，文渊阁《四库全书》本。

故远，其兴微，其言尔雅。壮士之悲愤，离人之忧感，至矣！……四言以降，作者言其志之所之，考比兴之遗意，发人深思，咏叹之不足，大都善五言古者近是。沧溟以为唐无之，诚然哉！唐以律盛，用录士。然予尝以为其律七言逊其五言，其古七言为最盛，其绝句为殊尤。独即其可观者，天宝以后不必尽撕也。"①在这些五言诗中，方以智最欣赏《古诗十九首》，"其兴微，其言尔雅，壮士之悲愤，离人之忧感至矣"。关于五言古诗，方以智在《诗说》中也多所阐释。他说："六朝组练骈丽，别为选体，佳者不数篇，仿之者似乎遒郁，实拙滞耳。《河梁十九首》之后，其曹、阮、陶、杜乎？"对于六朝五言古诗，方以智显然颇有微词，认为不是学诗者所效法的对象。那么对于唐代的五言古诗，方以智持什么看法呢？他在《诗说》中说："昌黎太生割，取其莽苍可也。太白奇放，次山朴直，东野痛快，高、岑取黄初之爽健，王、孟取靖节之清远，后而元白，后而宋元，各有所长，日趋纤薄，其能免乎？"对于唐代的五言古诗大家，方以智予以评论，指出其特点所在，但是相比于汉魏时期的古诗，"日趋纤薄"的趋势是不可避免的。

相比五言古诗，七言古诗的兴盛显然比较晚，所以方以智着重论述了唐代的七言古诗，"七言古，若李、杜之奔腾，长吉之险激，文昌、子初之峻踔，宋元至今各有陡峭之篇，至于陶铸庄骚，风驱电卷，犹有待焉"②。在方以智看来，唐代的七言古诗大家众多，各具面目，即使宋元以来，也常常名篇迭出，但是要想达到"陶铸庄骚，风驱电卷"的理想境界，需待来日之诗家。

方以智《诗说》对近体诗的论述非常简略。他说："近体因陈隋之比丽，而初唐以高浑出之，气格正矣。调至中唐，乃称娴雅；刻露取快，晚唐也。"③律诗到唐代发展成熟，是唐诗中非常重要的体裁，但方以智

---

① （清）方以智：《浮山文集前编》，此藏轩刻本，第473页。
② （清）方以智：《通雅·诗说》，文渊阁《四库全书》本。
③ （清）方以智：《通雅·诗说》，文渊阁《四库全书》本。

显然对此兴趣不浓。不过寥寥数语，还是大致勾画出了唐代律诗的发展变化及面貌。

方以智分体裁论诗，勾画了诗歌发展的历史。虽然他比较推崇汉魏古诗，但是谈到诗歌体裁的流变，他的观念还是非常通达的，他说："各体虽异，蕴藉则同，起三百之人于今，安知其不七言而长律乎？声依永，律和声，以乐通诗，则近体之叶律定格，谓为补前人之未备也。"①五言到七言，古体至近体，是诗体自身自然的演变过程，也正因为如此，诗体才逐渐完备，从本质上说，形式相异，内蕴则同。方氏高屋建瓴，用通变的思想梳理诗歌体裁的发展演变，对我们至今仍然有启示意义。

方以智论诗，还体现出"兼互用之"的诗学思想。方以智云："究当互取，宁可执一杜陵悲凉沉厚以老作态？是运斤之质也。钱、刘、皇甫之流利，义山温许之工艳，香山、放翁之朴爽，何不可以兼互用之，自然光焰万丈，宁须沾丐残膏？后世尊杜太过者，溲泄亦零陵香矣。"这里显然是针对诗坛现状有感而发，明代诗坛流派纷争，互相攻讦，方以智显然不欣赏定于一尊的诗学观念，所以对于"尊杜太过"的现象颇有微词，他说："近代学诗，非七子则竟陵耳。王、李有见于宋元之卑纤凑弱，反之于高浑悲壮，宏音亮节，铿铿乎盈耳哉！雷同既久，浮阔不情，能无厌乎？青田浩浩，无所不有，崆峒秋兴，深得老杜诸将之气格。"如果雷同太久，就会让人生厌，诗坛需要多样化的风格，需要融会变通。他说："一荣一枯，一正一变，一约一放，天之寒暑也。过甚则偏，矫之又偏，神之听之，终和且平。是其人不欺，其志皆许之矣。穷则变，变则通，通则久，使人继声继志也。诗不必尽论，论亦因时。"②在各方纷纷树立谈坫的晚明诗坛，方氏此论显然比较通达，他指

---

①　（清）方以智：《通雅·诗说》，文渊阁《四库全书》本。
②　（清）方以智：《通雅·诗说》，文渊阁《四库全书》本。

181

出诗坛风貌流弊所在，又指明诗歌良性发展的方向。

（2）方以智的诗歌创作。

方以智一生经历坎坷不平，诗歌创作也有很大的发展变化。方以智子方中履在《通雅·诗说·跋》中记其父自述学诗历程曰："三十年前力倡同社，返乎大雅，伯甘（熊人霖）公交车，握手兴叹。鸠兹北风，巨源（徐世溥）相许，然感时触事，悲歌已甚。卧子谓不祥，岂能免乎？庚辰（1640），于白云库中见黄石斋（道周）先生，亦切谓之。然悲且激。一时倪鸿宝（元璐）、杨兼山（廷麟）、叶润山（廷秀）诸先生与先君感结之声，不期各尽其变，沉痛冷刻，刺人入骨，此时旧士，无不激歌。黄陶庵（淳耀）、刘存宗（城）、戴敬夫（重），一以慷慨出之，所未见者，大抵皆然，其变雅乎？远社、涤山、易堂、朴巢、互惠唱酬，其月泉乎？关风气于不自觉，自发其所不得已，终矣。"①廖肇亨先生据此总结出方以智诗学源流八种，分别为："家学渊源；徐世溥等江西诗人；陈子龙云间一派；推崇杜甫的姜垓；父执黄道周、倪元璐、杨廷麟、叶廷秀等人；黄蕴生、刘存宗、戴重等义士或遗民诗人；魏禧与易堂诸子等人；觉浪道盛及其门下诸人。"②而在《诗堂》中，方以智将自身诗学历程分为三个阶段："愚少取何（何景明）、李（李梦阳），遇陈卧子（陈子龙）而声合；触事感激，遇姜如须（姜垓）而尽变，后此厄寓，比于骚之乱曲，候虫寒蝉，不自觉其悉索矣；老而放笔自作，节宣更何避焉。"③

方以智诗集众多，以1652年方以智在平乐为避清廷征召而披缁之时为界，可以分为两类，前期诗歌主要代表作品有《博依集》、《方子流寓草》、《痒讯》、《流离草》、《虞山后集》；后期主要代表作品有《浮山

---

① （清）方以智：《通雅·诗说》，文渊阁《四库全书》本。

② 廖肇亨：《药地愚者大师之诗学源流及旨要论考》，《佛学研究中心学报》2002年第7期。

③ 廖肇亨：《药地愚者大师之诗学源流及旨要论考》，《佛学研究中心学报》2002年第7期。

后集》、《合山栾庐占》、《五老约》、《药集》、《青原志略》等。从现存的 1600 多首诗的内容和风格来看，以崇祯末年（1644）和顺治九年（1652）为界，方以智的诗歌创作大致可分三个阶段。

①海内只今信寥落，龙眠山下有狂生。

方以智生于典型的封建士大夫家庭，从小受到良好的教育，博览群书，聪明好学，后来拜著名学者白瑜先生为师，受业六年，"所读必周秦之言，所赋必汉魏之诗"①；《南疆逸史》卷四十称方以智："少美姿貌，聪颖绝伦，书无所不读。为人风流自喜。及语忠孝大节，凛如也。"②课读之余，他常登临名山胜水，写有很多记游诗。如《丁卯暮春与六叔登齐山》："暮春作客易单衫，策杖齐山访洞岩。柳暗比来青渡雾，江明西上白门帆。"六叔即方文，相差只有一岁，两人相伴读书，为同窗好友。游独山湖有《丁卯九日独山湖》："西风白勃独山湖，五夜船头百里孤。客久归来厌秋色，且求村酒代茱萸。"《七夕秦淮作》则是游览秦淮河而作："玄圃芳林夜色多，秦淮桥上唱吴哥。羽轮桂殿陈云锦，彩鹢兰樽障绮罗。七孔已穿画眉月，九微偏照客衣荷。仰看天市将西没，织女何曾得渡河。"这些记游诗清新流丽，色彩明亮，反映其少年情怀。

方以智博学多才，很快声名鹊起，王夫之谓方以智："姿抱畅达，蚤以文章誉望动天下。"③随着年岁增长，他渴望建功立业的心也越来越迫切，所以许多诗歌展现了他的慷慨情怀。方以智《孙武公集序》云："余往与农父、克咸处泽园，好悲歌，盖数年所，无不得歌至夜半也。农父长余，克咸少余，皆同少年。所志同，言之又同，往往酒酣，夜入

---

①　（清）李雅，何永绍辑：《龙眠古文一集》卷 14，道光十五年（1835）芸晖馆刻本。

②　温睿临：《南疆逸史》，中华书局 1959 年版，第 30 页。

③　（清）王夫之：《永历实录》，上海古籍出版社 1987 年版。

深山，或歌市中，傍若无人。人人以我等狂生，我等亦谓天下狂生也。"①其《己巳元旦诸子分韵》曰："湖南风雨前年度，邑北山川晓自斜。少壮几时能起舞，何为空坐食胶牙！"此时的方以智充满雄心壮志，渴望到更广阔的天地施展自己的抱负。虽然他对自己的才能极为自负，但是举业并不顺利的现实也让他增添了莫名的悲痛。其《戊辰春拟着周礼，至冬属稿未就，故除日为此作》诗云："十八年来经未明，年年作赋慕虚名。长江杖策惭孙子，宣室奇才让贾生。垂暮寒风吹故岁，调箫午夜动春声。明朝愁饮屠苏酒，元旦携书郭外行。"（《博依集》卷八）他的《柬农父呈子远舅氏》说：

> 繁霜如雪南孤征，莫道能无故国情。斥鷃抱榆方大笑，牵牛负扼总虚名。
> 凌云久动江湖气，杖剑时成风雨声。海内只今信寥落，龙眠山下有狂生。（《博依集》卷八）

面对满川风雨的社会现实，虽然自己满腹才华，但是却得不到施展。此诗在慷慨豪放的情感中，夹杂着许多无奈和悲壮。方以智弱冠后游历东南，并应举于南京，结交天下豪士，与冒襄、陈贞慧、侯方域友善，时称"复社四公子"。其《云间夏彝仲、朱宗远、徐暗公、陈卧子醉后狂歌分赋》云："微霜昨夜被高林，湖海秋同知己深。壁上剑悲天下事，池中月照故人心。倚楼石动凌云气，击鼓风吹变征音。游侠青冥虽在掌，结交何处散黄金"。以天下事为己任，是这些青年侠士们的目标。当然，面对内忧外患、民不聊生的社会现实，诗人内心也是忧心忡忡的，他的《与卧子、为章慨论今日》其一云："庐民荒土掩蓬蒿，北望尘飞晚雾高。责赋诏书年岁苦，巡边冠盖道途劳。南宫墨士持青剑，东海良家

---

① （清）方以智：《浮山文集前编》，《四库禁毁书丛刊》本。

弄赤刀。郡国谁陈灾异对，建章钟簴欲生毛。"其二云："夜见挽抢色动狼，干戈满地起戎行。椎牛汉将生边梦，走狗齐民事战场。白檄畏闻丞相府，赤丸深近羽林郎。只今惟有圣天子，贾谊空怜在洛阳!"

方以智此时作诗，以七子为旨归，陈子龙即称其："大要归于极古。其才情超烈，有过济南而挟旨同矣。"①文震孟在其《博依集》序中称其："乐府歌行，直追汉魏，笔陈纵横，亦在唐晋间。"②

②乱后妻孥相对泣，昔时宾客向谁哀。

促使方以智诗歌发生重大变化的是社会的剧变和自身遭际的变化。明王朝愈来愈腐败，外有后金政权虎视眈眈，内有农民军声势浩大。对方以智生活首先带来巨大冲击的是 1634 年发生的桐城民变，方以智被迫寓居南京。《卜寓》诗描述了这次变故："作客常一身，出门何所欣。岂意故乡乱，家人尽南渡。泊舟近西城，有屋庇风雨。苟全不暇择，仓促便移住"。也就是从其诗集《流寓草》开始，方以智的诗歌创作有了较大的变化，前期《薄依集》里豪放慷慨、明快古朴的色调减少了，取而代之的是感时伤事、悲歌慨叹之作。如《诣候白安石夫子，记其命我之语》："草野知今日，三年厌入城。逢人思变姓，教我善藏名。欹器安能满，虚舟岂不轻。毋嗟宾客横，颍水浊还清。"又如《腊月闻雷，卜者云当兵旱，时南北火药局并灾，有感记此》："南北军需一日灾，狼烟接岁望灵台。占罢已识明年旱，倚枕愁闻腊月雷。乱后妻孥相对泣，昔时宾客向谁哀。下堂投袂将安往，驱马城西去复来。"到处都是烽烟战火、乱后妻孥相对饮泣的局面，是当时社会境况的真实写照。战争带来的灾难是非常可怕的，田稼荒芜，百姓流离失所，《田稼荒》写道："田稼荒，农夫亡，老幼走者死道傍。走入他乡亦饿死，朝廷加派犹不止。壮者昼伏夜行归，归看鸡犬人家非。贼去尚余一茅屋，官军又来烧不

---

① （清）方以智：《流寓草》，《四库禁毁书丛刊》本。
② （清）方于谷辑：《桐城方氏诗辑》，道光辛巳镌饲经堂藏板刻本。

足。"(《流寓草》)战火肆虐，百姓到处逃窜，好不容易等到战火宁息，但是归来一看，家园已是面目全非。

面对遍地狼烟的时局，方以智渴望能为国效力，建立一番功业，《闻刘伯宗、沈眉生荐举，时眉生有书至》云："江上严城初解围，传闻新诏下丹墀。书生但愿为边卒，天子而今重布衣。作策悲歌空自苦，封侯长揖欲安归。报君莫漫伤时事，太傅从前痛哭非。"自己虽为一介布衣，但是渴望效命疆场、为国出力的心愿却很迫切。但是希望越大，失望越大，诗人并没有得到征用，在这种情况之下，诗人开始纵酒狂歌，放浪形骸，以此来消解内心的无奈与失落，《丁丑夏，钟山偶集，同范仲、傅玉生、陈士业、刘伯宗、罗元月、龚当时、谢孺玉、刘阮仙、刘客生、任仙梦、杜于皇暨同邑诸子分得元字》云："千里乘风集白门，张灯今夕作平原。击年缞客歌拈隐，牧豕封侯幕建元。六代月明人不见，十年衣敝衣犹存。座中奏鼓吹笙歌，好听狂生醉后论。"不能建功立业于朝堂之上，只好在酒宴之间做狂生，高谈阔论。对于这样的境遇，诗人内心充满了无奈，《赠内》曰："少年挟剑动江湖，近在秦淮傍酒垆。难道读书千万卷，只宜努力作狂夫？"

1640年，方以智考中进士，授翰林院检讨，后任定王讲师。他本以为施展抱负的机会到了，然而就在其参加会试前两月，其父方孔炤蒙冤被逮下狱，为救父，他怀揣血书，膝行号哭宫门外近两年，感动了崇祯帝，其父才终于得释。崇祯十七年（1644），李自成率起义军攻入北京，崇祯帝于煤山自缢，这对于方以智是巨大的打击。其《纪难》四首其一曰："我生何不辰，天地遂崩裂。万年明光宫，蛇豕作巢穴。蚩尤蔽皎日，若木枝已折。谁非朝廷恩，簪缨俨前列。愤哭东华门，发上齿犹切。嗟哉亡国，鞭驱甘缧绁。梏拲桁杨下，叱咤魂已绝。九死得苏还，肠断不能说。夜梦见上帝，逆贼定当灭。南北十三陵，鉴此微臣血。"又如《哀哉行》（甲申四月二十三日，济下作）：

奔城南，走城北，炮声轰轰天地黑。女墙擐甲皆中官，司马上城上不得。乱传敌楼铁骑从，至尊宫人夜出华林园。须臾中官、大门、东直门，贼营四布如云屯。此时张牙禁出入，蓬首陋巷阴风泣。居民畏死争焚香，父老衣衫暗沾湿。吁嗟乎！先皇帝，烈丈夫！万岁山前从者无，神灵九庙长悲呼！却忆去年雷震奉天破寝室，宝座亦蠛飞三日。享庙卫士夜惊鬼，黑牛十丈端门出。九卿大老无愁容，金紫得意长安中。谈兵献策者仇寇，只引旧例相朦胧。日夕甘泉烽火至，沙河土关纷贼骑。犹然阁试新门生，品第人情出名次。伤心此辈送国家，师生衣钵求清华。一旦熏莸尽膏火，昆冈玉石谁争差？可怜慷慨忠义士，前后只合横尸死。难如冯信藏青盲，空羡子真在吴市。已焉哉！哀勿哀！仰天气绝雄归来！十年误国登鼎台，子孙累毂高门开。小臣拜禄十七石，却生此日当其灾！

面对这样的现实，方以智悲不自胜，他首先去哭悼崇祯帝，但是被农民军郭营抓获，备受折磨，后来找机会逃出，奔向南京，希图有所作为。但是当时马士英、阮大铖掌权，大肆迫害之前与之斗争的东林后裔及复社成员，方以智不得不逃出南京，远走闽、粤一带，受尽苦楚。桂王在肇庆即位，方以智被召任经筵讲官，但很快离职。因他看清永历政权很难有所作为，所以永历帝再次特诏授予他东阁大学士时，坚辞不受。这时期的方以智颠沛流离，生活非常困苦，心境也较为复杂，开始狂热的报国之心被无情的现实渐渐消磨，诗歌由悲慨趋向深沉。《从江上归里作》诗云："新垒依依田半荒，怀归正月履满霜。暮行有虎村烟少，野宿无鸡寒夜长。但有蓬蒿如昔日，却将桑梓作他乡。城南败榭多枯骨，愁对悲风说战场。"（《流寓草》）又如《谢吴公饷墨》："飘落干戈世，君能种砚田。题诗空泣下，磨盾更凄然。休算佣书米，聊收卜卦钱。漆经留一卷，食字足余年。"靠卖字为生，诗人内心凄然却又平静。又如《中秋》："刺桐落叶坐山阿，贳得村醪酒薜萝。仰问月知今夜苦，从来秋入楚声多。流人自恤衣冠影，蛮地偏能边塞歌。江左狂生乱中老，那堪搔首短婆娑。"自伤身世的哀悼中，展现的是诗人渐渐冷却的政治热情。

③何时得遂藏轩意，归种丹丘墓下田。

顺治七年（1650），方以智逃亡时在广西平乐被清兵逮捕，元帅马蛟腾于左边置冠服，右边置刀剑，威逼其投降，但方以智不为所动，从容引颈就刃，马蛟腾为其气节折服，允其削发为僧。从此方以智置身方外，潜心著书立说。方以智之逃禅，和很多的遗民一样，包含诸多无奈。钱穆认为"密之则逃儒归禅乃其迹，非其心"①。方以智《辛卯梧州自祭文》曰："无道人自燃香而祭之曰：'生死一昼夜，昼夜一古今，此汝之所知也。汝以今日乃死耶？甲申死矣。"②

方以智后期代表作是《浮山后集》，分为四卷，分别为《无生寱》、《借庐语》、《鸟道吟》、《建初集》。这时期的诗歌大多和平静穆，不再有前期的激烈慷慨。《度梅岭》云："开山留汉姓，凿路识唐碑，但有松千尺，难求梅一枝。古今南北泪，非但为流离。"（《浮山后集》）《无生寱》卷中亦收有《和陶饮酒诗》二十首，自注："辛卯梧州冰舍作。尚白倡之。"这组诗可以看做其后期诗歌的代表作品。如《和陶饮酒诗》其一："举世无可语，曳杖将安之？残生不能俄，乞食今何时？东篱一杯酒，遗风长在兹。赤松言辟谷，其事终然疑。容易一餐饭，此钵原难持。"其六云："带索与披裘，素心只如是。被发如佯狂，高冠不妨毁。葛巾漉更着，古人聊复尔。大布苟御寒，自不用纨绮。"披裘带索，被发葛巾，自有素心一片。又如其七："衰柳蔽秋日，黄花纷落英。慨然一念至，一往无人情。不知天地热，不知天河倾。溪水日夜流，蟋蟀随时

---

① 钱穆、余君英：《方密之晚节考序》，三联书店2004年版，第10页。
② （清）方以智：《浮山后集》，康熙此藏轩刻本。

鸣。哀乐所不受，乐的浮蝣生。"这些诗承继陶诗平淡悠远的意境，富含哲理，同时又隐隐传达出诗人心底无法排遣的伤世情怀，是不可多得的佳作。

3. 方其义、方中德、方中通、方中履等的诗歌

方其义（1620—1649），字直之，号次公，方以智弟，崇祯间诸生。《方以智年谱·传略》曰："方其义，字直之，中丞孔炤仲子也。未入塾，能辨四声。属以对句，出人意表。长而笃嗜古学经济之书……其兄愚者，诗名倾当世。其义出，遂与齐名。又矫捷多力，挽强善射……其义博洽多艺，临池篆刻，击剑弹棋，无所不工。里人宝其书法。所著《时术堂集》十卷行世。"①《桐城耆旧传·方密之传》云："好侠，工为诗，力能挽五百斤弓。尝客黄靖南侯所，较射连发皆中的，侯大惊。"②《四库禁毁书丛刊》收录其《时术堂遗诗》六卷（清康熙刻本）。

方其义诗歌多关切现实之作。如《西变纪略成感赋》：

甲申既可哀，乙酉更堪哭。人竞拥戴功，白板争官禄。巨憨况谋用，一旦秉枢轴。只顾忌私仇，何心图恢复。缇骑遍州郡，忠良满讼狱。忽闻清君侧，矫首巡部曲。征兵拒上流，不复守河渎。拱手送金瓯，眼见惠怀辱。王衍且劝进，索綝望收录。此辈卖国家，恨不食其肉。阳九亦大运，倾覆何太速。饮泣笔此卷，肠断不能读。是非久论定，当以待史局。（西变纪略其书当有与诸稗史详略互异者，惜未有锓本，无从传抄，莫得梗概也。）③

①　任道斌编著：《方以智年谱》，安徽教育出版社1983年版。
②　（清）马其昶著，毛伯舟点注：《桐城耆旧传》，黄山书社1990年版，第209页。
③　本书所引方其义诗歌皆出自《时术堂遗诗》，《四库禁毁书丛刊》收录的清康熙刻本。

诗人痛感明朝之亡，并对之作了深刻反省，最为关键的是满朝文武不从大局出发，只顾"私仇"，终致亡国，实在令人可叹可悲。又如《党祸》：

> 北都既陷贼，南都新立帝。宵人忽柄用，朝野皆短气。魑魅登庙廷，欲尽杀善类。忤者立齑粉，媚者动高位。麒麟逢巨商，豺虎遂得势。手翻钦定案，半壁肆罗织。萧遘反被诬，赵鼎亦受晋。直以门户故，忠邪竟倒置。可怜士君子，狼狈窜无地。我家为世仇，甘心何足异。冤死不必悲，所悲在国事。先帝儿难保，我辈合当毙。仰首视白日，吞声一洒泪。

仍然是对时局的反省，诗人将矛头指向了"党祸"。因为党争，致使忠邪倒置，最终影响了国事。方氏诗中，《哀济南》一诗也颇值得关注："崇祯庚辰济南陷，张方伯公身殉难。方伯夫人我伯姑，携妾投入大明湖。夫为忠臣妻烈妇，名垂天壤真不朽。天子明圣如上闻，自然赠官录其后。方伯实为我妇翁，招魂不得来山东。可怜中贵师八万，不援孤城城遂空。谁与守？谁与战？哀哉新正成此变，使我两袖泪如霰。"[1]（《桐城方氏诗辑》卷五）方其义伯姑方孟式乃济南城守张兵文之妻，张秉文在保卫城池时殉难，方孟式也投大明湖而死。方其义在向其忠义致敬的同时，对因得不到救援而致使城陷的现实而感到悲愤。

方中德（1632—?），字田伯，号依崖，方以智长子，著有《古事比》、《遂上居集》等。《桐旧集》存诗一首。《和韩圣秋白海棠诗》云："雨洗风吹色不同，胭脂井在淡烟中。等闲免得牛羊践，谁信当年面发红。"

方中通（1634—1698），字位伯，号陪翁，诸生，考授州同知，方以智次子。清初著名数学家、天文学家和著作家。著作主要有《数度

---

① （清）方于谷辑：《桐城方氏诗辑》，道光辛巳镂饲经堂藏板刻本。

衍》24 卷附 1 卷、《音切衍》2 卷、《篆隶辩丛》2 卷、《心字宗续编》4 卷、诗文集《陪集》及续集若干卷。

方中通咏史之作多翻出新意，如《崖门》："书生无经济，每举事必坏。徒破万卷书，岂是中兴派。急遽流离中，日讲犹不懈。正笏固可钦，迂儒亦可怪。房管非不忠，古法乃致败。崔实作正论，始为万世戒。如何诩管葛，人人犹自快。"《桐旧集》选此诗并评论曰："借陆秀夫以讥切往古迂儒，不觉言之警快。方正学辅建文所建白不免迂谬，至成祖据胜之势，建文犹戒武臣曰'毋被朕以杀叔父名。夫成祖既不恤君臣之分，而建文乃犹念叔侄之名，此时方、黄诸公何无一言耶?'"又如《正学先生祠》："今古完名节，乾坤属几人。先生能报国，门下亦捐身。（先世断事公先生门人）正气横霄汉，阴风泣鬼神。可怜同室斗，犹且念君臣。"方中通写景之作也清新流丽，如《鹿湖泛月》："雨余秋在柳堤边，试放轻舟一采莲。万顷湖平潮未退，四围山合月初圆。渔罾忽见中流火，邨树都成远岸烟。兴未尽时还索酒，满天星斗落杯前。"

方中履（1638—?），字素伯，号小愚处士，方以智少子。幼年随父于方外，毕生未入仕途，晚年筑稻花斋于湖上，殚力著书。所著《古今释疑》18 卷，论经史礼乐法度，以及历象算法声韵医药。另著有《汗青阁文集》2 卷、《汗青阁诗集》2 卷、《切字释疑》等。

吴兆骞《拜经楼诗话》云："皖上方素伯少罹多难，汗青诗集多危苦之辞，半为其父辩诬诉屈，不独自述。诗一卷而已，其四时宫词颇得唐人遗意。"[1]如《编次遗集纪哀》十首之一："秦贼凭陵特请缨，行间愿罢讲官行。（先公时检讨充永王讲官，上疏蒙召对）每忧王室常流涕，八对平台急募兵。（入对德政殿，讲倡义兵，上称善，欲予兵符。因痛陈时弊，忤执政阻不行）国祚垂亡犹忌讳，天颜顾问痛分明。宵衣旰食庸

---

① （清）吴兆骞：《拜经楼诗话》，中华书局 1985 年版。

庸误，只剩东华痛哭声。（城陷时，先公即引决，为人所救。闻梓宫在东华门，往哭，乃被执，先公受刑，矢死不屈。）"绍述其父爱国之情，音节铿锵。《难妇竹枝词》则反映百姓的苦难，其一云："弓刀驱逐绮罗身，氍帐羊酥不敢犟。纵许金缯赎归去，一家白骨已无人。"其二曰："戈船日远改装难，两袖啼痕不见干。已识故乡屠戮尽，逢人犹自问平安。"平实的笔触下是令人触目惊心的社会现实。《留别内子灯下同赋》写夫妻离别，真切感人："话到伤心只涕零，三更相对一灯青。城头鼓角凄凉甚，惟有今宵尚共听"。而其《四时宫词》是被吴兆骞称为颇得唐人遗意的作品："宫中春到早，嫩绿啭黄莺。惟有昭阳殿，难容春草生。""三十六宫人，齐到黄金殿。君王无特恩，各赐端阳扇。""露白琉璃瓦，居然入禁中。君恩如白露，应亦到西宫。""雪夜至尊前，无风动灯影。侍宴下珠帘，不知帘外冷。"

　　方以智三子：中德、中通、中履，皆能秉承父学，且有学行。三人术业专攻，各有建树。值得注意的是，方以智三子皆不仕清朝，无意于科举仕途，淡泊自守，勤于著述，以文章、气节称名于世，有其父之操守。钱澄之在为方以智夫人潘翟七十大寿时所写《方太史夫人潘太君七十初度序》阐明个中原委："夫人与太史结发为婚，膏火笔砚，相守者二十余载。自通籍以来，太史未尝有一日仕宦之乐，夫人亦未尝一日以鱼轩象服之荣耀其闾里，惟是生平患难辄与共之，盖有不得共而必求与之共者矣。今太史往矣，门庭寂寞，夫人生长华贵，子婿姻党科名鼎盛，曾不少动于中，而诚励其子孙趋时以求荣也。田伯、位伯俱以笔墨游诸侯之幕，素伯称处士，著作为业。诸孙皆有俊才，或脱颖而出，虽不之禁，亦漫不为意。以诸子之才，岂不足以取高第，求禄养哉？而甘心于此者，夫各有其志也，即夫人之志，太史之志也。夫人亲睹太史辞卿相之尊，甘鼎镬之毒，躯命如土苴，而况此世界之功名富贵哉？即今设悦，不欲用世俗之礼，犹是志也。"①

---

① （清）钱澄之撰，彭君华校点：《田间文集》，黄山书社1998年版，第379页。

### (二)方文的诗歌创作

方文(1612—1669),原名孔文,字尔止,号嵞山,别号淮西山人、明农、忍冬等,诗集有《嵞山集》、续集、又续集二十一卷。方文在明代并未中举做官,为诸生,入清后,以行医、卖卜、游食四方为生,交游遍天下,与方以智、孙枝蔚、邢昉、顾与治、纪映钟、吴伟业、宋琬、余怀等遗民诗人和诗坛名流多有交往和诗歌唱和。如果说诗歌乃诗人传心之史,方文的诗歌就是明末清初遗民诗人心志的最真切观照。他的自成特色的"嵞山体"诗歌,真切反映了家国之乱所带来的个人困苦、黎民之忧、时代变迁。方文的诗,具有浓郁的悲情色彩,其表现主要从三个向度展开:家国乱离之悲、关切民生之悲、悼念亲友之悲。

1. 家国乱离之悲

在明代,方氏家族和明王朝政权始终有着很深的依附关系,自从六世祖方懋之五子相继折桂登科之后,方氏家族更是成为科举世家,通过科举入仕者非常多,到万历、崇祯期间达到鼎盛。明清易代,对于方氏家族的冲击很大,进退两难的艰难处境残酷地摆在他们面前。方文在明代虽然只是诸生,并未中举做官,但他仍然选择了做大明王朝遗民,并且无论多么艰难都矢志不移。方文自号嵞山,将诗集命名为《嵞山集》,已深含不忘故国之意:"嵞山在怀远县城外,周世宗望之,谓濠州有王者气"①。后来,朱元璋果然起家濠州,定鼎大明。其实,方文的行为有迹可循。建文初,方文七世祖方法受知于方孝孺,任四川成都指挥使司断事,明成祖即位,不肯在诸藩贺表上署名,留下绝命诗二首,自沉于安庆境内的江中。方法的忠节之举对方氏家族的后人影响很大,他们都以方法的刚直之举为傲,从而形成了讲求气节的家族传统。方文秉持气节,在诗中也屡屡道及其祖。方文入清后,以布衣身份游走天下,目睹家国离乱的现实,与诸多遗民交游唱和,在诗中淋漓尽致地抒发了家

---

① (清)方文:《嵞山续集》,上海古籍出版社 2005 年版。

国之变带来的苦痛。《嵞山集》中，无论是纪实、怀古、悼亡、感怀之作，还是记游、赠答、赋写闲情之篇，处处充满着黍离之悲。如《除夕咏怀》其一云："除夕年年不忍除，今年除夕痛何如？先皇玉历五更尽，文祖金城九月虚。江左重胆新气象，墙东无改旧门闾。藏书遍写崇祯字，每岁开函泪满裾。"①遍写崇祯字，开函泪满裾，遗民的悲慨情怀跃然纸上。《戊申正月初四日恭谒孝陵感怀六百字》一诗也很有代表性，为五古长篇，作于诗人去世前一年。诗人开篇即点破题面，指出这个日子的特殊性，洪武皇帝即位之时，当年文治武功，国势煊赫，而如今"吁嗟崇祯末，群盗起泾渭。杀戮逼中原，民生日憔悴。妖氛向京阙，宗社遂颠坠"。这一切对比是何等的强烈！作为对旧王朝深深眷恋、深信其宗绪未坠的臣民来说，又怎能甘心"野人算天运，甲子凡五易。历数仅三百，尚短二十四。每逢履端日，仰天必长喟"。但如今，事实就在眼前，不由回想起三十年前与从兄方孔炤等人一起拜谒孝陵的情景"追忆卅年前，陪京当盛世。臣兄方孔炤，适官尚宝司。八月秋祭辰，兼摄太常寺。许携子弟入，臣文臣以智"，那时是何等庄严肃穆！可如今物非人非，彼情彼景已成追忆，孝陵的破败衰颓在向人们诉说着一个王朝的没落与衰朽，此情此景，让人何以堪！所以尽管改朝易代已经许多年了，对旧王朝的追念令诗人仍然不能自已，"今春偶游此，与我约连辔。出城同一慨，未拜先酸鼻。拜罢不能起，汍澜泪沾袂"。

方文的记游怀古诗往往能借思古之幽情，浇心中遗民情怀之块垒。如《金陵感怀十首》（《嵞山续集·徐杭游草》），下面是其中两首：

蒋山

郁郁葱葱数百年，千寻栝柏上参天。不知何事凋零尽，惟有春

①　本书所引方文诗歌皆出自方文：《嵞山集》十二卷《续集》四卷《再续集》五卷，《四库禁毁书丛刊》本。

风泣杜鹃。

旧院

文德桥边亭馆幽，六朝风韵未全收。那堪荡析为平地，白草黄花无限愁。

景物之"泣"，之"愁"，很大程度上是诗人主观情绪的投射，物已非，人事改，旧王朝踪迹离自己那么近，又似乎那么遥远。此情此景，谁又能理解一位前朝遗老心中的复杂况味和悲伤情怀？

尽管复兴旧王朝基业随着时间的推移，变得越来越遥远，但是同顾炎武、屈大均等遗民诗人一样，方文始终矢志不移地坚定着自己的信念，其诗集中展现遗民情怀最典型的是其每年三月十九日的哭奠诗。三月十九日是崇祯帝煤山自缢的日子，在众多遗民的心中，这个日子已经成了一个特殊的表征符号。因此每到这个日子，很多遗民都有诗哭奠先帝，祭拜前朝，抒发心曲。因为时代氛围的关系，这样的诗往往隐微发之，并且常常因之而罹祸，很难留存下来。在留存下来的此类诗作中，方文的诗是有幸保存得最多、悲慨之情最为坦露的一个。其集中以《三月十九日作》为题的诗篇有六篇，从周年祭到临终前都有留存，可见方文此类的哭奠诗一直没有间断，其遗民情怀始终没变。先看乙酉年（1645）所写的一首：

三月十九日作

（时在京口，与邢昉、史玄、潘陆、钱邦寅、范景仁登北固山拜哭）

烈风吹黄沙，白日黯无光。江水声震荡，草木零芬芳。莫春景物佳，何为倏悲凉。痛哉今日月，我后罹厥殃。天人有同心，终古犹尽伤。一从神京没，河北非我疆。龙种陷荆棘，未审存与亡。群盗匿函谷，顷覆奔湖湘。王师岂不多，畴能奋戎行。小臣本微细，

愤懑结中肠。陟彼西山巅，涕泗瞻北荒。奄忽岁已周，哀情若新
丧。寄言百君子，旧恩安可忘。兹辰易文绣，缟冠白衣裳。北向一
稽首，臣庶义所当。曷忍处华屋，对酒鸣笙簧。

此诗作于明王朝灭亡后一年，同很多遗民诗人一样，眼看故土逐渐沦
丧，诗人内心非常沉痛，所以尽管正是美好的暮春时节，但在诗人眼中
却是一片黄沙漫天、白日无光、草木零落的悲凉图景，真是一切景语皆
情语也！诗人多么希望大家尤其是手握权柄的重臣，能够弃个人利益于
一边，顾全国家大义，担当起救国救民的大任啊。

下面这首《三月十九日作》，作于顺治四年(1647)，读之也很令人
心伤：

> 年年今日强登高，独立南峰北向号。漫野玄云天色晦，美人黄
> 土我心劳。
> 虚疑杨柳牵愁绪，不忍沧浪鉴鬓毛。前辈有谁同此恨，雪店和
> 尚读《离骚》。

愁云惨淡，天地变色，眼看复国无望，大势已去，诗人独立南峰之
上，向北号泣，此时心曲，谁人能解？

再看他临终前己酉年(1669)的诗作：

### 三月十九日作

> 野老难忘故国恩，年年恸哭向江门。
> 南徐郭外三停棹，北固山头独怆魂。(乙酉、丙午、己酉三年
> 三月俱在京口)
> 流水滔滔何日返，遗民落落几人存？
> 钱生未死重相见，双袖龙钟尽血痕。(是日遇钱驭少，故云)

随着时间的推移，新王朝的统治地位越来越巩固，改朝易代的伤痕已经被慢慢抹平，旧王朝的许多大臣们也已经改弦易辙，重拾旧日欢笑了。可是，每年的三月十九日，仍然有一群像诗人这样的遗民野老在矢志不移地怀恋故国，他们对恢复旧朝充满企盼，盼望王师重新定鼎中原的那一刻。可是每年的这个日子却成了他们的心中之痛，年年盼望，年年失望，乃至绝望。如今，来这里恸哭向江门的遗民越来越少了，他们带着无尽的遗恨故去了，再见到如杜鹃啼血之钱驭少，诗人心中的复杂况味谁又能了解呢？

2. 生活困苦，关切民生之悲

方文自幼丧父，家境贫寒。入清后，他选择了做遗民，游食四方，以卖卜行医为生，常常靠梁平叔、宋琬、杨文璁等朋友的接济才能渡过难关，备尝生活的艰辛。方文在其诗集中有很多描写个人生计艰难的诗篇，例如在顺治八年（1651）所作《初度书怀》："奈何命淹蹇，力田不逢年。年年旱涝并，饥饿南山巅。"常年的战乱，年年旱涝，诗人同广大贫民一样，没有食物可以糊口，挣扎在死亡线上。《穷冬六咏》是对其生活常态的真实坦露，读之令人黯然心伤。此组诗包括《无酒》、《无米》、《无油》、《无盐》、《无炭》、《无薪》，前有小序："岁云暮矣，草舍凄然。目览心伤，爰有斯作。安知后世无终窭如方生者，属而和之乎？"方文悲苦的生活经历，其实是当时众多遗民生活境遇的真实写照和缩影，这些带有强烈悲情色彩的诗句往往被放置在时代离乱的大背景下，因而具有了普遍意义。《三月晦日送春江上并送史弱翁万年少归吴门》（其一）云："芳菲九十日，一日不曾欢。纵酒肠犹结。看花泪亦弹。终年行道路，何术免饥寒。怀抱真愁绝，吟诗强自宽。"诗人常年漂泊在外，经常处于饥寒交迫的境地，一腔辛酸在诗中表现得淋漓尽致。其他如《旅食叹》（其一）："自愧饥驱来往频，只因升斗困风尘。女儿年少不知事，只道天无饿死人。"这首诗展现的是诗人心中的复杂况味，虽然自己大节无亏，但是为了生计，来往奔波，求食于他方，困于风尘之中，个中复杂况味，怎不令人心伤？选择了做遗民，不出仕做官，就注定了贫困伴其一生，并且还要时刻忍受贪酷之吏的骚扰，如《催租》一诗就是对此真切的写照："卜居深巷似山村，偏有人来秋树根。酒债诗逋全未了，如何租吏又敲门。"虽然卜居深巷，也难逃租吏的骚扰，诗人生活境遇之苦可见一斑。

明清易代，战乱频仍，生灵涂炭，底层百姓生活在水深火热之中，作为时刻关切现实人生的遗民诗人，方文的笔触并没有只是关注自己，而是伸向了广阔的社会生活。长期的游历四方，让方文对明末清初的社会现实非常了解，并且因为自身有切肤的体验，他的诗对时代乱离背景下的民生疾苦有非常真实的描写。在《旱》、《忧旱》、《太湖避兵》、《大水叹》、《腊雪吟》、《捉船行》、《巢县即事》、《谷贱》等作品中，方文淋漓尽致地描写了旱灾、兵患、苛政等带给底层百姓的苦难。这些诗，向杜甫、白居易的许多伟大作品看齐，思虑深沉，体现其关切民生的儒者情怀。比如对于战乱时期兵患带给人民的灾难，方文诗中就多有描写。如《太湖避兵》："将近枫桥路，唯闻人语喧。北来兵肆掠，东去艇皆奔。震泽烟波迥，高秋风雨繁。此时期免患，艰苦复何论。"兵来气势汹汹，民众四散奔走，要想免于祸患，真是难上加难。其他如《捉船行》：

> 吴阊一路兵捉船，榜人奔窜芦苇边。三日五日不敢出，夜夜惊呼那得眠。归客蹉跎情自苦，况复秋风乱秋雨。荒洲无处觅饮食，紫芋红姜啖少许。来朝风止雨亦晴，大舟畏怯应难行。急买小舟似凫雁，问道溧阳趋石城。石城用兵已两月，道途梗塞音书阙。此行但保平安归，以后游踪勿轻发。

为了应付战事，清兵到处捉船，百姓四散逃避，致使旅途之人难以踏上

归途,此首诗留下了那个时代的特定剪影,百姓的苦况一目了然。《巢县即事》一诗则写苛捐杂税带给百姓的苦难:

> 小邑巢湖畔,无关忽有关。捉船官借口,抽税客凄颜。野艇空留滞,行人断往还。始知为政者,绝胜虎斑斑。

因为长年战争,需要耗费大量的人力、物力、财力,并且很多为官者根本不顾百姓死活,借机大肆搜刮民脂民膏,所谓苛政猛于虎也,诗人坦露的社会现实让人触目心惊。

3. 思念亲友、悼亡感怀之悲

方文长年孤身在外,和家人友朋聚少离多,深谙离家之苦、思念亲友之悲。《嵞山集》中,有许多思亲念友、怀恋故乡的感伤之作。如《七夕》写思念妻室:“天上佳期有,人间好会无。思归肠九结,望远眼双枯。新月如舟小,微云似客孤。哀情欣河汉,牛女亦悲吁。”肠九结,眼双哭,真情流露,深切感人。《除夕归思》写特定时节的不能归家之苦:“冉冉岁将除,归帆满天末。此时楼中人,望断江烟阔。”除夕之夜,家家欢聚的时刻,诗人却不能回家,只能望断天涯,读之令人唏嘘。《清明道中》对不能回家祭拜先人,更感到惆怅和无奈:“令节多惆怅,兹辰倍可怜。家家门插柳,树树纸为钱。荡子轻千里,荒丘别二年。岁时谁拜扫,回首一潸然。”难能可贵的是,同杜甫一样,方文的此类作品往往和时代乱离、个人的悲苦境遇结合起来,从而加重了作品的感伤情怀。如《七夕归思》:

> 出门时与家人期,七夕吾将归东篱。岂知令节弹指过,徘徊客舍中心悲。客舍徘徊悲尚可,惊心三月连烽火。山城欲留留不得,江路欲行行不果。

除了思亲念友之作，《篰山集》中，许多悼亡感怀之篇也非常引人注目，如《哭从子直之》、《宛陵哭梅朗三兼示令弟季升》、《哭何辅亦》、《岁暮哭友》、《七夕为朱观以悼亡》、《七月十五日悼亡》、《哭蔡芹溪》、《哭靳茶坡先生》等。《林茂之国老》是其中很典型的一篇："昔际休明代，今逢丧乱年。天生真处士，人望若神仙。好我情何笃，临终语可怜。遗诗将万首，精选自应传。"林茂之即林古度，在遗民诗人中辈分较高，因左臂始终悬挂一枚万历钱，而得到众多遗民诗人共鸣，多有诗作歌咏之。临终语可怜，写尽遗民诗老心曲。

方文的悼亡诗中，以哭从子方授的组诗为代表，情真意挚，哀婉感人。方授（1627—1653），字子留，号明圃，明亡后为僧，秘密参与浙东抗清活动，方文与他感情甚笃，引为知己。除悼亡诗外，方文诗集中还有很多与之相关的作品，如《喜遇从子子留即送之宁波》、《舟次赠从子子留》、《久不得子留消息》、《寄从子明圃》等。其中，《寄怀明圃子留》一诗对两人之间的知己情怀作了阐释。方文久久得不到子留消息，后来听说他病了，立刻心急如焚："使我心彷徨，累日硬不食。每逢故乡人，辄问尔消息。"之所以对子留的病如此牵肠挂肚，是因为两人之间的惺惺相惜："平生慕明农，自号为明圃。农圃本同心，夙期在千古。"两人心灵相契，是因为两人在不仕新朝、洁身自好、甘做遗民立场上的一致："穷困既已嗟，况乃疾病苦。愿尔厚自爱，明德永相辅。此意知者谁，惟我断事祖。"断事祖乃方文的七世祖方法，前有叙述。只可惜子留事业未竟，二十七岁就英年早逝。子留之死，对方文的打击很大，他写下一系列悼亡诗缅怀这位志同道合的亲友。如《水崖哭明圃子留》组诗，共十首，兹录其四：

圣代遗民本不多，频年锋镝又销磨。衰宗尚剩农兼圃，至性同归笠与蓑。

只道阳春回律管，岂知长夜闭烟萝。瑶华且受霜风折，冉冉孤根奈若何。

少小能文气似兰，里人谁不信弹冠。只因丧乱身当废，纵使沉埋性所安。

故国有怀唯涕泪，新诗无字不悲酸。漫劳铁匣藏枯井，此日流传血已丹。

神寒骨瘦映梅花，对而长忧寿不遐。也说艰难过三九，果然岁序在龙蛇。

同堂群从争荣膴，绝岛游魂独怨嗟。踽踽引年颜冉夭，茫茫天道属谁家。

忆昔相携吴楚游，日同匕箸夜同调。奇欢东坝千钟酒，苦恨西湖一叶舟。

共把愁心对陵阙，独将佳句播沧州。河山犹未归尧禹，痛尔飘零先白头。

这组诗饱含着诗人浓烈的情感，"同堂群从争荣膴"的境况，更加映衬出神寒骨瘦之子留，如同孤标傲世之梅花，拥有多么高洁的情怀！他的一腔热血都寄托在复国大业上，并为之到处奔走，矢志不移，到如今河山未改，可子留却已怀着未竟的心愿，含恨而去，成为绝岛游魂，天地之大，此恨何极？

其他如《与钱幼光入山同哭子留因有赠》：

高人客死海云边，扶柩归来已半年。老我闻之心痛绝，逢君话及泪清然。

生刍便约同舟住，苦节应推避地贤。虽在人间亦长夜，那能白日照重泉。

虽然子留逝去已经半年，但是逢君话及，泪水仍然潸然而下。没有子留，虽在人间，亦如漫漫长夜，可见两人感情之深。

《人日哭从子子留》作于子留忌辰：

> 归客逢春须纵酒，酒酣何事忽沾巾。鲁连蹈海去不返，阮籍穷途谁与亲。
>
> 岂少才华在桑梓，那能节操比松药。本期霜雪翻朝露，人日年年愁杀人。

在子留忌辰，诗人纵酒歌哭，如同鲁连之蹈海、阮籍之穷途恸哭，哪里再去寻找子留这样的知己呢？

自从潘岳《悼亡诗三首》，开启悼亡诗一途，诗人多有创作，但几乎成了悼念亡妻的专有诗体。方文悼念方授的诸多诗作，在悼亡诗中应算别开一途，虽然前人也有类似创作，但如方文这样悼念志同道合之亲朋用力如此之深者，并无他见。

方文的诗多悲苦之音，乏欢愉之词，而其诗多坦露切直之作，被称为"嵞山体"。之所以形成这样的风格，除了受其他诗人影响而熔铸成一家之外，也是其作为遗民诗人，受时代环境、个人际遇等的影响使然，非刻意为之。王潢《嵞山续集·北游草序》说："吾友方尔止，以诗名家者三十年，大都独写性灵，直抒胸臆。盖熔铸经史，取其精液，即景以会情，因事以达意，故不必艰深险涩，如江河之行，顺流善下。"①因为经历世事既多，心有所感，自然从笔端流出，发为感人之诗。李楷《嵞山集序》评论也颇能抓住方文诗歌的精髓："方子于诗无所不学，而

_____

① （清）方文：《嵞山续集》，上海古籍出版社 2005 年版。

归宗无二。其诗必自成一家，故其言曰朴老真至，诗之则也。"①方文诗歌的悲情色彩，正是其诗境、诗心的真实坦露。

**（三）方授等遗民诗人的诗歌创作**

方授（1627—1653），一名留，字子留，一字季子，崇祯末诸生。工于诗，有诗集《三奔浙江草》、《浙游四集》、《奉川草》等十余卷，潘江为之点校。《桐城方氏诗辑》卷六十一"小传"写道："子留国变后，漂泊江湖间，自号圃道人。既祝发从浪杖人游，或歌或泣，流离悒郁以死，年才二十有七。"②方授工于诗，但是留存诗歌并不多，《龙眠风雅》存其诗108首，《桐旧集》存15首，《桐城方氏诗辑》存53首。从留存诗歌看，大多是浸润着血泪的遗民的悲歌，反映现实，情感浓郁，风格沉郁悲凉。

方授诗歌的一类是反映民生疾苦的作品。这类诗是方授漂泊江湖期间，目睹由于战乱，百姓流离失所，过着饥寒交迫的生活，记之于诗，可称"诗史"。如《赈饥粥》：

> 官今寺院今煮粥，聊充三日饥民腹。扶亲抱子或携妻，我悲欲绘图一幅。绘此图，亦何为？民虽饥，当告谁？于今不饥之人总不知。君不见黄堂夜夜罗歌舞，赈饥粥米民间取。自谓能拔饥民苦，刻石收之德政谱。又不见入寺空言慈若父，登堂苛政猛于虎。③

一面是朱门酒肉臭，一面是路有冻死骨，在"苛政猛于虎"的背景之下，百姓就如同任人宰割的羔羊。又如《牵儿衣》：

① （清）方文：《嵞山集》，上海古籍出版社1979年版。
② （清）方于谷辑：《桐城方氏诗辑》，道光辛巳镌祠经堂藏板刻本。
③ 本书所引方授诗歌皆出自《龙眠风雅》。

　　　牵儿衣，执儿手，卖儿天涯牛马走，不及黄泉得见否？嘱儿悲啼勿在口，有儿可易米一斗。即此以报汝父母，只恐新谷未升斗米完，无儿可卖又卖妇。

没有粮食可以存活，只好卖儿卖妇，这样惨绝人寰的画面，每天都在不停上演。又如《途中妇》：

　　　途中妇，哭失声，自言妾住慈溪县，偶然乞食到府城。阿夫五日不想见，不知何地去谋生。大儿种痘家里卧，小儿饥渴牵裳行。急欲归去问生死，桓桓新设守城兵。城禁妇女不得出，何人为诉流民情。吁嗟乎！人生骨肉须一处，饥来乞食能相助。见此妇人我心伤，明日城门用钱使尔去。

一面是心急如焚的妇女，一面是冷漠无情的城禁命令，但是用钱就可以通过。百姓不但要忍饥挨饿，还要承受各种无情的剥削。方授的许多诗反映了下层民众的苦难，其他如《过浒墅关》写苛捐杂税之重"吁嗟乎！为暴之政日日开，今年不似去年来。此去北新关上我知矣，不知归去芜关何如哉！"从中我们可以看到，在那样的时代背景下，人民生存的艰辛与不易。

　　方授诗歌的另一类是写自己漂泊在外的生活。甲申国变之后，方授拒不应试，为了逃避父母的逼迫，他只好远走他乡。方文《久不得子留消息》云："嗟尔有顽父，所志在簪裾。千秋万岁名，弃之如敝苴。用此尔失欢，不得归里间。"①方授离开家乡，一路流亡，投奔宁波的岳父，又因参与反清运动漂泊很多地方，环境恶劣，内心也非常苦痛，他将这些经历用诗歌记录下来，使我们可以窥知他的生活与心境。如《忍

----

　　① 方文：《嵞山集》，上海古籍出版社1979年版，第48页。

饥行》写遭受饥饿的折磨："出门乞食不顾归，出门无食当忍饥。米贵囊空游远道，相对莫劝加餐好。小舟遥望惠山顾巅，惠山卖酒又卖泉。无钱尚难饮其水，沽酒之事长已矣。舟中只余米数升，炊米做饭饱未能。饱既未能饿亦可，首阳高人已先我。"又如《七夕宿野店》写自己陷入绝境的无奈："天上团圆且有日，臣独何辜困此哉。上天之难行路比，如沸如吼一海水。远莫可望悲莫歌，明日未知生与死。散步太息欲断魂，孤店主人催闭门。呼我进来草榻坐，昨夜猛虎街上蹲。"方授的这一类诗中，《夜悲歌》很有代表性，如其一：

> 夜悲歌，歌回首。回首亦何为？瞻望父与母。阿翁遭屯邅，明年五十九。大兄备椒盘，小弟酿春酒。中子最不孝，托钵东西走。三子两母生，我母腊月寿。有妇可代夫，纳履停针否。有妹可当兄，茶瓜谅亦有。有孙可作儿，小者抱在手。天乎我何辜？双亲离别久。鱼在渊、雁在薮，为我致书双亲：但当随时爱景光，无复上怨青天下思黄口。眼见黄口儿，成人不孝友。人生养儿高谈大言学仲谋，不如田家膝下依依得豚狗。心依依，歌蓼莪，海角天涯可奈何！

虽然面对忠节大义，方授表现得很决绝，但是作为大孝子的他却总有挥之不去的愧疚之情。其五云："夜悲歌，歌未止。悬弧悬帨今何似？屈指九月及于今，何事呱呱竞弗子。我母无他儿，我翁年老矣。日日望孙儿得孙，儿纵得孙身在此。有孙勿似不孝儿，缓急他年无所使。有所使，立家门，他年代父报祖恩。"父母年事已老，自己却不能在跟前尽孝，自责之心溢于言表。而这样的情感在他的许多诗中都表现出来。他牵挂母亲寿日，为不能为母亲祝寿而愧悔："北堂初度忆当年，啜菽联为寿母筵。送竈迎先兼岁事，劝兄酬弟乐天缘。贫家薪水慈颜老，乱后云山望眼穿。此日翁前缶罍共，所生不见定凄然。"(《腊月廿四家母初度望乡遥祝叩首成诗二首》）他想念家乡，思念至亲，希望鸿雁能传去他的问候："吴越飘蓬又一年，梦魂飞渡两峰巅。临风心动指疑嚼，望远天寒眼欲穿。节序去来日五十，江山往返路三千。整冠送汝先收泪，百拜邮书父母前。""汝到穷乡雪意残，天涯一字一悲欢。弟兄共纸须分读，妻女尝谈亦细看。鸿雁乡园传涕泪，蟪蛄客舍望平安。年来心益乖徐庶，待得琼瑶慰我寒。"（《遣张仆往乡寄书三首》）

飘零在外的方授饱受折磨，身体变得越加羸弱，《初度后一日外舅招往象山遂买舟走湖头渡》云："忧既伤人路复艰，才过二十鬓毛斑。将安归矣来东海，有所思兮在泰山。愤懑欲舒谁许说，穷愁可告亦无颜。官衙莫办床头酒。读到沙椎泪已潸。"内心郁积的愤懑无人可说，陷入穷愁之境地又无颜面对泰山。最终方授病倒了，《象山卧病杂咏六首》其一云："气绝苏来恨转加，剪除爪发寄还家。二人恩泽天边雨，一室团圆梦里花。墓柏不移凋后节，畹兰宁折种初茅。倘存病仆收吾骨，诗草殉余葬水涯。"顺治九年壬辰（1652），方授再次来到宁波，但经历牢狱之灾后，身体极度衰弱，"自其蒙难，呕血数斗，遂病，神气日削，不可疗"；次年，还带病白天门山往石浦，"盖有探于海上之消息"[1]，终因病重而卒于象山，年仅二十七岁。

方授最为人关注的作品是表达爱国之情的篇章。甲申国变之时，方授号恸不已，遂焚笔砚，绝食求死，因母亲李氏苦苦哀求而作罢。次年乙酉坚辞不赴金陵乡试，并且削发为僧，取法号"明圃"，"作《剖心歌》，皈依天界浪和尚"。其《自悼》诗云"遥知青草墓，花向本朝开"，忠于故国之心执着而又坚定。顺治丙戌（1646），其父逼迫他参加科举，以光耀门楣，"强令就试，不可；杖之，无怍色，良久，呕血数升"[2]。后来方授为躲避父母逼迫，逃离家乡。他经过南京，望见钟山孝陵，痛

---

① （清）全祖望：《鲒埼亭集外编卷二十》，《四部丛刊》本。
② （清）钱澄之撰，彭君华校点：《田间文集》，黄山书社1998年版，第462页。

哭失声，纵身赴水想以死报国，为舟人救起。方授于顺治丁亥（1647）抵达宁波，寓居陆氏之湖楼。他暗中积极结交抗清复明人士，"求甬上志节之士而友之"，并"相与慷慨谋天下事"。因久居异地，后归家看望母亲。其时，湖北英山、安徽霍山、六安一带仍有一些抗清武装在与清军战斗，方授又参与其中，遭到逮捕入狱，"归而江北山寨未靖，子留复豫之，捕入牢狱，以此尽破其家"①，方授坚定不移的气节，深受同道之人称赞。

　　甲申国变后，方授的诗歌也一变为沉郁苍凉，描写爱国情怀、表达忠贞气节的尤多。如《出门》："自掷儒冠爱远游，年来频买浙江舟。苕溪饮水曾销夏，蓬海观涛每及秋。三别庭闱三次恨，一过陵寝一番秋。山河若不归光武，从此飘零到白头。"如果不是有这样的决心，又怎能忍受接踵而来的艰难困苦呢？他在岳飞墓前哭拜："湖村指点哭忠臣，南向松楸万古神。道合于公双少休，庙边壮缪一佳邻。本朝过客曾悲宋，今日何人敢为秦。为买宝刀坟上舞，金牌遗祸又沾巾。"（《哭拜岳鄂王墓》）以诸葛丞相来激励忠贞的将士："漳海清风恩诏闻，谁教轻入虎狼群。后师表继前师表，生祭文催死祭文。绝食已传过八日，剖心容易谢三军。钟陵南向青青草，欲卜山为丞相坟。"（《即事》）他为传来的好消息欢欣鼓舞："旅梦依依拜老亲，那堪佳节一孤身。青天到处难容我，明月何年不照人。弟妹山中当煮芋，朋侪江上各思莼。彩衣多办归来着，闻道王师下七闽。"（《中秋旅怀三首》）但是也对越来越明了的时局感到失望："眼枯未忍望钟陵，早见钟山梅下僧。四海有情空入画，千秋何事欲传灯。敢当倒屣怜贫病，聊与科头数废兴。我梦不离灵谷树，欲随君住白云间。"（《赠萧尺木居士》）

　　除了方授之外，其他如方思、方中发、方孔时等人，也甘做遗民，兹不赘述。

---

① （清）全祖望：《鲒埼亭集外编卷二十》，《四部丛刊》本。

## 二、方拱乾家族的政治遭遇及诗歌创作

在明清鼎革之际，方氏家族的族人大部分选择了做遗民，不与新朝合作，但是也有一部分人选择了另一条道路，为新朝所用，他们被严迪昌先生称为"政治形态上另一种类型"，其中最典型的便是方拱乾家族。然方氏一族终顺治一朝，"乃有仕清与抗清者并存于一时，其事出于个人才性与襟抱之偶异耶？抑出于方族谋以自存之至术耶？尚未可知"①。谢正光经过考证，认为仅在顺治朝，方氏族人出仕清廷者，有十五人，且"夷考此十五人于族中之支系所属，则见方大美一房，独占十五人之半有余"②。方大美乃方拱乾之父，方拱乾及其六子全部出仕于新朝，其家族在清初可谓显赫。孰料造化弄人，方拱乾家族的春风得意并没有持续多久，很快便受到"科场案"的牵连而被举家流放宁古塔。《记桐城方戴两家书案》对此事件之经过记载颇为翔实：

> 顺治十四年（1657）丁酉，江南乡试，正考官方犹、副考官钱开宗，孝标第五弟章钺中试。场后，外间以此科闱中取中不公，物议纷起，旋经给事中阴应节参奏江南主考方等，弊窦多端，物议沸腾，其彰著者，如取中之方章钺，系少詹事方拱乾第五子，孝标、亨咸、膏茂之弟，与方犹联宗有素，乘机滋弊，冒滥贤书；请皇上立赐提究严讯云云。世祖赫然震怒，先将方犹、钱开宗及同考试等官革职，并中试举人方章钺，刑部差员役速拿来京，严行详审；方拱乾着明白回奏。十二月乙亥，少詹方拱乾回奏"臣籍江南，与主考方犹从未同宗，故臣子章钺不在回避之例，有丁亥、己丑、甲午三科齿录可据"，下所司查议。至十五年戊戌春，三月庚戌，世祖

---

① 谢正光：《清初诗文与士人交游考》，南京大学出版社 2001 年版，第 179 页。
② 谢正光：《清初诗文与士人交游考》，南京大学出版社 2001 年版，第 136 页。

亲复试丁酉科江南举人。戊午，先将本科准作举人七十五人，其余罚停会试二科二十四人，文理不通，革去举人十四名。至十一月辛酉，世祖亲定方犹、钱开宗两主考官即行正法，同考试管均即处绞，方章钺等八人，俱着责四十板，家产籍没入官，父母、兄弟、妻子并流宁古塔居二年。①

方拱乾为自己辩白，其实是很容易查明之事，但是顺治帝在此事件上大做文章，其实别有用意。谢国桢云："清代既为科举以牢笼士庶，复力禁关节，大肆淫威以残戮之，其用心亦可谓酷矣。"②孟森曰："至清代乃兴科场大案，草菅人命，甚至弟兄叔侄连坐而同科，罪有甚于大逆，无非重加其罔民之力，束缚而驰骤之……明一代迷信八股，迷信科举……满人旁观极清，笼络中国之秀民，莫妙于中其所迷信，始入关而连岁开科，以慰蹭蹬者之心，继而严刑峻法，俾怏求之士称快。北闱所株累者多为南士，而南闱之荼毒又倍蓰于北闱。北闱仅戮两房考，且法官拟重，而特旨改轻以市恩，犹循杀之三、宥之三之常格，至南闱则特旨改重，且罪责法官……士大夫之生命眷属，徒供专制帝王之游戏，以借为徙木立信之具，而于是侥幸弋获、侥幸不为刀下游魂者，乃诩诩然自命为科第之荣，有天子门生之号。"③其实本来这个事件不用牵连到如此多的人，但清初统治者为了借此打压汉族士人尤其是江南士子的气焰，故意大动干戈，方拱乾家族就成了牺牲品。

一家人历尽千辛万苦，几年后终于被放归。但是没想到五十年后，另一场灾难又降到这个家族头上，因"《南山集》案"的牵连，方拱乾后代族人再次被流徙至黑龙江卜魁。关于《南山集》案的记载，全祖望写有《江浙两大狱记》一文，但内容较为简略：

① 佚名：《康雍乾间文字之狱》，北京古籍出版社 1999 年版，第 130 页。
② 谢国桢：《增订晚明史籍考》，上海古籍出版社 1981 年版，第 717 页。
③ 孟森：《明清史论著集刊》，中华书局 1986 年版，第 322 页。

桐城方孝标，尝以科第起官至学士，后以族人方猷，丁酉主江南试，与之有私，并去官遣戍，遇赦归。入滇，受吴逆伪翰林承旨，炅逆败，孝标先迎降得免死，因著《钝斋文集》、《滇黔纪闻》，极多悖逆语。戴名世见而喜之，所著《南山集》多采录孝标所纪事，尤云锷、方正玉为之捐资刊行。云锷、正玉及同官汪灏、朱书、刘岩、余生、王源皆有序。板则寄藏于方苞家。都谏赵中乔奏其事，九卿会鞫，拟戴名世大逆，法至寸磔，族皆弃市，朱及冠笄者发边。朱书、王源已故免议，尤云锷、方正玉、汪灏、刘岩、余生、方苞以谤论罪绞。时方孝标已死，以戴名世之罪罪之，子登峄、云旅，孙世樵并斩。方氏有服者皆坐死，且判孝标尸。尚书韩菼、侍郎赵士麟、御史刘灏、淮扬道王英谟、庶吉士汪份等三十二人，并别议降谪。疏奏，圣祖恻然，凡议绞者改编戍。汪灏以曾效力书局，赦出狱，方苞编旗下，尤云锷、方正玉免死，徙其家。方氏族属止谪黑龙江。韩菼以下，平日与戴名世论文牵连者，俱免议。是案也，得恩旨全活者二百余人。康熙辛卯壬辰间事也。①

再看看中国第一历史档案馆所发现并披露的《戴名世（南山集）案档案》中结案判决之词："查戴名世书内欲将本朝年号削除，写入永历年号等大逆之语"，"据方孝标所写《滇黔纪闻》，内有：永历初在广东，延至广西，终于云、贵。与隋之清泰于洛、唐之昭宣于巴颜、宋之帝昺于崖州同，不可称之为伪朝。又金陵之弘光、闽越之隆武败亡后，两广复立已故桂王之子永明王于肇庆，改号永历等语。方孝标身受国恩，已为翰林，因犯罪发遣宁古塔，蒙宽宥释归。顺吴逆为伪官，迨其投诚，又蒙洪恩免罪，不改悖逆之心，尊崇弘光、隆武、永历年号，书记刊刻遗留，大逆已极"。关于"《南山集》案"，其实还有很多疑点没有弄清，

---

① （清）全祖望：《鲒埼亭集外编》，上海古籍出版社 2000 年版，第 1169 页。

但是，无论如何，方拱乾家族又一次遭遇沉重打击，并且要比上次厉害得多，是不争的事实。

半个世纪的两次流放，对方拱乾家族的打击可谓非常沉重，其族人尝尽了政治的阴晴冷暖，锐气消磨殆尽。但是在诗歌创作上，这样的经历却对方氏族人起到了很大的帮助作用，异域的风貌开阔了他们的眼界，动荡的生活让他们尝尽了世情冷暖，使他们的心灵更加丰富，在流放心态的映照下，诗歌创作焕发出别样的光彩。

**（一）方拱乾**

方拱乾（1596—1666），方大美第五子，字肃之，号坦庵，又号云麓老人、江东髯史等。方拱乾自幼聪慧，"弱冠负文誉，经史一览不忘，为文捉笔立就，诸生时辄以天下为己任"①。崇祯元年（1628），方拱乾考中进士，但很快丁父忧归里。崇祯七年（1634），桐城遭遇兵乱，方拱乾一家迁往南京避难。崇祯十三年（1640），方拱乾进京做官，任翰林院编修。崇祯十六年（1643）升任詹事府少詹事，充东宫讲官。甲申国变，方拱乾被起义军俘虏，他很快借机逃离京城，前往南京。顺治十一年（1654），五十九岁的方拱乾经两江总督马国柱、大学士冯铨等举荐，出仕新朝。当时，方拱乾与子方孝标、方享咸同朝为官，颇受清廷隆遇。顺治十四年（1657），江南"科场案"发，方拱乾一家受到牵连，于顺治十六年被一起流放宁古塔。顺治十八年（1661），方拱乾遇赦回到江南，寓居扬州，撰《绝域纪略》（又称《宁古塔志》）。方拱乾自述云："老人同卿子，七岁能属文为诗，长登进士，官翰林，至少詹事，娶相国女，至今犹共哺糜。生两女六男，亦皆掇科名，男女孙百几十人。老人所徼于造物可谓厚矣。"②方拱乾著有《白门》、《铁嵌》、《裕斋》、《出关》、《入关》等诗集，今人李兴盛等整理为《方拱乾诗集》，

① （清）潘江辑：《龙眠风雅》，康熙十七年潘氏石经斋刻本。
② （清）马其昶著，毛伯舟点注：《桐城耆旧传》，黄山书社 1990 年版，第 267页。

1992 年由黑龙江教育出版社出版。方拱乾流于异域的诗歌主要反映了其流放生活与心态。

被流放后，方拱乾一家很快动身了，《出都》诗云："微雨湿垂杨，洒我去国路。今古一叶轻，况自千艰度。追悔少年心，错认春明树。一堕五十年，坐被浮名误。回头百丈尘，乃达双阙住。只见奔辕来，几见安车去？祸首仓颉氏，圣愚谁能悟。脱饵保潜鳞，象踪绝回顾。举棹即清江，岂待秦淮渡。"①此时，他的心情可谓五味杂陈，突然被祸的辛酸与无奈跃然纸上。《出塞送春归》是抵达山海关后所写的诗：

> 出塞送春归，心伤故国非。花应迷海气，雪尚恋征衣。
> 时序有还复，天心何忏违。攀条对杨柳，不独惜芳菲。

虽是暮春时节，容易让人心伤，但是诗人此时的心思，不独伤春，而是更多自怜。但是无论如何，也得接受事实，所以只能不断调整自己，才能更好地生存下去。他努力地开释自己："日月有晦息，人生无止休。役役疲心神，圣愚同白头。动极必思静，静极动所谋。穷达迷行藏，歌哭溷欢愁。韦布鄙轩冕，心则觊公侯。猗顿营锱铢，穷不异黔娄。谁能生不死，谁能乐不忧？帝千铸金穴，狐兔贡荒邱。曦光不返景，逝水绝同流。春园昨日花，可为今朝留？八荒太局促，千载长悠悠。"（《写怀》）到达戍所之后，他努力从佛家思想里获得安慰，做一个安贫乐道的隐士。《宁古塔杂诗》写道：

> 同来二三子，错落住山樊。风俗随鸡黍，荣华足瓦盆。
> 鸟栖柴栅巷，牛背夕阳门。何必愚公谷，枌榆已是村。（之九）
> 女墙不盈尺，兀立控诸番。始觉皇威远，弥钦地势尊。

---

① 所选方拱乾诗歌皆出自《方拱乾诗集》，黑龙江教育出版社 1992 年版。

　　成城宁用众，在德足维垣。惭愧饥愚老，安眠秋树根。（之五十二）

　　但是要做到内心的平静谈何容易，所以他也难免流露消极的情绪："一年又不死，此日觉多生。弃置己天外，浮沉若梦成。灰心辞药物，何意眷蓬萍。谷贵无劳辞，松乔命本轻。"（《生日自寿五首》其一）难以消解，也是因为边塞生活的极度艰辛："旅食苦田荒，江船食残穗。破屋当深山，方塘网薜荔"，"茹芝太荒唐，种瓜翻滋愧。本无束帛罗，谁言草木弃"（《听家僮述长安诸老慰问殷至感赋》），"在家愁闻砧，砧声为客衣。在客愁闻春，春声为客饥。春本非恶声，客耳自凄其。砧声砧者苦，春声闻者悲。此地尽为客，室家亦羁縻。遭此八月霜，稻粱同草衰。稗种贱独早，皮尽乃得糜。十斗春一斛，家家急朝炊。两春一口资，廿口将安资？夜长月色苦，冷澹无光辉。声声相断续，远近闻一时。悲余转成喜，得食谅不迟。便作笙竽听，天风任尔吹"（《春声》）。除了常常食不果腹，住所条件也很差："纸窗如破衲，丛添针线迹。纤纤鱼鳞光，朝曦逗微隙。夜来朔风狂，洞然半分割。寒威透骺裘，况乃敝衣帻。看囊久无钱，纸价贵逾昔。求全势所难，补罅情转适。平生鄙弥缝，于兹悟损益。渐喧飚亦温，安稳蓬蒿宅。"（《补窗》）为了生存下去，诗人开始关心农事："相逢无新故，开口话桑麻。岂无杂言笑，但觉稼事嘉。贫富视臧获，未耕力已赊。层冰坼有声，残雪半水涯。共指山上路，高低拥柴车。下有荒阳塍，编苇作人家。地性隔阜舆，肥瘠多参差。一熟三四熟，力审获乃奢。诘曲询耆叟，语多村日斜。绝胜簪笏谭，萧萧被祯华。"（《早春杂兴》之六）大家聚在一起，谈论桑麻之事，就如同真正的田间老农一般。

　　方拱乾一家逐渐在异域安顿下来，虽然常常有衣食之忧，但是他们努力适应新的环境。难能可贵的是，他们始终保留读书人的精神品格，抓住一切机会读书问学。《宁古塔杂诗》（之五十八）云：

一几同几坐，分头各读书。衰年遮眼目，旅食答居诸。难字休
轻过，危机莫浪吁。古人终不误，没齿爱三余。

在异域绝寒之地，一家人并没有屈服于恶劣的自然环境和拙劣的条件，
而是仍然抓紧一切时间读书，也正是因为如此，方拱乾一家虽然前后数
代人遭受到流放，但并没有因此沉沦，而是笔耕不辍，留下了大量的
著作。

顺治十八年（1661），方拱乾一家被赦归，接到诏书，他难以抑制
内心的激动，《辛丑十月十八同得召还信》表达了他的心情：

驿骑传何语，生还竟是真。犹疑平日梦，难信醒时身。
掐臂却知痛，欢颜转诉人。喜狂心倍苦。不觉泪沾巾。（其一）
灰心甘异域，不敢梦乡关。每怪儿曹语，长怀故国山。
果然无妄福，竟赐再生还。绕膝灯前笑，加餐看老颜。（其四）

自己没有想到还有活着归里的这一天，如同梦境，令人难以置信，真是
百感交集，他在自己的诗集《何陋居集》编成之时，在自序中回顾了这
段经历："屋不盈一笏，鸡毛笔杂牛马毛，磨稗子水作墨渖，乌乌抱
膝，聊送居诸，不复料此生章句再入中华，流传士人口矣。昔人诵少陵
诗，秦川以后更佳，殆谓其穷且老尔。余年较少陵入蜀时更老，若穷则
不惟远迈少陵，既沈宋交欢，踪迹犹在舆图内。纵观史册，从未有六十
六岁之老人率全家数十口颠连于万里无人之境犹得生入玉门者。咄咄怪
事！"①方拱乾在即将离开宁古塔戍所之时，在其所居住茅屋墙壁题诗一

---

① （清）方拱乾著，李兴盛等整理：《方拱乾诗集》，黑龙江教育出版社1992年
版。

首，算是对自己异域生活的总结：

> 莫言万里无人境，兀兀三年认作家。
> 瓮牖光微闲画字，菜畦土润手栽花。
> 听残比屋嘶风马，数尽南云绕树鸦。
> 宋玉宅同王粲井，长留名姓在天涯。

（《将别宁古塔书茅屋壁》）

方拱乾赦归后，心情可谓百感交集，特别是将要到达京城之时："去国归朝道路同，迎人风异送人风。三年梦醒黄粱客，万罩魂还皓首翁。脚底自怜无险易，人间谁更有穷通。旧居卖尽邻庵在，一钵聊应伴远公。"（《将至都门》）如同黄粱一梦，没想到自己还能活着归来。归来后，方拱乾生活依然很贫困，甚至以卖字为生，但是经历了异域的苦境之后，这些对他已经不算什么了。所以他晚年的生活虽然贫苦，但是心境却颇为放达，陈维崧《卖字翁歌为龙眠方坦庵先生赋》对此称赞有加："龙眠老子真豪雄，一生破浪乘长风。行年七十正矍铄，自号城南卖字翁。雪花打门月在地，破屋槎材蠹三四。广陵城中醉尉多，老翁自卖床头字。……吾闻神仙狡狯不，可当此翁亦复非。寻常作吏但未作，仆射流官讵止流。夜郎即今七十材，力强子孙满前身。乐康翁起弹筝余，击缶翁呕向前掩。余口人生万事难，具陈卖字且换东家酒。"①

方拱乾诗歌记述了其身处异域的生活状态和真实心境，并留下了第一手的异域资料，其诗歌对于黑龙江地区的诗歌发展史具有重要的意义。方拱乾诗歌创作成就很高，其诗学观念也比较通达。方孝标在《坦庵集》后序中记述其父论诗云："诗当用人，勿为人用。今之言诗者有二端焉：曰五子，曰七子，曰钟谭，互为翁訾，至不相容，而不自知其

---

① （清）陈维崧著，江庆柏点校：《陈维崧诗》，广陵书社 2006 年版，第 23 页。

皆为五子、七子、钟谭用也。盖五子、七子之初，人心为宋儒训诂所锢，虽欲矫焉无由。五子、七子起而用之，天下翕然以为诗在是，不在是者非诗也。隆万以后，人心已厌五子、七子，钟谭又起而用之，天下又翕然以为诗在是，不在是者亦非诗也。人固有五子、七子、钟谭所不能用之心，是即能用五子、七子、钟谭之心矣。"①正是不为门户所拘的诗学观念，又加上特殊的人生境遇，让方拱乾的诗歌焕发出别样的风采，为后世诗评家所瞩目。

### （二）方世举

方文、方世举、方贞观三人，被称为"方氏三诗人"，抑或称之为"桐城三诗家"。金天翮撰《皖志列传稿·方文拱乾贞观世举传》云："余读《桐旧集》，方氏之能为诗，自明断事公法，以迄嘉道间，都百三十有四人，可谓彬彬矣。桐城之方凡五宗，推其朔，固一本也。遐考名人及其行谊，忠孝问学，首推以智；文章莫若苞；而诗之有闻者，文与贞观、世举其尤也。皆连蹇困辱而无几微怨诽之色。"②

方世举（1675—1759），字扶南，号溪堂，晚年自号息翁，人称息翁先生。他"学博而性疏旷"③，年轻时游历京城，与显达之士交游唱和，声名鹊起，临川李绂督部，对他尤加赞赏："尝以先生所赋长篇险韵张诸广座，夸耀同人。"④方世举中年时因"《南山集》案"影响，流放关外，雍正元年（1723）放归后，寓居扬州，著书立说，没有再出仕。乾隆初，曾被荐举博学鸿稀客，不就。

方世举从少时即喜欢作诗，但是"为诗好自改窜，晚年定稿，少作

---

① （清）方拱乾著，李兴盛等整理：《方拱乾诗集》，黑龙江教育出版社 1992 年版。

② 金天翮：《皖志列传稿》，燕山出版社 2008 年版。

③ （清）马其昶著，毛伯舟点注：《桐城耆旧传》，黄山书社 1990 年版，第 267 页。

④ （清）马其昶著，毛伯舟点注：《桐城耆旧传》，黄山书社 1990 年版，第 267 页。

无一存者"。有《春及草堂诗钞》四卷、《江关集》一卷流传于世，收录其流戍关外南归后的作品。很显然，方世举不愿意再陷入文字狱，引火烧身，所以再订正诗集时，其流放作品干脆不录。沈德潜编选《清诗别裁集》，曾打算收录方世举之诗，但遭到他的拒绝："久无吟石置庭庑，薄有流传愧故吾。画少旗亭歌妓壁，覆残京洛酒家瓿。佛门大众虽千子，鲁国诸生只一儒。闻道采风烦国老，可曾二八定刘卢。""一代风骚赖主持，拣金如我合沙披。小来草市呼才子，老人夷门骂恶诗。天下声名须后定，故人嗜好恐阿私。过情犹记题黄绢，（自注：前来书以为镕铸古今自开生面不受前人牢笼云）莫遣中郎有愧辞。（自注：前有书来极赞余诗)"①（《沈归愚宗伯方选今诗，闻以余入，寄而止之》）从中可以看出方世举不媚世俗之个性，也足以说明方世举诗歌艺术成就很高。方世举《春及堂集》并没有录及其远戍京外的作品，《南归》云：

> 十年来去鬓全霜，旧法新恩泪两行。流宥五刑思大舜，网开三面戴成汤。
>
> 鸿毛死丧累臣分，萱草春秋病母望。梦断得归余岁月，力田报国祝时康。

终于苦尽甘来，诗人似乎不愿意再提及以往，要把往昔生活的记忆彻底抛开。他看透了仕途之险恶，所以不愿意再有多大关联，以免再惹祸上身，他更愿意过远离宦途的隐居生活。《题表弟程午桥编修筱园》云："性癖衣冠懒，心清风露香。蒹葭有秋水，蟋蟀自西堂。昭代容闲逸，端居合典常。扬州花月地，萧寂灌菁筤。"这种"萧寂"的生活，是他所追求的。《九日不出》诗曰："九日晴无赖，黄花奈老何。衰容高会见，

---

① 本节所引方世举诗歌如无特别注明，均引自《四库未收书辑刊》集部第10辑第26册方世举《春及堂集》。

令节少年多。草木岁云晏，江湖寒始波。端居古人事，萧寂胜欢歌。"他不愿意再染上世俗的尘埃，先前的打击让他对人生有了新的洞悟，他甚至为朋友脱离宦海而欢欣鼓舞，诗中道出那份喜悦："须鬓丹霄白，艰贞久致身。孤清略时服，早退近先民。冠冕归田得，文章娱老真。大臣无逸豫，歌咏要闲人。"(《喜任少廷尉蘅皋丈乞休》)

方世举的诗歌之中，以"感旧"为题的作品比较有特色，有《感旧二十四首》和《小感旧十首》。《感旧二十四首》题下自注云："海内旧游频年凋谢，闲中追悼，各系一诗，匪独怀人，盖以记事云尔。"此组诗歌共追悼二十四人，《总河谥恪勤陈公鹏年》云："砥柱功名铁石心，黄河向壁共消沉。新恩汲黯淮扬老，旧事离骚湘水深。百折有身曾试玉，九幽无口更销金。茫茫雨雪愁春涨，鬼马灵云结暮阴。"《庶常顾君嗣立》曰："故国梧宫树已枯，楚歌衰风入吴歈。子云不恨离天禄，杜牧偏教梦白驹。花圃有情明月在，酒星无赖晓风孤。玉山高会浮生尽，铁笛何人过太湖。"《编修查丈慎行》云："一归茅屋别椒除，京洛传闻有伪书。此事何知出臣族，十年幸已隔篱居。梧桐心性秋先觉，杨柳风情老更疏。白发过河纷雨泣，圣明能信是枯鱼。"

《小感旧十首》是非常值得关注的作品，追悼曾经交往的底层小人物，从中可见诗人的悲悯情怀。其题下自注云："文章道谊之交既尽，即一长一技之流品，办不可得矣，能不悲之。"每首诗都有诗人详略不等的小传，可以看出诗人"以诗存人"的目的。这些人身份各异，有善于鉴定书籍版本的陆嶐："白发碧双眸，逢书尚校雠。一生矜草屦，曾上绛云楼。"(《长洲陆叟渗》)有善画的黄鼎："许史失华轩，飘零白袷存。江湖黑风雨，收拾卖谁门。"(《常熟山人黄鼎》)有善抚琴的僧人雪亮："供奉出明光，琴拖玉轸长。吴江重唤渡，不独杜秋娘。"(《长洲琴僧雪亮》)还有善弹琵琶的郑朝："一曲将军令，酬恩国士风。康山日西下，不见李空同。"(《扬州琵琶手郑公朝》)甚至还有送花老者："赤脚种花翁，园邻故相公。赐绯兼赐紫，一例赏元功。"(《丰台卖花翁王老》)磨砚老妪:"手老尚掺掺,楼高自卷帘。见人先道古,砚谱出香奁。"(《专诸巷琢砚顾媪》)总之,每一位小人物在诗人笔下鲜活起来,这类诗具有独特的价值。

方世举所作诗歌,虽然避开了其流放生活和政治性的敏感题材,但是现实感仍然较强。他晚年酷爱韩愈之诗,作《韩诗编年笺注》十二卷,其诗纵横捭阖,自开生面,"如长江大河,波澜不穷,是真得杜、韩法乳者"①,取得了很高的成就。

### (三)方贞观

方贞观(1679—1746),又名方世泰,一字履安,号南堂,他襟怀磊落,"南堂先生胸次潇然,布素终身,若忘其为华胄者"②。方贞观少时即有诗名,"坦易明白,不尚钩唇棘吻之习"。中年时,因受"《南山集》案"牵连流放关外十年,于雍正元年(1723)赦归,客居扬州,以卖字为生。乾隆诏博学鸿词科,方贞观以老病辞。著有《南堂诗钞》六卷,另有《辍锻录》一卷,表述他的诗学理论。方贞观诗集被列入禁书,邓之诚分析原因,认为其集中《拟古边词》有"中华多少未耕土,偏爱边荒一片沙"之句,又云"可爱猜疑汉天子,寻常甥舅作仇雠",为征准噶尔而作也,已伤讦直。其《重有感》云"圣世穷兵武亦羞",又云"漫道弓藏缘鸟尽",则为年羹尧鸣不平。所以得出结论"遭禁或由于此欤?"③

关于方贞观诗歌创作情况,李可淳《方贞观诗集序》(《桐城方氏诗辑》卷六十四)中云:

> 其诗凡数变:最初学张籍、王建,既又学孟东野;三十以后尽弃其所素习,沉淫于贞元、大历之间,镕练淘汰,独标孤诣,务极

---

① (清)陈诗撰,林建福校点:《尊瓠室诗话》,上海书店2002年版。
② (清)马其昶著,毛伯舟点注:《桐城耆旧传》,黄山书社1990年版,第267页。
③ 邓之诚:《清诗纪事初编》,上海古籍出版社1984年版,第572页。

雅止。而贞观固欿然，自以为未足，未几患难归京师，隶入旗籍，弃先垄别亲故，行动羁絷，出入恐惧，人事都废，何有于诗？顾其屈郁抑塞之气，羁孤离别之感，转喉即露，随露随掩，愈掩愈出，宛转沉痛，言短意长，贞观之诗至此始造其极。夫难生虑表流离颠踬，穷愁无聊，托之讴吟，贞观之诗之工亦大可哀矣！如是者十年得复归江南，今又经十年矣。所为诗益造平淡，益近自然，惜多散逸，所存仅若干首，顾读之辄令人流连往复，如其悲喜而不能已，何其入人之深也。尝见粤人陈恭尹之论诗云：感人以理者浅，感人以情者深，感人以言者有尽，感人以卢者靡涯。诗之道所以后六经而独存也，贞观其庶几乎？①

　　大致看来，中年被流放的经历对方贞观诗歌影响较大。他的前期诗歌写怀、记游、赠答之作较多，弥漫着挥之不去的淡淡哀愁。如《春日旅思》写思乡怀人之情："欲雨欲晴寒食天，褐衣犹拥隔冬绵。家书不到连三月，柳絮争飞又一年。无意怀人偏入梦，有情看月未当圆。明朝新火堪温酒，何处能消杖底钱？"②《怀友人闽中》也写得哀怨缠绵："王孙不自立，俯首乞人怜。一别又经岁，谁能重少年？瘴禽啼海树，春雨湿蛮烟。会有怀归泪，休垂广座前。"

　　方贞观似乎天生具有过人的哀乐之感，所以他对于节序、物候的变换特别敏感。如《新柳》："年年折不尽，依旧俯长流。睡眼寒犹涩，纤腰舞渐柔。烟昏几重恨，客去一春愁。容易清明近，花飞紫陌头。"又如《侵晓》：

　　　　门庭侵晓语莺频，盥栉难支卧疾身。寒食真成愁里节，好花虚

————————

① （清）方于谷辑：《桐城方氏诗辑》，道光辛巳镌饲经堂藏板刻本。
② 所选诗歌皆出自《四库禁毁书丛刊补编》第 083 册《方贞观诗集》。

受雨中春。

　　闲情剩有新诗卷，良友都无旧酒人。回首十年羞孟浪，消磨几许卖梨银。

本来春景可待，很快有欣欣向荣之意，但是诗人有的却只是良朋远去、年华渐老的悲戚之感。在生命意识的感应下，这样的感伤无处不在："鸟鸣花飞日将入，深闺女儿对花泣。手把残红谢风雨，底事良辰苦相逼。欲问春归何处去，等闲不肯人间住。年年独立送春归，看着双鸠栖一处。"（《春去曲》）送春令人饮泣，秋日也难以让人放怀："失路乘时总漫论，眼前黄叶手中樽。青苔巷外无行迹，白袷秋来有酒痕。往事千端闲入梦，故人几辈费招魂。诗情不厌风兼雨，谁遣催租吏到门？"（《秋日感怀》）

　　尽管诗人天性敏感，悲秋伤春之情时常见诸笔下，但是毕竟更多的是现实的无奈和感伤，诗人没想到还有厄运在等待自己。康熙癸巳（1713），受到"《南山集》案"牵连，方贞观被隶入旗籍。突然的打击让方贞观无所适从，多年后回顾仍然心悸不已："癸巳之岁（1713），建亥之月，奉诏隶归旗籍。官牒夕至，行人朝发，仓猝北向；吏役驱逐，转徙流离，别入版图。瞻望乡国，莫知所处；先垄弃遗，亲知永隔；行动羁束，存没异乡。呜呼哀哉！岂复有言！而景物关会、时序往复，每不能自已。始乎去国，迄于京华，其呜咽不成声者去之，存若干首，命曰《卷葹集》。庾信所谓其心实伤者也，后之君子尚其读而悲之。"[1]方贞观将这次的经历纪之于诗，并展现了自己的真实心境。刚被发配，仓促离别家乡之时，诗人写下《别故山》一诗：

　　率土尽王臣，去为畿甸民。衰门自多故，怀璧究何人？

---

[1]　（清）方于谷辑：《桐城方氏诗辑》，道光辛巳镌饲经堂藏板刻本。

　　　　雨雪悲前路，松杉诧四邻。伤心拜先陇，不及荐春新。

　　突然的遭遇让诗人猝不及防，心情极度悲伤，还要赶紧处理家事，与故人告别。《别马相如》写道："落叶城边别故人，黄花风咽夕阳昏。十年浪许摩天鹄，一笑真成矢木猿。聚散无常皆运数，飘零有地即君恩。平生识得朱文季，挥手何烦作后言。"心境惨淡，满纸呜咽之声，有的是对家乡的无限眷恋："回首故山尽，前途直北长。萍蓬自兹去，乡国永相望。短草寒烟白，孤村落日黄。生逢击壤世，不得守耕桑。"(《出枞阳》)一路上程途艰辛，从荻港清晨即出发"残星晓不没，鸡声乱将曙。坐起推蓬窗，已非泊船处"(《晓发荻港》)，到达牛渚，诗人写道："生男愿有室，生女愿有家。缅彼尧舜心，岂曰此念奢？我亦忝蒸黎，何至成浮槎。孤舟寒渚边，落日向我斜。三山晻云雾，哀禽动蒹葭。当年俯租人，恍若水之涯。镇西邈何许，谁复相叹嗟？哀哀失路麋，犹遇两秦巴。我生不如麂，徒羡南飞鸦。四眺眇弗及，清泪纷如麻。已矣复已矣，弦月生汀沙。"(《泊牛渚》)如同失途之羔羊，诗人忍不住泪雨纷纷。每到一处，百感交集："客夜殊难晓，寒鸡曙不鸣。入窗风有刃，堕水雪无声。顷息百端集，迟明华发生。乡园犹未远，那得便忘情。"(《泊真州》)很快出江南境地，诗人内心更是五味杂陈：

　　　　河豚风起晚潮平，故国川原尽此程。不道首邱成妄想，未知何日了余生。
　　　　萍蓬自合无根蒂，樵牧翻惭有姓名。日暮凭高重同首，百年魂魄未忘情。(《出江南境》)

　　经过舟车劳顿，诗人终于到达目的地，《抵都僦居义兴坊题壁》云："此生岂复惜余辰，积习犹教爱绝尘。瞰杵已成无想梦，立锥翻羡去年贫。却嫌席敝劳多辙，幸少儿娇恼比邻。莫漫相逢嗟旅食，自今我属版图民。"想到自己的遭遇，特别是从此隶属旗籍，不再有人身自由，诗人难免唏嘘不已，寄给家人的书信也非常悲观：

> 封罢重开开复收，千行将得一分愁。余生不作大刀梦，到死难明破镜由。
>
> 入望江云昏似墨，断肠草色冷于秋。百年纵有归来日，未必相逢是黑头。(《寄家书》)

安居下来，诗人心头始终萦绕的是何时能回归故乡："黄叶落不尽，萧萧庭户间。余年秋共老，浮世病方闲。委巷暮砧急，夕阳飞鸟还。别离已经惯，不复梦家山。"(《秋怀》)中秋节尤其令诗人感怀："一句吟成月已阑，七回令节在长安。老除文字将焉托，怯止飘零总算宽。空外有砧声转急，愁多不寐梦都难。塞垣江表同清皎，谁复凄凉独卧看。"(《中秋感怀》)

雍正元年，方贞观被赦归原籍，听到这样的消息，诗人简直不敢相信，其《雍正首元三月二十八日诏还故里纪恩书怀》曰：

> 网开一面感重华，圣泽沱流讵有涯。直似秋霖还土偶，岂同党锢怨匏瓜。由来造命凭君相，不料余生有室家。得遂首邱何以报，惟应努力事桑麻。德音我独受恩偏，喜极翻令泪泫然。四海一夫无不获，小人有母更堪怜。别时裾绝肠应断，昨日书来眼欲穿。从此膝前闲岁月，得将半菽竟天年。

有生之年还能回家，诗人不禁喜极而泣，并且已经开始勾勒后半生的"美好生活"了。这时的心情显然已经和之前不一样了，《东阿道中》云："高岭豁屏风，孤村翠霭中。几行山木瘦，一半夕阳红。归鸟各竞暮，秋烟不碍空。溪流最深处，应有祝鸡翁。"心境显然比较开朗，诗人细细打量沿途的景物，《苻离镇感旧》曰："一道清溪数株柳，半边篱落几枝花。依然芳草门前路，不是当时卖饼家。"很多景物已经改变，真有物非人非之叹了："诏许还乡望乡泣，山路模糊几不识。去时松竹未成林，归来草树嫌蒙密。解带量松长旧围，汲泉责茗甘如昔"（《程风衣作归山图见寄代柬奉答》）。离家越来越近，诗人难以掩饰自己喜悦的心情，《合肥道中》云："金斗南米初见山，问程百里近乡关。日斜包老丛祠外，秋在周郎古墓间。官柳蝈声风细细，野田豆荚雨斑斑。居比应笑龙钟客，底事离家底事还？"但是，内心也有些许不安："力疾还家行路难，平田宵宵水潺潺。衣裾犹湿符离雨，马首来青舒邑山。近北牛羊偏壮健，向南烟树觉萧闲。孙郎余勇曹瞒智，都在麤芜落日间。"（《舒邑道中》）终于到家了，《初归喜手植海棠花开》一诗可以真切地感受诗人的心情："三尺烟条手自栽，还家恰喜见花开。对花无酒莫惆怅，犹胜花时人未回。"

受自身的境遇的影响，方贞观诗歌有诸多变化，但正是因为人生阅历的增加，让他的诗歌更加丰富。金天翮云："（方贞观）羁怀旅绪，屈郁抑塞，虽寓之歌咏，而益造平淡。"①沈德潜曰："（方贞观）十年中别母妻，弃丘陇，行动羁絷，极人世之团穷，然境穷而诗乃工矣。"②马其昶评价曰："先生诗初近张籍、王建，后浸淫贞元、大历间。以《南山集》被累出关，放归后诗益平淡。乾隆丙辰，诏开博学鸿词科，文定首举先生，以老不就试，赋诗谢之。"③

方氏家族能诗者众多，但是唯有"方氏三诗人"最为人瞩目。马其昶评价三诗人曰："三先生之诗不必同，要其有以自乐；极困厄不悔，则三先生者皆然。诗之为道至精，其出也一肖乎人。彼其中或且热而不

---

① 金天翮：《皖志列传稿》，燕山出版社2008年版。
② （清）沈德潜：《清诗别裁集》，上海古籍出版1984年版。
③ （清）马其昶著，毛伯舟点注：《桐城耆旧传》，黄山书社1990年版，第267页。

宁，吾未知其诗何如也，然则三先生之贤亦远矣。"①金天羽为之作传，也赞叹有加："余读《桐旧集》，方氏之能为诗，自明断事公法，以迄嘉道间，都百三十有四人，可谓彬彬矣。……而诗之有闻者，文与贞观、世举其尤也。皆连蹇困辱而无几微怨诽之色。彼岂无自得于中而能然哉？不自得于中，则朝受命而夕饮冰，其内热且不可制矣。乃若强制其热，以貌为冰雪之文，钤山咏怀，世又称之。因以为文字不足定其人之清浊，而不知琢辞句以求其清者，所性不存焉，故二憾之。诗特空汉而无朕，违其心以出之者也。视钱谦益之不讳希势慕宠，能率其真者为谲矣。方氏之贤，其犹古诗人之遗教与！"②

## 第四节 桂林方氏家族的女性诗人

明清时期，桐城人文荟萃，诗歌创作取得了非常高的成就，女性诗坛也是星光熠熠，有诗人近百家，其中最引人注目的是"诗坛五姊妹"，即方以智的伯姑方孟式、仲姑方维仪和堂姑方维则及其母吴令仪、姨母吴令则。除此之外，较为著名的还有方御、陈舜英、张莹、吴坤元、章有湘、张令仪、方筠仪、张淑媛、方静仪、方若徽等。

桐城望族女性诗人之盛，首推桂林方氏。五姊妹时常聚集在方维仪的清芬阁作诗论画，结成桐城最早的名媛诗社。方维仪选取古今女子之作，编为《宫闺诗史》。方于谷《桐城方氏诗辑·凡例》对本宗女性诗人大加称赏："彤管流徽，吾桐最盛。如瑕珠（何孺人吴令则）、棣倩（方夫人吴令仪）、穰芷（姚夫人左如芬）、缄秋（张夫人姚宛），不可胜数。若吾宗纫兰阁（张夫人孟式）、清芬阁（姚节妇维仪）、茂松阁（吴节妇维

---

① （清）马其昶著，毛伯舟点注：《桐城耆旧传》，黄山书社1990年版，第267页。

② 金天翮：《皖志列传稿》，燕山出版社2008年版。

则），或殉死于危城，或守节于陋巷，大节清风，尤裨风教。"①梁乙真也赞叹说："明之季世，妇女文学之秀出者：当推吴江叶氏，桐城方氏，午梦堂一门联吟，而方氏娣姒，亦无不能文诗，其子弟又多积学有令名者。故桐城之方，吴江之叶，自后尝为望族，不仅为有明一代妇女文学之后劲也。"②

方氏三姐妹方孟式、方维仪、方维则又称"方氏三节"，她们或为国殉节，或为夫守节，恪守封建礼教。方以智之父方孔炤曾向朝廷上《请旌表臣门三节疏》说："臣门三节并出，倍历艰贞，恳乞恩赐旌表，以彰风化事……在臣伯姊生沐冠帔，从容就义，秉文已蒙赐恤，烈妻应荷同褒，在臣仲姊、叔姊为士人妻短祚藻芹，矢茹藜霍，终身荆布，割绝纷华，中遭离乱，诵读不废，迹其行事，后凋更难。"③"方氏三节"由此名扬天下，朱彝尊称赞说："方氏三节，一为孟式字如耀，大理卿大镇之女，嫁山东布政使张秉文，济南城溃，同其夫殉节，赠一品夫人，有《纫兰阁集》；一为维仪，十七而寡，寿八十有四；一为维则，十六而寡，寿亦八十有四，白圭无玷，苦节可贞，足以昭诸管彤矣。"④"方氏三节"虽以忠节闻名于世，其诗歌创作也成就斐然，为明清诗学史增添了亮丽光彩。

## 一、方孟式与《纫兰阁集》

方孟式，字如曤，一作如耀，是大理卿方大镇长女，方以智大姑，嫁给山东布政使张秉文为妻。崇祯十一年（1638）冬，清兵南下，一路入侵至济南城。由于城内兵马空虚，张秉文带领将士誓死抵抗，最后中箭身亡。方孟式一面激励丈夫为国尽忠，一面积极安排后事，在丈夫战

---

① （清）方于谷辑：《桐城方氏诗辑》，道光辛巳镌饲经堂藏板刻本。
② 梁乙真：《清代妇女文学史》，中华书局1932年版，第1页。
③ （清）方昌翰辑：《桐城方氏七代遗书》，清光绪十四年刻本。
④ （清）朱彝尊：《静志居诗话》，人民文学出版社1990年版，第726页。

死之后，自己也投大明湖殉节而死。钱谦益《列朝诗集小传》云："崇祯庚辰，含之守济南，死于城上，如耀戒侍婢曰：'事急则推我入池水中。'城陷，临池痛哭，趣呼侍婢曰：'推我，推我！'遂堕池水而死。"①马其昶《桐城耆旧传》记载更为详细：

> 崇祯十一年，大兵下畿辅四十八城，遂自德州进闱济南。夫人语公："夫予之死生惟官守，妾之死生惟夫子。"已而家人白事急请行，夫人曰："是何言也？吾去，人且谓公无固志。"叱之退。明年正月朔二日城陷，公擐甲巷战。或报公亡走，夫人复叱曰："汝主岂弃城苟免者？"嗣报战死，则泣曰："是矣！"先是，夫人戒侍婢："事急，则推我入湖水中！"至是，谓妾陈曰："吾义不独生，汝当保持孤幼归故乡耳！"妾请同死，颔之，遂同赴大明湖死。侍婢感而殉者又数人。事闻，赠一品夫人，与祭一坛。②

方文曾作《大明湖歌》长篇叙事诗一首，其中一段亦详细记叙济南城破，方孟式临危殉难之细节："己卯元旦城竟破，公中一矢身先殂。吾姊闻难且不哭，立召二妾来咨谟。爷为大臣我命妇，一死以外无他图。嗟汝二姬各有子，长儿虽归幼儿俱。于义犹可以缓死，抱儿且住民家逋。小妇抗言干手弗活，愿与母氏同捐躯。两人缝纫其衣，欣然奋身投此湖。"③马其昶由衷赞叹道："廷尉二女，长夫人，次清芬阁，皆贞烈，为世女宗。方氏累代着忠贞之节，渐渍既久，至于女子亦然也。妻视夫为死生，臣视官守为死生，卓哉，斯语！千载之衡矣。"④

---

① （清）钱谦益：《列朝诗集小传·闰集》，上海古籍出版社1983年版。
② （清）马其昶著，毛伯舟点注：《桐城耆旧传》，黄山书社1990年版，第453页。
③ （清）方文：《嵞山续集·鲁游草》，上海古籍出版社1979年版，第717页。
④ （清）马其昶著，毛伯舟点注：《桐城耆旧传》，黄山书社1990年版，第453页。

方孟式长于诗，有《纫兰阁诗集》十四卷传于世，《龙眠风雅》录其诗四十二首，《桐旧集》录诗二十一首，《明诗综》录诗三首，《御选明诗》录十六首，《桐城方氏诗辑》（卷一）收其诗六首。方维仪《纫兰阁诗集》序曰："读《纫兰阁》之诗者，不胜悲伤之至。余伯姐夫人，苦其心志，生平摧折，故发奋于诗歌者也。嗟乎！姐氏之性，素秉忠孝，恭顺幽贞，敏而好学。九岁能文，有咏雪才。先君廷尉抚爱笃甚，常目之而叹曰，有此子为快，惜是女。"①就所存诗歌来看，方孟式诗歌一方面有女性诗人的共有特点，如选材相对狭小、情感细腻等，另一方面又不仅作闺阁之言，多有写及邦国之篇，摆脱闺阁之音之作。

方孟式诗歌一类诗是写爱情。方孟式嫁给张秉文，可谓郎才女貌，两人婚后也伉俪情深，经常诗歌唱和，如在《元同联句》中张秉文写道："舍子吾何之，形影难暂只。"而方氏则对句为："愿言誓死生，白首归丘貉。"《秋歌》表白自己对爱情的忠贞：

> 取次小春天，无緆花柳妍。只怜窗下竹，袅袅入云烟。
> 赠郎青铜镜，持照肝胆清。勿作地下霜，见月始分明。

虽然夫妻二人非常恩爱，方孟式也几乎一直追随丈夫仕宦在外，但是很多时候丈夫公务繁忙，也会偶有分别。并且婚后方孟式一直没能为丈夫生下儿子，为了让夫家后继有人，她亲自为丈夫挑选妾室，虽赢得贤良美誉，但有时也难免失落。《长门怨》曰："叶落空阶静，花开对晓莺。相思明月影，独坐数残更。"②《春怨》云："只影淡烟笼，杜鹃枝上红。梨花风雨后，人在月明中。"挥不去的是淡淡的相思之情和哀怨之感。又如《美人梳头》：

---

① （明）方孟式：《纫兰阁诗集》，清康熙三十四年张祁度刻本。
② 本节所选诗歌皆出自方孟式：《纫兰阁诗集》，清康熙三十四年张祁度刻本。

深院小桃丛，纱窗春色笼。风钗横上下，鸾镜舞雌雄。

秋水凝波渌，湘云剪袖红。锦屏娇欲倚，不语向东风。

方孟式另一类值得关注的诗是寄赠诗。一类是寄给朋友，如《寄任夫人》：

可怪暌违日，相思几换年。故同芳草合，南国美人偏。

生死交难见，悲欢意莫宣。祗应三五夜，明月共君圆。

诗歌直抒胸臆，情真意切。又如《寄盛夫人》：

繁霜百岁冷春帏，常共寒灯泣落晖。红泪已辞机上锦，向头尚着嫁时衣。

烟笼竹叶凉生案，雨湿梨花静掩扉。杯酒楼头明月夜，迢迢梦绕楚天微。

一类是寄给亲人。如《寄姊母》：

园林星聚日，欢意露华初。别后莺卢老，秋来雁字疏。

独伤千里月，空慰万金书。异地江风冷，萧萧到玉除。

离别之凄然，表达的是对姊母的深切思念。又如寄给爱女的《芝城寄女》，其一云：“莫问花开花落时，幽芳不必斗浓枝。昼长无事香消篆，朝诵《楞严》暮诵诗。”其二曰：“长思双鹤驾长虹，红袖偏争劫海中。有想但看无想日，消沉恩爱付东风。”这两首诗实际上一方面是对爱女的牵挂与期盼，一方面又写及自己隐秘的情感世界。她希望爱女不要过多为世俗所羁绊，而最好是与世无争，白日焚香，夜晚诵经，只要过平安恬淡的生活就好了，不必去"斗浓枝"，应该是劝女儿不要热衷于妻妾相争。第二首诗可以说是第一首的注脚，为什么要这么做呢？红袖善舞，但是很容易处于劫海之中，殊不知有朝一日曾有的恩爱会付之东风，所以还是做"架长虹"之野鹤更好。这是对女儿的劝导，同时也可看出其婚姻生活的不如意之处。

方孟式诗歌还有一类值得关注的是写景抒怀诗。其中有一类色彩明亮，情感欢愉。如《田家乐》：

> 其一：松下柴扉静僻，篱边竹径清溪。
>
> 菜花蝴蝶一色，野雀山鸡乱啼。
>
> 其二：石上残棋一局，松间初试新茶。
>
> 春去不知节候，门前杨柳飞花。
>
> 其三：荷农野兴初觉，歧路风波不知。
>
> 水绿山青自在，素书挂角忘疲。
>
> 其四：采药白云深处，逍遥流水生涯。
>
> 寻梅不识归路，隔岭钟催碧霞。

写农村的田园风光，清丽秀美，如同一幅幅图画，引人入胜。又如《初夏》诗："桃李辞春日卓午，楼头杨柳熏风舞。池蛙鼓吹催花飞，枝鸟笙歌怜客苦。镜里眉鬟白玉姿，窗前人怨黄梅雨。蔷薇滴翠红泥香，拾翠如弹燕子语。"将初夏时节的美好画面展现在大家面前，动静结合，欣然有生意。《风日清美》更是借美好的景色传达欣喜之情："瞳咙破晓烟，柳色展春妍。雨余天微清，荷钱贴水圆。桑稠蚕欲老，燕语入新年。鹅荫择高枝，飞花上宝钿。橘佐真珠醉，香泥小玉怜。秋千闲女伴，风同笑人颠。"

诗人的这一类诗充分吸收盛唐山水诗人的特点，或浓墨重彩，或简笔勾勒。展现"诗中有画"的特点："水天凝一色，野涨隔林溶。兰棹排惊浪，渔蓑钓晚钟。刀环流只影，木叶淡秋容。云掩荒村小，山头泼墨浓。"(《舟雨》)小诗也写得非常出色"荷风疏阿后，萤火乱星前。乌鹊残生影，梧桐隐半弦"。(《待月》)

诗人的景物诗中还有一类是色调比较低沉的诗作，大多是表达羁旅情怀。如《旅况》：

> 离群千里暮，朝看晓露斜。摇摇烟树渺，细细苍云遮。月冷偏依草，昼暖不逢花。山白寒灯寂，并州去辙遐。今宵闺梦远，乡绪乱啼鸦。

以我观物，物皆着我之色彩，在迷离凄清的景物中，映照的是诗人挥之不去的思乡情绪。诗人经常追随丈夫仕宦在外，因此也常常客居他乡，很多时候也是愁绪满怀。又如《秋兴》：

> 西风伤往事，笑此客中身。叶落苍烟断，花开黄菊新。
> 天涯蓬鬓短，边徼羽书频。蟋蟀知秋意，阶前鸣向人。

这首诗是方孟式随丈夫仕宦山东时所作，客居他乡，边关战事频繁，诗人难免"悲秋"而心意阑珊了。

方孟式诗歌体裁完备，古诗、近体皆佳，虽为女性诗人，却又不局限于闺阁之内。所以张秉文偕张英《纫兰阁诗集》序评价说："其古诗乐府，沉郁顿挫，出入汉魏；五七律绝句，聿追盛唐，一洗闺阁柔纤之习。及守济南，伯父殉难，妇人慷慨从之，皆以性情之正发于篇章，而征于行谊如此。"①

---

① (明)方孟式：《纫兰阁诗》，清康熙三十四年张祁度刻本。

## 二、方维仪与《清芬阁集》

方维仪（1585—1668），字仲贤。是方大镇次女，方以智的二姑，方孟式之妹。她自幼聪慧过人，博学高才，工诗善画，名闻一时。方维仪婚姻生活极为不幸，她十七岁时嫁给同邑麻溪姚氏家族姚孙棨为妻，但很快姚孙棨就病故，她产下一女，也很快夭折。接二连三的打击让她悲不自胜。她抱定为夫守节、死后同墓的志向："年十六（按：应是十八）夫亡，自营茔室，移夫柩而藏之，以俟同穴。"①直至晚年也没有改变："自君别后苦伤情，六十余年独守贞。兰蕙由来多损折，松筠差不愧平生。当初入梦常寻忆，今日迁坟敢背盟。薄命若成同穴愿，挽歌无复断肠声。"②（《求合墓诗二首》其一）关于其悲惨的人生境遇，方维仪《未亡人微生述》坦露自己心迹，马其昶《桐城耆旧传》全文录入："余年十七归夫子，夫子善病已六年……明年五月，夫子疾发……至九月大渐，伤痛呼天，而莫之应也。遗腹存身，未敢殉死；不意生女，抚九月而又殂。天乎！天乎！一脉不留，形单何倚？"她接连遭遇打击，本想在婆家守节终老，但是却遭到困难，只能从此"复归父母家，稍延残喘。叨蒙父、弟友于，使无冻馁颠沛之蹶"③。

方维仪还收集古今名媛诗作，删定编辑成《宫闺诗史》一书，"主刊落淫哇，区明风烈"④，并"以文史当织纴，尚论古今女士之作，编为《宫闺诗史》，分正、邪二集，主于昭明、彤管，刊落淫哇，览者尚其志焉"⑤。方以智云："女子不以才贵，故其删《宫闺诗史》也，断断乎

---

① （清）赵宏恩：《（乾隆）江南通志》卷一百八十五《人物志·列女完节四》，文渊阁《四库全书》本。

② 本节所引方维仪诗歌出自《桐城方氏诗辑》卷一。

③ （清）马其昶著，毛伯舟点注：《桐城耆旧传》，黄山书社1990年版，第456页。

④ （清）钱谦益：《列朝诗集小传》，上海古籍出版社1959年版，第736页。

⑤ （清）朱彝尊：《静志居诗话》，人民文学出版社1990年版，第725页。

必以邪正别之。嗟夫！女子能著书若吾姑母者，岂非大丈夫哉！"①

　　方维仪著有《清芬阁集》七卷，载入《明史·艺文志》。胡文楷在《历代妇女著作考》中考证方维仪还有诸多著作：《楚江吟》一卷、《闺范》、《宫闺诗史》、《宫闺文史》、《宫闺诗评》一卷、《尼说七惑》一卷、《归来叹》等。马其昶曰："余读《后汉·曹大家传》，叹其亮节明白，属文尔雅，推千古女师。清芬徽美，岂遽让哉！遇有荣悴，贞嚼则同。《述生》、《拟谥》二篇可以怨矣！"②对其称赞有加。

　　方维仪《清芬阁集》最早刻集当在崇祯二年（1629）冬，是方以智尊奉方孟式的指示而付梓刊刻的。方孟式为此集作序：

　　　　皇甫玄晏，只语千金，名公巨卿事也。我辈嬬睨深闺，终日行不离咫尺，何足当弁简之贽。虽然，芊手姊弟间子墨倡和，可得而更仆数也。忆吾姊弟稚屩时，从家侍御游天雄，及燕侍雪而咏，辄津津响林下风。岁月流易，分飞中落，备极断肠之叹。余幸托副笄车尘，女弟姚则已哀清台而号柏、况矣。生涯辛苦，赖有文史问难字，差足慰藉。乃吾女弟玉节冰壶，加慧益敏，而不炫其才。居恒仰天曰：女子无仪，吾何仪哉！离忧怨痛之词，草成多焚弃之。偶一绘施金相，竟炙庄严，即沉阁弗录，鄙为末技。窥其学不减女博士祭酒，下上古今，盛宴成章。偶示扇头，卫楷永真，咸捧如宝，常讳之为余艺。嗟乎阿妹！堕体黜聪之意，固已远矣。余抱病适志，小有积什，附游豫章闽粤山水奇胜，复纳交名媛印可，以娱凋残。顾当吾身，而令怀瑾握瑜啖茶啮蘗之硕人，不显于名媛方幅哉？半白穷愁，空悲腐草，发洪钟而挝雷鼓，何忍须臾忘。于是载

---

　　① （清）方以智：《浮山文集前编》卷十二，康熙此藏轩刻本。
　　② （清）马其昶著，毛伯舟点注：《桐城耆旧传》，黄山书社1990年版，第454页。

其近编，用觇痟瘵，其有名公巨卿流揽彤管者，当必择琳琅之一枝，存湘间之斑泪云尔。①

方维仪诗歌成就很高，朱彝尊曰："龙眠闺阁多才，方、吴二门称盛。夫人才尤杰出。其诗一洗铅华，归于质直。""集中句，若'白同不相照，何况他人心'，'高楼秋雨时，事事异畴昔'，何其辞之近乎孟贞曜也！"②陈维崧云："桐城姚夫人名维仪……所著《清芬阁集》，文章宏瞻，亚于曹大家矣！"③方维仪人生可谓不幸，十几岁开始守节，在娘家侍奉双亲，抚育幼侄，内心孤苦至极，所以她将自己人生的遭遇和血泪悲歌发之于诗，感人至深。难能可贵的是，她并没有局限于自己的狭隘天地。在明清之际战火纷飞、山崩地坼的时代背景下，她又将自己的笔触伸向了外面广袤的天地，如同许多男性诗人一样，写下对时局的关注。所以她的诗，熔个人之悲与家国之悲于一炉，奏出时代强音，在明末清初的女性诗人中具有重要的地位。

方维仪的一类诗是写个人的人生遭际和情怀。这类诗中许多诗是自怜之作，写自己不幸的命运及苦痛的情感。如《死别离》写丈夫的离去：

> 昔闻生别离，不言死别离。无论死与生，我身独当之。北风吹枯桑，日夜为我悲。上视苍浪天，下无黄口儿。人生不如死，父母泣相持。黄鸟各东西，秋草亦参差。余生何所为，余死何所为？白日有如此，我心当自知。

方维仪十七岁那年嫁给姚孙棨时，"夫子善病已六年，容颜憔悴，

---

① 胡文楷：《历代妇女著作考》，商务印书馆 1957 年版，第 68 页。

② （清）朱彝尊：《静志居诗话》，人民文学出版社 1990 年版，第 725 页。

③ （清）陈维崧：《妇人集》，《丛书集成初编·史地类》第 3401 册，第 10 页。

棱棱柴骨"①。很快姚氏病逝，她想殉节而死，但是有遗腹子在身，后来诞下一女，但很快又夭折。本来她想侍奉公婆，继续在夫家守节，但是这样的愿望并不能实现："尔时翁姑宦海澄，以余侍祖翁姑膝下，朝暮奉顺，未敢缺礼。而祖姑春秋高矣，亦不暇纤悉顾复，衣食愁苦，罔所控告。又有细壬浮浪之言，使两家相间。兹时也，忧心如焚，呼抢欲绝。"（《未亡人微生述》）面对这种情况，她表白自己的心志曰：

> 翁姑在七闽，夫婿别三秋。妾命苟如此，如此复何求？泰山其可颓，此志不可夺。重义天壤间，寸心皎日月。

既然下定决心，自己守节的志向就不会改变："岂敢浮慕哲媛，忘招讥责？既玩列女之传，弥坚从一之规"（《拟谥述》），但是婆家不能久留，只好回到娘家，此时的她心情非常无奈："故里何须问，干戈扰未休。家贫空作计，赋重转添愁。远树苍山古，荒田向水秋。萧条离膝下，欲望泪先流。"（《独归故阁思母太恭人》）想到自己年纪轻轻，就要孤独凄凉过完一生，内心非常感伤，《伤怀》诗云：

> 长年依父母，苦怀多感伤。奄忽发将变，空室独彷徨。此生何蹇劣，事事安可详？十七丧其夫，十八孤女殇。旧居在东郭，新柳暗河梁。萧条下霜雪，台阁起荒凉。人世何不齐，天命何不常？鹪鹩栖一枝，鲲鹏抟风翔。焉能忘故地，终朝断人肠。孤身当自慰，乌用叹存亡。

《拟古》一诗，亦是抒发了同样的情感：

① （清）马其昶：《桐城耆旧传》，黄山书社1990年版，第456页。

八月天高雁南翔，日暮萧条草木黄。与君别后独傍徨，万事寥落悲断肠。依稀河汉星无光，徘徊白露沾农裳。人生寿考安得常，何为结束怀忧伤。中夜当轩理清商，援琴慷慨不能忘，一心耿耿向空房。

方维仪在娘家并没有过上闲居生活，弟媳吴令仪嫁入方家后，和方维仪连吟唱和，颇相契合，但是好景不长，不到三十岁即去世。吴氏临去世前，把幼儿幼女托付给方维仪，方维仪答应代其抚养遗孤，"弟妻吴宜人愉惋同保，不幸早逝，余抚其诸英，训诲成立，完其婚嫁，必当终于一诺也"。这时的她要上孝双亲，下抚幼孤："孤幼归宁养，双亲丧老年。衰容如断柳，薄命似浮烟。诗调凄霜鬓，琴心咽冻天。萧萧居旧馆，错记是从前。"（《居慈亲故楼有感》）为了践行自己的诺言，方维仪悉心教导自己的侄儿，方以智的成才与其有莫大的关系。但是很多时候，方维仪内心经常感到孤苦无依，《病中作》云：

生来薄命老无依，风雨潇潇独掩扉。病里流年将发变，堂前设席见人稀。双亲拭泪怜孤女，一弟携医问素帷。长夜不愁星露冷，子规啼处助嘘唏。

长夜漫漫，老来孤苦无依，这样的生活境遇让方维仪悲不自胜。晚明社会动荡，方以智后来为了避祸远走他乡，一度没有音信，家里经常门庭寥落，面对这样的状况，诗人内心非常苦闷，许多诗描写她孤苦的境遇，自伤怀抱，诗风凄婉。《秋雨吟》云："高楼秋雨时，事事异往昔。骨肉东南居，田畴稻不获。树叶色将变，寒虫语幽石。孤愁多苦心，四顾成萧索。云暗远山峰，独坐苔阶夕。"《独坐》曰："僻境无人至，清芬阁独居。梁闲新燕去，墙外老槐疏。风韵笛声远，花残月影余。编摩情未厌，坐卧一床书。"这样的吟唱在诗中比比皆是："孤心在遥夜，当窗

明月光。悲风何处来，吹我薄衣裳。"(《北窗》)

方维仪抒写自我怀抱的诗中，有许多怀人、赠答之作，比较值得关注。如《楚江怀节妇吴妹茂松阁》：

> 空林陨叶暮乌啼，云水迢迢隔皖溪。夜发苍梧寒梦远，楚天朗月照楼两。薄命同罹骨肉哀，天涯书信远难来。愁心不似归鸿影，能逐湘江夜月回。

姊妹二人的确红颜薄命，悲剧的命运非常相似，方维则十四岁出嫁，十六岁便守寡，随后一子复殇，其后亦矢志守节。此诗是怀人之作，相似的境遇让两人特别理解对方的处境，此时远隔他乡，更加怀念对方。又如《思林节妇》："知君太息亦如吾，清静焚香坐学趺。夜见枯桑还再拜，朝吟苦竹复氏吁。山溪乱后花犹发，道路人稀雁到无。病眼莫伤流寓老，且从闺阁赋南都。"写对方，也是写自己，此诗寄寓了诗人无限的感慨。《赠新安吴节妇》也是这样的血泪之歌：

> 嗟君凛峻节，听我吟悲歌。霜门久寂寞，荒阶秋色多。孤松列寒岭，归雁渡长河。皎洁独自持，甘心欠靡他。闻之一何苦，叹息泪滂沱。金石亦云坚，乃能当折磨。感遇从佳召，惠顾得相过。置酒望明月，集衣搴薜萝。幽窗芬黄菊，白露下庭柯。坎轲同苦辛，薄命更蹉跎。白头逢世乱，飘泊涉风波。老火不足惜，乱离将奈何。

在乱世背景的映照下，这些女性的命运更加凄惨，诗人在感同身受的情况下，给她们寄寓了无限的同情和悲悯。同时，诗人由此引发对女性命运的关注，《读苏武传》云：

> 从军老大还，白发生已久。但有汉忠臣，谁怜苏氏妇。

很显然，诗人并非只是为了翻出新意，而是从对女性命运的观照出发引发议论，呈现出的正是千百年来的社会对女性命运的不公。方维仪无疑是敏感的，而这种敏感正是长期血泪的浸泡而自然的生发，她推己及人，由此将此类主题推向另一个高度。又如《征妇怨》：

> 霜冻固河风暮号，征人蓟北枕弓刀。从来都道沙场苦，谁惜春闺梦更劳。

方维仪诗歌的另一重要内容是伤时忧国、反映现实之作。值得注意的是，诗人写有多篇边塞诗，如《老将行》：

> 绝漠烽烟起戍楼，胡笳吹彻海风秋。
> 关两老将披图看，尚是燕云十六州。

诗风雄浑激越，翻出向上之声，展现慷慨豪迈的情怀。《从军行》也是此类作品：

> 玉门关外雪霜寒，万里辞家马上看。
> 那得沙场还醉卧，前军已报破楼兰。

又如《陇头水》：

> 陇坂带长流，关山古木秋。征人悲绝漠，胡马识边州。
> 戈戟元霜冷，旌旗白日浮。君恩无可报，誓斩郅支头。

方维仪的这些诗将笔触投向塞外大漠，通过描写舍身杀敌报国的英雄形象，展现爱国情怀。作为一名女子，并没有局限在闺阁之内，实为难能可贵。从艺术上来讲，这些边塞诗颇有唐人风韵，置于唐人集中也并不逊色。她的边塞诗内容丰富，有的和现实结合起来，沉郁苍凉，如《出塞》：

　　　　辞家万里戍，关路阻烽烟。赋重无余饷，边荒不种田。
　　　　小兵知有死，贪吏尚求钱。倚赖君千福，何时唱凯旋？

除了边塞诗，方维仪诗歌中还有许多反映现实之作，《旅夜闻寇》云："蟋蟀吟秋户，凉风起暮山。衰年逢世乱，故国几时还？盗贼侵南甸，军书下北关。生民涂炭尽，积血染刀镊。"诗歌反映的是明末战乱频仍，生灵涂炭，诗人的家乡也数次遭受劫难，甚至不得已离家避难，生活之苦况可想而知。又如《暮春得张夫人书》：

　　　　长干尘起更愁予，避乱荒居数载余。乡梦正劳新战地，春风吹到故人书。
　　　　庭梧寂寞清琴冷，江柳迢遥白发疏。惟冀风箫来白下，旧家同里候檀车。

为了避乱，流离他乡，有家难回，生活困苦，内心寂寞清冷，连与朋友的相聚也成了奢望。《春庭》一诗也表达这样的情怀："烟含堤柳水漾沙，寄寓秦淮已作家。一度空庭人寂寞，不知溪上落梅花。"诗歌一方面写自己的遭遇，同时也是当时社会现状的真实反映。

对于方维仪此类诗作，沈德潜评论说："如读杜老伤时之作，闺阁中乃有此人。"①清初女诗人王端淑编纂《名媛诗纬初编》，选方维仪二

---

① （清）沈德潜：《明诗别裁集》，上海古籍出版社 1979 年版，第 335 页。

十首诗歌，评论曰："庭不留春，风霜满户，山川草，悉成悲响，天地间何可无此人，以此采风艺苑，虽无旷眼，而风烈足尚，安以语言文字责仲贤也。"①这是非常切合实际的评语。

### 三、方维则与《茂松阁集》

方维则，字季准。十四岁时嫁给生员吴绍忠，十六岁时丈夫去世，不久一子夭折，如同方维仪一样，她矢志守节，孀居六十八年。关于其生平，《桐城方氏诗辑》卷四十一小传曰："司农玉峡公之女，儒生吴绍忠之妻也。十四适吴，十六而寡，一子复殇，遂矢志靡他，与老姑同卧起。其兄中丞贞述公有《臣门三节疏》请于朝，一为张方伯妻孟式，一为姚前甫妻维仪，与氏鼎峙而三也。尝预营寿葬于兔儿山，与夫同穴，卒年八十有四。"②方维则著有《茂松阁集》。今已不存，其诗歌流传亦仅数首。清初女诗人王端淑编纂《名媛诗纬初编》，选方维则诗六首，编者题评云："伦仪确至，实造化鬼神所惮，朔风诗清迥，非凡调所到，诗传人，人传诗，两者均有之矣。"③

由于《茂松阁集》已不存，流传作品较少，方维则诗歌已难窥全貌。就留存的诗歌来看，其中有一类诗是借物抒怀之作。如《题竹》：

> 小院何空寂，相依独此君。雪深愁易折，风急不堪闻。向石移花影，青苔拥篆文。楼头明月上，空翠落纷纷。④

名为咏竹，实为自况，展示自己高洁的品性，但同时也透露出孤寂之感。《采花蜂》一诗，描写蜜蜂辛勤采花酿蜜，亦是借此自伤怀抱：

---

① （清）王端淑：《名媛诗纬初编》卷十二，清康熙刊本。
② （清）方于谷辑：《桐城方氏诗辑》，道光辛巳镌饲经堂藏板刻本。
③ （清）王端淑：《名媛诗纬初编》卷十二，清康熙刊本。
④ 本节所引诗歌皆出自《龙眠风雅》。

遍采名园万树芳，春风鼓铸满篝粮。徒劳巧酝二冬计，讵料难留百叠房。

甘苦不须重借问，难辛同忆倍堪伤。若还解得为谁语，随分安身是道场。

方维则有几首诗是边塞诗，写得刚健朴茂。如《关山月》：

秋月照人明，关山万里程。旄头天上落，风晕海边生。
鼓角羌人曲，铙歌汉将营。此行何以报？愿筑受降城。

诗写辽阔无边的边疆景象，征人远赴万里戍守边关，全诗洋溢着盛唐边塞诗式的豪迈乐观的情怀。此诗很显然是以男子的立场写的，表达希望征战沙场、保卫祖国、建功立业的决心。试观《陇头水》两首：

其一
西去穷荒恨，尔看故国愁。一心悬两地，双泪落风流。
羽檄秋偏急，戎午夜不休。壮夫轻出塞，未到陇山头。
其二
马首望长安，春风陇水寒。坚冰开上谷，游沫聚桑干。
烽燧云间合，旌旗雪后残。君恩犹未报，不敢说艰难。

两首诗格调低沉，写征夫在边塞的苦寒生活，思念家乡的苦楚难以抒发，尽管条件艰苦，但是保家卫国的信念始终不变。除了写男子，方维则诗歌还写到巾帼不让须眉的女英雄形象。《马上歌》云：

快马轻刀夜斫营，健儿疾走夜无声。归米金镫齐敲响，不让须眉是此行。

《秋同漫兴》为写景抒怀之作：

> 帝苑芳春风吹谐，看花曾遍洛阳街。行吟缓控青丝辔，击节频抽白玉钗。
>
> 共挽鹿币归旧隐，儿浮鱼艇散秋怀。霜风扫尽烟霞况，愁见龙城叶满阶。

方维则胞弟方文客居金陵，她寄赠诗篇《寄弟尔止客白下》云：

> 石子冈前野草花，白门疏雨又啼鸦。征帆一片随流水，故国千山急暮笳。
>
> 严武有时容杜甫，鲁连何处却田巴？宾鸿寥落双鱼杳，纵拟归来鬓已华。

钱澄之评论这些女子的创作时说："天地之正声也，非忠臣节妇之吟，不足以名之。吾邑闺媛之比节于松，比诗于松者，盖有数人：若纫兰阁，业从夫子殉节于山左矣；未亡人，则有清芬阁、澄心堂，并松声阁而三，皆松声也。"[①]这是很恰切的评论。

---

① （清）钱澄之撰，彭君华校点：《田间文集》，黄山书社 1998 年版，第 303 页。

# 第五章　麻溪姚氏家族诗歌研究

## 第一节　概　　述

桐城姚氏是大姓，有多个分支，比较有名的如麻溪姚氏、苓涧姚氏、官庄姚氏等，其中最为显达的是麻溪姚氏。麻溪姚氏是桐城五大望族之一，姚范、姚鼐、姚莹、姚永朴、姚永概等人皆出于此。在清代，麻溪姚氏家族仕宦显赫，与出过父子宰相的桐城张氏并称"张姚"，并且有"桐城张姚二姓，占却半部缙绅"之说。在学术文化方面，麻溪姚氏家族家学渊源，姚鼐是桐城派的集大成者，并且和显赫的方氏家族并列，有"人人桐城，家家方姚"之称。

和桐城大多数望族一样，麻溪姚氏也是从外地迁徙而来，时间大约在元初，马其昶云"初，元季姚氏胜三公自余姚来迁，居大有乡之麻溪，为麻溪姚"①。据麻溪姚氏宗谱，麻溪姚氏一世祖姚胜三祖籍余姚（姚江），因其父宦居安庆，故随父来皖。因见桐城大宥乡麻溪河畔山川秀丽，俗厚人淳，遂落籍桐城。后红巾军起义，江淮大乱。而麻溪地处偏僻，可作桃源避秦。其后，胜三传子华，子华传仲义，仲义传宗显。姚莹《麻溪姚氏先德传》云："四代皆有隐德，孝友力田，读书好义，施予无吝。"②这是典型的桐城耕读传家之风。到了第五代姚旭的时候，举明景泰二年（1451）进士，官至云南布政使司右参政，致仕后定

---

① （清）马其昶著，毛伯舟点注：《桐城耆旧传》，黄山书社1990年版，第22页。
② （清）姚莹：《麻溪姚氏先德传》，清刻本。

居县城。自此后名哲继踵，遂为世家，跻身桐城五大世家之列。

　　据《桐城县志》卷七《选举表》，从清朝顺治至道光期间，姚氏中进士者十四人，卷十二《人物志·宦迹》载姚氏廿九人，卷十五《人物志·儒林》载姚氏六人，卷十六《人物志·文苑》载姚氏廿一人。由此可见，姚氏家族人才辈出。麻溪姚氏宗谱以姚胜三为始祖，自明至清，家族逐渐兴盛，族人繁多。传至姚希廉为第八世，子孙显达，明显强于旁支。姚莹《姚氏先德传叙》云："自明季以来，读书仕宦，人物称盛者，皆葵轩公后也。"①葵轩公即姚希廉。姚希廉子辈中以姚承虞、姚自虞家门为盛。姚承虞传至姚棐之、姚元之为十八世；姚自虞传至姚范为十五世，姚鼐为十六世，姚莹为十八世，姚浚昌为十九世，姚永朴、姚永概为二十世，这是姚氏家族最为著名的两支。下面以这两支为中心，编制世系简表见表 5-1～表 5-3：

表 5-1　　　　　　　　**麻溪姚氏家族前九世世系简表**

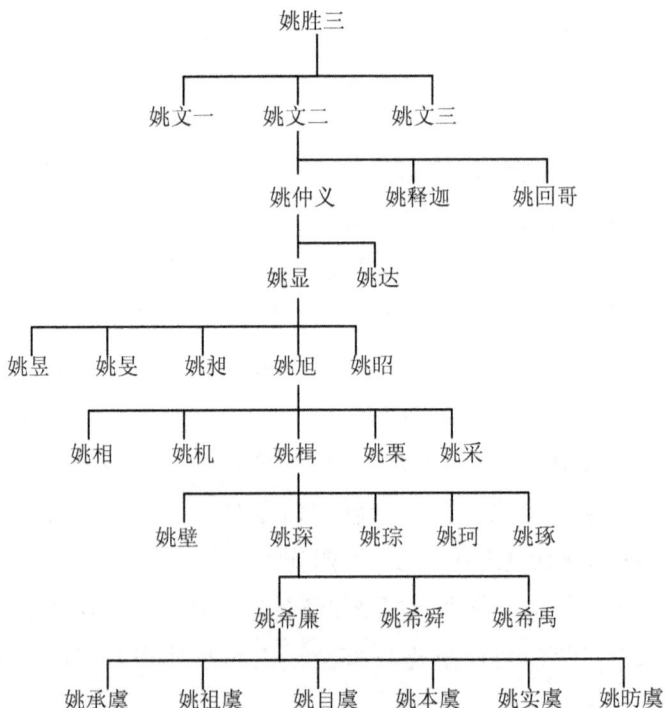

① （清）姚莹：《麻溪姚氏先德传》，清刻本。

表 5-2　　　　　　　　　　　　　**姚自虞支系简表**

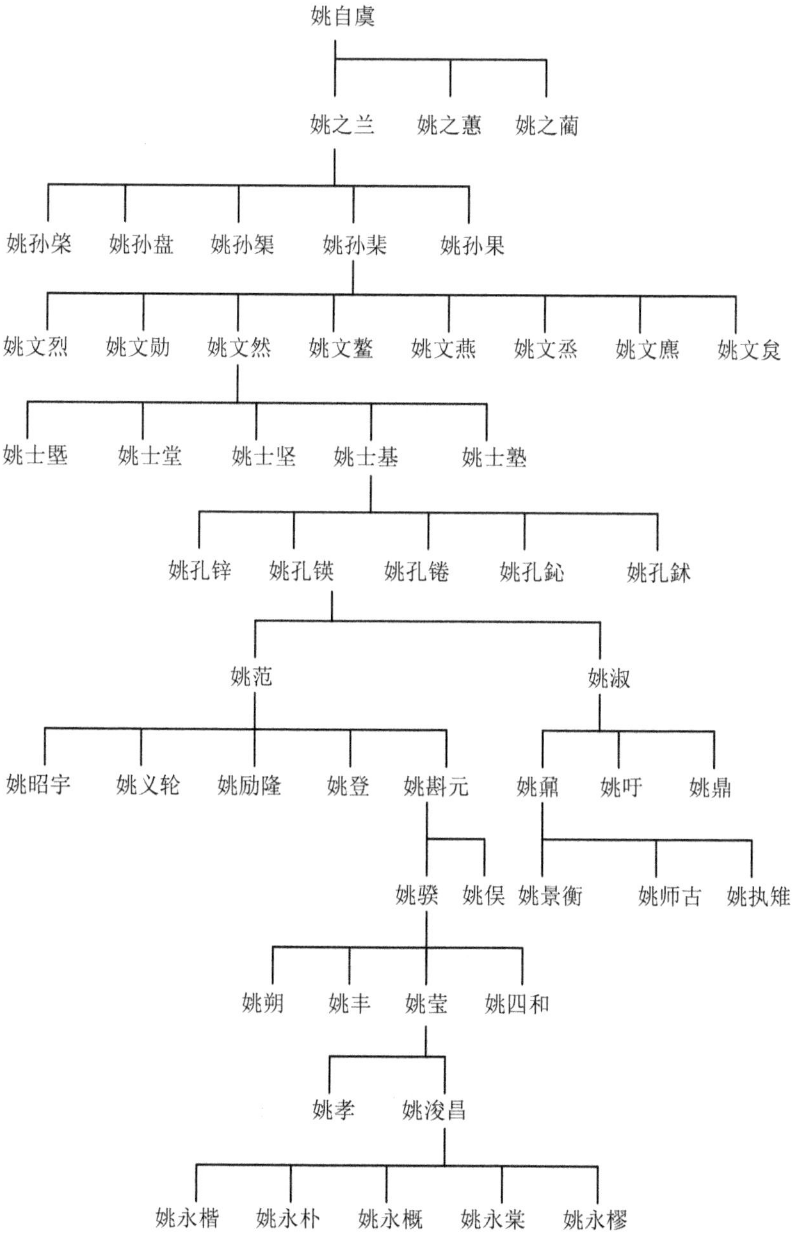

姚自虞
├ 姚之兰
│ ├ 姚孙棨
│ ├ 姚孙盘
│ ├ 姚孙㮞
│ ├ 姚孙耒
│ │ ├ 姚文烈
│ │ ├ 姚文勋
│ │ ├ 姚文然
│ │ │ ├ 姚士塈
│ │ │ ├ 姚士堂
│ │ │ ├ 姚士坚
│ │ │ ├ 姚士基
│ │ │ │ ├ 姚孔锌
│ │ │ │ ├ 姚孔锳
│ │ │ │ │ ├ 姚范
│ │ │ │ │ │ ├ 姚昭宇
│ │ │ │ │ │ ├ 姚义轮
│ │ │ │ │ │ ├ 姚励隆
│ │ │ │ │ │ ├ 姚登
│ │ │ │ │ │ └ 姚㮰元
│ │ │ │ │ │   ├ 姚骙
│ │ │ │ │ │   │ ├ 姚朔
│ │ │ │ │ │   │ ├ 姚丰
│ │ │ │ │ │   │ ├ 姚莹
│ │ │ │ │ │   │ │ ├ 姚孝
│ │ │ │ │ │   │ │ └ 姚浚昌
│ │ │ │ │ │   │ │   ├ 姚永楷
│ │ │ │ │ │   │ │   ├ 姚永朴
│ │ │ │ │ │   │ │   ├ 姚永概
│ │ │ │ │ │   │ │   ├ 姚永棠
│ │ │ │ │ │   │ │   └ 姚永樛
│ │ │ │ │ │   │ └ 姚四和
│ │ │ │ │ │   └ 姚俣
│ │ │ │ │ └ 姚淑
│ │ │ │ │   ├ 姚鼐
│ │ │ │ │   │ └ 姚景衡
│ │ │ │ │   ├ 姚吁
│ │ │ │ │   └ 姚鼎
│ │ │ │ │     ├ 姚师古
│ │ │ │ │     └ 姚执雉
│ │ │ │ ├ 姚孔锩
│ │ │ │ ├ 姚孔�648
│ │ │ │ └ 姚孔�
│ │ │ └ 姚士塾
│ │ ├ 姚文鳌
│ │ ├ 姚文燕
│ │ ├ 姚文炁
│ │ ├ 姚文廉
│ │ └ 姚文㑽
│ └ 姚孙果
├ 姚之蕙
└ 姚之藺

245

表 5-3　　　　　　　　　　**姚承虞世系简表**

```
                    姚承虞
                      │
              ┌───────┴───────┐
            姚之骐           姚之彦
              │
      ┌───────┴───────┐
    姚孙林           姚孙森
                      │
          ┌───────────┼───────────┐
        姚文焱       姚文燮       姚文荧
                      │
          ┌───────────┼───────────┐
        姚士莱       姚士蔇       姚士垛
                      │
      ┌───────┬───────┼───────┬───────┐
    姚孔釟   姚孔鎚   姚孔锫   姚孔鐏   姚孔针
      │        │
  ┌───┼───┐  姚兴滇
姚兴沅 姚兴涯 姚兴瀛  │
              │    ┌───┬───┬───┬───┬───┐
            姚培致 姚培叙 姚培敬 姚培斑 姚培牧 姚培整 姚培焕
              │            │
            姚原阗        姚原绥
              │            │
            姚柬之    ┌─────┼─────┐
                    姚元之 姚延之 姚赓之
```

麻溪姚氏文学成就非常突出，李大防《蜕私轩续集序》引乔损庵言曰："国朝自康雍以来，父子祖孙踵为大儒，著书之多，赓续至二世三世者，或有其人。如桐城姚氏，代有著述，历三百年而未有已，则未之前闻。求之史籍，亦罕其匹。"①其中，以诗歌闻名者非常多，制作诗人情况见表 5-4：

---

① 　(清)姚永朴：《蜕私轩续集》，民国二十一年铅印本。

表 5-4　桐城麻溪姚氏家族诗人简介及著述情况、存录情况一览表①

| 世次 | 姓名 | 简　介 | 《龙眠风雅》、《桐旧集》诗歌存录情况 |
|---|---|---|---|
| 四世 | 姚显 | 字宗显，号赓飚。永乐间处士，赠刑科给事中 | 《桐旧集》(3) |
| 五世 | 姚旭 | 字景旸，号菊泉。明景泰二年(1451)进士，授刑科给事中。因上书讼冤，忤逆权贵，谪迁郑州州判。后任南安知府，升云南布政使司右参政。年七十八卒 | 《龙眠风雅》(26)《桐旧集》(6) |
| 七世 | 姚珂 | 字廷声，号松岑。正嘉间处士 | 《桐旧集》(3) |
| 八世 | 姚希廉 | 字崇贤，号葵轩。嘉靖间处士 | 《龙眠风雅》(1)《桐旧集》(1) |
| 九世 | 姚自虞 | 字智思，号似葵。万历初岁贡生，赠汀州知府 | 《龙眠风雅》(1)《桐旧集》(1) |
| | 姚实虞 | 字伯功，号闻唐，万历间诸生 | 《桐旧集》(7) |
| 十世 | 姚之骐 | 字山良，号渥源。万历丁未进士，官湘潭知县 | 《龙眠风雅》(4)《桐旧集》(1) |
| | 姚之兰 | 字汝芳，号芳麓。万历辛丑进士，累官汀州杭州知府 | 《龙眠风雅》(3)《桐旧集》(2) |
| 十一世 | 姚孙棨 | 字前甫，诸生，早卒 | 《龙眠风雅》(3)《桐旧集》(2) |
| | 姚孙榘 | 字心甫，号石岭。天启壬戌进士，官至尚宝丞 | 《龙眠风雅》(38)《桐旧集》(8) |
| | 姚孙森 | 字绳先，号珠树。天启甲子副榜，崇祯乙亥举贤良方正，后官龙泉训导 | 《龙眠风雅》(63)《桐旧集》(11) |
| | 姚孙枚 | 字符公，号仁山 | 《桐旧集》(13) |
| | 姚孙棐 | 孙棐(1598—1663)，字纯甫，号戊生。自号樗道人、瑞隐，明崇祯十三年庚辰(1640)进士，官至兵部主事 | 《龙眠风雅》(174)《桐旧集》(19) |

①　诗人简介参考《家谱》、《龙眠风雅》、《桐旧集》以及相关史志资料等。

续表

| 世次 | 姓名 | 简　　介 | 《龙眠风雅》、《桐旧集》诗歌存录情况 |
|---|---|---|---|
| 十二世 | 姚宛 | 字修碧，姚孙㮮女，张茂稷妻。雅善诗文 | 《龙眠风雅》（22） |
| | 姚凤仪 | 枢部姚孙棐长女，诸生方于宜妻 | 《龙眠风雅》（26） |
| | 姚凤翔 | 字季羽，又字梧阁，枢部姚戊生女，方云旅妻 | 《龙眠风雅续集》（65） |
| | 姚文然 | 字若侯，号龙怀，一字弱侯。明崇祯十六年进士。清顺治间荐授国史院庶吉士，改礼科给事中，历工、户科。与魏象枢并以敢言称，时号姚魏。康熙间官至刑部尚书。卒谥端恪 | 《龙眠风雅续集》（226）《桐旧集》（13） |
| | 姚文燮 | 文燮（1628—1692），字经三，号羹湖，又号黄蘗山樵、听翁、泳园 | 《龙眠风雅续集》（187）《桐旧集》（29） |
| | 姚文烈 | 字觐侯，号屺怀。顺治辛卯举人，由推官历官楚雄知府 | 《龙眠风雅》（41）《桐旧集》（4） |
| | 姚文燕 | 文燕（1630—1675），字翼侯，号小山，清顺治八年（1651）举人，十八年进士，授江西德安知县。康熙十三年（1674）举江西循良第一，诏赐蟒服。智破三藩兵乱。十四年至京师，授任主事，未受职而卒 | 《龙眠风雅续集》（223）《桐旧集》（2） |
| | 姚文焱 | 字彦昭，号盘青。康熙己酉举人，官峡江知县 | 《桐旧集》（7） |
| | 姚文麃 | 字介侯，顺治间诸生，早卒 | 《龙眠风雅》（8）《桐旧集》（2） |
| | 姚文烝 | 字声侯，号栗岑。附监生，考授州同知 | 《龙眠风雅续集》（67）《桐旧集》（1） |
| | 姚文鳌 | 字架侯，号哲存，诸生 | 《龙眠风雅续集》（86）《桐旧集》（5） |

| 世次 | 姓名 | 简 介 | 《龙眠风雅》、《桐旧集》诗歌存录情况 |
|---|---|---|---|
| 十二世 | 姚文勋 | 字集侯,号丹枫。拔贡 | 《龙眠风雅续集》(96)《桐旧集》(5) |
| | 姚文熊 | 字望侯,号非庵,康熙丁未进士,官阶州知州 | 《桐旧集》(12) |
| | 姚文默 | 字简伯,号南崖。康熙岁贡生,官来安训导 | 《桐旧集》(8) |
| | 姚文㲄 | 字夏侯,诸生 | 《龙眠风雅》(4) |
| 十三世 | 姚士堂 | 字佩若,号敬斋,康熙八年(1669)举人,官中书舍人,任武功馆纂修 | 《龙眠风雅续集》(75)《桐旧集》(6) |
| | 姚士藟 | 字绥仲,号华曾,康熙二十七年(1688)进士,授编修,补直内廷,升左春坊左赞善,历典湖广、北直隶乡试 | 《桐旧集》(24) |
| | 姚士坐 | 字嵩肇,早卒 | 《龙眠风雅》(15)《桐旧集》(3) |
| | 姚士塾 | 字庠若,号松茂,廪贡生,官朝邑知县 | 《龙眠风雅续集》(101)《桐旧集》(1) |
| | 姚士珍 | 字席若,号怡斋。康熙间诸生 | 《桐旧集》(4) |
| | 姚士坚 | 字庭若,号静斋,又号深园,岁贡生 | 《龙眠风雅续集》(71)《桐旧集》(4) |
| | 姚士陞 | 字玉阶,号别峰,康熙癸酉举人 | 《龙眠风雅续集》(52)《桐旧集》(16) |
| | 姚士圭 | 字时六,号竹廊。康熙丙午副榜,密县知县 | 《桐旧集》(7) |
| | 姚士基 | 字履若,号松岩,文然第四子。康熙十一年(1672)举人,授湖北罗田知县 | 《桐旧集》(17) |

续表

| 世次 | 姓名 | 简　　介 | 《龙眠风雅》、《桐旧集》诗歌存录情况 |
|---|---|---|---|
| 十四世 | 姚孔镛 | 字祝如，号西畴，康熙十七年(1678)以贡生选授河南罗山知县，补湖广保康知县，升四川合州知州 | 《桐旧集》(4) |
| | 姚孔钦 | 字崇修，号桃溪，增监生 | 《桐旧集》(4) |
| | 姚孔镔 | 字南宾，康、雍间监生 | 《桐旧集》(11) |
| | 姚孔鈉 | 字铁也，雍正丁未举孝友端方，官至广东惠潮兵备道 | 《桐旧集》(8) |
| | 姚孔锌 | 字道冲，号归园。雍正间由保举官至赣州知府 | 《桐旧集》(9) |
| | 姚孔闱 | 字梁贡，号于巢。雍正间廪贡生 | 《桐旧集》(8) |
| | 姚孔鋠 | 字范冶，号三松。雍正癸丑进士，官编修 | 《桐旧集》(10) |
| | 姚孔锩 | 字和九，号花坪。雍正监生，赠修职郎 | 《桐旧集》(4) |
| | 姚孔镐 | 字稽夫，雍正间府增生 | 《桐旧集》(8) |
| | 姚孔硕 | 字逊肤，号蒙泉。乾隆庚辰举人，芜湖教谕 | 《桐旧集》(6) |
| 十五世 | 姚　范 | 范(1702—1771)，初名兴涑，字已铜，后字南青，号姜坞，晚号几蓬老人。乾隆年间进士及第，任编修 | 《桐旧集》(36) |
| | 姚兴㳚 | 字谓川，号花龛，乾隆三十九年(1774)举人，官平定州判 | 《桐旧集》(20) |
| | 姚兴泉 | 字虚堂，号问樵，乾隆年间诸生 | 《桐旧集》(20) |
| | 姚兴麟 | 字素传，号竺楼，乾隆中增生 | 《桐旧集》(10) |
| | 姚兴礼 | 字戴传，号听泉，乾隆岁贡生，官宁国训导 | 《桐旧集》(7) |
| | 姚兴昶 | 字鹤洲，号澹人，乾隆间诸生 | 《桐旧集》(6) |
| | 姚兴洁 | 字香南，官辰沅永靖兵备道 | 《桐旧集》(3) |

续表

| 世次 | 姓名 | 简　介 | 《龙眠风雅》、《桐旧集》诗歌存录情况 |
|---|---|---|---|
| 十六世 | 姚鼐 | 鼐(1731—1815)，字姬传，一字梦谷，乾隆二十八年(1763)中进士，任礼部主事、四库全书纂修官等，年才四十，辞官南归，先后主讲于扬州梅花、江南紫阳、南京钟山等地书院四十多年 | 《桐旧集》(79) |
| 十八世 | 姚莹 | 莹(1785—1853)，字石甫，号明叔，晚号展和、幸翁。清嘉庆十三年(1808)进士，先后任龙溪、台湾、武进、元和知县。后任台湾兵备道，加按察使衔 | |
| | 姚柬之 | 柬之(1785—1847)，字佑之，号伯山，又号欒山。道光二年进士。历河南临漳、广东揭阳知县，至贵州大定知府 | |
| | 姚元之 | 元之(1773—1852)，字伯昂，号荐青，又号竹叶亭生，晚号五不翁。嘉庆十年进士，官至左都御史、内阁学士。善画人物、果品、花卉，书法尤精隶书 | |
| 十九世 | 姚浚昌 | 字孟成，号慕庭，官竹山知县 | |
| 二十世 | 姚永概 | 永概(1866—1923)，字叔节，光绪十四年(1888)解元 | |
| | 姚永朴 | 永朴(1861—1939)，字仲实，晚号蜕私老人，1894年中顺天乡试举人 | |

## 第二节　姚旭、姚孙榘、姚孙棐等明代姚氏诗群

麻溪姚氏家族前四世以耕读传家，五世姚旭是姚氏家族中第一个进

士，其后登科者不绝，仕宦显赫，进而与方氏、张氏等其他望族联姻，不断扩大势力，然后以文学著名，载入史册。在明代，麻溪姚氏家族并不像桂林方氏那样显赫，但也是代有人出，姚旭、姚孙榘、姚孙棐等人在诗歌创作方面颇有建树。

## 一、姚旭的诗歌创作

姚旭是麻溪姚氏第五世，字景旸，号菊泉。明景泰二年（1451）进士，授刑科给事中。因上书讼冤，忤逆权贵，谪迁郑州州判。后任南安知府，升云南布政使司右参政。年七十八卒。马其昶曰："姚氏之族，至参政始大，有循良之誉，名哲继踵，遂为世家。"①姚旭是麻溪姚氏家族中兴的重要人物，诗歌有《菊潭集》，今已不存。《龙眠风雅》录其诗26首，《桐旧集》存其诗6首，多怀古、写景、赠答之作。《郑州怀古十咏》分咏郑州城十处故迹，借古喻今，托物言志，含蓄深沉。如《仆射陂》：

> 名陂如练净无波，倒浸青天一镜磨。两岸绿茵芳草合，满川红锦藕花多。沙边日暖眠鸥艇，水底春晴掷鲤梭。仆射想应蒙赐后，画船尊酒日相过。②

据史志记载，这个陂塘位于"管城县（郑州市旧称）东四里"的"东五里堡南"。北魏孝文帝为奖励功臣，将此陂赏赐给名臣李冲。因李冲曾官至尚书仆射，于是取名仆射陂。全诗描写了仆射陂的秀丽风光，并借之表达希图功成名就之后归隐的愿望。

其他如《管叔城》："管城废址草茫茫，屈指曾经百战场。似有鸥鹀

---

① （清）马其昶著，毛伯舟点注：《桐城耆旧传》，黄山书社1990年版，第22页。
② 所引诗歌皆出自《龙眠风雅》。

鸣夜雨，不堪车马送斜阳。山含秋色迷孤馆，树引荒云覆女墙。试上层楼频怅望，镐京离黍几回伤。"《夕阳楼》："危楼百尺凌霄汉，面面玲珑透夕晖。波冷兼葭孤鹜落，烟昏杨柳乳鸦飞。依依皓魄开明镜，隐隐青螺列翠围。城郭已非风景异，西昆花萼自芳菲。"表达深沉的历史兴衰之感。姚旭的咏史诗善于炼句，如"小儿腹坦绯衣日，元老名全绿野时"（《丞相冢》）、"苔荒药鼎云常护，春暗丹台草自开"（《列子观》）都是语意精炼的佳句。

姚旭在担任云南布政使司右参政时，武畅少数民族曾经叛乱，他及时上报朝廷，并进行围剿，平定了叛乱，有诗云："曾领征南上将兵，六花光照铁衣明。雨随雕箭锋头落，人在龙旗队里行。气夺百蛮山失险，枚衔千骑夜无声。生吾已灭狼烟熄，钟鼎何劳更勒名。"（《征昌明蛮贼凯还而作》）全诗回忆这次带兵打仗时的情形，诗人显然更看重自己能够为国效力，至于勒石留名之类，却并不怎么在乎。

姚旭所存诗歌中七言律诗较多，成就也较高。除此而外，七言绝句也很有特色，颇见功力。如《舟过洞庭遇雨》："碧水如天万顷浮，布帆高挂漾中流。带将一阵潇湘雨，直过湖南几十洲。"写雨中洞庭雄奇阔大的景象，于流动中透出自然酣畅之美。其他如《黄鹤楼》：

> 危楼百尺倚江皋，栏槛翚飞抗沉溔。黄鹤自从骑去后，白云空锁旧栖巢。

姚旭诗歌虽然留存不多，但是艺术价值却较高。他的诗善于营造动人心魄的意境，并善于炼字炼句，为后来的姚氏家族诗人树立了榜样。

## 二、姚孙棐的诗歌创作

姚孙棐，字心甫，号石岭。天启壬戌进士，官至尚宝丞，有《石岭集》。《龙眠风雅》选诗38首，《桐旧集》选诗8首，诗歌多赠别、记行之作。

姚孙桀为官刚直，锦衣项震乘醉杀妻，孙桀严加处置，因此左迁，备兵漳南。后来因为处置故相林鹤滩园林遗产，得罪豪右，又一次遭贬谪。大型组诗《车中漫纪》28 首即作于贬谪途中，其中五首诗云：

> 辛苦黄河水，萧条远客情。望涯催渡进，回棹避冰行。碧漾波千顷，寒连雁一声。七年重过此，心绪百端生。
>
> 茅店孤灯黯，绳床旅梦安。不知一夜雪，但觉五更寒。际晓山山白，因风树树残。忧时谁纪瑞，默坐卷帘看。
>
> 初日照高树，前山露始开。怒飙一以发，寒气转相催。野色遥难即，羁愁莽欲来。故人居不远，去去好衔杯。
>
> 稍觉霜威解，郊原静不风。平芜嘶倦马，古戍掠征鸿。帆影寒流外，人烟落照中。徐滕虽异壤，艰食恐相同。
>
> 一望炊烟绝，沿途襁负多。监门方有绘，齐右已无歌。雪势深趋谷，冰痕浅缀柯。昏昏连晓暮，岁月感蹉跎。①

七年之前，诗人曾经经过这里，七年之后，没想到又一次踏上旧路，但是，此时的心境，只能用"心绪百端生"来形容了。本来自己满腔抱负，希图大有作为，并且深受百姓爱戴，谁知自己竟因忤怒权贵而一贬再贬。所以此时诗人心情非常沉重，落寞的景象和自己孤独的心境相辉映，诗人不由得悲从心生，有"岁月蹉跎"之叹了。所以久经宦海沉浮之后，诗人厌倦了官场之倾轧，真想摆脱这一切，而过隐居的生活。《久雨新霁喜殷氏兄弟邀饮》云："闭门十日阴，门外喧屐齿。已闻前溪涨，更见属垣圮。曜灵胡匿晖，风雨横如驶。暮霞照东隅，鱼尾差可拟。凌晨不檐楹，邂逅逢之子。相邀卧瓮头，一斗饮未已。醉翁意有

---

① 所引诗皆出自《龙眠风雅》。

在，歌者声且止。"诗人对于友人的到来，非常高兴，干脆一醉方休了。

姚孙榘的诗歌所存不多，从其留存诗歌来看，非常善于写景。如《西塞山纪游》：

> 危崖孤峙碧嶙峋，古木阴森俯白苹。绕径云深龙窟寺，攀林霜冷鹿皮巾。亭临大壑波声远，竹引层梯岫色新。不是石尤延胜集，轻舣谁问武陵津。

又如《上虞道中》：

> 舍楫登车亦自闲，郊原历历当跻攀。山俱入画青千叠，河仅容舣碧一湾。杨柳断桥窥马度，薜萝幽径见僧还。便将解绶同渔夫，松月溪云枕席间。

### 三、姚孙棐与《亦园诗集》

姚孙棐（1598—1663），字纯甫，号戊生，自号樗道人、瑞隐。明崇祯十三年庚辰（1640）进士，授浙江兰溪令，后调东阳。崇祯十七年（1644），东阳许都乱，姚孙棐平定叛乱，擢兵部职方司主事。因为与巡按左光先杀降者，被马士英、阮大铖弹劾，因而下狱，适逢清军南下，得以释放。之后，他便回到家乡，归隐龙眠山中，筑颂嘉草堂，再也没有出仕。终年六十六岁，祀"乡贤"。姚孙棐擅长作诗，有《亦园全集》六卷传世，存诗千余首。

《亦园全集》每一卷系年编排，收录年代从明万历丁未（1607）至清康熙壬寅（1662），即姚孙棐从十岁至去世前一年65岁时的作品，基本上反映了其人生历程和创作历程。和那个时期的许多诗人一样，时代的沧桑剧变对其创作产生了很大的影响，大约以甲申国变为界点，可以看出其诗歌内容和风格的鲜明变化。总体而言，甲申国变之后，其诗歌关切现实之作明显增多，色调也不再像之前的作品有诸多变化，而是整体比较暗淡。但是随着清廷定鼎中原，姚孙棐儿辈也多出仕新朝，其诗歌的悲情色彩越来越淡，模山范水、表现闲适自得的情怀成为其后期诗作的主要内容。关于这一点，姚孙棐自己也很清楚，其自序曰："诗以言志也，志之所至，冲之于口，发而为诗，以急赴其长短、轻重、疾徐之节。若必优孟衣冠，专事刻画。而志之所至，已辞而去之矣，且岁月之所推迁，身世之所涉历，志与时偕，时与诗遇。短言之，长言之，歌之，咏之，亦自有日异而月不同者……吾伊之徐有得句辄书之，年复一年遂成轶，盖亦删者半、存者半焉，则亦园初集、二集之已有刻也……四兄石岭曰：'弟之初二集已行于世，三集其终秘诸?'……余承兄言为是刻。"[1]所谓"志与时偕，时与诗遇"，"时"之变，"志"随之变，进而诗亦变。因此我们可以通过姚孙棐之诗歌，透视其人生境遇和情感历程。

　　姚孙棐自小聪慧，其《樗传》以樗自比，自叙云："樗七岁知文，十岁知诗"，《亦园全集》选录第一首即是他十岁时的作品。诗集前三卷所录为甲申以前的诗作，时间跨度较大，但是从所选诗歌来看，记游、赠答之类的作品较多。姚孙棐雅好山水，足迹所及，皆发之于诗。陈士《亦园全集》序曰："先生生平嗜山水之游。屐齿在四方者，往往矜尚险绝，虽释褐拜官，非其所好，因亦弃去。夫至不以功名易山水，此情为何如? 情也，只此一情，凡几经沉郁顿挫于中，遂使情之所至，无一语之弗出与，为情之所有，无一语之弗人。夫人即知诗之本于情，固鲜有务尽其情之变之为诗，如先生也者。宜诸体妙天下而争派者不及矣。"[2]的确，姚孙棐喜欢寄情山水，以保持自己纯洁的操守，而不喜欢污浊的

---

①　（清）姚孙棐：《亦园全集》，《四库禁毁书丛刊》本。
②　（清）姚孙棐：《亦园全集》，《四库禁毁书丛刊》本。

256

官场，他说："学三十余年而成，仕五年而废。"所以我们看他中进士之前的作品，尽管也间有时不我与、志怀不舒的牢骚之语，如卷二《遣愁》有"欲从小病征闲课，只为多能得浪名。彳亍尘中吾笑吾，几时猿鹤寄劳生"，但是大多数诗歌情感平淡冲和，以登临记游、赠别唱和之作为多。如卷一《登燕子矶》：

> 悬崖架阁近青霄，频曲朱口四望遥。古壁嶙峋生石发，白云暖趁失山腰。
> 森林夏木留残照，泛泛渔舟迓晚潮。地胜人间堪避暑，披襟那惜醉歌瓢。①

虽为登临古迹之篇，却不重在怀古，赋以深沉的历史沧桑感慨，而是着重写景，表达自己超然物外的情感。又如《渡江》：

> 风微帆落日初阴，知镜江光散客襟。纵有百端何弗遗，看来千顷自然深。
> 归兴淡淡诗兼酒，逝者悠悠古至今。咿呀橹声前浦近，渔烟几处霭芦林。

崇祯十三年（1640），在姚孙棐四十三岁时，终于得中进士。卷三《饮朝天宫内高阜》云：

> 群槐不受暑，叠绿障夕阳。似为此时酌，邀余久纳凉。居高寄众望，烟树远相将。青畦转辘轳，水气与风长。襟眼一以开，如立千仞冈。掷果调驯鹿，人物机两忘。

---

① 所引诗出自《亦园诗集》，《四库禁毁书丛刊》本。

这时的他虽然因久试不售而消磨掉了很多的锐气，但是喜悦之情还是溢于言表，多年的愿望终于实现，可以大展宏图了。姚孙棐中进士后，授浙江兰溪令，后调东阳。东阳人许都谋反，他率众击败叛军，功成而擢兵部职方司主事。巡按左光先将许都等三十多人尽悉斩首。弘光南渡，马士英、阮大铖以此事弹劾左光先杀降者，姚孙棐云："左公，君子也！宁同坐死！"因而下狱，这时清军南下，他得以解脱。此时的他已经厌倦官场的倾轧，毅然选择乞休归家。《乞休》诗云：

> 日永支顾坐小斋，自嘲身世强安排。肠如轮转言难远，心似旌摇望愈乖。
>
> 空赋同仇挥泪血，愿邀新赦允归骸。飘然七尺风尘外，野鹤孤云称所怀。

这次的牢狱之灾显然让他对朝政的黑暗有了更加深入的认识，在朝为官，往往身不由己，言不由衷，期望与现实总是乖离，本来希望自己能与南明小朝廷的君臣们同仇敌忾，共抗敌军，但是如今看来很难实现，所以干脆归隐田园，做"野鹤孤云"好了。

姚孙棐甲申国变之后的诗歌风格显然有了较大变化，由之前的开朗明丽之境逐渐变为沉郁苍凉。《入耳》云：

> 入耳惊心付浪传，可堪直北遍烽烟。朝将孤注还君上，人已群购到榻前。
>
> 漠漠帝京嗟远道，离离禾黍怨苍天。辉煌二百余年事，尽属春深野蔓延。

甲申国变，崇祯帝煤山自缢，支撑二百余年的明王朝大厦轰然倒塌，神州遍地烽烟。听到这样的消息，诗人感到很"惊心"，内心郁积的情感喷薄而出，苍天悠悠，此情何极！

国变之后，战乱频仍，人民生活更加困苦，姚孙棐也不例外，此时他的许多诗都写生活中的穷愁之状。如《闲居》其四："姓氏应该同牧樵，图书数卷任萧条。家贫始觉餐蔬美，妇病偏嗟取药遥。"又如《不寐》："羁眠原不稳，辗转听更谯。一枕萦千里，千愁逼一宵。"《怀内》诗曰："为念糟糠老，深山一影孤。家贫儿女累，病久术苓扶。在旅空持钵，何时共弋浮。乡书曾有寄，望望各天隅。"这些诗句，或表现家贫与妻儿生活的艰辛，或表现诗人身在旅途的寂寥以及对亲人的思念，挥之不去的愁绪也在诗中弥漫开来。

随着时间流逝，社会局势逐渐稳定下来，姚孙棐的心态也逐渐平静下来，诗歌内容和风格又产生了较大变化，描写山水田园之乐的作品逐渐增多，着力表现恬然自适、安贫乐道的情怀。如《自叔明宅醉杏花》：

> 晨起双眸豁，窗罅透朝阳。新晴贵柔缓，渐令花气扬。结侣过山来，醉日杏千章。倾尊事崇饮，藉草共命觞。惠风散林端，平湖波影长。麦畴已青青，柳丝何悠扬。不因积时晦，焉知霁日长。挥手谢来侣，兹乐安可忘。

姚孙棐晚年归隐龙眠山中，筑颂嘉草堂，优游卒岁。《晚步田间》诗云："双屏启处破苔封，踏向田间话老农。几道支流冲石路，一行白鹭动溪容。青青禾长将摇浪，叠叠云生欲作峰。因尔山归问山事，颓阳影里乍停筇。"醉心于山水之间，做飘然世外的隐士，是姚孙棐后期生活的写照。

总体来看，受时代环境和个人际遇的影响，姚孙棐的诗歌前后期呈现出鲜明的变化，在同时代的诗人中很具典型意义。

## 第三节　姚文然、姚范等明末清初姚氏诗人

麻溪姚氏至十一世姚孙棐，以进士起家，官至兵部主事，文学成就突出，在他的影响和教导下，其子辈颇为显达，为麻溪姚氏在清代的蔚然兴盛积累了深厚的文化底蕴。姚文烈、文然、文燕、文焱、文燮等皆入《县志·人物志·宦迹》；姚文勖等入《县志·人物志·文苑》。据《县志》记载，姚文烈、文勖、文然兄弟"能文章"，有"江北三姚"之目。姚文然、文焱等"皆以诗名"，有"潜园十五子"之称。姚文燮"博通古今，工文辞书画，号称名家"。马其昶《桐城耆旧传》卷七《姚文燮文熊文焱传》云："阶州、峡江，同时并峙，姚氏人文，巍然盛矣。"①阶州即姚文熊，峡江即姚文焱。总之，他们形成麻溪姚氏最早的创作团体。姚文然兄弟之后，到十五世姚范，麻溪姚氏终于出现了力能扛鼎的人物。

### 一、姚文然与《姚端恪公诗集》

姚文然（1620—1678），字若侯，号龙怀，一字弱侯。明崇祯十六年（1643）进士。清顺治间荐授国史院庶吉士，改礼科给事中，历工、户科。与魏象枢并以敢言称，时号姚魏。康熙间官至刑部尚书。卒谥端恪，《清史稿》、《清史列传》有传。有《姚端恪公集》四十八卷传世，其中《姚端恪公诗集》十二卷，上起崇祯十四年（1641），下至康熙八年（1669），存诗近千首。姚文然与龚鼎孳、王崇简、王士禄、宋琬、宋征舆、方文等人交好，在当时诗名较盛，潘江《姚端恪公集序》称其"诗词渊雅绝伦，久为艺林传诵"②。

---

①　（清）马其昶著，毛伯舟点注：《桐城耆旧传》，黄山书社1990年版，第232页。

②　（清）姚文然：《姚端恪公诗集》，康熙刻本。

　　就姚文然所存诗歌来看，并不能完全反映他的生命历程，比如其二十二岁之前和五十岁之后的作品并不见于诗集。但是其诗集中的作品，大致反映了他的创作面貌。和大多数明末清初的诗人一样，他的诗歌也呈现出前后的较大变化，人生境遇的改变对其诗歌创作产生了较大影响。姚文然于崇祯十六年（1643）中进士，但是不久之后，遭遇家国之变。鼎革之后，他曾一度隐居于家乡龙眠山中，顺治丁亥（1647），姚文然应征出仕清廷。但于顺治丙申（1656）乞归事亲，之后隐居龙眠山中长达十年。所以以国变和隐居事亲为界点，姚文然诗歌创作大致可分为三个阶段。

**（一）前期的诗歌创作**

　　姚文然从小就展示出过人的天赋，幼时便熟诵"四书五经"，二十二岁成为举人，次年得中进士。声名早著的确让姚文然意气风发，他肆意展示着自己的才华，并受到时人赞誉。姚文然与其弟姚文焱以诗著名，可惜其二十二岁之前的作品已不传，但是其风格仍然可以大体窥知。潘江《姚端恪公集序》云："公（文然）少即工诗，予犹及见其诸生时唱和之什，大都沉浸醲郁，调高而响亮，可以叶宫商、被管弦。"①从其经历来看，这样的创作风貌应该是真实可信的，年少轻狂的奔放展现于诗歌中，自然"调高而响亮"。实际上，其诗集中所存国变之前的作品，仍然承袭了这样的面貌。如卷一《白云阁》：

　　　　昔闻黄鹤楼，今上白云阁。武昌若弹丸，兰锜纷交错。朱薨映旭景，历历见丹雘。直视出晴川（对岸楼名），高下汉阳郭。微霞遵渚飞，采虹垂天落。松风静不兴，澹澹澄江廓。黄鹤杳不来，微躯欲安托。何当复来仪，翼我登广莫。帝阍启双扉，羽衣纷相索。玉女引吹笙，并坐垂珠箔。左荐绥山桃，右献浮丘爵。持谢鹦鹉

---

① （清）姚文然：《姚端恪公诗集》，康熙刻本。

洲，嗟彼罗间雀。

年少的姚文然可以说是意气风发的，对现实、人生都持有积极乐观的态度，所以诗歌创作情感充沛，格调响亮。无论是古体诗还是近体诗，无论是写景之篇还是唱和之什，都是如此。《月步》云：

> 江天星月欲争先，平楚苍苍净晚烟。风急云空鸿路阔，霜高林洁鸟巢悬。柴门静阅千帆影，草阁平临十亩偏。缓步咏归尊酒热，舟人烹得鲤鱼鲜。

诗歌色彩明丽，展现出的是诗人澄澈的心境。又如《西塞》诗曰：

> 地近蛟龙穴，人题虎豹关。涛飞芦荻白，霜降薜萝殷。斜日亭临水，微风帆度山。桃花岩尚在，渔父棹歌还。

渔夫棹歌的背景是雄奇阔大的景象，可以看出此时的诗人内心激荡不已，所以表达的并不是隐逸情怀。

### (二)中期的诗歌创作

现实往往是很残酷的，就在姚文然甫中进士的第二年，李自成率领的农民军攻入北京，崇祯帝煤山自缢，明王朝大厦轰然倒塌。和许多同时代的文人士大夫一样，面对甲申之变，姚文然首先想到的是以身殉国，但是因家人劝阻而未成。之后，他矢志做遗民来保持自己的忠节，所以曾一度在龙眠山中隐居三年。经历了沧桑剧变，诗人思想发生了巨大改变，之前诗歌中昂扬向上的调子转向低沉，诗人在时事艰难的感喟中慷慨以歌，并常常透出悲凉之气，如《风林》云："风林云峤舍西东，石磴沙溪曲曲通。虚谷松杉晴亦雨，远洲菰荻水疑空。雪鸿飘泊枝初稳，塞马浮沉策孰工。却笑桑阴青垅上，犹谈兵略鹿门中。"桑阴青垅之上，尤纵谈兵略，于调侃的语气中透出的是诗人渴望为国建功立业的心志。又如《草堂》云：

> 门迎秋水半林遮，药圃禾场处士家。地僻茗凭松子爇，杖贫酒为菊花赊。桑沧梦尽唯归里，栎社才穷甘种瓜。客过草堂无洒扫，凫葵虾菜饭胡麻。

沧桑梦尽，透出的是无奈和酸楚，又如《过石巢》：

> 石门石磴石中亭，石上平台松杳冥。晴塔孤临睥睨出，云峰横隔大江青。
>
> 空梁紫燕曾经入，老树黄鹂不可听。正忆步兵新度曲，当歌一顾玉箫停。

景物依然，但是因为时代的沧桑剧变，心境已是不同，所以故国之声自然不忍猝听。陈诗评其《喜重晤王敬哉》一诗："'可怜碧海桑三变，不待金城柳十围'，话殊凄丽。"（《尊瓠室诗话》）正可以看出他的故国之思。尽管姚文然没有固守遗民之志，很快出仕新朝，但是其诗风并没有大的改变，许多诗将笔触投向底层百姓的生活，如《土室深》：

> 土室深，土室深，纵横二十里，小穴才容人。高高复下下，渊谷与山岑。前穴官军入，后穴土贼行。贼行过村庄，杀鸡炊午羹。半夜官军至，化为鲵与鲸。嗟嗟尔民独不闻，箪食壶浆迎官军。

战乱频仍，受苦的是底层的百姓，他们遭受一层又一层的盘剥。诗人此期的许多诗反映民不聊生的社会现实，具有"诗史"意义。

### (三)后期的诗歌创作

顺治丙申（1656），姚文然乞归事亲，回到家乡龙眠山中，过了十年的隐居生活。这时，姚文然的心境较之前有了很大变化，他内心平静祥和，耽于山林之乐，甚至追求访道求仙的乐趣。如《口号》云：

> 漫指吟诗太瘦生，何妨学道本来人。凭携帝座供搔首，尽散天花不着身。

此诗诗末自注曰："用李白及维摩经中语。"李白《戏赠杜甫》有"借问别来太瘦生，总为从前作诗苦"之句。诗歌表达了诗人不执着于人生、轻松放达的心态。此期，诗人作有大量的山水诗，这些诗一方面展现山林之美，一方面表现诗人萧然自适的心境。《山中风檐小酌》曰：

> 短机如趺坐，深檐当小堂。云山侑独酌，风竹奏清商。
> 圃近蔬香在，泉甘酒味长。纳凉无午暮，不卧亦羲皇。

诗人向人们呈现的是一幅山林隐居图，诗中的主人公与白云为伴、清风为伍，身居世外，没有世俗的喧嚣、人生的嘈杂，这正是姚文然晚年生活状况和心境的真实呈现。其许多交游唱和之篇也展现了这样的风貌。如《再入都门，喜晤友人某，留饮观家乐，因宿其园中》曰："少年觞咏忆追倍，一首诗成酒一杯。杜甫如今浑漫兴，不妨老去又春来。"如今追忆的是少年觞咏的豪情，但是年少时的壮志已经一去难回了。

总之，姚文然的诗歌在明清之际的诗人中很有代表性，潘江《姚端恪公集序》评其诗"甚富蕴藉，醇厚有古风"①，是恰切的评论。

---

① （清）姚文然：《姚端恪公诗集》，康熙刻本。

## 二、姚范与《援鹑堂诗集》

姚范(1700—1771)，字南菁，号姜坞。乾隆七年(1742)进士，授编修，充武英殿经史馆校刊官，兼三礼馆、文献通考馆纂修官，旋以病免，归主书院讲席。蓄书十余万卷，手自勘校。每读书，辄著所见于卷端。殁后，其曾孙莹始自群籍中录出其批注之语，为《援鹑堂笔记》五十卷。撰有《援鹑堂诗文集》等。但是，与其文相比，姚范影响更大的还是他的诗及有关评论。钱锺书先生敏锐地看到了这一点，指出："桐城亦有诗派，其端自姚南菁范发之。"①《援鹑堂诗集》共录其诗393首。刘声木指出姚范"古文传归(有光)方(苞)之绪，屹然为桐城一大宗，诗亦清娇绝俗"②。可见其诗文创作具有较高成就并自有特色。

姚范存诗近四百首，从题材看，内容较为丰富，其中咏史怀古、赠答酬寄、记游之作较多。

姚范诗集中比较值得关注的第一类诗是咏史怀古类作品。姚范乃当时通儒，于书无所不窥，其咏史怀古类作品颇见功力，往往新意迭见。如《过虞姬墓》：

> 帐下歌残萎玉枝，红颜何计恋乌骓。君王事去惟怜妾，竖子名成欲向谁。
>
> 夜雨江空神女梦，春兰香歇杜鹃悲。凄凉一种芳魂草，犹傍婵娟学舞时。

楚霸王之别虞姬，吟咏者向来或批判项羽之优柔寡断，恋女色而至祸国，或赞扬其英雄之柔情，以男性视角写作者多。而此诗从虞姬的角度

---

① 钱锺书：《谈艺录》，中华书局1984年版，第145页。
② 刘声木：《苌楚斋随笔》，中华书局1998年版，第126页。

来写，于"君王事去惟怜妾，竖子名成欲向谁"的感叹中展现其哀怨心态与深明大义，并以"夜雨江空神女梦，春兰香歇杜鹃悲。凄凉一种芳魂草，犹傍婵娟学舞时"，渲染一种悲凉的氛围，让人不胜感慨。《过项王庙》可以看做其姊妹篇，与之对读，尤见其义。诗云：

> 中原逐鹿竟归刘，霸业从教一战休。龙虎早成天子气，侯王尚待故人头。
>
> 河山有地封屠狗，子弟无乡望沐猴。日暮江东何处是，满天风雨不胜愁。

诗歌一开始就引发无限的感慨，"竟归刘"、"一战休"突出的是结果与预期的强烈反差。由此引出对原因的追述，在"日暮江东何处是，满天风雨不胜愁"悲凉氛围中，留下的是不尽的感叹。其他如《读史》四首：

#### 其一

> 当涂窃国枋，八纮掩中州。隋珠既在握，荆璞亦冥搜。谳朗黜庙议，扬斑争匹俦。汉典何郁郁，学辞良优优。南皮清宴接，西园秉烛游。谓当致高蹈，何意摧华辀。体弱既足病，肥赣亦为羞。空文侔日月，桢干委山丘。遂使三公位，徒嗤孙仲谋。

#### 其二

> 蛙紫既燔熄，汉道炳朱光。真人起白水，《河图》协会昌。于赫建武世，景烁逮明章。芝醴日翕集，礼乐何火昆煌。邈矣跨千载，懿哉冠百王。谁知运期氏，辽辽歌未央。驱马去国门，哀茂惜余芳。乃悟古人心，故非群所量。云台绘四七，赋颂侈班张。以质赁春士，不足扬秕糠。悲哉璇枢运，河海流汤汤。皇王若梦觉，天地就龙凉。斯人不可作，慨然我心伤。

其三

西园既谐价，左驺督礼钱。五百意未姝，小靳可万千。此例遂垂则，意气匪鱼鱼。垣闳拘被赕，士操危不全。日进尚未足，月进岂待宣。判官及刺史，绎绎连车船。我闻畜淘河，终日循洲堧。鱼虾虽满胡，吐去不填咽。又闻鞲鸷鸟，雉兔饱霜拳。食之仅一脔，纵制肘绦碹。嗟哉中林卉，侯栗伤屈卷。矫翼云天际，冥冥汨鹑鸢。《小雅》今已废，斯义其谁笺。空怀皇古世，德至珠藏渊。

其四

蘧冯辞荆政，暑气而茧衣。王子逃丹穴，越人熏出之。高位患疾颠，畏死良可悲。丈夫非痻躄，何可同支离。始志六百石，进退脱衔羁。顾盼跻端揆，骧首希台司。富贵偪人来，婉娈参璇玑。从容入左腹，语笑宜夸毗。但见饱从谀，谁复知瑕疵。一朝荣华歇，众美成瘢胝。上尊兼养牛，白马相追随。门无青蝇吊，魂有黄犬嗤。始悟断其尾，鸡惮为人牺。端冕祝牢栅，豢豢之所非。

这几首诗纵横捭阖，于信手拈来的历史事件中，以举重若轻的笔墨，对历史事件做出评骘，气韵沉雄、格调高阔，《清史列传》卷 72 评其诗“必达其意，绝去依傍，自成体势”，诚为知言。

姚范诗集中比较值得关注的第二类诗是赠答酬寄类作品。这类作品在姚范诗中占较大比重，主要是因为姚范交游广阔，与沈廷芳、齐召南、杭世骏、胡天游、邵齐焘、邵齐熊、方世举、马苏臣、卢见曾为友，常相切磋，多有诗文往来。很多诗人的此类诗作往往应制而成，艺术成就不高，姚范此类诗却功力深厚，很有特色。如《送周旭之还苏州》：

江水碧无际，扁舟款乃迟。花经寒食雨，人负艳阳期。
落日要离墓，春风短簿祠。坐令芳草绿，愁思怨班骓。

江水一碧无际，扁舟款款而来，既有送别时的依依不舍，又有对友人未来生活的期许，情真意切。又如《简朱蕴千》："二月春已半，燕山雪正飞。垂帘炉焰短，破冻屐痕稀。素发行如此，扁舟愿尚违。为怜同病者，腰带几移围。"春天的季候到了，却还是一片冬天的景象，在这种情况之下，乘扁舟出行的愿望也落空了，想此时远方的友人应该和自己一样，为这样的窘况而清减腰围了吧？全诗语淡情深，最后一联言及题面，却表达出与友人心意相通的期许，让人倍感温暖，写法巧妙。《寄方寄巢四丈》也是此类风格的作品：

　　　　鸬鹚旧忆城东宅，萝薜尝深蓟北情。步屧春风随鸟语，问花秋寺过牛鸣。
　　　　诗家眷属何人似，物外仙翁是地行。为谢长宗矜理窟，碧山深处正闻莺。

其他此类作品如《送吴青然归全椒》、《送杭世骏南归二首》等，都是语真意切、深情满溢的作品，既有唐诗的富丽典雅，又有宋诗的语淡情深。

姚范诗集中比较值得关注的第三类诗是记游之作。姚范一生游历甚广，游踪所至，辄发为诗。如《晓发荻港》：

　　　　萧寺晨钟歇，残星犹向曙。凉风吹我襟，萧条橹声去。
　　　　沙禽拍浪飞，渔父烟中语。回首数峰青，不见泊舟处。

全诗写清晨从荻港出发时的景色，"萧寺"、"残星"营造出一种凄清之境，后四句更烘托出烟雾迷离的景象，写景细腻传神。又如《宿庐江》：

　　　　我老谙于役，兹行意惘然。非关筋力异，祇与世情偏。把卷忽自笑，看山更晚妍。平生似桃李，寂寞竟何言。

默默从人事，悠悠感岁年。孤篷还自振，夕鸟羡归便。古驿深镫出，疏林落照圆。辞家才百里，一笑别情牵。

在仿佛自问自答的写照中，可以看出诗人内心由纠结到释然的心路历程，在诗人的感叹中，又包含深深的哲理。姚范写山水的诗篇中，于家乡风景情有独钟。如《游山寺》：

山根雨气愁冥冥，山上日落石气青。何年荒客结茅屋，已垦辣田成畦町。

鸭脚声干疑吠蛤，殿头佛烬县秋萤。老僧茶瓜喜客至，更要九月锄茯苓。

又如《山行》：

百道飞泉喷雨珠，春风窈窕绿蘼芜。山田水满秧针出，一路斜阳听鹧鸪。

这两首诗描写皖中山水，清新明秀，别开生面，自成一境。

还有一类诗在姚范诗集中并不多，艺术价值却较高，就是吟咏边关之作。如《羽猎曲》：

霜草寒枯万木凋，羽林三万击弓弓萧。齐呼万岁车轮落，恰是君王箭中雕。羽骑貂裘朔雪飞，连营虎落割鲜肥。千行猎马嘶风远，火照旌旄正夜围。

又如《塞下曲》：

孤城迢递郁嵯峨，慷慨关山《出塞歌》。万里交河春草绿，十年明月戍楼多。胡儿驱马来青冢，羌女吹芦牧紫驼。五部名王归汉阙，白头中夜几摩挲。

这类诗气体高古、沉挚博丽而境界苍远。

关于姚范诗歌的特色，《安徽通志稿艺文考》谓"诗文皆力追古人，得其闳奥"①。姚莹《援鹑堂笔记·闽刻原后序》也称其"所为诗古文辞，皆力追古人而得其渊诣"②。关于其诗学渊源，有多种评论。郭麐认为"在山谷、后山之间"③，吴德旋称其"以唐人为宗"④，徐世昌则谓其"导源义山而别蹊径，实与昆体不同，亦无宋人粗劲之习"⑤。这实际上反映了姚范诗歌转益多师，"不主家法"⑥的态度与多样的诗歌风格。

## 第四节　姚　鼐

姚鼐(1731—1815)，麻溪姚氏十六世。字姬传，一字梦谷，世称惜抱先生。乾隆二十八年(1763)中进士，任礼部主事、《四库全书》纂修官等，年才四十，辞官南归，先后主讲于扬州梅花、江南紫阳、南京钟山等地书院四十多年。著有《惜抱轩全集》。姚鼐以古文名世，为桐

---

① 《安徽通志》馆：《安徽通志稿艺文考》，民国二十三年铅印本，儒家类，第6页。

② (清)姚范：《援鹑堂笔记》，上海古籍出版社2002年版。

③ (清)郭麟：《樗园销夏录》，上海古籍出版社1996年版。

④ (清)吴德旋：《姚姜坞先生墓表》，《初月楼古文续钞》卷八，光绪壬午(1882)花雨楼校本，第7页。

⑤ (清)徐世昌：《晚晴簃诗汇》，中国书店1988年版。

⑥ 王钟翰点校：《清史列传》，中华书局1987年版。

城派三祖之一，但是其诗学成就也备受赞誉。姚莹《桐旧集序》论及桐城的诗歌传统曰："窃尝论之，自刘蓉川给谏以诗著，有明中叶，钱田间振于晚季，自是作者如林。康熙中，潘木崖先生是以有《龙眠风雅》之选，犹未极其盛也。海峰出而大振，惜抱起而继之，然后诗道大昌。盖汉魏六朝三唐两宋以及元明诸大家之美无一不备。海内诸贤谓古文之道在桐城，岂知诗亦然哉？"现在学界普遍认为，桐城派不但只是一个散文流派，还包括桐城学派、桐城诗派。桐城诗派的形成，姚鼐起到了关键作用。程钊《国朝名人集题词》说："论诗转贵桐城派，比似文章孰重轻。"自注云："惜抱诗精深博大，足为正宗。"①钱基博《现代中国文学史》评姚永朴、姚永概诗时，明确提出了"桐城诗派"的概念："姚氏自（姚）范以诗古文授从子鼐，嗣是海内言古文者，必曰桐城姚氏，而鼐之诗则独为其文所掩。自曾国藩昌言其能以古文之义法通于诗，特以劲气盘折；而张裕钊、吴汝纶益复张其师说，以为天下之言诗者，莫姚氏若也，于是桐城诗派始称于世。"②钱锺书云："桐城亦有诗派，其端自姚南菁范发之……桐城则姜坞、海峰皆尚是作手，惜抱尤粹美。承学者见贤思齐，向风成会。盖学识高深，只可明义，才情照耀，庶能开宗。坐言而不堪起行者，其绪论亦每失坠而无人掇拾耳。"③姚鼐于诗，不但是作手，而且还有承继其伯父姚范的诗学观念，进一步扩充了自己的诗学理论体系，并影响及弟子。

## 一、姚鼐的诗学理论

方东树《昭昧詹言》中云："近代真知诗文，无如乡先辈刘海峰、姚

---

①　林东海、宋红编辑：《万首论诗绝句》，人民文学出版社 1991 年版，第 1572 页。

②　钱基博：《现代中国文学史》，岳麓书社 1989 年版，第 178 页。

③　钱锺书：《谈艺录》，中华书局 1984 年版，第 145~148 页。

姜坞、惜抱三先生者。"①刘大櫆是姚鼐老师，姚范是姚鼐伯父，两人是志同道合的朋友，在诗歌方面很有心得，对姚鼐产生了很大影响，所以姚鼐于诗，颇有真知灼见。姚鼐的四大弟子中，在诗歌理论的建设上以方东树最为突出，其诗学理论著作《昭昧詹言》，被看做桐城派诗学观念的纲领性著作。但是观其内容，基本上以祖述姚鼐、姚范及刘大櫆之理论为宗旨。道咸以还，由于曾国藩的提倡，桐城派之绪得以不堕，曾氏虽对方、刘、姚之理论多有改造和补充，然就其诗歌理论而言，曾氏及其弟子也深受姚鼐等人诗论的影响。姚鼐诗学理论主要表现为以下几点：

**（一）以文论诗**

以文论诗，是姚鼐诗学的重要观念，这与他秉持诗文一理的观念密切相关，他说："诗之于文，固是一理"②，认为诗歌和古文在审美规律上是相通的。

1. 诗与道

姚鼐古文理论强调义理、考据、辞章的统一，他论诗也承袭古文家"文以明道"和宋儒"文以载道"之说，特别注重诗与道的关系。其《荷塘诗集序》云：

> 夫诗之至善者，文与质备，道与艺合，心手之运，贯彻万物而尽得乎人心之所欲出。③

这样的论调也多见于其他地方，《敦拙堂诗集序》曰：

---

① （清）方东树著，汪绍楹校点：《昭昧詹言》，人民文学出版社1984年版。

② （清）姚鼐著，刘季高校点：《惜抱轩诗文集》，上海古籍出版社2008年版，第289页。

③ （清）姚鼐著，刘季高校点：《惜抱轩诗文集》，上海古籍出版社2008年版，第50页。

　　夫文者，艺也，道与艺合，天与人一，则为文之至。①

　　姚鼐在诗歌创作上始终秉持"道与艺合"的观念，那么他所谓的
"道"指什么呢？《荷塘诗集序》中说得较为明白：

　　古之为诗者，不自命为诗人者也，其胸中所蓄高矣，广矣，远
矣，而偶发之于诗则诗与之为高、广且远焉。故曰：善为诗也，曹
子建、陶渊明、李太白、杜子美、韩退之、苏子瞻、黄鲁直之伦，
忠义之气、高亮之节、道德之养、经济天下之才，舍而仅谓之一诗
人耳，此数君子岂甘哉？②

他认为，古之所"善为诗"者，"胸中所蓄高矣，广矣，远矣"，他们具
有"忠义之气、高亮之节、道德之养、经济天下之才"，所以作诗的前
提是"做人"："惟能知为人之重于为诗者，其诗重矣。"这种观念与韩愈
《答李翊书》所说"仁义之人其言蔼如"③及欧阳修《答吴充秀才书》所称
"道胜者文不难而自至"④是一致的。"文与质备，道与艺合"，可以说
是思想内容与表现形式的统一论。姚鼐《答翁学士书》中说：

　　夫道有是非而技有美恶，诗文皆技也，技之精者必近于道，故

---

　　① （清）姚鼐著，刘季高校点：《惜抱轩诗文集》，上海古籍出版社 2008 年版，
第 49 页。
　　② （清）姚鼐著，刘季高校点：《惜抱轩诗文集》，上海古籍出版社 2008 年版，
第 50 页。
　　③ （唐）韩愈撰，马其昶校注：《韩昌黎文集校注》，上海古籍出版社 1987 年版，
第 169 页。
　　④ （宋）欧阳修著，宋心昌选注：《欧阳修诗文选注》，上海古籍出版社 1994 年
版，第 84 页。

诗文美者，命意必善。①

姚鼐指出，对诗文创作来说，命意非常重要，而它的标准就是"善"。只有"道"之"善"者和"技"之"美"者相结合，才能创作出好的作品，而"技之精者必近于道"，这就是他"道与艺合"的内涵。

姚鼐认为"道"对于诗非常重要，所以他要求诗人具有深厚的道德修养、渊博的学识和高尚的情操。他所说的"天与人一"，就是要求诗人将上天所赐予的禀赋与道德学问结合起来。在这方面，他把杜甫作为典范，《敦拙堂诗集序》云："子美之诗其才天纵，而致学精思与之并至，故为古今诗人之冠。"②杜甫诗歌之所以取得无与伦比的成就，不只是因为"其才天纵"，更因为"致学精思与之并至"。由此，姚鼐非常重视作家后天对"道"的不断砥砺，认为"为学之要，在于涵养而已"③（《答鲁宾之书》）。从这样的观念出发，他赞成孟子的"养气"论，他说：

> 文字者，犹人之言语也。有气以充之，则观其文也，虽百世而后，如立其人而与言于此，无气，则积字焉而已。④（《答翁学士书》）

所谓"有气以充之"，就是要求诗人不断修炼自己的身心，然后发为诗歌，即使百世之后，见其诗也能如见其人。姚鼐论诗推重"神"与"气"

---

① （清）姚鼐著，刘季高校点：《惜抱轩诗文集》，上海古籍出版社 2008 年版，第 84 页。
② （清）姚鼐著，刘季高校点：《惜抱轩诗文集》，上海古籍出版社 2008 年版，第 49 页。
③ （清）姚鼐著，刘季高校点：《惜抱轩诗文集》，上海古籍出版社 2008 年版，第 103 页。
④ （清）姚鼐著，刘季高校点：《惜抱轩诗文集》，上海古籍出版社 2008 年版，第 84 页。

的结合，欣赏神足气完的作品，《五七言今体诗钞序目》云："中唐大历诸贤，尤刻意于五律，其体实宗王、孟，气则弱矣，而韵犹存。"①王、孟诗歌，神韵与气势并存，而中唐诗家，"气则弱矣"。他又说："夫文以气为主，七言今体，句引字赊，尤贵气健。如齐、梁人，古色古韵，夫岂不贵？然气则踬矣。"②七言律诗，尤其要求"气健"，齐梁之作之所以遭人诟病，是因为"气则踬矣"。他最欣赏的是杜甫的七言律诗，认为"杜公七律，含天地之元气，包古今之正变，不可以律缚亦不可以盛唐限者"③。

总之，姚鼐论诗主张"道与艺合，天与人一"，与桐城派古文家论文倡"义法"说是一致的。要求有物有序，文义与文辞两擅其美，是桐城派论诗论文始终一以贯之的主张。

2. 以文法通诗法

姚鼐认为诗文一理，以文论诗，常常用文法来论述和指导诗歌创作。他评杜甫《奉送郭中丞兼太仆卿充陇右节度使三十韵》说："读少陵赠送人诗，正如昌黎赠送人序，横空而来，尽意而止，变化神奇，初无定格。"④（《今体诗钞》卷六）评杜甫《秋日夔府咏怀奉寄郑监审李宾客之芳一百韵》又云："太史公叙事牵连旁入，曲致无不尽，诗中惟少陵时亦有之。"⑤（《今体诗钞》卷六）司马迁、韩愈是古文家奉为圭臬的两个典范，以司马迁、韩愈的为文之法来比杜甫的诗，说明其诗文相通的观念。

桐城派古文家所谓的"法"，按方苞的说法是指"言有序"，也就是文章的开合起伏、局格布置等，姚鼐论诗也非常注重这一点。《复刘明

① （清）姚鼐著，王镇远选注：《姚鼐文选》，黄山书社1986年版，第269页。
② （清）姚鼐著，王镇远选注：《姚鼐文选》，黄山书社1986年版，第269页。
③ （清）姚鼐著，王镇远选注：《姚鼐文选》，黄山书社1986年版，第270页。
④ （清）姚鼐编：《五七言今体诗钞》，清嘉庆戊辰程邦瑞刊本。
⑤ （清）姚鼐编：《五七言今体诗钞》，清嘉庆戊辰程邦瑞刊本。

东书》云：

> 赠五言排律，句格颇雄，此是长进处，但于杜公排律布置局格、开合起伏、变化而整齐处未有得也。大约横空而来，意尽而止，而千形万态随处溢出，此他人诗中所无有，惟韩文时有之，与子美诗同耳。①（《惜抱轩文后集》卷三）

姚鼐"文法"入"诗法"的观念在他所编选的《今体五七言诗钞》得到较为充分的体现，尤其是他对杜甫"诗法"的赞赏，最为明显。他说：

> 杜公长律有千门万户、开阖阴阳之意。元微之论李杜优劣，专主此体，见虽稍偏，然不为无识。自来学杜者，他体犹能近似，长律则愈邈矣。遗山云：少陵自有连城璧，争奈微之识碔砆。有长律如此，而目为碔砆，此成何论耶？杜公长律，旁见侧出，无所不包。而首尾一线，寻其脉络，转得清明。他人指陈偏隘，而意绪反不逮其整晰。②

此段称赏杜甫的长律，所谓"旁见侧出，无所不包"，"首尾一线，寻其脉络，转得清明"，很显然是以论文之法来论诗。《五七言今体诗钞》对诗歌的注释并不多，但是对杜甫律诗的章法和结构论述却不少。如论杜甫《寄张十二山人彪三十韵》："情事甚杂，叙来总不费力，但觉跌宕顿挫，首尾浩然"，姚鼐甚至把杜诗和韩文、《史记》相提并论："读少陵送人赠诗，正如读昌黎赠送人序，横空而来，尽意而止，变化神奇，初

---

① （清）姚鼐著，刘季高校点：《惜抱轩诗文集》，上海古籍出版社 2008 年版，第 290 页。

② （清）姚鼐编：《五七言今体诗钞》，清嘉庆戊辰程邦瑞刊本。

无定格。""太史公叙事牵连旁出，曲致无不尽，诗中惟少陵时亦有之。"①这些是在充分肯定"文法"入"诗法"对诗歌创作所起的积极作用。

以"文法"比"诗法"，这样的论诗理念被姚鼐的弟子所承继和发展。方东树曰：

> 诗莫难于七古，七古以才气为主，纵横变化，雄奇浑颢，亦由天授，不可强能。杜公、太白，天地元气，直与《史记》相埒，二千年来，只此二人。其次则须解古文者而后能为之。观韩、欧、苏三家，章法剪裁，纯以古文之法行之，所以独步千古。南宋以后，古文之传绝，七言古诗，遂无大宗。阮亭号知诗，然不解古文，故其论亦不及此。② (《昭昧詹言》卷十一)

他认为韩愈、欧阳修、苏东坡的七古之所以"独步千古"，是因为他们能"纯以古文之法行之"；南宋以后，七言古诗没有大家，是因为"古文之传绝"。由此他把通"文法"对于作诗的重要性强调到了无以复加的地步。

### (二) 诗歌风格论

姚鼐论文秉阳刚、阴柔之说，桐城派古文家在论及文学风格时常常奉为准则，其说见于《复鲁絜非书》。就这两种风格而言，姚鼐偏重的是阳刚之美，《海愚诗钞序》曰：

> 天地之道，协合以为体，而时发奇出以为用者，理固然也。其枉天地之用也，尚阳而下阴，伸刚而绌柔，故人得之亦然。文之雄伟而劲直者，必贵于温深而徐婉。温深徐婉之才，不易得也。然其

---

① (清)姚鼐编:《五七言今体诗钞》，清嘉庆戊辰程邦瑞刊本。
② (清)方东树著，汪绍楹校点:《昭昧詹言》，人民文学出版社 1984 年版。

尤难得者，必枉乎天下之雄才也。夫古今为诗人者多矣，为诗而善者亦多矣。而卓然足称为雄才者，千余年中数人焉耳。甚矣，其得之难也。今世诗人足称雄才者，其辽东朱子颖乎？即之而光升焉，诵之而声闳焉，循之而不可一世之气勃然动乎纸上而不可御焉，味之而奇思异趣角立而横出焉。其惟吾子颖之诗乎？子颖末而世竟无此才矣。①

很显然，姚鼐所推重的是"雄才"，即为诗为文偏于阳刚者。实际上，姚鼐诗歌和古文所呈现出的面貌并不相同，其文"温深而徐婉"，其诗却"雄伟而劲直"。姚永朴《惜抱轩诗钞释序》云：

昔湘乡曾文正公尝言吾家惜抱府君，能以古文义法通之于诗，故劲气盘折，去岁于建德徐君汇生家，见公为其先德云衢观察先路书府君登永济寺阁诗评之曰：惜翁有儒者气象，而诗乃多豪雄语。忆弱冠谒武昌张廉卿先生，亦闻其论府君文气味渊雅，以情之真，陈义之坚且卓也，不必奇崛，而自及于古。若诗则笔力健举，声出金石，无论鸿篇短章，开合衡从，随所施设，罔不如志，乌得谓才弱邪。吾乡吴挚甫先生深以为然。②

曾国藩、张裕钊、吴汝纶一致认为姚鼐的诗歌"多豪雄语"，"笔力健举，声出金石"，与散文风格并不相同。如果追溯原因，可以从他的诗学渊源上加以探究。姚鼐的诗学主要受刘大櫆与姚范的影响。刘大櫆论诗注重格高调响，讲究文气音节；姚范论诗推重韩愈、黄庭坚，诗学旨趣也在雄肆一格，所以姚鼐论诗重阳刚之美是两人诗学主

---

① （清）姚鼐著，刘季高校点：《惜抱轩诗文集》，上海古籍出版社 2008 年版，第 48 页。
② （清）姚鼐著，姚永朴纂注：《惜抱轩诗抄释》，民国十五年（1926）木活字本。

张的体现。

姚鼐论诗重阳刚，因此标榜"气健"。《今体诗钞序目》论曰："夫文以气为主，七言今体，句引字赊，尤贵气健。如齐、梁人，古色古韵，夫岂不贵？然气则踬矣。杨升庵专取为极则，此其所以病也。"①姚鼐从曹王"文以气为主"的理论出发，指出诗歌贵在"气健"，而齐梁人之诗，虽然古色古韵，但病在"气踬"，他称赞杜甫七言律"含天地之元气，包古今之正变"，说黄庭坚的诗"兀傲磊落之气，足与古今作俗诗者澡濯胸胃，导启性灵"。对大历诸子却并不欣赏："其体实宗王、孟，气则弱矣。"②所以，"气健"是姚鼐评诗的一个重要标准，而"气踬"、"气弱"，都为他所否定。这种评诗原则多为后来传桐城家法者继承，如方东树论诗强调"文字要奇伟，有精采，有英气、奇气"（《昭昧詹言》卷一），称赞杜诗有"混茫飞动气势"③（《昭昧詹言》卷一），很显然受到姚鼐此论的影响。

那么，怎样才能达到"气健"呢？桐城派诗家又倡言因声求气之说。张裕钊《答吴挚甫书》云：

> 古之论文者，曰文以意为主，而辞欲能举其意，气欲能举其辞。譬之如车然，意为之御，辞为之载，而气则所以行也。欲学古人之文，其始在因声以求气，得其气则意与辞往往因之而并显，而法不外是矣。④

他认为意、辞、气三者之中，气尤为重要。而要学古人之文，必须

---

① （清）姚鼐著，王镇远选注：《姚鼐文选》，黄山书社 1986 年版，第 269～270 页。
② （清）姚鼐著，王镇远选注：《姚鼐文选》，黄山书社 1986 年版，第 270 页。
③ （清）方东树著，汪绍楹校点：《昭昧詹言》，人民文学出版社 1984 年版。
④ 贾文昭：《桐城派文论选》，中华书局 2008 年版，第 367～368 页。

"因声以求气"。桐城派诗家向来重视诗歌的声调音节,刘大櫆说:"诗成于音,音成于声,声成于言,言成于志"①(《左仲郭诗序》),姚鼐云:"诗、古文各要从声音证入,不知声音,总为门外汉耳"②(《与陈硕士书》),方东树曰:"欲成面目,全在字句音节"③(《昭昧詹言》卷一),曾国藩则称:"凡作诗最宜讲究声调,须熟读古人佳篇,先之以高声朗诵以昌其气,继之以密咏恬吟以玩其味。二者并进,使古人之声调拂拂然若与我喉舌相习,则下笔时必有句调奔赴腕下,诗成自读之,亦觉琅琅可诵,引出一种兴会来。"④(《曾文正家训》)由此可见,他们对因声以求气诗法的重视。

总之,姚鼐论诗要求"气健",讲究诗歌的声调音节,这必然导致其对阳刚风格的追求。

**(三)镕铸唐宋**

姚鼐在前代诗人中最推重杜甫,认为其是"古今诗人之冠"⑤(《敦拙堂诗集序》)。他称赏杜诗雄健的风格和谨严的章法。《今体诗钞序目》曰:"杜公今体四十字中包涵万象,不可谓少,数十韵百韵中运掉变化,如龙蛇穿贯,往复如一线,不觉其多,读五言至此,始无余憾。"论杜甫长律云:"杜公长律有千门万户开合阴阳之意,元微之论李杜优劣专主此体,见虽少偏,然不为无识。"⑥

姚鼐论诗也推重韩愈。《与陈硕士书》云:"若病其缺此大家(指杜甫),只当另选一杜诗,或益以昌黎,以待天下士才力雄健者之自取法

① (清)刘大櫆著,吴孟复选注:《刘大魁文选》,黄山书社1985年版,第66页。
② (清)姚鼐:《惜抱轩尺牍》,清同治十二年(1873)刻本。
③ (清)方东树著,汪绍楹校点:《昭昧詹言》,人民文学出版社1984年版。
④ (清)曾国藩:《曾文正公家书》,中国书店2011年版。
⑤ (清)姚鼐著,刘季高校点:《惜抱轩诗文集》,上海古籍出版社2008年版,第49页。
⑥ (清)姚鼐编:《五七言今体诗钞》,清嘉庆戊辰程邦瑞刊本。

可也。"①可见，他以杜、韩为"才力雄健"者之取法对象，其诗歌追摹韩愈之作也非常多。姚门弟子也多推重韩愈的诗。如姚莹说韩愈"文体能兴八代衰，韵言尤自辟藩篱。主持雅正惟公在，底事庐樊别赏奇"②。方东树赞美韩愈"笔势如涌出，读之拦不住，望之不可极，测之来去无端涯，不可穷，不可竭"③(《昭昧詹言》卷九)。

姚鼐论诗还推重黄庭坚。他称赞黄庭坚的诗"兀傲磊落之气，足与古今作俗诗者澡灌胸胃，导启性灵"④(《五七言今体诗钞序目》)。方东树云："论山谷者，惟姜坞、惜抱二姚先生之言最精当，后人无以易也。"⑤(《昭昧詹言》卷二十)姚鼐推重黄庭坚，受其伯父姚范的影响很大。姚范《援鹑堂笔记》卷四十云："涪翁以惊创为奇，其神兀傲，其气崛奇，元思瑰句，排斥冥鉴，自得意表，玩诵之久，有一切厨撰腥嶙而不可食之意。"⑥

姚鼐于诗人中推崇杜甫、韩愈和黄庭坚，偏习"宋调"，但同时对"唐音"也大加称赏。姚鼐所编《五七言今体诗钞》，五言选自初唐至晚唐，七言则选自初唐至南宋，以雅正为宗。他说："盛唐人诗固无体不妙，而尤以五言律为最，此体中又当以王、孟为最。"⑦所以，姚鼐论诗并没有偏唐偏宋之旨，而是两者兼重。关于此点，他自己说得很明白："熔铸唐宋，则固是仆平生论诗宗旨耳。"⑧(《与鲍双五书》)所以他称赏高常德的诗"合唐宋之体"⑨(《高常德诗集序》)，推许谢蕴山的诗"囊括

① (清)姚鼐：《惜抱轩尺牍》，清同治十二年(1873)刻本。

② (清)姚莹著，黄季耕注：《姚莹论诗绝句六十首注》，黄山书社1986年版，第29页。

③ (清)方东树著，汪绍楹校点：《昭昧詹言》，人民文学出版社1984年版。

④ (清)姚鼐著，王镇远选注：《姚鼐文选》，黄山书社1986年版，第271页。

⑤ (清)方东树著，汪绍楹校点：《昭昧詹言》，人民文学出版社1984年版。

⑥ (清)姚范：《援鹑堂笔记》，上海古籍出版社1996年版。

⑦ (清)姚鼐著，王镇远选注：《姚鼐文选》，黄山书社1986年版，第271页。

⑧ (清)姚鼐：《惜抱轩尺牍》，清同治十二年(1873)刻本。

⑨ (清)姚鼐著，刘季高校点：《惜抱轩诗文集》，上海古籍出版社2008年版，第47页。

唐宋之菁备"①(《谢蕴山诗集序》)，这都表明他兼容唐宋的诗学观念。

## 二、姚鼐诗歌的艺术风貌

姚鼐是桐城派古文的集大成者，诗歌也蔚为大宗，后世论者多所推重。吴德旋《示及门诸子》云："我自心钦姚惜抱，拜袁揖赵让时贤。"②曾国藩称赏姚鼐的诗，以其七律为清代第一；张裕钊辑录《国朝三家诗钞》，姚鼐为其中之一；沈曾植《海日楼题跋·惜抱轩诗集跋》说张之洞"不喜惜抱文，而服其诗"，深以为然，认为"此深于诗理，甘苦亲喻者"③。

姚鼐《惜抱轩全集》，有"诗集""诗后集"和"诗外集"三部分，共有古体、近体诗 730 首，试帖诗 40 首。就诗歌体裁来说，姚鼐可谓各体皆工，姚莹云："以五古为最，高处直是盛唐诸公三昧，非肤袭貌取者可比。七古用唐调者，时有王、李之响；学宋人处时入妙境，尤不易得。七律工力甚深，兼盛唐、苏公之胜。七绝神俊高远，直是天人说法，无一凡近语矣。"④关于姚鼐诗的艺术风貌，钱基博评曰："以清刚出古淡，以遒宕为雄……与文之萧然高寄者异趣。"⑤这实际上与其诗学取向是一致的。前已述及，姚鼐于诗推重阳刚之美，与其文异趣，姚永朴在《惜抱轩诗钞释序》中说曾国藩、张裕钊、吴汝纶都认为姚鼐的诗"劲气盘折"、"多豪雄语"、"笔力健举"，可见他的诗偏于阳刚之美的特点是很明显的，展现出雄肆健举的风格特点。

---

① (清)姚鼐著，刘季高校点：《惜抱轩诗文集》，上海古籍出版社 2008 年版，第 54 页。

② 林东海、宋红编辑：《万首论诗绝句》，人民文学出版社 1991 年版，第 660 页。

③ (清)沈曾植撰，钱仲联辑：《海日楼札丛》，辽宁教育出版社 1998 年版，第 213 页。

④ (清)姚莹撰，黄季耕点校：《识小录·寸阴丛录》，黄山书社 1991 年版，第 133 页。

⑤ 钱基博：《现代中国文学史》，岳麓书社 2010 年版，第 21 页。

姚鼐诗歌的这种风格特点首先展现在他的古体诗中。其古诗题材较为狭窄，友朋赠答和模山范水之作较多，但是不论送别、访友、唱和，还是记游、怀古，都回荡着一种雄迈浩荡之气。如《万寿寺松树歌呈张祭酒》：

> 万寿寺有元朝松，七株偃仰无一同。五百余年到今植，几时变化风雨中。我来频见尚动色，挛攫未敢趋当中。甲戌京华夏初及，礼闱始散群贤集。翰林邀客会城西，寺门正带朝晖入。冥冥气蓄雷霆寒，飒飒风摇露枝湿。是时同辈八九人，鼐也年才逾二十。同披单衫趿轻履，一时散向松间立。风流诸客皆好文，当筵意气凌青云。有松尝经几辈客，高谕松前曾几闻。自从车马寺外分，十年一半为丘坟。呜呼此地松犹在，薄游曳杖僧窗外。万里秋吹辽海空，重阴昼塞西山隘。独听飚飗恐欲生，况经摇落情先废。借问种松树，松树何处无。吾邑最南境，何止百万株。上枝摇荡潜霍云，下根磅礴松山湖。往往中有宋元植，荣枯萝茑腾鼯鼪。年少去之归老天，何泥不归使松孤。君不念男儿莫待齿发脱，无情松树始长活。

乾隆十九年（1754）春，姚鼐二十四岁，第三次赴京参加礼部会试，又落第。他与友人一起在京师游三二丰寺等名胜，写下这首诗，诗写得豪气纵横、盘郁劲折，并没有因为落第而产生的颓废之气。这次落第之后，他并没有离开，而是仍然留在京师，与王禹卿、朱竹君等交游，并写下《柬王禹卿病中》、《奉答朱竹君绮用前韵见赠》、《王君病起有诗见和因复初韵赠之》等诗，这些诗都写得神完气足，雄肆奔放。

姚鼐的七言古诗颇能体现其壮美的风格，其他如《为王琴德爬题铆湖渔舍图即送旋里》、《送朱子颖之淮南》、《酬胡君》、《唐伯虎匡庐瀑布图》、《赠钱思鲁》等诗作都以气势豪宕凌厉为人所称道，直追李白、苏轼之堂奥。姚鼐认为七言更容易表现感激浩荡之言，《朱二亭诗集序》云："子颖才气雄峻，多感激豪荡之音，其佳多在七言，二亭气清神逸，多沈澹空远之趣，其佳多在五言。"①当然他的五古中也不乏豪迈峻健的作品，如《送演纶归里》：

> 西风吹海月，万里散银山。徘徊清夜席，照君如玉颜。玉颜愿长保，日月逝不闲。如何言别遽，不念相逢艰。金尊斟绿酪，为唱古阳关。男儿非藤木，安得相附攀。君有江上宅，青山绕如环。朝望江云起，暮入江云问，云开江路尽，山月照君还。

虽是送别之作，却没有缠绵凄恻的小儿女之情状，而是笔势健举，充溢着豪迈爽朗之情，诗中所写之景，也是雄放阔大，与全诗的情感基调相一致。

就题材而言，姚鼐的山水记游之作尤能体现其气象森严、雄奇豪迈的艺术风貌。和许多文人士大夫一样，姚鼐非常喜欢壮游，《左仲郛浮渡诗序》云："他日从容无事，当裹粮出游，北渡河，东上太山，观乎沧海之外，循塞上而西，历恒山、太行、大岳、嵩、华而临终南，以吊汉、唐之故墟，然后登岷峨，揽西极，浮江而下，出三峡，济乎洞庭，窥乎庐霍，循东海而归，吾志毕矣。"②可以看出，姚鼐的志趣是游览雄奇壮丽的高山大川，而非清幽淡远的山光水色。所以他模山范水的诗作，喜欢摄入奇情壮采的景象，如《舟中望板子矶以南山势甚因题长句》云：

> 黄山天半卅六峰，包含云海蟠奇松。忽乘风雾走江岸，横入江心如卧龙。风清雾界水摇碧，远见初日穿玲珑。烟鬟俯仰久未定，

---

① （清）姚鼐著，周中明选注评点：《姚鼐文选》，苏州大学出版社 2001 年版，第 200 页。

② （清）姚鼐著，周中明选注评点：《姚鼐文选》，苏州大学出版社 2001 年版，第 28 页。

玉圭角立谁为宗。十年前再入春谷，每下篮舆嗜短筇。枫丹照眼秋锦乱，茶香熏鼻春焙浓。山中犹未识山好，正坐一障藏千重。轻舠兀坐忽昂首，有似故人天际逢。凋零绿鬓尘埃后，借问青山好忆侬。

全诗写黄山景象，从大处落墨，境界阔大，以"山中犹未识山好，正坐一障藏千重"突出其山势的奇竣雄伟。并充分调动自己的想象力，把看山喻为故人相逢，深得李白古诗之风神。此类描写山水雄姿的作品在姚鼐诗中非常多，其他如《九月八日登千佛山》、《获嘉渡河》、《登黄鹤楼次补山韵》、《岳麓寺》、《岁除日与子颖登日观观日出作歌》、《雨晴出庐江寄诸同学》等。

总之，姚鼐古诗崇尚豪荡雄放之美，很多诗直追李白、韩愈、苏轼堂奥，这与他的诗学观念是分不开的。

姚鼐的近体诗也追求阳刚之美。他的近体诗中，以七言律诗成就为高，曾国藩极力称许，而推为"国朝第一"。其集中近体也以七律数量最多，《今体诗钞序目》说："夫文以气为主，七言今体，句引字赊，尤贵气健，如齐、梁人，古色古韵，夫岂不贵，然气则蹶矣。"[1]七言近体要求"气健"，这样的原则贯穿于其诗歌创作之中。如《金陵晓发》：

> 湖海茫茫晓未分，风烟漠漠棹还闻。连宵雪压横江水，半壁山腾建业云。
>
> 春气卧龙将跋浪，寒天断雁不成群。乘潮鼓楫离淮口，击剑悲歌下海滨。

这首诗的题材其实经常见于其他诗人笔下，多以凄凉的景物烘托清冷的

---

① （清）姚鼐著，王镇远选注：《姚鼐文选》，黄山书社1986年版，第269页。

氛围，展现早行之人的旅途之艰，这首诗却没有如此，而是撷取阔大的景象，展现鼓揖江上、击剑悲歌的豪情。这样的景物诗在姚鼐诗集中并不乏见，如《丹徒寓楼上作》、《夜起岳阳楼见月》、《河上杂诗》、《泥汉阻风》等都是如此。

姚鼐近体诗中表现的阳刚之美并不仅仅局限于景物诗中，以七律而言，像边塞诗《出塞》、怀古诗《南朝》、怀人诗《怀刘海峰先生》、哭悼诗《哭鱼门》、述怀诗《自咏》都写得豪荡健举，没有孱弱气象。

虽然姚鼐主要以古文名闻天下，但是其诗歌的影响力却不容忽视。倡"桐城诗派"之说者，大多以姚鼐作为中心。姚门弟子如梅曾亮、方东树、姚莹等都不仅传其文法而且笃守其诗学，方东树的《昭昧詹言》被看做桐城派诗歌的纲领性著作，然很多观念都是绍述姚鼐诗论。道咸以降，姚鼐诗学的影响依然很大，如张际亮、林昌彝等对姚鼐的诗和诗论非常称赏，林氏诗话《海天琴思录》竟将姚鼐的《五七言今体诗钞凡例》全部录入。其他像许多传桐城文法而能诗者，如张裕钊、吴汝纶、姚浚昌、范当世等人，对姚鼐的诗也非常看重。邓显鹤、欧阳铬等人诗学宋调，发展了姚鼐兼取苏、黄的一面。曾国藩诗学倡导黄庭坚的诗风，发展了姚鼐学宋诗的方面，对宋诗派的形成影响重大。往后，沈曾植、陈用光、祁寯藻等"同光体"诗人对姚鼐的诗及诗论颇为推重。钱基博云其"由韩学杜，已开晚清同光体之先河"①，是非常契合实际的论断。

---

① 钱基博：《现代中国文学史》，岳麓书社 2010 年版，第 21 页。

# 第六章　张氏家族诗歌研究

## 第一节　概　　述

　　张氏家族，是桐城乃至全国闻名的望族，在清代以仕宦显达闻名，代表人物是父子宰相张英、张廷玉。和桐城大部分望族一样，张氏家族也是从外地迁移而来，张英说："吾桐与潜同郡而接壤，相距百里许。余之先自鄱阳瓦屑坝徙于桐，始祖为贵四公。潜亦同时同地并来鄱阳，始祖为贵七公，徙居于潜之青山焉。"①至于迁到桐城的时间，马其昶说"其先洪永间自鄱阳来迁"②(《桐城耆旧传》二十七)。张氏家族开始居住在嬉子湖，到第五世张淳为明隆庆时进士，官至礼部主事，其后代多移居县城。张氏家族的兴盛主要在清代，张英是张氏家族入清后的第一个进士，之后科甲连绵，冠于全县。王育济、党明德在《世系蝉联　门阀清华——中国一门出进士最多的桐城张氏家族》一文中说："明清两代，桐城张氏广为人知。这不仅是因为这个家庭中涌现出诸如明代张淳、张秉文、清代张英、张廷玉等一代济世名宿，而且张氏家庭中先后膺取科

---

　　① 吴兰生、王用霖修：《(民国)潜山县志》，《中国地方志集成·安徽府县志辑(17)》，江苏古籍出版社1998年版。

　　② 马其昶著，毛伯舟点注：《桐城耆旧传》，黄山书社1990年版，第96页。

举功名、入仕为宦者人数之多也是世所少见的。"①陈康祺说："桐城张氏六代翰林，为昭代所未有。太傅文端公英康熙丁未，子少詹事廷瓒乙未、文和公廷玉庚辰、礼侍廷璐戊戌、阁学廷豫雍正癸未，孙检讨若潭乾隆丙辰、阁学若霭雍正癸丑、阁学若澄乾隆乙丑、侍讲若需丁丑，曾孙少詹事曾敞辛未，玄孙元宰嘉庆壬戌，来孙聪贤辛酉。自祖父至曾玄十二人，先后列侍从，跻鼎贵，玉堂谱里，世系蝉联，门阀之清华，殆可空前绝后矣。"②张氏家族最为兴盛的要数张英一支，下面是张氏家族世系简表，见表6-1、表6-2。

表6-1　　　　　　　　　　　**张氏家族前七世系简表**

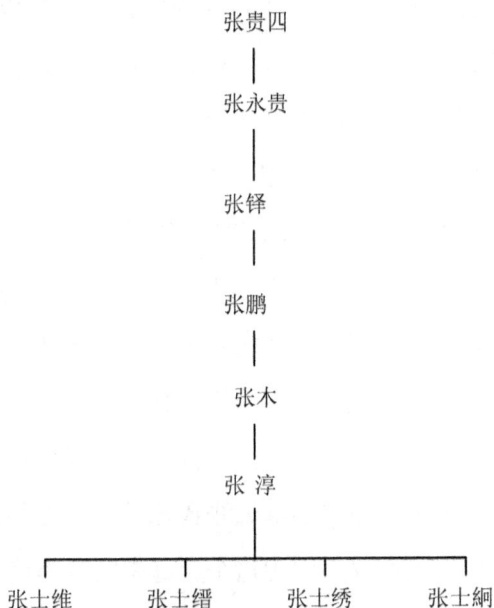

张贵四
|
张永贵
|
张铎
|
张鹏
|
张木
|
张　淳

张士维　　张士缙　　张士绣　　张士絅

---

① 汪军主编：《皖江文化与近世中国》，合肥工业大学出版社 2004 年版，第 177 页。

② (清)陈康祺：《郎潜纪闻初笔》，中华书局 1984 年版，第 93 页。

表 6-2　　　　　　　张士维一支世系简表

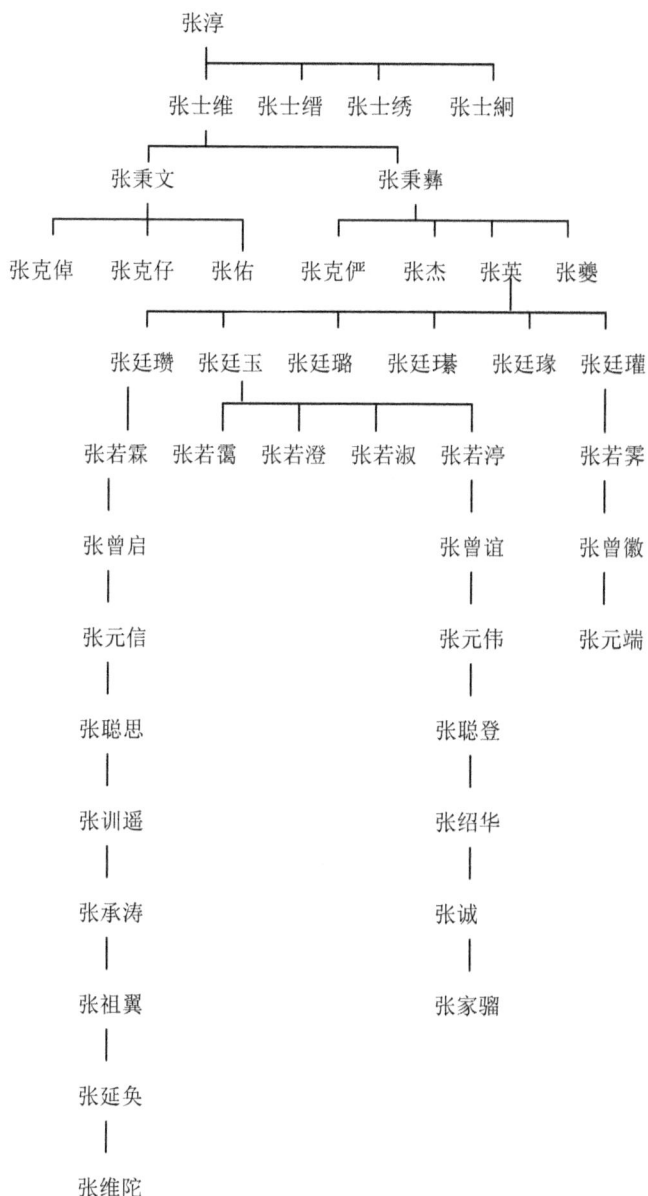

```
                        张淳
          ┌──────┬──────┬──────┐
        张士维   张士缙   张士绣   张士絅
      ┌────┴────┐
    张秉文            张秉彝
  ┌───┬───┐      ┌───┬───┬───┐
张克倬 张克仔 张佑  张克俨 张杰 张荚 张夒
              ┌────┬────┬────┬────┬────┐
           张廷瓒 张廷玉 张廷璐 张廷璲 张廷瑑 张廷瓘
              │   ┌───┬───┬───┬───┐    │
           张若霖 张若霭 张若澄 张若淑 张若淳  张若霁
              │                   │      │
           张曾启               张曾谊   张曾徽
              │                   │      │
           张元信               张元伟   张元端
              │                   │
           张聪思               张聪登
              │                   │
           张训遥               张绍华
              │                   │
           张承涛                张诚
              │                   │
           张祖翼               张家骝
              │
           张延夬
              │
           张维陀
```

张氏家族在清代声势显赫，门望之隆在桐城望族中无出其右。但是和桂林方氏、麻溪姚氏相比，张氏家族在文学方面成就并不突出。从诗

289

歌方面来说，张氏家族虽然没有出现很多有名的诗人，但是张英、张廷玉、张廷瓒、张廷璐等人诗学成就也颇为可观。从诗作的留存来看，许多诗人诗歌别集得以保存下来，但是也有许多诗人别集湮没无存。不过，许多诗人的诗歌通过《龙眠风雅》、《桐旧集》等诗歌总集保存下来，数量也大为可观，见表6-3。

表6-3　　桐城宰相张氏家族诗人简介及诗歌存录情况一览表①

| 世次 | 姓名 | 简　介 | 《龙眠风雅》、《桐旧集》诗歌存录情况 |
|---|---|---|---|
| 六世 | 张淳 | 字希古，明隆庆二年(1568)进士，历永康知县、建宁知府、浙江副使、陕西布政使 | 《桐旧集》(1) |
| 八世 | 张秉文 | 字含义，号钟阳，明万历三十八年(1610)进士。初授归安知县，迁户部郎中，再为福建建宁兵巡道，晋广东按察使，继迁右布政使，调山东左布政使。崇祯十一年(1638)，清兵围济南，披甲巷战而亡 | 《龙眠风雅》(27)《桐旧集》(13) |
| | 张秉彝 | 字孩之，号拙庵，县学生，赠光禄大夫。卒年七十五 | 《龙眠风雅》(3)《桐旧集》(1) |
| | 张秉贞 | 字符之，明崇祯四年(1631)进士，授户部郎中，迁饷司，任蕲黄江防道，升顺广道，又升浙江巡抚。清顺治二年(1645)，补礼部仪制司郎中，升通政参议、兵部左侍郎，除刑部尚书，升兵部尚书。卒于官 | 《龙眠风雅》(9) |
| | 张秉成 | 字钦之，崇祯间岁贡生 | 《龙眠风雅》(10)《桐旧集》(2) |
| | 张秉哲 | 字浚之。甲午举乡试。未几卒 | 《龙眠风雅》(42)《桐旧集》(11) |

---

① 诗人简介参考《家谱》、《龙眠风雅》、《桐旧集》以及相关史志资料等。

续表

| 世次 | 姓名 | 简 介 | 《龙眠风雅》、《桐旧集》诗歌存录情况 |
|---|---|---|---|
| 九世 | 张英 | 英(1637—1708),字敦复,号乐圃 | 《桐旧集》(44) |
| | 张克俨 | 字子敬。幼颖悟,日诵千言。年十五补县学生,为文每一篇出,人争传诵。事亲以孝闻,待兄弟友爱笃挚。生平无疾言厉色,恂恂然如不胜衣。年二十四卒。工诗,著有《古训堂诗》二卷(《道光桐城续修县志》卷十六) | 《龙眠风雅》(3) 《桐旧集》(4) |
| | 张佑 | 字吉如,号南汀。早年补县学生,屡困棘闱,即弃去诸生服,从山农野老游,或寓居僧舍,浃旬不返,家人莫能踪迹之。喜为诗,至晚益工。为泽州陈廷敬、新城王士禛所称许 | 《桐旧集》(11) |
| | 张杰 | 字如三。张秉彝第三子。卒年六十九,祀乡贤祠 | 《桐旧集》(8) |
| 十世 | 张廷瓒 | 字卣臣,号随斋,张英长子。清康熙十八年(1679)进士,由编修累官至少詹事,二十六年典试山东。后官翰林、侍读学士。康熙御驾三征绝漠,皆扈从。先于父卒 | 《桐旧集》(9) |
| | 张茂稷 | 字子艺,号芸圃,荫生,赠左都御史 | 《桐旧集》(27) |
| | 张廷玉 | 廷玉(1672—1755),张英次子。字衡臣,号砚斋。康熙三十九年进士,官至保和殿大学士兼管吏部尚书事。富于文采,曾先后纂修康熙、雍正《实录》,并充任《明史》、《清会典》、国史馆等总裁官 | 《桐旧集》(11) |

续表

| 世次 | 姓名 | 简　介 | 《龙眠风雅》、《桐旧集》诗歌存录情况 |
|---|---|---|---|
| 十世 | 张廷璐 | 字宝臣，号药斋，张英第三子。清康熙五十七年(1718)一甲二名进士(即榜眼)，授编修，入直南书房，迁侍讲学士。雍正元年(1723)出督河南学政，因事落职。后起任侍讲，升祭酒，迁少詹事，出任江苏学政，晋礼部左侍郎，年七十一卒 | 《桐旧集》(39) |
| | 张廷璩 | 廷璩(1681—1764)，字恒臣，号思斋，清雍正元年(1723)进士，由编修充日讲起居注官，升工部右侍郎，仍兼起居注事。五年，视学江苏，改补内阁学士，兼礼部侍郎，主江西乡试。后因病归里 | 《桐旧集》(7) |
| | 张廷瓘 | 字梁臣，号韫斋 | 《桐旧集》(4) |
| | 张亭珠 | 字合浦，号松樵，诸生 | 《桐旧集》(12) |
| | 张令仪 | (公元1724年前后在世)清代文学家。字柔嘉，安徽桐城人。大学士张英之长女，姚湘门之妻。工诗，善词，能文，且擅长写剧本 | 《龙眠风雅续集》(35) |
| 十一世 | 张若霭 | 若霭(1713—1746)，字景采，号晴岚，清雍正十一年(1733)进士，系一甲第三名。后因其父廷玉固辞，改二甲第一名，授编修，充日讲起居注官，直南书房。迁侍读学士，官至内阁学士、礼部侍郎。工书善画 | 《桐旧集》(4) |
| | 张若澄 | 字镜壑，号默耕、龙眠山樵，廷玉次子，清乾隆十年(1745)进士，授编修，直南书房，三充乡会试同考官，主湖南乡试。官至内阁侍读学士。善画，名作《阿弥陀经》及"山水册页"，载入《熙朝名画续集》。所画翎毛、梅花，曾得乾隆帝题诗 | 《桐旧集》(3) |

| 世次 | 姓名 | 简　介 | 《龙眠风雅》、《桐旧集》诗歌存录情况 |
|---|---|---|---|
| 十一世 | 张若潭 | 字征中,号鱼床,张英第四子张廷瓛所生,即张英之孙。乾隆元年(1736)三甲第六十一名进士,选翰林院庶吉士,丁巳散馆后授检讨,未久即因病归里 | 《桐旧集》(1) |
| | 张若溎 | 字若谷,父茂稷。清雍正八年(1730)进士,授兵部主事,历员外郎中,升御史,晋给事中,至刑部侍郎,拜左都御史。尝充殿试读卷官,乡试考官,山东学政,总裁《四库全书》馆。七十四岁以疾告休。后又入都参与千叟宴,礼成返里。年八十五卒 | 《桐旧集》(21) |
| | 张若需 | 字树彤,号中畯,廷璐子,清乾隆二年(1737)进士。授翰林院编修,分校乡会试,官至翰林院侍讲 | 《桐旧集》(23) |
| | 张若驹 | 字志袁,号北轩,廷庆次子。少颖敏于书,无所不读。性至孝,念大父苍、父廷庆仕楚尽瘁卒,未遂奉养,遂不仕进,守先人庐,依母膝下,自少至老,孺慕不衰。归安吴侍郎举应宏词科,伯父文和亦招致北游,俱以母老辞。为诗宗白香山,识者谓其得性情之正 | 《桐旧集》(14) |
| | 张若骕 | 字轩立,号逸公。性颖异,工书善绘事,尤以诗名。屡试北闱不售,由方略馆议叙,历云南弥勒、镇南、镇雄吏目,加布政司经历 | 《桐旧集》(7) |
| | 张辅赟 | 字弼斌,号螺岑,清乾隆三十五年(1770)举人,少与江有龙同读,又与方泽同选《江左文甄》,为学使观保所重。为文究极深妙。妻方氏亦工诗,夫妇居贫,吟讽不绝 | 《桐旧集》(16) |

续表

| 世次 | 姓名 | 简 介 | 《龙眠风雅》、《桐旧集》诗歌存录情况 |
|---|---|---|---|
| 十一世 | 张方爽 | 字叠莱,号默稼,康熙间副贡,八旗学官教习,候选知县 | 《桐旧集》(21) |
| 十二世 | 张曾扬 | 字誉长,号柟轩,廷璩孙,清乾隆三十三年(1768)解元,授福建盐场大使,叠聘为己亥、庚子两次乡试同考官。由云南楚雄知县,荐升广西庆远府知府、贵州贵西道 | 《桐旧集》(3) |
| | 张曾秀 | 字台峻,清乾隆三十九年(1774)举人。以四库馆议叙得知县,分发湖北,历任郧西、保康、汉阳、随河知县。后任黄陂知县,三年中,文武两鼎甲俱出门下 | 《桐旧集》(2) |
| | 张曾敕 | 字司纶,号盥露,清乾隆三十九年(1774)举人。初补咸丰知县,调署随州。因事流放伊犁,将军某保奏复职,选湖南江华知县 | |
| | 张曾献 | 字小令,号未斋,清乾隆四十九年(1784)召试举人。官中书舍人,分校《四库全书》,充文渊阁检阅,出守潞安。历山西分巡冀宁道,署按察使。工诗善画,《墨香居画识》、《画学全史》等有载 | 《桐旧集》(7) |
| | 张曾敹 | 字师常,号秋浯,监生 | 《桐旧集》(30) |
| | 张曾敞 | 字垲似,号橿亭。乾隆十六年进士,授检讨 | 《桐旧集》(12) |
| | 张曾培 | 字根良,号因斋。岁贡生。屡碍秋试,设教里中,授徒不下数百人,门下士撷取高科者济济相望。子五人三列庠序,孙同浚官湖南石门巡检 | 《桐旧集》(4) |

| 世次 | 姓名 | 简　介 | 《龙眠风雅》、《桐旧集》诗歌存录情况 |
|---|---|---|---|
| 十二世 | 张曾徽 | 字竹浯，号莱园，廪贡生若霁长子。年九十卒 | 《桐旧集》（15） |
| | 张水容 | 字汲华，号耻庵，清乾隆三十九年（1774）举人。研习星象、算法。家居时，倡捐资供族人乡、会试。选江苏奉贤训导，主讲云间书院 | 《桐旧集》（12） |
| | 张曾虔 | 字吕环，号蠡秋，乾隆间贡生，官宿州训导 | 《桐旧集》（6） |
| 十三世 | 张裕莘 | 字又牧，号樊川，清乾隆十三年（1748）进士，授翰林院编修，迁国子监祭酒。曾两充教习庶吉士，撰修《续文献通考》。乾隆十八年典试山东。十九年、二十四年分校乡会试。年老归里，年八十一卒 | 《桐旧集》（28） |
| | 张裕焴 | 字位籴。幼孤，性至孝，奉母训惟谨。苦读，夜分不辍。稍长，授徒里闬，乡先生交器之。年三十补府学生，屡困棘闱，去而游幕，名重公卿间。生平训子孙以严，处己以介，待人以和，不怨困穷，不妄交际，不慕纷华，不臧否人物，乡党推为有德之士。工书，笔致秀润，诗宗韦柳。卒年七十六 | 《桐旧集》（11） |
| | 张裕勷 | 字又枝。曾秀长子。性慷慨，好施与。事继母以孝闻，由实录馆议叙，任广西桂林府经历，擢阳朔令。 | 《桐旧集》（1） |
| | 张元展 | 字亶专，号峤庵。乾隆中监生 | 《桐旧集》（8） |
| | 张元礼 | 字持载，乾隆间诸生 | 《桐旧集》（6） |
| | 张元袭 | 字绪庭，号柘岑。嘉庆间监生 | 《桐旧集》（10） |

续表

| 世次 | 姓名 | 简　　介 | 《龙眠风雅》、《桐旧集》诗歌存录情况 |
|---|---|---|---|
| 十四世 | 张聪咸 | 字阮林，号傅崖，清嘉庆十五年（1810）举人，得觉罗官学教习，留京师，因咯血卒，年三十二 | 《桐旧集》(32) |
| 十五世 | 张万年 | 字竹野。嘉庆丙子举人，寅辰成进士，改庶吉士。旋授检讨，充实录馆纂修。书成议叙，加二级，拜白金文绮之赐。甲申大考二等，记名候升。赐大卷缎一匹。乙酉六月以疾卒于京邸，年四十有四。生平孝友，刚介笃信，好学诗文，骈体无不工丽 | 《桐旧集》(4) |
| | 张绍棠 | 绍棠（1845—1910），字星五，号棣村。附贡生。考取方略馆誊录，议叙盐大使，分发两淮，援例捐升知县，分发江苏加花翎三品衔，历署句容县、东台县、兴化县、丹徒县等县知县，护理镇江府知府兼署镇江卫，调署徐州府萧县知县，补授昆山县知县 | |
| | 张绍华 | 字小传，桐城人，清同治十三年（1874）进士，任江西布政使，屡摄巡抚事 | |
| | 张师亮 | 师亮（1828—1887），廷玉六世孙，藏书家。字筱渔、晓渔。咸丰六年（1856）进士，三甲五名。曾任南昌府丰城县知县、南昌府督粮同知 | |
| 十六世 | 张传敬 | 字慎修，生于嘉庆六年（1801），卒于同治五年（1866），官至淡水抚民理番粮捕同知 | |
| | 张传缙 | 传缙（1882—?），监生。援例分部郎中，花翎三品衔，改捐江西候补知府，民国以荐任职，分江苏任用 | |

| 世次 | 姓名 | 简　介 | 《龙眠风雅》、《桐旧集》诗歌存录情况 |
|---|---|---|---|
| 十六世 | 张传鼎 | 传鼎(1863—1930)，监生。援例府照磨，分发江西补授广信府照磨，加五品衔 | |
| 十七世 | 张巽 | 巽(1876—1960)，原名家斌，国兰长子。字文伯。监生。援例知县，分发江西补用 | |
| | 张祖翼 | 祖翼(1849—1917)，张英九世孙、张廷瓒八世孙。字逖先，号磊盦，又号磊龛、濠庐。因寓居无锡，又号梁溪坐观老人。是最早走出国门看世界的清朝名士之一 | |
| | 张家骦 | 家骦(1877—1930)，字石卿，县城人，少工诗文。清光绪二十年(1894)游日本，肄业早稻田大学，适其父张诚卒于京师，即归国扶柩返里。后随祖父张绍华至湖南，与同乡李光炯创办安徽旅湘公学，延聘黄兴、赵声任教。有人以"结党谋逆"密奏清廷。家骦从旁划策调解；黄兴、张继等免遭陷害。后归皖，举为省议会议员，力辞未受，侨居上海 | |

# 第二节　张秉文、张秉哲等明清之际
# 张氏家族诗人的诗歌创作①

## 一、张秉文的诗歌创作

张秉文，字含义，号钟阳，明万历三十八年(1610)进士。初授归

---

①　本节所引用诗歌皆出自《龙眠风雅》。

安知县，迁户部郎中，再为福建建宁兵巡道，晋广东按察使，继迁右布政使，调山东左布政使。崇祯十一年（1638），清兵围济南，秉文与巡按御史宋学朱、副使周之训等，分门死守，昼夜不解甲。十二年正月二日城破，秉文披甲巷战而亡。张秉文诗歌留存不多，《龙眠风雅》存诗27首，《桐旧集》存诗13首。

从张秉文所留存诗歌来看，首先值得关注的一类诗是记游之作。如《舟中阻雨》：

> 一棹泝空明，榜人争荷笠。寒雨响蒹葭，浩浩水声急。怪石奔怒猊，挐攫向人立。舟师骇经过，得失悬呼吸。风紧客衣单，灶冷晨炊迟。抚景百虑煎，劳生嗟靡及。渔灯照远浦，望望漾舟入。残梦续烟霞，暂同鸥鸟集。

诗歌写行舟途中遇雨，"怪石奔怒猊，挐攫向人立。舟师骇经过，得失悬呼吸"诸句，渲染风急雨怒之情状，运用拟人、夸张等手法，状难写之景如在目前。后面续以凄凉清冷之境况，与"抚景百虑煎，劳生嗟靡及"的慨叹相呼应，情景相生。又如《郊行》：

> 野望青难了，长堤树色连。马声留去路，莺语入新年。雨足田家喜，风暄牧童眠。留心为客尽，惆怅落花前。

此诗前六句写景，勾画了一幅郊外风景图，连绵的青色，欢快的莺歌燕语，悠然自得的牧童，让人流连忘返，所以诗人不由发出"留心为客尽，惆怅落花前"的慨叹。《茶洋夜泊》的景象则与此不同：

> 荒驿停孤棹，遥村接暮烟。湖宽全受月，窗小半窥天。涸酒蝇无赖，欺灯蛾可怜。清光盈一水，流恨此年年。

"荒驿"、"孤棹"、"遥村"、"暮烟"渲染了一种孤寂清冷的氛围，月光洒落下来，时间仿佛静止了，颈联以动衬静，在这样的境况中，生出"流恨此年年"的感叹。张秉文的记游之作非常善于写景，并能做到情景交融。

除了记游山水之篇，张秉文的闲适诗也写得很有特色。如《惊白发》：

> 清晨起梳头，发短不堪栉。少妇从旁窥，星星时间出。当时美好人，面肥发如漆。风霜换朱颜，盼往犹昨日。名法易疚愆，防身苦不密。安能染髭须，徒工媚人术。山雉息邱樊，饮啄全生吉。免官岂待年，万事良已悉。亮无金石固，起视归云疾。

诗歌写日常生活中极其微小的一件事情，由梳头窥见白发，引出岁月流逝之感慨，并进而述及自己的人生追求。徐璈《桐旧集》评曰"读此诗则公固素有退隐之志，卒之遭值事变，矢节殉身。庄生之叹，被绣楚老之惜明膏，古今同慨"。的确，仕宦奔波之苦，让诗人难免向往林泉之乐。《偶咏》曰：

> 一生能得几开颜，风雨穷愁客鬓斑。不爱热官都是假，能消清福莫入闲。书因眼倦收灯坐，花为头多带月删。安得数椽丘壑里，孤云半榻掩柴关。

人生难得真正快乐，诗人所追求的是"安得数椽丘壑里，孤云半榻掩柴关"的隐居生活。但是人生又有很多无奈，这样的生活往往难以企及，不过能够暂时寄情山水之乐也是好的："萧然巾舄对闲门，邱壑姿生物态繁。风袅茶烟穿薜迤，石喧泉溜润松根。春波晓涨添鱼子，微雨宵零长竹孙。不用逃名成吏隐，眼前山水亦清魂。"(《杂感》)春天来了，万物充满勃勃生机，不用逃名退隐，也能享受自然之佳趣，关键在于心态。徐璈《桐旧集》评云："五六写物候，极其天趣，与山谷'河天月晕分鱼子，槲叶风微养鹿茸'异曲同工。"张秉文还有一首《和内子九日登楼作》也颇值得玩味：

> 闲倚危楼看远峰，鳞鳞丹雉间青松。稚儿初习阶前步，病妇新苏镜里容。碧水跳珠秋浪重，青山泼墨暮烟浓。黄花岁岁知谁健，泥饮擎杯到晓钟。

张秉文之妻方孟式乃方以智伯姑，常年追随丈夫在外就官，夫妻二人情深意笃，经常联吟唱酬。诗写平实的家庭生活，平淡之中充满温馨。但是不久之后，张秉文守城殒身，方孟式也纵身跳入大明湖殉节，香消玉殒，留下无尽的唏嘘感叹。

## 二、张秉彝的诗歌创作

张秉彝(1593—1667)，字孩之，号拙庵，诸生。因子张英贵显，赠光禄大夫，卒年七十五岁。《龙眠风雅》存其诗三首，《桐旧集》存其诗一首。《读春陵行有感作苦桐吟》云：

> 天高未云高，听我苦桐吟。甲戌乱民起，乙亥贼骑横。杀人如刈草，百里不闻声。四郊尽焚掠，肖然峙孤城。连绵十五载，无岁不称兵。少壮离乡国，老弱填沟塍。青燐飞耀耀，白骨积嶙峋。死者既不苏，生者胥恂恂。异地不我顾，愀然还旧村。归来望城郭，涕泪满衣巾。相逢皆鹄面，话久始知名。亲朋知有几，十室九伶仃。野葛蔓路井，落日照山坟。资生乏长策，努力事躬耕。青苗未赡土，符牒蹋我门。官司教频下，三税一时并。豪吏猛如虎，鸡犬

那得存。孀妇免搒掠，含悽未忍云。得钱未到手，瓶罍依然倾。富人粜新谷，谷贱价徒轻。嗟此中泽鸿，嗷嗷向谁陈。岂无乐生愿，茕独非其人。欲言不尽意，请读舂陵行。

《舂陵行》是唐代诗人元结反映民生疾苦的名作，此诗借题生发，描述了桐城在易代之际遭遇战乱，百姓受到官府权贵盘剥，过着苦不堪言的生活。这样的生活图景在晚明很具典型性，由此也反映出诗人关心民瘼的情怀。

### 三、张秉哲的诗歌创作

张秉哲，字济之，号蔚庵。幼孤，事母孝，能读父书。性沉笃，博闻强识。师吴道轼，自童子以迄成人无二师。从外舅方宫瞻游，引以师友切磋之，与钱胤升、何令远、孙振公、姚彦昭辈论文赋诗，乐在其中。酒酣侈辨古事，议多奇中。治《毛诗》经。顺治甲午举乡试。未几卒。有《菁园诗集》。《龙眠风雅》存其诗四十二首，《桐旧集》存其诗十一首。

张秉哲诗歌中第一类引人关注的作品是咏史怀古类。如《咏史》云：

> 士惟无忮求，安往非天真。所以羊裘子，终为王朝宾。太史占客宿，上云吾故人。归作富春叟，翻笑渭滨臣。桐江千载水，烟雨留丝纶。
>
> 泜水斩陈余，闻者皆泣血。壮士死何尝，所伤交道灭。在昔何欢娱，一旦乃摧折。人事岂无端，祸自刎颈决。相誓至死生，忠尽情已竭。所以古君子，交淡情弥切。殷勤岂不欢，密交悲晚节。
>
> 长沙谪少年，古今为失色。世称王佐才，所言在变革。汉道方全盛，孝文亦盛德。致治贵和平，安用长叹息。犹幸绛灌俦，排之不遗力。假令用斯人，纷更将滋惑。

从这组咏史作品可以看出，诗人对历史上的人物和事件的认识，并不人云亦云，而是有自己的见解，能翻出新意，但这种新意又非刻意为之，而是建立在诗人对社会人事深刻的洞察基础之上。其怀古类作品亦是如此，如《采石怀古》：

> 石壁俯江渍，青松挂暮云。风流供奉迹，柱石允文勋。狂客偏耽酒，书生亦冠军。停桡怀古烈，枫落正纷纷。

虽然已是历史的陈迹，但是人物之风流宛在眼前，面对此景，诗人忍不住慷慨放歌，纷纷而落的枫叶映照着诗人内心的激情。又如《严滩》：

> 磻溪桐水两渔竿，石上冰霜一样寒。勋伐总归周尚父，风流独数汉严滩。

严子陵之高隐，是千百年来文人垂慕的典范，诗人也不例外，所以虽然早已物是人非，但是仍然引人无限叹惋。

张秉哲诗歌中第二类比较引人关注的是赠答类作品。这类作品诗人绝少泛泛之词，而大多是有感而发，情真意切。如《方尔止归里阅其近诗》：

> 昨夜江干一和歌，隔年秋向故园过。吟经吴楚家无定，感人沧桑诗倍多。声格渐趋长庆上，风流无那永嘉何。相看惟有篱边菊，耐得繁霜映薜萝。

方尔止即方文，是桐城明末非常著名的遗民诗人。明亡后，方文一直过着流寓不定的生活，所以再次相见，诗人忍不住唏嘘感叹，对友人生活的挂牵和家国兴亡之感，尽在其中。颈联回到题目本身，谈读了对方诗歌后的感受，称赏方文诗艺日趋精湛。尾联则是本诗的主旨所在，以耐霜之菊映衬方文坚定的遗民气节，充满无限崇敬之情。又如《答孙易公》：

> 又共南归櫂，重怜北上时。关河摇月冷，旅馆待春迟。呵冻陈三策，冲泥赋五噫。忽闻新句好，欲和已含悲。

诗人要和友人一同南下，收到对方的信笺和诗作，这时的诗人却想起当初两人一同北上参加科举考试时的情形。如今人事蹉跎，功业难成，所以看到友人的"新句"，却已经是心中含悲、不胜唏嘘之感了。又如《方绣山督饷兰州书寄洮虢》：

> 星轺遥指玉关西，极目黄云万里迷。边塞有书犹附雁，戟门何日不闻鸡。寒烟缥缈兰山晓，落日苍茫洮水低。于貉旧知齮俗美，恰逢风雨慰凄凄。

友人远在边地，相隔万水千山，要想见面自是难上加难，就连寄封书信也是湖海茫茫。尽管诗人努力想开解自己，但是对友人的思念引起的悲戚之情怎么也难去除。

张秉哲诗歌中，记游类作品也比较值得关注。如《宿兰若》：

> 空山何寂历，幽鸟独闻声。微月侵池冷，孤灯傍佛明。幽禅宁藉酒，偕隐不须名。卜宅何年遂，编篱便掩荆。

在清幽的环境中，诗人内心非常平静，传达出希望自己能够归隐林下的心境。又如《南旺道中》：

凄凉踪迹似浮萍，千里回流溯建瓴。入夏始知芳草绿，向南频见远山青。高低沙际鸦迎缆，疏密林间水绕亭。风景渐同江左秀，归欤何必怨湘灵。

人生漂移不定，似浮萍一般，让人无限感慨，但是每一处的风景并不相同，所以不必抱怨，可以看出诗人通达的人生态度。整首诗对仗工整，颇见诗人的艺术功力。

## 第三节　张英、张廷瓒、张廷玉等父子诗群

### 一、张英与《笃素堂诗》、《存诚堂诗》

张英(1637—1708)字敦复，号乐圃。清康熙二年(1663)举人，康熙六年(1667)进士，康熙十二年，授翰林院编修，充日讲起居注官，累迁侍读学士。康熙十六年内迁设南书房，奉命入直，得康熙器重。康熙二十年，因葬父乞假归里，居四年召回京师，迁兵部侍郎，调礼部兼管詹事府，充经筵讲官。康熙二十八年，擢工部尚书，兼翰林院掌院学士，仍管詹事府。再调礼部尚书，兼管如前。后因祭文"未详审"被革尚书之职，仍掌翰林院、詹事府，教习庶吉士。康熙三十一年复官，相继任国史馆《国史》、《大清一统志》、《渊监类函》、《政治典训》、《平定朔漠方略》总裁官，康熙三十八年，拜文华殿大学士，瘗礼部尚书。康熙四十年(1701)，以衰病求罢，诏许致仕。晚年归里，隐居安徽桐城龙眠山。康熙四十四年(1705)，康熙帝南巡，张英迎驾于江苏淮安，帝赐御书榜额，随至江宁。康熙四十六年(1707)，康熙帝再度南巡，张英迎驾于江苏淮安清江浦，仍随至江宁。卒谥文端。世宗即位，赠太子太傅。乾隆初年，加赠太傅。史载："每从帝行，一时制诰，多出其

手。"圣祖尝语执政："张英始终敬慎，有古大臣风。"①著有《笃素堂诗集》、《笃素堂文集》、《笃素堂杂著》、《存诚堂诗集》、《南巡扈从纪略》、《易经衷论》、《四库著录》、《聪训斋语》、《恒产琐言》等行于世。

从张英所作诗歌来看，诚如《四库全书提要》所言"英仰蒙知遇，簪笔雍容，极儒臣之荣遇，矢音庚歌，鼓吹升平，黼黻廊庙，无不典雅和平。至于言情赋景之作，又多抒写性灵，清微淡远"②。张英诗集中一大类是应制诗，雍容典雅，沈德潜《清诗别裁集》云"评本朝应制诗，共推文端，入词馆者，奉为枕中秘，而风格性灵不系此也"③；另一类言情赋景之作，抒写性灵，清微淡远，本节主要分析其言情赋景之作。

张英诗歌，写景状物之篇占了很大比重。《清史稿》记载："英自壮岁即有田园之思，致仕后，优游林下者七年。"④《桐旧集》引《花间谈录》称："桐城张文端公以山水为性情，自称曰圃翁。"⑤如《平陵宜山堂诗》：

> 我闻宜山堂，结构平陵阳。群公争赋诗，佳咏皆琅琅。何处最宜山，奇峰出短墙。石屋一片云，黛色映箦篁。隔帘见幽壑，入户飞层冈。枯藤与古木，掩映多奇光。峰影落清泉，水面还苍苍。何时最宜山，山静觉昼长。朝霞与夕烟，树色分微茫。春明山翠浓，夏雨山风凉。明月出远岫，秋峰群相望。何人最宜山，先生称古狂。芒鞋筇竹杖，荷衣薜荔裳。看山无朝暮，一卷或一觞。手招西爽来，披襟从徜徉。斯景与斯人，是名宜山堂。

①　(清)赵尔巽等撰：《清史稿》，中华书局 1976 年版。
②　(清)永瑢等：《四库全书总目》，中华书局 2003 年版。
③　(清)沈德潜：《清诗别裁集》，上海古籍出版社 1984 年版。
④　(清)赵尔巽等撰：《清史稿》，中华书局 1976 年版。
⑤　(清)徐璈辑：《桐旧集》，民国十六年影印原刻本。

宜山堂位于当时江南名园夏林园内，陈名夏曾作《宜山堂闻歌》："赤日不知暑，千章夏木清。宜山堂上客，莫作艳歌行。"此诗乃张英五言古诗的代表作品，诗歌扣住"宜山"二字，先写宜山堂自然位置，从多个角度、多个层面写环境之清幽，确属于"宜山"之居。诗的后半部分由景及人，写什么样的人最"宜山"。景与人合，才能符合宜山堂之名。全诗结构严谨，表露出对"古狂"之人的赞赏，可以看到诗人之情性。

在张英的景物诗中，田园诗也颇有自己的风味。代表作是《拟古田家诗》三首，诗云：

> 柴门拥溪水，溪响无朝昏。农夫荷锄倦，独倚秋树根。顾我田畴好，念我桑麻繁。脉脉不能语，感兹风雨恩。风雨岁时熟，古俗今犹存。遥指烟生处，亲戚满前村。稚子驱鸡犬，夜来忘闭门。何以酬清时？努力从田园。

> 昔爱诵豳风，亦常歌小雅。桑柘栖鸡豚，结庐在中野。春蕾方扶犁，秋禾倏盈把。野老乐时和，高枕瓜棚下。田家老瓦盆，新醪月中泻。击鼓赛先农，调瑟娱方社。何必桃花源，此境足潇洒。风尘久误人，我岂悠悠者。

> 新晴土膏动，原上春草生。陂塘引硐螯，活活春水鸣。桑阴悦好鸟，布谷时一声。夜来饱饭牛，朝来从耦耕。耦耕一畦毕，淡泊心无营。偶然召邻叟，索取壶觞倾。高谈视天壤，把酒欢平生。面无忧喜色，胸无宠辱情。始知于陵子，灌园逃公卿。

诗写农家田园景象，突出自然淳朴的民风，表达陶渊明式安贫乐道的情怀。徐世昌《晚晴簃诗汇》评曰："感风雨恩，忘宠犀念，寻常田父有此襟抱耶？题云《拟古田家诗》，公之寄托，盖在陶处士一流人矣。""脉脉不能语，感兹风雨恩"，凸显的是诗人作为文人士大夫仁民爱物的情怀。又如《郊行》："性拙寡所谐，番岁归田园。篮舆游近郊，指顾农家村。暖暖茅茨接，依依桑柘繁。今年雨泽时，耕获及高原。良苗怀好风，浅碧翻波痕。叹彼耨者劳，汗滴秋禾根。我独饱稻粱，毕世惭君恩。"诗写农夫耕作之苦，后两句表达愧疚之情，写法如同白居易的乐府诗。张英作田园诗，追慕陶渊明，并且，他还作有和陶诗，有《同孝仪和陶归田园诗五首》。

张英喜欢游山玩水，因此每到一处，都游览当地的名胜古迹，也留下很多模山范水之作。值得一提的是，这些赋景之篇有很多组诗。如《芙蓉岛十二咏》、《同陈幼木同事泛舟虎丘四首》、《伯兄于湖上构亭待予归四首》等。康熙四十年（1701），张英致仕归里，隐居龙眠山，居住于龙眠山庄，长达七年之久，留下了大量的写景之作。如《初卜居龙眠山庄十一首》，其一曰：

霜轻日腴锦为林，渐喜移家住碧岑。松竹许酬三经愿，溪山不负十年心。藤阴石窦支床坐，泉脉云根荷锸寻。携得放翁诗一卷，秋来日对众峰吟。

归居林下，享受山林之乐，是自己长久以来的愿望，所谓"三径愿"、"十年心"也！如今愿望终于实现，诗人已经迫不及待地展望自己在这里的生活了。随后七年的时间，张英的确实践了自己的心愿。与之相应，诗人之后的诗歌创作以写景抒怀之作为多，如《忆湖上二首》、《山居杂诗三十首》、《吴门竹枝词二十首》、《山中即事十三首》、《山居杂诗八首》、《入邓尉山九首》、《西郊杂诗二十七首》、《夏日杂诗十五首》、《吾庐十一首》等。这些诗多为七言绝句，用细腻的笔触摹写自然景致，表达自己闲适的心情，风格清幽淡远。如《四郊杂诗》：

不须桃李斗夭斜，底事芙蕖飐晚霞。最是野田芳草畔，一枝闲澹女郎花。

少小日长思隐几，冬烘头脑意难堪。一从失却青青须，始觉人间午睡甜。

星火西流节叙更，簟痕新觉蚤凉生。白杨叶上萧萧雨，已作秋宵第一声。

张英的诗歌中咏史怀古类作品也值得注意。如《读汉书》：

壮哉霍子孟，易置多英风。离席按剑时，发议惊群公。走马杜鄂间，曾孙方困穷。手挈天子玺，授之咸阳宫。海枯石可烂，孰能訾其功。珠襦黄金匣，甫葬茂陵东。孤鸣尚冠里，妻子烟尘空。稆侯杀弄儿，累世元其宗。子孟庇阿显，九族罹悯凶。割爱与殉私，延促霄壤同。臣术惟敬慎，遮几保厥终。

此诗写读《汉书》的感想，主要是有感于霍光和金日磾后代的不同命运和结局。是什么原因导致截然不同的结果呢？诗人的思考是"割爱与殉私"。徐世昌评曰"博陆、稆侯功业悬殊，而一则身后族诛，一则赏延于世，由殉私与割爱异也。指出敬慎以昭臣道，事君者其所知法诚焉"。张英读史而能明鉴，其家族在清代门祚延绵不衰，与其悟出的道理有很大关系。又如《读元道州贼退示官吏诗慨然有作》：

我爱元次山，诗篇独简质。短章如长谣，仁心自洋溢。至欲委符节，甘心就鱼麦。昔人志康济，岂云耽暇逸。置身君民间，无能淡忧恤。汗颜拖长绅，不如腰带铚。贤哲耻旷官，斯义久萧瑟。谁无湖畔山，浩歌抚遗帙。

此诗有为元次山翻案之意，所以徐世昌评曰"次山之欲归老江湖，非耽高隐，为不能救时恤民，不得已而甘就鱼麦也。康济之心，特为表出，近日司牧者尚敬闻此言"。再如《严陵江》：

> 千嶂桐庐道，清风几溯洄。不知天子贵，犹是故人来。垂钓本无意，披裘亦浪猜。翻嫌人好事，高筑子陵台。

严子陵事，吟咏的诗篇很多，此篇很有特点，徐世昌评论"王贞白诗后，赋严陵者，俱落坑堑。此篇不着议论，笼罩一切，可以追踪古人"。

另外，张英的赠答之作也比较值得关注。如《赠螺浮黄门次龚合肥韵》：

> 十年霜雪老黄门，抗疏群知国体尊。岳鹿折来真有胆，山龙补处自无痕。漫言盘错昭臣节，偏向风尘识主恩。亲见闾阎凋敝甚，郑图还与绘千村。

据《藤阴杂记》记载："张黄门维赤字螺浮，有新园在枣林街，龚合肥过饮诗：柳市城闉百尺居，枣林街里一囊香。螺浮有十年霜雪老黄门之句，一时名流争和。"[1]此诗便是唱和之作。又如《赠何匡山次梅村先生韵》：

> 蚤年逸兴在沧浪，水国移家发半苍。但有一经扬子宅，曾无千树木奴庄。清琴浊酒莺花日，雨笠烟蓑蟹稻乡。棠荫渐高身渐隐，已将心事托渔郎。

吴伟业有《赠何匡山》诗其中有"早年纳节卧沧浪，回首风尘鬓发苍"之句，表达人世沧桑的感慨，诗人尽力撇开敏感的话题，淡化家国之感，

---

① (清)戴璐：《藤阴杂记》，上海古籍出版社1985年版。

而突出高隐之乐趣。《送钱饮光归里门》也是这样的作品：

> 湖海人归已廿年，卜居犹待卖文钱。欲谐禽向三山约，须觅枞江二顷田。花雨红时携锸往，荷香深处抱书眠。鼾镫频话家园好，未遂沧浪意惘然。

张英和钱澄之是老乡，钱澄之早年致力于反清复明，后来归隐田园，甘做遗民，关于饮光之心志，诗人当然心知肚明。"意惘然"从表面看表达的是对自己不能归隐田园的遗憾，但往深层次挖掘，诗人显然不是无意为之，对于自己不能守节而出仕新朝，难免心生怅惘了！

## 二、张廷瓒与《传恭堂诗》

张廷瓒，字卣臣，号随斋，张英长子。康熙十七年（1678）举人，次年赴会试获二甲二名进士，授翰林院编修，历迁日讲起居注官、詹事府少詹事兼翰林院侍讲学士，入值南书房。康熙二十六年（1687）奉命主持山东乡试，秉公取士，慧眼选才，朝野俱称。后随康熙帝三征绝漠，备受恩宠。但不幸先于张英而卒，朝野上下均为惋惜，有《传恭堂诗集》五卷存世，共存诗 397 首。关于其诗歌，陈元龙《传恭堂诗集》序曰："凡侍宴、扈游、感恩、记事之作，皆含英咀华，金铿玉润，如非烟祥风，缘饰万类，唐之沈宋，无以过之……而先生则纸窗木榻，摊书握管，禁钟欲晓，往往篝灯不辍，如寒士羁人，情幽思苦，间或遣兴闲吟，多曲折凄婉之致。若夫绝塞从征，驱驰大漠，日不再食，手不停披，经寒暑，历岁时，倚马成章，磨盾以书，则唐人出塞之诗，尚不如身历其地者，愁思之音更为亲切。"①纵观张廷瓒诗歌内容，确如陈元龙所言，主要有三大类：作为台阁之臣的应制类诗篇；抒写个人情怀的咏怀诗；边塞诗。

---

① （清）张廷瓒：《传恭堂诗集》，《四库未收书辑刊》第 7 辑第 29 册。

1. 张廷瓒诗歌中第一大类是作为台阁之臣应制类的侍宴、扈游、感恩、记事之作

张廷瓒随父亲张英侍从内廷近三十年，备受康熙帝恩宠优渥，曾跟随康熙帝三次出征朔漠，所以反映内廷生活的诗篇在其诗集中触目即是，如《辛酉八月初一日召见庶吉士于瀛台，午后试于太和殿前蒙恩得授官职恭纪》、《辇下竹枝词八首》、《太液池》、《宫中词》、《守宫词》、《南苑观灯赐宴恭纪》、《万寿令节恭纪》、《乾清门启奏恭纪》、《畅春园引见恭纪》、《东宫画册四幅》、《五月初十日入直南书房，午后蒙恩召御前赋诗恭纪》、《御笔书无逸二大字赐青宫承命敬赋》、《扈从发京师》、《拟春夏秋冬应制诗》、《圣武平北铙歌二十章》、《南巡扈从诗》等，这类作品几乎占到其诗歌的一半比重。比如《南巡恭纪八首》其一：

> 青阳吹律入春迟，圣主东巡正此时。事重省方符舜典，制遵时迈叶周诗。层宵早看勾陈转，薄海欣逢化雨滋。夹道肩摩齐下拜，天颜岂独侍臣知。①

此诗是典型的台阁之诗，反映时代的"治世"特点，具有浓厚的"鸣盛"倾向，表现出雍容和雅、平正纤徐的艺术风貌。又如《扈从发京师》：

> 鸾辂巡边帝畿，春郊杨柳正依依。彩旗一道穿林出，金勒千群关锦飞。万里风雷驰朔漠，诸藩羣鼓觐天威。书生欲勒燕然石，策马追风卧铁衣。

此诗写于诗人随康熙帝亲征塞北从京师出发之时，写出帝王之军的威

---

① 本节所引张廷瓒诗歌皆出自《传恭堂诗集》，《四库未收书辑刊》第7辑第29册。

武、雄壮，于雍容典雅中透出豪迈之气。又如《铙歌二十章》其一：

> 天子临戎出九重，笑谈指顾靖边烽。诸藩鼙鼓迎黄幄，千队旌旗拥六龙。

此诗虽然也是颂圣之作，却不板滞，而是充满自然流动的生气之美。总体看来，张廷瓒的这类诗并不一味地歌功颂德，而是也注入自己强烈的情感，如诗人追随康熙帝西巡所作《长安即事》：

> 捷书飞羽达鸾坡，铜柱勋名自不磨。风扫天山晴卷箨，月明沧海夜澄波。青霄手摘妖星落，赤地人思化雨过。未识楼船功定后，九重霄旰更如何。
>
> 清时讲武出长安，秋色华林晓露溥。草绿平原围宝幄，弓弯明月落金丸。战袍较射分诸将，行殿烹鲜出大官。圣主更勤《无逸》训，封章多傍马头看。
>
> 碧落鸠工启玉楼，丁丁声彻九天秋。远移瑶岛云常湿，暗拥蛟宫翠欲浮。王母迎来花作仗，洛妃归去凤为舟。人间永夜闻天乐，目断银河清浅流。
>
> 宏开秘阁集簪裾，巢许弹冠到石渠。一自弓旌搜海岳，更谁蓑笠狎樵渔。自惭金马人非选，共喜瀛洲地有余。汉代几人夸博物，《子虚》争荐马相如。

## 2. 廷瓒诗歌中值得关注的第二类是抒写个人情怀的咏怀诗

张廷瓒一生仕宦非常顺利，几乎没有遭遇大的挫折，并且备受康熙帝恩宠，可谓风光无限。但是如同其父张英一样，为了全身避祸，他处处小心谨慎，在内廷当值殚精竭虑，回到家中则"纸窗木榻，摊书握管，禁钟欲晓，往往篝灯不辍，如寒士羁人，情幽思苦，间或遣兴闲吟，多曲折凄婉之致"①（陈元龙《传恭堂诗集》序），自己内心的幽思苦闷往往无法排解，只好借助诗歌表达出来。如《秋夜偶成》：

> 千里归心逐塞鸿，萧然客舍酒瓶空。高楼笛落遥天月，古堞旗翻大漠风。今岁才知谋食累，一官徒博折腰工。明朝走马朝天去，正在山翁晓梦中。

此诗写于赴任的旅途之中，到处奔波的劳累让诗人苦不堪言，慨叹为官"谋食"之不易。所以尽管诗人仕途比较顺利，但是乞身归家的愿望却始终没有平息过，正如《秋日》所言："萧萧落叶报秋声，绕砌还听蟋蟀鸣。未赎典衣怜计拙，忧思沽酒博愁轻。抛残古帙欹高枕，看尽流云倚短楹。何日乞身许归去，一蓑烟雨任平生。"诗人已经过够了因做官而愁绪满怀的生活，他向往的是"一蓑烟雨任平生"的隐居生活，没有世事纷扰，没有人事羁绊，优游卒岁。遗憾的是其父张英最终得以归居林下，享受田园生活近十年，而诗人还没等待那一刻，就因病而逝了！

除了表现羁旅行役、仕宦劳累等情幽思苦之作，张廷瓒许多咏怀诗都写得曲折凄婉。如《悼亡十首》：

> 我生三十年，朝暮惟眠餐。露华滋柔条，春风吹羽翰。讵知宇宙间，何事为悲欢。忽遭连理摧，吊影成孤鸾。不解悲何来，寸衷时辛酸。击缶歌短章，书寄泉下看。（其一）
>
> 忆昔结襦初，节序邻青阳。当窗灿梅萼，素葩迎晨妆。盘龙啮明镜，皓月悬清光。金屋结花胜，绣阁流苏张。博山袅微云，环佩熏幽香。长此春华姿，安知秋露伤。回头万事非，白旐空飘扬。拔

---

① （清）张廷瓒：《传恭堂诗集》，《四库未收书辑刊》第7辑第29册。

泪掩遗挂，目击徒悲伤。（其二）

此组诗是悼念亡妻刘氏所作，回顾了和亡妻在一起时的点点滴滴，反复诉说如今自己形单影只的悲凉处境及对亡妻的思念，缠绵悱恻，令人泣下。张廷瓒具有过人的哀乐之感，所以生活中的许多人和事都会触及其敏感的内心世界。如其《赠姚玉阶六首》：

其一

驰骤骚坛久擅名，凄凉灯火苦吟生。才华尽是如君辈，云路何人叹不平。

其四

翛然玉立迥无尘，江左家声迈等伦。谁识西华旧公子，十年已是葛襦人。

其五

萍梗飘零故国情，危巢风雨久全倾。可怜只有牛衣侣，肠断骨粉草又生。

姚玉阶即姚士陛，号别峰，桐城麻溪姚氏姚文熊子，康熙三十二年（1693）举人，有文名，但是一直郁郁不得志。诗歌通过今昔对比描写了同乡落魄的遭遇，并对之寄寓了深切的同情。

3. 张廷瓒诗集中制的关注的第三类诗作是边塞诗

诗人曾经随康熙帝三次出征塞北朔漠，边地的风土人情及亲赴前线的经历，都让其大开眼界。这样的风云际会对诗人来讲是非常难得的，他也像唐朝的边塞诗人一样，将自己的所见所闻用诗歌记录下来，给自己的诗歌园地增添了别样的风情。且看诗人笔下的居庸关：

居庸郁嵯峨，王畿枕北障。千叠浓云飞，万顷惊涛涨。遥望悬

崖间，雉堞亘其上。人力安能跻，疑是鬼工创。一线通南北，雄关
屹相向。曲曲绕山麓，石齿清流漾。中有弹琴峡，入耳足清旷。我
来上巳前，寒风卷行帐。残雪留阴壑，秃树隐遥嶂。不知深夏时，
积翠如何状。慷慨事请缨，弯弧自神旺。(《居庸关》)

威武雄壮的边关，鬼斧神工，和边地的风物融合在一起，让诗人心潮澎
湃。他所见到的景象的确和以前大为不同："野阔天高望眼空，平沙万
幕护行宫。深溪草压经年雪，古戍笳生大漠风。渺渺炊烟寒烧外，萧萧
嘶马夕阳中。平生壮志轻行役，形胜新看塞上雄。"(《出塞》)"六师齐
发控征鞍，草色苍黄一望宽。乍雨乍晴行路滑，如秋如夏着衣难。沙飞
四野驼声急，月落千山雁阵寒。正是莺花好时节，绿杨红杏满长安。"
(《塞外》)天高野阔，大漠狂风，沙飞四野，月落千山，开阔的景象平
添几分苍凉，诗人不由得想起关内与之完全不同的景象。安营扎寨之
后，诗人终于体验到了真正的行军打仗生活，且看《军中》：

寒风吹雪白如绵，荒野停骖欲暮天。共损余粮充马秣，平分小
幕让驴眠。引绳架木摊衣泾，掘灶求薪待火燃。时向期门问消息，
军中恐有令新传。

相比之前的诗歌，此首诗的色彩显然暗淡了许多，只是对军中生活作了
真实的描绘，可以看出此时诗人的内心逐渐冷静下来。实际上，对于一
个长期处于宫中的文官来说，真实的塞外军营生活无疑是非常艰苦的，
之前的憧憬和新奇很快被残酷的现实所代替，诗人经受着莫大的考验。
端午节到了，而这里却仍然是朔风劲吹，和关内的节序完全不一样，诗
人想要按风俗过节也难以实现，"远塞惊心节序移，天中尚怯朔风吹。
泛蒲难觅中山酒，系臂何来五色丝"(《端午》)。他经常骑马奔波，非常
劳累，"自昔江南劳梦寐，新从出塞忆京华。今朝马上疲驱策，只望行

营便是家"(《马上作》)。

不过，军营生活也有多姿多彩的一面。诗人有时和他人相较射箭，"散步平芜碧草丛，相邀较射夕阳中。鸣鞭幸扈飞龙踔，插羽还希汗马功。强挽雕弧惭腕弱，远瞻鸿鹄笑心雄。曾观天子临金埒，满引传杨擘电同"(《习射》)。有时，皇帝的赏赐让诗人欣喜不已，"解箨香生绿玉痕，得尝珍味荷君恩。宵来清梦留人处，家在江南水竹村"(《二十三日蒙恩赐新笋数枝名雁来笋恭纪》)。有时，还可以看到奇珍异卉，"塞垣看异卉，曾傍上林生。枝缀金盘色，光分玉井名。桂岩堪并植，菊圃许同清。试点龙团茗，香浮落蕊轻"(《金莲花》)。虽然如此，恶劣的自然环境、单调乏味的生活状态很快让诗人思念起亲人，"沙围毡帐草漫漫，当午貂襦尚怯寒。香阁晚风簪茉莉，轻罗团扇倚阑干"，"书传鸿雁足报深，瀚海云昏震鼓鼙。北望斗杓还在北，莫教清梦到辽西"(《寄内》)。由于水土不服加上生活困苦，诗人病倒了，这时他更加想念之前的京华生活，"花依萱砌午阴时，游子身同短梗吹。忧病寄添囊底药，卫寒缝尽手中丝。抚肩有泪征衫渍，稽首无言绣佛知。莫托鳞鸿报愁绪，毡庐风雪夏深时"(《叠前韵忆京华四首》其二)。

因为张廷瓒实际在塞外生活过，所以其边塞诗极为真切，他以细致的笔触描写了塞外景象及军营生活的点点滴滴。与其个人的真切体验相关，张廷瓒的边塞诗多愁思之音，风格慷慨悲凉。

除了这几类诗作之外，张廷瓒诗歌的写景记游之作，多清丽之美，也颇值得关注。兹录几首：

> 雨过遥山泾翠横，短莎如剪笋舆轻。微茫灯火前村出，深柳阴中看月行。(《安肃道中》)
>
> 青衫到处点残红，放艇西陵罨画中。万叠青螺新雨沐，一奁明镜澹烟笼。(《西湖杂诗十首》其一)
>
> 四面春山翠欲流，湖心结构小亭幽。却思烟雨溟蒙日，疑是波

间画舫游。(《西湖杂诗十首》其二)

高柳周遮小阁开，阴阴石径长莓苔。此中饶有华胥梦，到处皆成滟滪堆。世味潮同归鸟倦，年光空被落花催。江天多少闲鸥鹭，一棹相从更不回。(《小园》)

## 三、张廷玉与《澄怀园诗》

张廷玉(1672—1755)，字衡臣，号砚斋，张英次子。康熙三十五年(1696)中乡试。康熙三十九年(1700)会试三甲一百五十二名进士，授检讨，入值南书房，迁洗马，升刑部右侍郎，充经筵讲官，再调吏部左侍郎。雍正元年(1723)擢礼部尚书；四年，授文渊阁大学士；六年，拜保和殿大学士兼吏部尚书；七年，加少保；八年，清廷设军机处，受命为军机大臣。乾隆四年(1739)，加官太保；十三年，致仕回故里，家居六年，于二十年卒，享年84岁，赐与侑享之典，配享太庙，仍赐谥文和，本朝汉大臣得与配享者唯公一人矣。张廷玉历仕康雍乾三朝，入仕为官五十载，掌词林二十七个春秋，主揆席二十四年，凡军国大政，多承旨商度，恪勤不懈，缜密周详，尽职尽责。且历任乡试同考、会试主考，屡充朝廷阅卷大臣。清廷开馆编修《三朝实录》、《玉牒会典》、《治河方略》、《国史》、《明史》时，皆受命为总裁，尤以所修《明史》为史学界推重。另著有《澄怀园全集》等。

张廷玉诗歌作品中所占比重较大的一类是台阁之诗。这一类诗大部分是典型的庙堂文学，以和声鸣盛、润色鸿业的应制类作品居多，以颂圣、鸣盛、纪恩、恭和等为标题，内容无非是写和内廷生活有关的宴游、扈从、感恩等。还有一部分是抒写作为"相臣"之心事，表现对国家时事的关注和对名臣贤相的倾慕。如《奉命充省方盛典总裁恭纪》：

民瘼民依庶圣衷，频劳法驾出深宫。五年巡狩符虞典，万世安澜颂禹功。此日幸分青镂笔，当时亲傍玉花骢。难将荡荡巍巍德，写入金泥玉检中。①

颂扬天威，粉饰太平，如同朝庙雅乐，记载典实，雍容典雅。不过这些诗作中也有一部分较有真情实感，如《奉命供奉南书房恭纪》：

　　箕裘弓冶不胜任，又许鹓鹪讬上林。两世直庐明主泽，廿年书局老臣心。山樗敢望依神荬，土鼓偏教傍帝琴。惭听六宫人尽说，苏环有子荷恩深。

歌功颂德，但不是无病呻吟，而是剖白心迹，能够表现自己内心真实的情感。作为深荷皇恩的台阁重臣，张廷玉随时都不会忘记自己的身份，所以其诗往往不只是传情，还要布道。如《送二侄之官琼州》：

　　天语褒循吏，除书出禁林。人言家法好，我叹主恩深。易了当官事，难酬报国心。门前驱五马，欲别更沉吟。（其一）
　　万里珠崖郡，休辞渡海劳。艰难试盘错，忠信涉波涛。蜑户知风候，黎人望雨膏。坡公祠宇在，先与酹香醪。（其二）

虽然是送别，却很少长辈对晚辈远仕他乡的难舍和牵挂，而是不忘慨叹"主恩深"，勉励侄儿时刻不忘"报国心"，更多的是作为股肱之臣道义的嘱托。官高位重，深蒙宠信，自然要时刻不忘国事，不负皇恩，即使已经归居林下也是如此：

_____

　　① 本节所引张廷玉诗歌皆出自《澄怀园全集》，《四库全书存目丛书·集部》第262册。

溪流曲曲绕柴门，石作屏风树作垣。每与野人临水坐，梅花香里话君恩。(《春日赐金园间居即事》)

张廷玉诗歌中的另一大类是山水记游之作。如《马上望盘山》：

朔风栗烈近重关，风卷冰花点鬓斑。笑我未忘丘壑兴，荒烟残雪望盘山。

诗人虽然身居高位，享尽荣华富贵，但是很多时候事务缠身，极为劳累，所以希望自己能早日回到家乡，享受闲适自得的林下之乐，在乾隆十三年，诗人终于得以致仕归里，写下许多山水诗。如《山中暮归》：

林端鸦阵横，烟外樵歌起。我从山中归，幽怀殊未已。小童负欹筐，迂路采兰芷。疲驴缓缓行，斜阳在溪水。

又如《秋阴》：

镇日重云护板扉，秋寒容易透秋衣。数声风叶静时落，一片雨丝晴后飞。瓜蔓影中虫独语，蓼花深处燕双归。槐阴一枕还乡梦，云树苍茫认钓矶。

这些诗勾画了一幅幅山水画卷，充分展现其怡然自得的情怀。

# 第七章　左氏家族诗歌研究

## 第一节　概　　述

　　左氏家族，是桐城五大世家之一，祖籍安徽泾县，后来迁至潜山县，明洪武初年再迁桐城大宥乡(今枞阳县境内)。左代一被认为是左氏家族迁桐后一世祖，后来左出颖一支于明万历年间迁居县城(今桐城市区)"唻椒堂"，并开始显达起来。左出颖生有九子，其中左光先、左光斗是当时的名臣。左光斗排行第五，是左氏家族的代表人物，明万历三十五年(1607)进士，官金都御史，后死于党祸。左光斗曾筑别墅于龙眠山口(今桐城境主庙水库上游)，其子国柱、国棅、国林、国材先后居此吟诗作赋，称"龙眠四杰"。左氏家族后裔比较有名的有清潞安知府左文言、琼州知州左兴、内阁中书左衢、清末知名人士左挺澄等。表7-1是左氏家族世系简表。

　　左氏家族能够位列桐城五大望族之一，很重要的原因是因为左光斗在明末的极大影响，其家族的鼎盛期也在此时。其后左氏家族一直难以再续辉煌，与桂林方氏、麻溪姚氏、宰相张氏及马氏家族都难以匹敌。从诗歌成就来看，重要的诗人也几乎集中在明末清初，左光斗及其四子、左国林之女左如芬是其中的代表，见表7-2。

表 7-1                    **左氏家族世系简表**

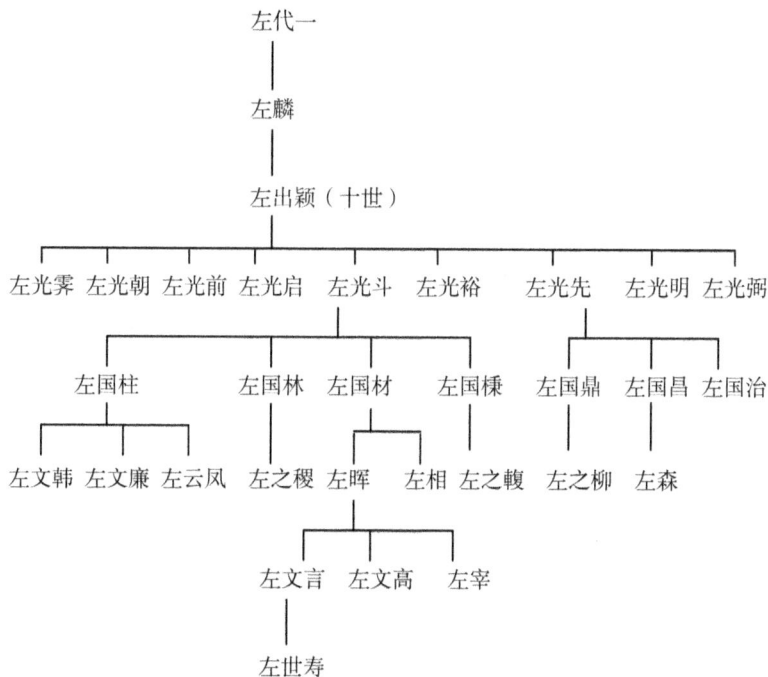

```
                            左代一
                              │
                            左麟
                              │
                         左出颖（十世）
    ┌────┬────┬────┬────┬────┬────┬────┬────┐
  左光霁 左光朝 左光前 左光启 左光斗 左光裕  左光先 左光明 左光弼
              ┌───┴───┐  ┌──┴──┐     ┌──┴──┬────┐
            左国柱    左国林 左国材 左国楫  左国鼎 左国昌 左国治
          ┌──┼──┐        ┌──┴──┐        │
        左文韩 左文廉 左云凤 左之稷 左晖 左相 左之鞥  左之柳 左森
                              ┌──┼──┐
                            左文言 左文高 左宰
                              │
                            左世寿
```

表 7-2          **桐城左氏家族诗人简介及诗歌存录情况一览表①**

| 世次 | 姓名 | 简　　介 | 《龙眠风雅》与《桐旧集》诗歌存录情况 |
|---|---|---|---|
| 十一世 | 左光斗 | 字共之，号苍屿，万历三十五年进士，官左佥都御史，赠右副都御使，再赠太子少保，谥忠毅 | 《龙眠风雅》(106)<br>《桐旧集》(17) |
| | 左光先 | 光先（1580—1659），字述之，一字罗生，号三山。天启四年（1624）举人，官至监察御史 | 《龙眠风雅》(3)<br>《桐旧集》(1) |

①　诗人简介参考《家谱》、《龙眠风雅》、《桐旧集》以及相关史志资料等。

续表

| 世次 | 姓名 | 简　　介 | 《龙眠风雅》与《桐旧集》诗歌存录情况 |
|---|---|---|---|
| 十二世 | 左国柱 | 国柱（1606—1667），光斗长子。字子厚，一字硕人，号醒圆。崇祯初，魏忠贤被诛后，曾具疏鸣冤，使其父得以诏雪。崇祯十二年（1639），中副榜贡生，荫授浙江武康知县。明亡后挂冠而归 | 《龙眠风雅》（4）《桐旧集》（1） |
|  | 左国楺 | 国楺（1616—1685），光斗次子，字子直，号眠樵。崇祯末诸生，私谥"和节先生" | 《龙眠风雅续集》（58）《桐旧集》（4） |
|  | 左国林 | 国林（1617—?），光斗三子，字子忠，号鹤岩。顺治二年举人，选仪征教谕，迁广东南雄推官。持法平，再迁河南同知未之任，留充广东乡试分校官，寻卒 | 《龙眠风雅》（15）《桐旧集》（6） |
|  | 左国材 | 国材（1620—1699），光斗幼子。字子厚，号越巢。诸生，与陈子龙、方以智等友善。南都亡，更名栋，隐居龙眠山 | 《桐旧集》（2） |
|  | 左国斌 | 字子兼，崇祯时诸生 | 《龙眠风雅》（52） |
|  | 左史 | 左光明子，字山子，崇祯时诸生 | 《龙眠风雅续集》（4）《桐旧集》（1） |
|  | 左国鼎 | 左光先长子，字夏子，号非楚，崇祯末诸生 | 《龙眠风雅》（23）《桐旧集》（3） |
|  | 左国昌 | 左光先次子，字子永，诸生，早卒 | 《龙眠风雅》（15）《桐旧集》（5） |
|  | 左国治 | 国治（1628—1691），左光先三子，字子周，号橘亭，副贡生，考授州同知 | 《龙眠风雅续集》（57）《桐旧集》（1） |
|  | 左国宠 | 字子衡 | 《龙眠风雅续集》（10）《桐旧集》（1） |

| 世次 | 姓名 | 简　介 | 《龙眠风雅》与《桐旧集》诗歌存录情况 |
|---|---|---|---|
| 十三世 | 左之馥 | 字北于，康熙间布衣 | 《龙眠风雅续集》(11)《桐旧集》(1) |
| | 左之柳 | 左国鼎仲子，字格初，康熙间贡生，官邳州训导 | 《龙眠风雅续集》(17)《桐旧集》(1) |
| | 左如芬 | 左国林之仲女，字信芳，进士姚非庵之妻 | 《龙眠风雅》(30) |
| 十四世 | 左文言 | 左晖长子，字衍初，号椒堂。以廪贡考取教习，选授直隶完县令，再迁山西潞安府 | 《桐旧集》(5) |
| | 左文博 | 字孟英，号浣松，康熙间岁贡生 | 《桐旧集》(1) |
| | 左昶 | 字怀沧，号尚子，康熙己卯举人 | 《桐旧集》(3) |
| | 左沅 | 字湛含，号鉴亭，康熙间诸生 | 《桐旧集》(22) |
| | 左澄 | 字超氛，雍正间诸生 | 《桐旧集》(3) |
| | 左文高 | 字透平，号二松。廪贡生，雍正六年举孝友端方，授广西迁江令 | |
| | 左敩 | 字念臣，号慕陶 | |
| 十五世 | 左衢 | 字赓唐，号畔堂，乾隆壬申进士，官宗人府主事 | 《桐旧集》(2) |
| | 左世琅 | 字挹青，乾隆中罗田知县 | 《桐旧集》(12) |
| | 左世经 | 字仲夫，乾隆间诸生 | 《桐旧集》(17) |
| | 左世福 | 字次宗，号嵩卢，雍正间诸生 | 《桐旧集》(1) |
| | 左世寿 | 字山年，号客堂，雍正间由保举官怀来知县 | 《桐旧集》(3) |
| | 左周 | 子逸濴，号问庄，乾隆己丑进士，官宁绍台道 | 《桐旧集》(1) |
| | 左揆 | 字南池，乾隆间布衣 | 《桐旧集》(6) |

| 世次 | 姓名 | 简　介 | 《龙眠风雅》与《桐旧集》诗歌存录情况 |
|---|---|---|---|
| 十六世 | 左行危 | 字迥澜，号陌居，乾隆间布衣 | 《桐旧集》(6) |
| | 左骥 | 字性恺，号圉斋，乾隆间诸生 | 《桐旧集》(2) |
| | 左祺 | 字介曾，号樵云，乾隆初县学生，赠益阳知县 | 《桐旧集》(2) |
| | 左眉 | 字良宇，号静庵，乾隆己酉拔贡生 | 《桐旧集》(38) |
| | 左坚吾 | 字叔固，乾隆间国学生 | 《桐旧集》(1) |

## 第二节　左光斗诗歌研究

左光斗(1575—1625)，字遗直，一字共之，号浮丘。明万历三十五年(1607)进士，授中书舍人。万历四十七年，升浙江道监察御史。天启元年(1621)领直隶屯田事，后任左佥都御史，参与杨涟劾魏忠贤，又亲劾魏忠贤32斩罪。天启二年七月，与杨涟同被诬陷，死于狱中，后追赠太子少保，谥"忠毅"。著有《左忠毅公集》五卷，附一卷。《左忠毅公集》第三卷录其诗歌，分体裁编排，以五七言律诗居多。另外，《龙眠风雅》录其诗106首，《桐旧集》存其诗17首。从其留存诗歌内容来看，主要有题赠、山水、述怀之类，其中有许多诗结合自身经历，反映明末政治斗争、党祸以及黑暗的社会现实，有"诗史"价值。

左光斗诗歌中，第一类比较值得关注的诗歌是反映其政治生活的作品。左光斗为官的天启年间，魏忠贤等阉党把持朝政，陷害忠良，朝廷内部乌烟瘴气，杨涟、左光斗等东林党人，与阉党展开了激烈的斗争。天启四年(1624)，左副都御史杨涟上疏弹劾魏忠贤二十四大罪。左光斗大力支持，并独自一人弹劾魏忠贤三十二条该斩之罪。结果遭到魏忠贤及其阉党的报复，把杨涟和左光斗削职为民。与杨涟、魏大中、袁化中、顾大章、周朝瑞等六人被捕下狱，于天启五年七月摧残致死，成为晚明历史上影响重大的"明末六君子"冤案。左光斗在诗中记录了其与杨涟等人和阉党斗争及遭到陷害入狱的经历。先是杨涟被贬为庶民，左光斗《杨大洪归里后感示惠元孺给谏二首》云：

　　痛杀龙髯攀不及，幪天毒雾满朝危。触阶流血君方见，叩阍排帘宫始移。北阙雨风号二祖，西山霜雪致三疑。至今永夜伤心事，空向干清涕泪垂。（其一）

　　孤危少主自堪怜，姑息翻为妇寺牵。利口果能昏白日，杞人只恐坠皇天。行吟无地终怀楚，击筑增悲竟离燕。一死一生原是幻，肯同举国饮狂泉。（其二）①

左光斗和杨涟可谓战友，如今杨涟被逐出朝廷，内心非常愤懑。《柳亭诗话》云："孙文忠高阳集有三十五忠诗，左忠毅公其一也。忠毅公送杨大洪归里诗：'触阶流血君方见，叩阍排帘宫始移。'痛定思痛，亦未知后日之祸，如是之烈也。"②左光斗生平佩服杨椒山，颜其堂曰"噉椒"。及遭珰逐，《道中感怀》云："顾难谐栗里，祸恐续椒山。"最终与杨大洪同一死义。的确，左光斗此时还没料到惨祸还在后面。不久，他也遭到了驱逐，《遭珰逐道中感怀三首》云：

　　岂料阴初盛，沉淫昼不开。伤心惟枳棘，触目长蒿莱。争说朋为正，难令鸩作媒。呼天问清霁，直待有风雷。（其一）

　　幸未遭严遣，居然许放还。愿难成栗里，祸恐续椒山。空有安

---

①　本节所引左光斗诗歌皆出自《左忠毅公集》，清康熙刻本。
②　（清）宋长白著，辛味白校点：《柳亭诗话》，上海杂志公司1935年版。

危计，谁开笑语颜。龙眠旧卜筑，长在汨罗间。（其二）

暧暧浮云障，冥冥妖祲繁。疲驴冲道路，破帽出都门。抗疏功全少，埋轮志尚存。君王如可悔，幸有老臣言。（其三）

虽然此时的诗人被放还归里，对于阉党主政的"触目长蒿莱"之朝政形势，"空有安危计"，所以难以笑语颜开，但是诗人的心志却如同屈原一样，矢志不渝。此时的他还期望君王能够回心转意，后悔驱逐他们这些老臣，岂不知事情不但没有转机，更大的祸患还在后面。阉党对于他们必欲除之而后快，罗织了许多罪名，将左光斗和杨涟逮捕入狱。《别同乡赴诏狱》云：

斑马鸣萧萧，长河水潺潺。歧路一尊酒，行者皆声失。念我平生交，执手如胶漆。子弟各依依，啼呼回落日。幼儿尚嬉游，不识六与七。旧德无足存，生还未可必。天王本圣明，众女善妒嫉。临风从此辞，孤臣委汉室。流离戴君恩，努力全臣节。直道不可为，微劳易过切。安得浮云开，与子归衡沁。

诗人知道此去凶多吉少，但是并不畏惧，已经做好了"全臣节"之准备。不过，最难过的还是和双亲别离，《别双亲赴诏狱》云：

再别不能去，中堂有老亲。著书成令子，传世学忠臣。逢难心犹烈，居官家更贫。白云何可望，回首尽烟尘。

据记载，左光斗父亲左出颖在八十岁高龄时，左光斗被阉党迫害致死，家人闻讯后哭作一团，唯独他端坐桌前，一言不发。后左光斗冤案昭雪，魏党被诛后，太公闻言痛哭："我今天可以死了！"言罢闭目良久而逝。在押送左光斗的槛车赴京的过程中，左光斗受到沿途士民的欢迎和支持。《畿北道中士民攀槛车持金钱相赠诗以谢之》曰：

> 车指燕山道，徘徊半故人。相逢多下泪，欲别且攀轮。风与畿
> 南别，情因难后真。殷勤谢多士，从此避嚣尘。

故人之依依不舍，并赠送金钱，让左光斗深为感动。这时一起落难的同
志杨涟的书信到了，"荒郊一带惨风烟，逐客征车江楚联。含泪开书犹
骂贼，同心共请祇呼天。此生莫作无家别，万死惟知有剑悬。寄语故人
须早发，相期面折圣王前"（《槛车至濠梁时杨大洪书至》）。虽然对于自
己和故人的遭遇愤恨不已，但是诗人还是勉励战友早日出发，能够在圣
王面前据理力争。他们还是错误估计了形势，很快他们便被捕入狱，等
待他们的不是沉冤得雪，而是严刑拷打、必欲置之死地而后快的阉党帮
佣。《狱中同杨大洪魏廓园顾尘各周衡台袁熙宇夜话》云：

> 噫噫哀哉！当今之事不可问，谁信慷慨回气运。长安猛虎昼食
> 人，雾盖燕云十六郡。我欲呼天天高不可呼，我欲告人人心毒如
> 荼。皋陶平生正直神办香，可能悉其辜夜来，床头生芝干如铁。不
> 在李膺之前，则在范滂之侧。英雄对此益增奇，天地愁之失颜色。
> 噫嘻吁嗟乎！明月蚀于天，高山崩入渊。如何长夜如长年，安得魂
> 去飞翩翩。上与二祖列宗诉其缘，肯教鸾凤独，死枭獍乘权。

诗人呼天抢地，一腔怨气喷薄而出，他恨奸佞当道，阉党专权，致使自
己有冤难申，有苦难诉，但诗人保持忠节之心志却没有改变。《静志居
诗话》云："万忠贞之死，忠毅公哭之以诗，有云：'我有白简继君何能
已，与君同游杖下矣。丹心留在天壤间，没没之生不如死。'是亦不愧
其言者也。"

  除了抒写自己心志的政治诗篇，左光斗还有许多酬赠诗写到当时时

事。如《送孙恺阳阁部督师关东》：

> 一天杀气成秋色，四面笳声变羽声。恐见鲸鲵横鸭绿，可无筹策返辽城。衮衣急借周公出，篿服还劳方叔行。报国有心常似击，只将龙树乞神兵。

> 丞相胡远镇边，痛成两表出师先。封疆竟可酬恩怨，鸾凤何能混乌鸢。若过燕然应勒石，倘平回纥望朝天。干戈那及人心险，只恐回车不肯前。

左光斗诗歌中第二大类是抒写自己心志的咏怀诗。这类诗内容比较丰富，展现诗人在不同时期的心路历程。如《咏怀诗示缪西溪宫谕四首》：

> 芳树临华池，其下多芳草。埃风吹历乱，严霜亦何早。芳草既已摧，芳树亦云老。宫中有佳丽，仪容多窈窕。封狐竟妖冶，蛾眉不自保。青蝇点白璧，弃掷何足道。（其一）

> 飞尘避白日，天地失其明。曾参不杀人，慈母胡不惊。愿回若木光，一察葵藿情。塘鼠床下语，蝙蝠梁上鸣。黄鹄摩青天，不与世相争。哀哉险侧子，用心何怦怦。（其二）

> 老狐戴髑髅，夜拜北斗神。绥绥曳长尾，顷刻化为人。我有龙颖剑，欲杀投水滨。丈夫报国家，鸿毛安足论。系之一不中，徒为鼠雀嗔。多彼寒蝉辈，教我守沉沦。（其三）

> 玄鹿遵长林，白鹤舞晴雪。山中有神人，避世修隐诀。呼吸通神明，坐对忘寒热。出世君何长，入世我何拙。烦师齿病根，迷途顿悟彻。长路进双履，霜飞水冻冽。（其四）

此组诗仿阮籍《咏怀诗》之体例，以隐喻的形式表达自己的心曲。面对险恶的政治处境，是"自保"、"出世"，还是"入世""相争"，经过一番矛盾的争斗之后，诗人找到了答案。

左光斗诗歌中有许多怀人诗写得情真意切，温婉动人。如《九日怀亲》：

> 故园秋每好，三载滞归车。问节惊初度，思亲数岁华。场应升晚秫，霜渐老寒花。莫便登高望，苍茫思转赊。

恰逢重阳佳节，已经三载没有回家的诗人登高望远，倍加想念亲人。对于常年仕宦在外的左光斗来说，对家乡亲人的思念始终萦绕心头，他的诗中有多篇以"忆"为题的篇章。《忆亲》道："贱贫奚不适，何事急儿官。老眼燕云破，乡心楚塞团。屡书闻岁俭，多病况秋寒。欲拟双舆养，无端去住难。"他思念自己的妻子，"贫家有拙妇，颇亦称寒暄。供客饶茶菽，生儿足犬豚。别来身拥盖，归笑室无裈。何日媞媞至，清尊与慰存"（《忆内》）；他思念才周岁的儿子，"柱子今周岁，书来数报奇。岐嶷通语笑，文弱称追随。旅梦惊相唤，春归近有期。儿应啼向父，先此拟含饴"（《忆子》）。他也思念自己的女儿，"弱女倍儿恤，提携并一双。逢人初试拜，学刺半临窗。亲老偏伊慰，愁多赖汝降。至今孤馆寂，犹自笑声哤"（《忆二女》）。这些诗作大多娓娓道来，朴老真挚，浓浓的亲情跃然纸上。

左光斗诗歌中第三大类是山水记游之篇。这类诗以五言律诗居多，许多诗色调明丽，表现耽于山水风景之乐。如《小筑》：

> 卜室龙山下，萧萧只数椽。客来频坐石，鹤唳欲飞天。花竹分邻圃，栽培问长年。月明乘兴返，曳杖度前川。

诗人卜室于龙眠山下，尽管房屋萧疏，但是能与花竹为伍，白鹤相伴，就已经心满意足。后来，他的四个儿子曾经在这里隐居。左光斗非常珍爱家乡的山水风物，有许多吟咏的诗篇。他喜爱西山的风景，"何异龙眠路，所殊未有樵。野墙藤作瓦，邨落树为桥。向背溪流转，有无山色娇。天风吹向夕，满路发松潮"（《西山十咏》之一）；经过浮山，他不忍离去，"未卜吾庐处，偏怜比壑宜。好山围四面，曲水绕干城。寺隐僧时见，源深各自疑。不堪樵牧问。应动向时悲"（《过浮山二首》之二）。总之家乡的山水让他迷恋，所以他梦想就是晚年能够归隐龙眠山中，可惜天不遂人愿，还没等实现，就被迫害致死。

左光斗的许多记游诗融合自己的感受，写羁旅行役之感。《寒食道中即事》云："二月春风杨柳烟，一庭花事杳茫然。几家旧恨斜阳外，无数新愁高冢边。塞俗耕驴似耕犊，燕人乘马不乘船。逢迎官吏纷持牍，问道闲曹不肯前。"又如《出乌石冈》："渐喜尘嚣远，旋惊野色明。凤山青欲送，桐子郁相迎。杨圃牛羊下，邹篱鸡犬声。几年还薜荔，底事误浮名。"

从左光斗所留存诗歌来看，内容比较丰富，既有反映社会现实的诗作，也有抒写个人情怀乃至山水风景的篇章。其诗诸体皆工，五、七言律诗成就较高，学习杜甫，有沉郁顿挫之致。

## 第三节　"龙眠四杰"及左如芬诗歌研究

### 一、"龙眠四杰"诗歌研究

左光斗曾筑别墅于龙眠山口，其子国柱、国棅、国林、国材先后居此吟诗作赋，称"龙眠四杰"。据方苞《左忠毅公逸事》记载，左光斗因一次偶然的机会结识史可法，对之大加称赏，并云："吾诸儿碌碌，他日继吾志者，惟此生耳。"[①]事实上，左光斗四子并非庸碌无为。在左光斗蒙冤死后，四子迅速投入到复社反对阉党的活动之中，不但很快使其

---

① （清）方苞著，刘季高校点：《方苞集》，上海古籍出版社1983年版，第237页。

父沉冤得雪，而且极力打击了阉党的气焰。明末四公子之一陈贞慧之子陈维崧在《冒辟疆寿序》中提到明崇祯十一年（1638）前后，他的父亲与冒辟疆在南京时的一段生活："时先人与冒先生来金陵，饰车骑，通宾客。尤喜与桐城、嘉善诸孤儿游．游则必置酒召歌舞。金陵歌舞诸部甲天下，而怀宁歌者为冠，所歌词皆出其主人。诸先生闻歌者名，漫召之，而怀宁者素为诸先生之诟厉也。日夜欲自赎，深念固未有路耳，而亟命歌者来，而令其老奴率以来。是日演怀宁所撰《燕子笺》，而诸先生固醉，醉而且骂且称善，怀宁闻之殊恨。"①"怀宁"即阮大铖，"桐城、嘉善诸孤儿"，指的是东林党领袖左光斗、魏大中的遗孤，左国柱兄弟的气节跃然纸上。崇祯十一年（1638），复社在南京举大会，大会的主要内容是上《南都防乱公揭》，声讨阉党阮大铖。左国柱、左国材、左国林，参与其中。明清鼎革，左国柱、左国槟、左国材没有再出仕，而是甘心做遗民，充分展现了忠贞气节。从诗歌成就来看，四人在当时颇有诗名，其中，左国槟、左国林、左国材被称为"龙眠三左"。可惜四人诗集已没有流传，所存诗歌不多。

**（一）左国柱**

左国柱，字子正，一字硕人，号醒园，左光斗长子，崇祯己卯副榜，考授知县，宰浙江武康，清惠得民心，甲申后挂冠归隐。所著有《醒园诗草》。年六十二卒。天启五年（1625）左光斗被阉党毙于招狱，左国柱与其弟左国材等继承乃父之志，投入复社反阉党的政治斗争，崇祯九年（1636）桃叶渡大会，十一年（1638）上《南都防乱公揭》，十二年国门广业社，他都参与其事。左国柱诗歌于《龙眠风雅》留存四首，《桐旧集》留存一首。《贼警登埤》曰：

> 赤羽郊西日，黄沙塞北天。乌号惊野哭，劫火续村烟。获稻惟

---

① （清）陈维崧：《陈维崧集》，上海古籍出版社2010年版。

赍寇，无衣孰典钱。严更时报警，拥褐戍楼边。①

这首诗描写时事，写社会动乱给普通百姓带来的灾难，可以让我们窥见当时社会之一角。另外一首《重过西湖》也比较有价值：

> 忆昔宦游地，重来觅再游。故人零落尽，旧宅几家留。邸断湖心阔，舟藏水面幽。便闻关塞曲，不待五更愁。

重游旧地，诗人心情却不平静，物是人非，旧宅难觅，个中滋味，难免让人愁绪满怀、不胜唏嘘之感了。

### （二）左国棅

左国棅（1616—1685），左光斗次子。字子直，号眠樵。十四岁补诸生，性磊落，负大志，不事生产，喜结交宾客。偕弟国林、国材，时称"龙眠三左"。甲申国变，匿影不出，放迹江湖，寓意诗歌。游屐所至，诗皆成帙，燕赵秦梁暨吴越豫楚间，各有著作，已刊者仅《粤游草》。享年七十岁，私谥"和节先生"。左国棅诗歌《龙眠风雅续集》存录58首，《桐旧集》留存4首。

左国棅所留存诗歌中一大类是他与许多遗民交游唱和的诗篇。甲申国变之后，左国棅秉承乃父风节，没有出仕新庭，而是四处游历，和诸多遗民诗人交往，结下深厚的情谊，并记之于诗。这些诗歌往往关切国事，长歌当哭，展现遗民心怀。如《赠孙豹人》：

> 去年睢阳十月时，旅舍相逢姚山期。为我辄言关西孙子奇，今年孙子来桐山。握手蓬门慰所思，白石行歌悲荒草，壮年颜色空枯槁。大雅不作王风沉，蛾眉交加迹如扫。西京复有诗人兴，修篇短

---

① 本节所引左国柱诗歌出自《龙眠风雅》。

什风格老。落魄一身寄邗沟，幅巾野服何所求。读书耻不破万卷，侠气向天天为愁。爱我同心与论诗，欻然相视心悠悠。倾盖问答各未已，感新忆旧情难止。风尘漂泊十余年，王业不与人老矣。念君此意泪如雨，天寒气结不能语。忽而天地且崩翻，任他功名俱尘土。高歌一曲为君舞，眼中之人谁足数。①

孙豹人即孙枝蔚，诗歌追忆两人相识相知经过，对方慷慨磊落的情怀跃然纸上。两人一见倾心，成为莫逆之交。《题孙豹人诗卷》云："尊酒城隅日夜过，风霜岂得奈人何。独怜残邑千求少，剩有新诗赠答多。储泪千行悲世事，咸愁百斛听君歌。明朝又是庐阳别，两地吟来春渐和。"

左国棅交游颇广，和诸多著名遗民都有往来。《酬杜于皇》是酬答杜浚之作："同是伤摇落，经秋聚石城。病惟诗得意，贫觉酒多情。短竹招风色，高梧尽雨声。信陵门下客，偏尔慰平生。"《赠纪伯紫》写给纪映钟："松菊亭亭挂冷枝，如斯人竟老江湄。天将黄鹄心俱远，名在青城世所推。幕府趋迎高士驾，客窗借读故宫诗（作者按：伯紫有故宫三十韵）。严公就计安危后，深夜何妨一和词。"《萧尺木招饮观画赋赠》写给萧云从："别君已是廿余年，老大相逢亦偶然。穷巷席门邻寺畔，黄头历齿拜堂前。眼穿日月难回驾，手贮云烟尚值钱。只此便为贫贱计，那知性命也能全。"

除了这些外地的遗民，左国棅和桐邑的遗民也过从甚密。《寄方子留》云："其守迂疏性，合令踪迹赊。相亲惟野客，与论几诗家。听雨眠僧屋，看云立钓槎。春来有新句，是否为梅花。"方子留，即方授，国变后，为了逃避父母逼迫出仕新朝，流落他乡。从所写来看，诗人并不知道方授其实秘密参与抗清活动。又如《问方明圃病》："心事寒来共抱冰，艰辛如尔我难能。高冠缁布哦诗士，短发长齐行脚僧。疾痛连年

---

① 所引诗歌出自《龙眠风雅续集》。

呼父母，悲歌终夜泣山陵。河阳况是无消息，蜀客如何病不增。"《题方明农采药图》写给方文："三十年来风教主，而今采药一山人。江湖到处藏身好，天地何心独尔贫。幸有孤松如伯仲，还从百草识君臣。荷锄独自归家晚，袖里新诗画里神。"《奉讯无可师自庐山归省》写方以智出家后归里："十年尘土化缁衣，回首干戈甘息机。天上谪仙皆欲杀，海滨遗老竟何归。去时月骨犹存否，此日家山果是非。空尽难空真种子，蒲团坐下不能违。"《喜晤周农父舅氏时将访无道人于竹关》写与周岐的相见："三年南北轻离别，何幸乡园得见过。河水有心同誓久，山川到处入愁多。龙孙老去嘶衰草，燕子重归补旧巢。独念故人成破衲，相期一苇访江波。"《喜钱饮光还里二首》写给钱澄之："南渡君臣罗党锢，逃亡别后到如今。只知灞上真儿戏，岂料神州竟陆沉。赖尔数年家国意，系子万里岁寒心。可怜生死传疑信，陡听还山泪满襟。""每恨不如南去鸟，惊闻犹有北归人。风波致使捐妻子，瓢笠萧然历水滨。定拟诗篇寻老伴，还将婚嫁了闲身。沧桑未敢高声哭，怅惘江村独怆神。"钱澄之归里后，两人经常往来，《饮光入城因与游龙眠》云："封书曾在霜前寄，老衲今晨雪里来。蓬室乱余门径改，梅花约到草堂开。儿童长大惊相问，月骨凋零实可哀。欲问天南十载事，为携枕被话山隈。"

左国棅的这些诗篇大多有无尽的苍凉之感，世事沧桑，拂之不去的是难以言说的故国情怀。《寒食扫墓松鹤山》云："孤忠所历已多年，寒食清明又复然。不见深宫传蜡烛，可堪小市禁炊烟。四山风雨酹杯酒，诸帝国陵欠纸钱。唯有先臣天上侍，感恩痛哭列皇前。"实际上，他们聚在一起，并不只是相对唏嘘，许多时候也是有所图谋。《九日集阁古古杨将军庙分韵二首》云："高林踏碎路重重，都到将军庙里逢。宋国已倾悲未散，英雄欲战气犹冲。明知天地难由转，岂有湖山尚不容。佳节所期酬唱伴，同时载酒共扶筇。""寻幽重把露台登，风急天高酒倍增。虚白忽逢明月上，昏黄莫辨暮烟凝。伤城村落千堆草，隔水人家一点灯。直北关山望不得，雾云影里凤阳陵。"阎古古即阎尔梅，这次聚会显然声势不小，尽管大势已去，但他们仍然"战气犹冲"，忠贞气节矢志不移。诗人《和萧伯闇拜先忠毅祠韵》曰："群空蓟北惟余血，忽接通家泪暗倾。只道一门新戴命，偏留高士苦谋生。茑萝幸附孤松节，师弟相承正气名。屈指故交尽忠义，知君直欲与争荣。"

左国楝诗歌中还有一类诗是山水田园诗。《山居杂咏四首》是他隐居龙眠山时所作：

> 龙眠山水佳，吾家居其最。长堤抱回流，环合如束带。雪瀑挂水帘，林风奏天籁。构屋傍岩阿，万壑自向背。牧犊芳树阴，听莺修竹外。日落渔樵归，溪上遥相待。履约名乃丰，身塞道弥泰。晨夕滋秋兰，偃仰遵时晦。

> 兄弟望衡居，游历无朝暮。客来即共觞，客去便闲步。翻书崖际床，息影溪边树。有时援五木，百万作孤注。到处有草庵，钟磬声环布。交游半在僧，一见皆如故。尝足雨前茶，踏遍云中路。云胡闭樊笼，寂寂谁复顾。

> 天地既已闭，功名亦何有。咄嗟乡里儿，折腰良可丑。家世本忠贞，能不归田亩。粲彼桃源花，翳此柴桑柳。感时及季春，三月当十九。洒血哭先皇，登高酹天寿。望帝啼花间，老乌号宅后。侧听断人肠，千金弃如帚。

> 达人安居命，何必更踌躇。溪山俗仁厚，所以愿结庐。相邻只数家，亦可成村墟。携我椎髻妇，来此比屋居。鹿门期偕隐，荒田共耕锄。溪边十余亩，及时且烧余。生事在耘耰耥，不敢辞劳劬。开樽招我友，斟酌幸不疏。饮罢颓然睡，于君意何如。

隐居山中，本可逍遥自得，但诗人内心并不平静。又如《江上阻风》："漂泊春江上，涛声涌春潮。水腥龙阁急，日黑虎行骄。磷火生榆荚，

妖风欺柳条。戍楼吹角起，不寐听通宵。"此诗写羁旅行役之感。再如
《早秋溪行》："入秋才十日，早暮有微凉。积雨孤村白，轻风一叶黄。
晚塘喧雁鹜，夕坂下牛羊。欲把空王礼，鱼声出院墙。"此类诗歌还有
《同夏子季弟过子兼夏雾》、《与寒上人茶话》、《初晴野望》、《赠渔
翁》等。

### (三) 左国林

左国林，是左光斗第三子，字子忠，号鹤岩。顺治十四年 (1657)
举人，选仪真教授，荐升广东南雄司理，执法平恕，不枉不纵。迁河南
同知，未到任。值广东乡试，充任乡校官。不久，因病卒于官署。少与
兄国棅、弟国材齐名，号"龙眠三左"。据冒襄《忆往昔跋》和复社《南都
防乱公揭》，他是复社政治斗争的积极参与者。著有《江凌草》，《龙眠
风雅》存诗 15 首，《桐旧集》存诗 6 首。

左国林所留存诗歌中，首先比较值得关注的是直刺现实的作品。
《纪哀二首》云：

> 何事张皇问守边，徙薪高议在人先。曲江不祭翻蒙贿，颍水多
> 仇岂姚钱。鞲有苍鹰睨露井，家因白兔贱瓜田。宿囚老弱追呼急，
> 邻舍株连断野烟。

> 松柏萧萧向北枝，荒城伏腊土人思。却怜朱邑营坟地，相见周
> 章抜剑时。风雨满旗都似泣，龙蛇书屋尚余悲。梁碑争出希文手，
> 处处凄凉少保祠。[1]

左国林诗歌中另一类引人关注的是山水诗。《吊龙眠》云："昨日春
山信，河流白板稀。旧栽奴橘老，新刈女桑肥。锦鲤冲风掷，丝合掠浪
飞。修梧伤剪伐，不得共芳菲。"又如《江行》："布帆去不极，云际见人

---

[1]　所引诗歌出自《龙眠风雅》。

家。系网青枫树，藏舟白荻花。回风喧雁惊，落日上鱼虾。夭矫江山翠，停桡看晚霞。"

左国林诗歌留存不多，题材却很丰富，《塞上曲》写边塞生活："将军羽箭射天山，闪日旌旗出汉关。夜月欲开青海嶂，秋风先到白龙湾。"《竹枝词》是一首民歌，诗云："红袖乘风紫陌东，前村斜插碧芙蓉。妾从江上投鱼信，郎在潇湘暮雨中。"

**(四) 左国材**

左国材，是左光斗第四子，字子厚，诸生，有《越巢集》。诗歌只有《桐旧集》留存两首。《感时二首》云：

> 百万旌旗没，黄巢竟入关。追兵怜秀实，名将失光颜。紫绣施金粟，乌裘狎玉环。河西声一振，牛酒饷牙山。
>
> 仆固今骄甚，楼船墟上游。朱颜环帐泣，白骨满江流。横草功难着，包茅贡不浮。圣恩还锡命，钧珥到霜洲。

明军本来有百万雄兵，无奈竟让清军得以入关，并且长驱直入，原因何在？诗人的反思给出了答案。

## 二、左如芬与《纕芷阁诗》

左如芬(1645 年前后在世)，字信芳，左国林仲女。幼聪慧，读唐诗千余首，背诵不忘。善诗，著有《纕芷阁诗稿》一卷，《桐旧集》存诗30 首。

左如芬所留存诗歌中有许多写爱情婚姻生活。她嫁给同邑麻溪姚氏家族姚文熊后，伉俪情深。左如芬跟从丈夫学诗，出口便有林下风味，然后兰闺唱和，几无虚日。但是丈夫要去参加科举应试，她赋诗送别：

清江风静浪初平，身逐孤帆一片轻。天上恰当欢聚日，人间偏有别离情。蛩吟幽砌闺心碎，月落寒汀旅梦惊。为嘱天门须射榜，桂花香处好逢迎。(《庚子七夕夫子应试江宁诗以赠别》)①

七夕之日，本是夫妻团聚之日，但是她却要和丈夫离别，难舍难分，又不能阻断夫君的大好前程。丈夫中举之后，还要进京应考，她只得又一次送别："霜风萧瑟入帘帏，别思萦杯酒力微。梅欲绽时人远别，杏都开处燕高飞。九重天上开金榜，五色云中赐锦衣。从此曲江春宴后，紫骝蹀躞踏花归。"(《送夫子公车北上》)离别的话语中包含对丈夫求取功名顺利的祝福，岂不知不断的分离接踵而至："强叠征衫泪暗垂，秋风瑟瑟又将离。晓天霜月常随马，晚岫烟霞尽入诗。野店闻砧惊短梦，荒庭落叶动深悲。欲知别后思君处，小阁残灯夜雨时。"(《菊月夫子北上诗以言别》)

频繁的离别让诗人已经是不胜其悲，殊不知更多的离别还在后面。姚文熊成进士后，谒选得浙之江山单骑之官，按规定不能挈家累，左如芬只好在家独守空房，赋诗多篇，表达思念之情。送别丈夫不久，她已经难忍相思之苦了："送君才匝月，秋色又将阑。不觉流光易，偏怜久别难。梦随江水还，寒念客衣单。良会知何日，离情已百端。"(《秋月忆夫子》)思念丈夫，以至于夜不成寐："闲坐翻书强自宽，孤窗寂寂泪空弹。风摇纸帐梅花落，月浸芦帘树影寒。短腊无心和漏尽，疏钟有意报更阑。应知旅夜怀人处，宿酒微酣客梦残。"(《夜坐怀夫子》)潇潇夜雨，倍添愁情："一夜萧萧风雨声，愁人枕上最牵情。孤帏寂寞浑难寐，欲暗兰釭又乍明。"(《雨夜不寐》)夜闻孤雁叫声，她也心绪难平："孤雁冲寒度，悲凉似不平。因风声最苦，照月影偏明。念汝离群意，添予别恨生。惊心怀远道，欹枕梦难成。"(《夜闻孤雁》)她怀念两人在

---

① 所引诗歌出自《桐旧集》。

一起的美好时光："廿年荆布效齐眉，中馈余闲学赋诗。花下弹棋春永日，尊前刻烛酒阑时。才惭谢女联吟早，情似高柔作宦迟。此日武林潮信近，好缄双鲤慰相思。"(《感怀寄夫子》)丈夫终于回来了，她却是亦喜亦嗔："静掩纱窗避晚凉，挑灯独坐夜偏长。无情最是初生月，不待人归上短墙。"(《秋夜夫子赴芸圃酌酣饮达旦》)

左如芬这些思念丈夫的诗篇情真意切，动人心怀。她因为丈夫常年客居在外，最后竟然忧思成疾，甫及三十而殁，真是让人唏嘘感叹了。

左如芬怀人诗还有写给好友的诗篇，如《怀吴姑夫人白下》：

> 修阻难相聚，离悰近一年。因君情辗转，添我泪潺湲。梦向愁中觅，心从病后牵。烽烟今渐息，好为寄鱼笺。

其他如《寄怀随鸿阁钱夫人山居》、《秋日病中喜诸姊夫人过访留饮》、《寄怀五姒张夫人》也是此类诗篇。

左如芬许多闲适诗也写得颇有特色。如《暮春即事》：

> 纸阁香销午梦残，起来无力倚阑干。桃花飘尽莺声老，零落春光不忍看。

此乃伤春之作，闺中少妇的形象跃然纸上，《暮春病中书怀》可与之对读，诗云："懒拭菱花理鬓蝉，参苓镇日伴愁眠。连朝买卜从无准，檐鹊欺人也浪传。"又如《初夏》也透出淡淡的忧思："忽忽熏风至，韶华病里过。不知春色尽，但见落花多。拈韵消长日，看书醒睡魔。晚凉新月上，清影照藤萝。"

左如芬也有些诗色调明丽开朗，如《闲居》：

竹阴笼日映窗纱，袅罢炉烟一缕斜。蝴蝶不知春去久，双双飞上石榴花。

作为闺阁诗人，左如芬的诗在题材上没有大的开拓。但是其诗歌以情动人，颇有唐人风韵。

# 第八章　马氏家族诗歌研究

## 第一节　概　　述

桐城马氏家族，是桐城五大世家之一。一世祖马骥，初姓赵氏，为六安州学生，到明永乐年间赘桐城马氏，遂承马祀，世居桐城县城。到第三代马宪以义侠著称乡里。马宪曾孙马孟祯官至明光禄寺少卿，马氏家族开始显达起来。马孟祯孙马之瑛，官明兵部督捕主事，为当时名宦，与其叔伯、兄弟六人在其祖父的别业"怡园"互相唱和，诗酒风流，称"怡园六子"，盛极一时。马之瑛生有六子，均以文采知名。之后，马氏家族代有才人，延至清末，有桐城派殿军马其昶，门祚不衰(见表8-1～表8-2)。

表 8-1　　　　　　　　　　**马氏家族前七世世系简表**

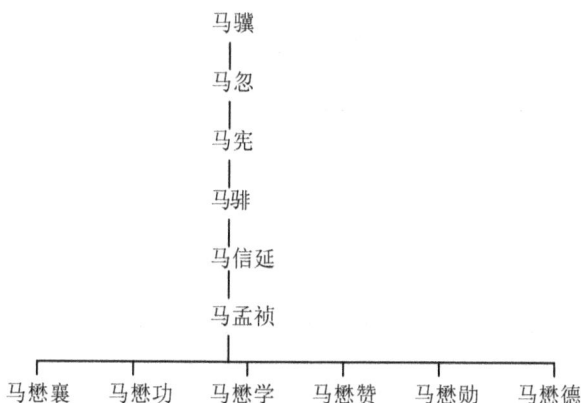

马骥
|
马忽
|
马宪
|
马骈
|
马信延
|
马孟祯
|
马懋襄　马懋功　马懋学　马懋赞　马懋勋　马懋德

表 8-2  马懋襄一支世系简表

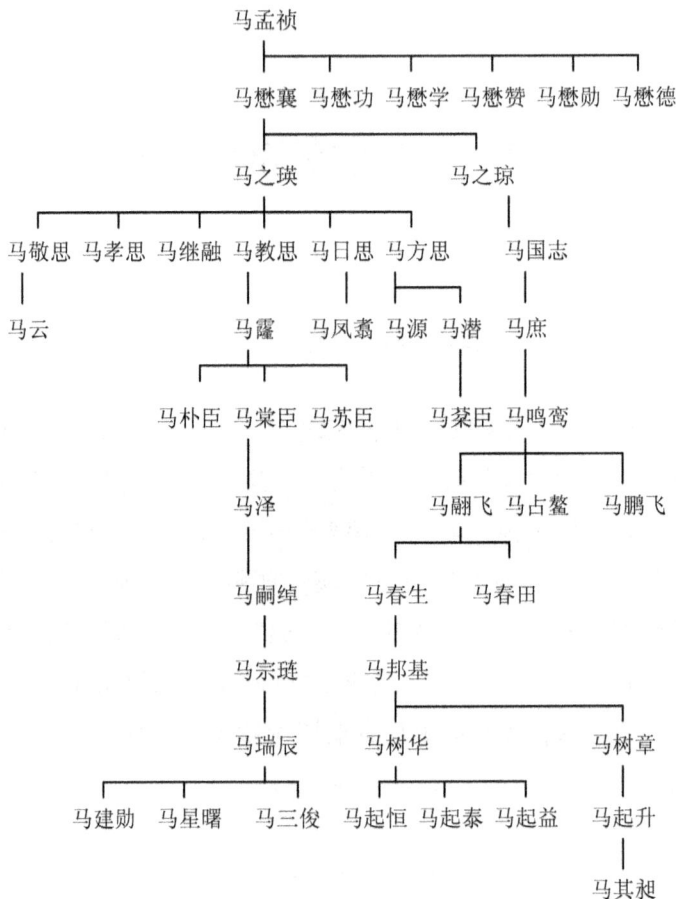

就诗歌创作来说，马氏家族成绩显赫。马树华说："吾家自四世祖肇兴文学，六世祖太仆府君为时名臣，一门群从，彬彬汇起，七世、八世间遂有'怡园六子'，而八世伯祖兵部府君《秌庄集》尤为巨制，自是风雅代不乏人。"①(《桐城马氏诗钞》识语)尽管由于种种原因，马氏家族声闻天下的诗人不多，《明诗综》录桐城诗家二十余人，并没有录及其家族，《清诗别裁集》也仅录马相如三首诗，但是这并不影响马氏家

---

① (清)马树华辑:《桐城马氏诗钞》，道光十六年可久处斋刊本。

族诗歌创作成就。《桐城马氏诗钞》收录马氏家族明代万历以降至清道
光年间共72人4326首作品，其中闺阁三人，四十六人有别集，可见其
诗歌传承，见表8-3。

表8-3　　　　桐城马氏家族诗人简介及诗歌总集存录情况一览表①

| 世次 | 姓名 | 简介 | 《龙眠风雅》、《桐旧集》、《桐城马氏诗钞》诗歌存录情况 |
|---|---|---|---|
| 七世 | 马孟祯 | 字泰符，号六初，明万历二十六年（1598）进士。历任江西分宜知县、江西道监察御史、南京光禄少卿。天启初，遭魏忠贤陷害，削夺为民。崇祯初复职，起任为太仆卿。年六十八卒。著有《奏略》4卷行世 | 《桐旧集》（1） |
| 八世 | 马懋功 | 字长卿，明万历四十三年（1615）副榜贡生，授浙江杭州通判，升江西道监军金事，湖西道兵备参议。顺治三年（1646），清兵围赣州，督师出战，遇截焚船投水死。精天文象数之学。著有《天文占验》、《介石斋稿》等 | 《桐旧集》（15）《桐城马氏诗钞》（35） |
| | 马懋勋 | 字四铭，性纯笃，孝事父母，居贫力学，尝烟火不继，啸咏自如。诗宗少陵，汴冕"怡园六子"，著有《亦爱庐诗存》 | 《龙眠风雅》（2）《桐旧集》（3）《桐城马氏诗钞》（14） |
| | 马懋德 | 字尔常，万历中诸生 | 《龙眠风雅》（3）《桐旧集》（4）《桐城马氏诗钞》（3） |

---

①　诗人简介参考《家谱》、《龙眠风雅》、《桐旧集》以及相关史志资料等。

续表

| 世次 | 姓名 | 简　介 | 《龙眠风雅》、《桐旧集》、《桐城马氏诗钞》诗歌存录情况 |
|---|---|---|---|
| 九世 | 马之瑛 | 之瑛(？—1656 后)，字倩若，号正谊，明崇祯十三年进士，授阳江知县。顺治初荐授定陶知县，迁兵部主事。著有《秋庄诗集》 | 《龙眠风雅》(155)<br>《桐旧集》(84)<br>《桐城马氏诗钞》(954) |
|  | 马之瑜 | 字君壁，万历间诸生，著有《湖上草堂诗钞》 | 《桐旧集》(10)<br>《桐城马氏诗钞》(38) |
|  | 马之璋 | 字孚若，明崇祯乙亥时举孝廉方正，官桐城县丞。著有《半亩原诗钞》 | 《桐旧集》(5)<br>《桐城马氏诗钞》(38) |
|  | 马之琼 | 字孔璋，号恕庵，崇祯初县学增生。著有《恕庵诗钞》 | 《龙眠风雅》(4)<br>《桐旧集》(10)<br>《桐城马氏诗钞》(23) |
|  | 马之璜 | 字佩两，号浪岩。顺治初(1644)诸生。著有《听涛阁集》 | 《桐旧集》(1)<br>《桐城马氏诗钞》(3) |
| 十世 | 马国志 | 字勋公，号西屏，国子监生，考授州同知。著有《怀亭集存》 | 《桐旧集》(10)<br>《桐城马氏诗钞》(23) |
|  | 马敬思 | 字一公，号虎岑，之瑛长子，方以智次婿。顺治间增广生。善书画，尤工诗。著有《虎岑诗集》 | 《龙眠风雅》(162)<br>《桐旧集》(44)<br>《桐城马氏诗钞》(245) |
|  | 马孝思 | 字永公，号玉峰，之瑛次子。诸生。著有《覆瓿集》、《屏山诗草》 | 《龙眠风雅》(125)<br>《桐旧集》(20)<br>《桐城马氏诗钞》(80) |
|  | 马继融 | 字愚公，号舫斋。顺治间国子监生，康熙己未举博学鸿词。著有《菜香园诗集》 | 《桐旧集》(20)<br>《桐城马氏诗钞》(160) |
|  | 马教思 | 字临公，号严冲，之瑛第四子。康熙乙未会试第一，官翰林院编修。著有《严冲诗存》 | 《桐旧集》(10)<br>《桐城马氏诗钞》(18) |

| 世次 | 姓名 | 简 介 | 《龙眠风雅》、《桐旧集》、《桐城马氏诗钞》诗歌存录情况 |
|---|---|---|---|
| 十世 | 马日思 | 字禹公,之瑛第五子。顺治中诸生。著有《白下诗草》 | 《龙眠风雅》(7)<br>《桐旧集》(10)<br>《桐城马氏诗钞》(35) |
| | 马方思 | 字江公,号屏庵,之瑛第六子,诸生。著有《寒桧轩诗》 | 《龙眠风雅》(13)<br>《桐旧集》(10)<br>《桐城马氏诗钞》(43) |
| | 马书思 | 书思(1659—1729),字笏陈,号梅坡、忠斋,敬思族弟,康熙初诸生。文誉冠一时,工画,善篆隶 | 《桐旧集》(3)<br>《桐城马氏诗钞》(7) |
| 十一世 | 马云 | 字瞿士,号让斋,敬思子,康熙间国子监生。著有《尺玉轩诗集》 | 《桐旧集》(5)<br>《桐城马氏诗钞》(46) |
| | 马凤翥 | 字绍平,号恒斋,日思次子,康熙间国子监生。著有《复初堂诗集》 | 《桐旧集》(28)<br>《桐城马氏诗钞》(524) |
| | 马庶 | 字少游,号双岑,康熙间诸生,赠中兵马司指挥。著有《双岑诗存》 | 《桐旧集》(10)<br>《桐城马氏诗钞》(25) |
| | 马昶 | 字南叔,康熙间国子监生。著有《听雨楼诗存》 | 《桐旧集》(5)<br>《桐城马氏诗钞》(11) |
| | 马宵 | 字彤赓,号虚舟,诸生 | 《桐旧集》(4)<br>《桐城马氏诗钞》(4) |
| | 马源 | 字伯逢,号菱唐,康熙间岁贡生,官凤阳教谕。著有《菱塘诗钞》 | 《桐旧集》(12)<br>《桐城马氏诗钞》(38) |
| | 马飏 | 字扶万,号退斋。康熙中廪生 | 《桐旧集》(3)<br>《桐城马氏诗钞》(1) |
| | 马霱 | 字千仞,号髫山廪贡生,赠中书舍人。著有《髫山诗钞》 | 《桐旧集》(12)<br>《桐城马氏诗钞》(41) |

续表

| 世次 | 姓名 | 简　　　介 | 《龙眼风雅》、《桐旧集》、《桐城马氏诗钞》诗歌存录情况 |
|---|---|---|---|
| 十一世 | 马蕃 | 字少康，康熙间国子监生，著有《寒松馆诗存》 | 《桐旧集》(9)<br>《桐城马氏诗钞》(19) |
| | 马潜 | 字仲昭，号宕渠，康熙初廪生。著有《宕渠丛稿》 | 《桐旧集》(10)<br>《桐城马氏诗钞》(90) |
| | 马祜 | 字律周，号云巢，康熙间国子监生。著有《善藏斋集》 | 《桐旧集》(6)<br>《桐城马氏诗钞》(37) |
| 十二世 | 马鸣鸾 | 字环中，号存，康熙间国子监生，累赠开封同知 | 《桐旧集》(2)<br>《桐城马氏诗钞》(5) |
| | 马元文 | 字季甫，康熙间贡生，候选训导 | 《桐旧集》(1)<br>《桐城马氏诗钞》(1) |
| | 马枫臣 | 字典韶，号损斋，康熙中国子监生。著有《损斋遗稿》 | 《桐旧集》(1)<br>《桐城马氏诗钞》(3) |
| | 马朴臣 | 字春迟，号相如。雍正壬子举人，官内中书舍人。乾隆丙辰，举博学鸿词。著有《报循堂诗钞》 | 《桐旧集》(38)<br>《桐城马氏诗钞》(183) |
| | 马棠臣 | 字荫召，号石屋，康雍间考授州同知，赠中书舍人 | 《桐旧集》(1)<br>《桐城马氏诗钞》(2) |
| | 马菜臣 | 字甘凝，号健斋，康雍间国子监生。著有《健斋诗存》 | 《桐旧集》(3)<br>《桐城马氏诗钞》(26) |
| | 马谷臣 | 字季常，雍正癸卯举孝廉方正。著有《关中游草》 | 《桐旧集》(1)<br>《桐城马氏诗钞》(3) |
| | 马耕臣 | 字小苏，康熙间布衣，早卒。著有《霍山诗存》 | 《桐旧集》(5)<br>《桐城马氏诗钞》(17) |
| | 马一鸣 | 字鹤皋，雍正间贡生。著有《北轩诗存》 | 《桐旧集》(4)<br>《桐城马氏诗钞》(26) |

续表

| 世次 | 姓 名 | 简 介 | 《龙眠风雅》、《桐旧集》、《桐城马氏诗钞》诗歌存录情况 |
|---|---|---|---|
| 十二世 | 马苏臣 | 字波贤，号湘灵，雍正间考授主簿。著有《偶景斋诗钞》 | 《桐旧集》(24)《桐城马氏诗钞》(198) |
| | 马庸德 | 字汝行，官云南晋宁知州。著有《石门山房集》 | 《桐旧集》(5)《桐城马氏诗钞》(26) |
| | 马枚臣 | 字小驷，雍正间布衣。著有《匣锋集》 | 《桐旧集》(5)《桐城马氏诗钞》(17) |
| 十三世 | 马翻飞 | 字震卿，号一斋。雍正间国子监生，乾隆初举孝廉方正。著有《翊翊斋诗钞》 | 《桐旧集》(9)《桐城马氏诗钞》(44) |
| | 马燧 | 字申佑，雍乾间闲人 | 《桐旧集》(1)《桐城马氏诗钞》(1) |
| | 马腾元 | 字宾王，号心堂，雍乾间国子生。著有《心堂诗钞》 | 《桐旧集》(3)《桐城马氏诗钞》(26) |
| | 马鹏飞 | 字乐山，号玉屏，乾隆初由考职州同官至归德知府。著有《玉屏山庄诗存》 | 《桐旧集》(7)《桐城马氏诗钞》(19) |
| | 马泽 | 字根香，号定庵，乾隆丙辰举人，历长清知县。著有《定庵诗存》 | 《桐旧集》(3)《桐城马氏诗钞》(12) |
| | 马燮 | 字和泽，号卯君，雍乾间廪生 | 《桐旧集》(2)《桐城马氏诗钞》(9) |
| | 马澄 | 字镜山，雍乾间国子监生 | 《桐旧集》(1)《桐城马氏诗钞》(5) |
| | 马濂 | 字牧侪，号木斋，乾隆丁卯举人，官内阁中书，早卒。著有《短檠斋诗钞》 | 《桐旧集》(4)《桐城马氏诗钞》(24) |
| 十四世 | 马春生 | 字宣和，号复堂，乾隆初岁贡生，赠朝议大夫。著有《延景堂诗钞》 | 《桐旧集》(10)《桐城马氏诗钞》(47) |

| 世次 | 姓名 | 简介 | 《龙眠风雅》、《桐旧集》、《桐城马氏诗钞》诗歌存录情况 |
|---|---|---|---|
| 十四世 | 马岑楼 | 字悔楼，号爱吾，乾隆初府学生。著有《爱吾诗存》 | 《桐旧集》(3)<br>《桐城马氏诗钞》(16) |
| | 马春福 | 字宸弼，号瘦香，官河南上蔡蔚 | 《桐旧集》(2) |
| | 马春仪 | 字宣禾，号时畴，国子监生 | 《桐旧集》(1)<br>《桐城马氏诗钞》(4) |
| | 马岳 | 字尧佐，号古愚，乾隆初诸生。著有《古愚诗存》 | 《桐旧集》(4)<br>《桐城马氏诗钞》(17) |
| | 马春田 | 字情田，号雨耕，乾隆中廪贡生，例选训导。著有《乃亨诗集》 | 《桐旧集》(46)<br>《桐城马氏诗钞》(344) |
| | 马春长 | 字培和，乾隆初国子监生，赠汝宁通判。著有《花萼轩诗存》 | 《桐旧集》(7)<br>《桐城马氏诗钞》(15) |
| | 马登贤 | 字辉如，号升圃，乾隆三十九年举人，官祁门训导。著有《升圃诗钞》 | 《桐旧集》(7)<br>《桐城马氏诗钞》(45) |
| | 马嗣缃 | 字荀陕，号稻溪，乾隆初廪生，赠工部都水司主事 | 《桐旧集》(2)<br>《桐城马氏诗钞》(3) |
| | 马维瑷 | 字志蘧，乾隆中诸生。著有《中州杂咏》 | 《桐旧集》(1)<br>《桐城马氏诗钞》(18) |
| | 马春芳 | 字丙生，国子监生 | 《桐旧集》(1)<br>《桐城马氏诗钞》(3) |
| | 马廷芬 | 字桂生，号春帆，乾隆间国子监生，赠庶吉士。著有《德素堂诗存》 | 《桐旧集》(3)<br>《桐城马氏诗钞》(27) |
| | 马维醇 | 字守会，号春谷。著有《吴门游草》 | 《桐旧集》(2) |
| | 马维璜 | 字鲁予，嘉庆庚辰进士，官阆中知县 | 《桐旧集》(2)<br>《桐城马氏诗钞》(4) |

| 世次 | 姓名 | 简 介 | 《龙眠风雅》、《桐旧集》、《桐城马氏诗钞》诗歌存录情况 |
|---|---|---|---|
| 十五世 | 马宗琏 | 字鲁陈,号器之,嘉庆己未辛酉进士,赠工部员外郎。著有《校经堂诗钞》 | 《桐旧集》(20)《桐城马氏诗钞》(192) |
| | 马湄 | 字伊在,乾隆间诸生。著有《秋水居诗存》 | 《桐旧集》(3)《桐城马氏诗钞》(14) |
| | 马宗辉 | 字伊南,号星堂,乾隆中国子监生 | 《桐旧集》(2)《桐城马氏诗钞》(8) |
| | 马梁 | 字伯舆,号济之,嘉庆癸酉举人 | 《桐旧集》(1)《桐城马氏诗钞》(3) |
| | 马鼎梅 | 字汝为,号东园,监生,官浔州通判,署思恩知府。著有《代躬耕轩诗钞》 | 《桐旧集》(35)《桐城马氏诗钞》(196) |
| | 马良辅 | 字筑崖,号花舫,嘉庆中国子监生 | 《桐旧集》(1)《桐城马氏诗钞》(2) |
| | 马用章 | 字端甫,嘉庆间人,早卒。著有《自娱吟草》 | 《桐旧集》(9)《桐城马氏诗钞》(85) |
| 十六世 | 马瑞辰 | 瑞辰(1782—1853),字符伯,马宗琏之子。嘉庆十年(1805)进士,改翰林院庶吉士,历官工部都水司郎中。因事迁戍沈阳,后擢员外郎,复遣戍黑龙江。纳赎回籍,乡居数十年,专事著作 | |
| 十七世 | 马三俊 | 三俊(1802—1854),字命之,优贡生,举孝廉方正。著有《马征君遗集》 | |
| | 马树华 | 树华(1786—1853),字公实,一作君实,号筱湄,又号怀亭,嘉庆十二年贡生,官汝宁府汝南通判。辑《桐城马氏诗钞》七十卷,自著《可久处斋诗集》 | |

续表

| 世次 | 姓名 | 简　介 | 《龙眠风雅》、《桐旧集》、《桐城马氏诗钞》诗歌存录情况 |
|---|---|---|---|
| 十七世 | 马树章 | 字幼白，号怡轩。候选詹事府主簿，加太常寺典簿衔，年七十五卒 | |
| 十八世 | 马起升 | 字慎甫，号慎庵，一号趣圆。清咸丰间县学生，议叙同知，未仕，年六十一卒。著有《趣圆诗稿》 | |
| 十九世 | 马其昶 | 其昶（1855—1930），字通伯，晚号抱润翁。光绪间曾任学部主事，后任京师大学堂教习，1916年，任清史馆总纂。工古文，著有《抱润轩文集》、《桐城耆旧传》、《周易费氏学》等 | |

## 第二节　马之瑛与《秌庄诗集》

和桐城其他望族一样，马氏家族以耕读传家，子弟力学成才，到六世祖马孟祯得中进士，为当时名臣，之后一门群从，彬彬汇起。到明天启七世、八世间遂有"怡园六子"。怡园是马孟祯的别业，马懋勋、马懋学、马懋德、马懋赞、马之瑛、马之瑜叔侄六人在此吟咏唱和，竹林骚雅，盛极一时，马之瑛诗歌成就尤高。

马之瑛，字倩若，号正谊。少失父母，依祖父明太仆寺卿马孟祯。以孝闻。读书目数数行下。游邑庠有声，抚弟之琼成立。明崇祯十三年成进士，授阳江知县。为官负才略，多惠政。以廉卓行取，值乱道梗，弃官归。清顺治九年，以江南总督马国柱荐，出佐长芦鹾幕。清苦四载，稍迁定陶知县。除积弊，清廉多惠政，民赖以苏。以劳瘁卒于官。卒后三日，擢兵部主事文下。生平好为诗，多至万首。深自矜秘，不以示人。殁后，其家人始裒辑之。故当时诗名反为官声所掩。生平事迹见《安庆府志》等。著有《秾庄集》十卷，存诗954首。

马之瑛诗歌内容颇为广泛，首先值得关注的是许多关切现实的作品。诗人身处明清易代之际，目睹朝政黑暗，战乱频仍，生灵涂炭，都发之于诗。其中有些诗关切民瘼，反映民生疾苦。如《长夫叹》：

> 使者颁严檄，属邑征长夫。长夫何所为，军粮资转输。料民阅丁壮，远役惧其逋。齐送责问里，亡匿罪妻孥。各言军法峻，未敢试微躯。临发复前却，恒闻吏怒呼。力役虽古义，岁不三日逾。调发越百里，流离实载途。军校少矜恕，责办在须史。我本良家子，蹴践如人奴。日落不得息，马鸣更刈刍。大府悯劳止，已下免役符。恩命谁复阻，空绘流民图。户口渐见少，井邑更就芜。通衢莫敢议，监谤有妖巫。①

百姓被强征赴远役，流离失所，如同奴隶一样，以至于"户口渐见少，井邑更就芜"，真是苛政猛于虎也！又如《征马行》：

> 衙鼓未鸣胥未集，驿骑传旗叫城以。将军昨夜宿吾州，缓辔平明亦抵邑。百队牺牲万束刍出，主掾张皇怖且泣。前驱幸有壑邻方，乘韦境上犹堪及。从者先容尽得欢，道旁长吏惟长揖。频催征马不留行，邻邑今宵愁更急。

将军的目中无人、作威作福与主掾的无奈惶惧形成鲜明的对比，而最终

---

① 所引诗歌出自《秾庄集》，《桐城马氏诗钞》本。

的负担要加到百姓身上。马之瑛的这类诗充分反映在当时的时代背景下，百姓生活的艰难困苦。《农家》云：

> 晚禾喜秋旸，晚蔬喜秋雨。拮据各自私，天地谁适主。寒早禾既稀，妇子徒作苦。嘉蔬摘复青，改田艺作圃。

马之瑛诗歌中有许多描写政治时事的作品，这类诗将笔触投向晚明政权的腐朽，从而揭示其被倾覆的客观原因。比如有些诗反映了当时军队的腐败，《塞上曲》曰：

> 塞草尽烧荒，秋防已孔亟。募卒尽三千，兵法方部勒。侦谍讬降丁，真伪未可测。暴风自何来，吹我牙旗踣。平安火不传，吏士色如墨。杀人近边墙，监军犹讳贼。

边防已是风声鹤唳，但是面对"杀人近边墙"的危机局面，监军不但不想办法竭力应敌，却仍然"犹讳贼"，讳疾忌医的现实，是明末军队将领贪功却难当大任的真实写照。其他如《出塞行二首》其一：

> 提师三十万，主将好用多。鸣弓朝夕驰，前驱无定河。帐下无人色，帐内舞且歌。亘苇约流澌，冰坚士暗过。转战十余日，腥血横珊戈。杀人非所愿，介胄耻言和。军吏翻见推，刀笔恣谴诃。封侯诚已矣，其若战士何。

主将好大喜功，为了达成"封侯"的夙愿，丝毫不顾及战士的死活，"帐下无人色，帐内舞且歌"，展现出的是触目惊心的社会现实。《即事》云："专闻将军又渡江，平林新树碧油幢。师行十里称持重，谍散千金诱受降。牧马秋原分卤获，椎牛山郡乞封椿。不知出过诸耆旧，一犒还须璧几双。"有这样的主将，可以想见明末军队的战斗力，其节节败退也是必然的了。

还有些诗写到当时的政事。如《记闻二首》：

> 枢密维扬代治兵，归朝仆射各班迎。山中宰相书初至，幕下荣军计竟成。几载赭衣徒有恨，满庭苇履尽无声。宝刀夜吼朝须试，先试桥门太学生。
>
> 荧惑光芒扫御屏，华林酹酒劝长星，入风肯作钦明舞，三日愁看仆射醒。主器至尊酬拥戴，避兵父母报居停。一时鹊印争承宠，不办弯弓不识丁。

这两首诗写南明时事，马之瑛、阮大铖乘乱窃取国柄，致使朝政混乱，小人得志，一味承宠，迷醉于歌舞升平。又如《漫兴二首》：

> 艨艟日道守黄河，刁斗无声任谍过。灞上军还空议战，会稽使遣为求和。旧诏猛士封侯少，新府降人入侍多。辛苦督师谁与应，书生誓死不投戈。
>
> 播迁谁实误乘舆，才出宫城卫士虚。双阙独沾遗老泪，千官分侍贵人车。会稽邸内新垂缓，光范门前几上书。不是王师飞渡早，江南党祸不清除。

"双阙独沾遗老泪"与"千官分侍贵人车"形成鲜明的对比，这边国难未已，那边已是歌舞升平，诗人把罪责归咎于"党祸"。面对旧朝的沦亡，诗人内心极为痛苦，许多诗表达深沉的爱国情怀。如《答无可》：

> 军府迎降先署状，仰视飞鸿剧惘怅。彦回名士寿偏多，子卿足下归无恙。故国千峰可寄家，兜鍪原不妒袈裟。金陵旧恨空沈锁，

宰相新堤自筑沙。国成谁秉邦离析，党祸亦由君子激。林宗何必独仙舟，宾硕谁能共复璧。烽烟几载历江湖，万死全凭佛力扶。游子尚堪依母隐，仇人俱已伏天诛。素心自指井中水，任是波澜风不起。入社何妨有白衣，误人不信皆青史。我亦云林学驾车，风流翻令业因加。为语山灵休见拒，从君还一转莲花。

无可即方以智，他的经历让诗人唏嘘不已，同时又引发诗人对国家沦亡的追问。面对山河破碎的现实，诗人也希望自己能像方以智一样，想从于佛家，以保持自己的"莲花"气节。《赠林道生》云："束帛频颁未敢违，江南客久亦依依。名山有愿还重起，故国无家只暂归。日下旧游多豹裦，夜中交傲失牛衣。秋风试陟高丘望，城郭犹存待令威。"《金陵怀古》则是借古伤今的诗篇："建章宫树晚凄凄，木末亭前积甲齐。狎客诗成新绮阁，相公吏散旧沙堤。晋人遗事多江左，李氏家声坠陇西。冷落狭斜诸女伴，采莲不敢到青溪。"国破家亡的无限怅惘寓于其中。马之瑛有许多感怀诗写得情真意切，如《濑水行》：

诏书重起东山卧，门下何人吊复贺。果然富贵履危机，未许春秋功覆过。侍直才回身忽收，谤言日至因杼投。试看械系同齐虏，漫道声名动右侯。当诛臣罪何辞死，巢破惟愁卵亦毁。鹤唳华亭忆故乡，犬牵上蔡悲公子。上前阴中亦何为，天道神明自有知。枉将削地诛晁错，正为求田杀魏其。请室呼冤犹肮脏，上书谁敢求归葬。愿将尸谏悟君王，桐棺三寸城南圹。

马之瑛诗集中另一大类诗歌是赋景记游之作，这类诗语淡情深，颇得陶渊明之风致。兹录两首：

空阶
空阶何所有，露白草虫鸣。只种数竿竹，如兼万籁声。孤烟随鸟起，远树共城平。无限南楼兴，还愁月不明。

赴邓柬之饮

　　雪晴方欲出，之子适嘉招。寒烧回芳草，新流及断桥。好游穷楚畦，念乱述吴谣。身世纷多感，全凭一醉消。


　　马之瑛的诗歌内容丰富，诸体皆备，取得了较高的成就。《晚晴簃诗汇》引方东树语云："正谊诗五七言佳处出入陶杜，淡语愈浓，浅言弥深。七古多陈时事，气体豪俊，极似高达夫。七律导源辋川、东川，而《黍离》之音，多与梅村、翁山、定庵相近。同时诸公，未之或逮。"①

# 第三节　马敬思、马朴臣、马宗琏等清代马氏家族诗人

　　"怡园六子"之后，马氏家族诗人辈出，从明末到清末，诗脉不辍，其中比较有名的是马敬思、马朴臣、马宗琏诸人，下面分而述之。

## 一、马敬思与《虎岑诗集》

　　马敬思，字一公，号虎岑，顺治间增广生。敬思是之瑛长子，兄弟六人皆能诗。为人孝友端峻，性嗜学，不事生产。书画亦知名当世，鉴赏者竞相购藏。著有《虎岑诗集》。

　　从马敬思所存诗歌来看，以登临怀古、模山范水、唱和赠答之类为多，但是由于其生当明末清初，经历家国之变，又加之与方文、钱澄之、方授等同乡遗民诗人多所往来，因此经常流露故国之思。《夜读方子留诗感赋三首》诗云：

---

① （清）徐世昌：《晚晴簃诗汇》，中国书店 1988 年版。

　　翩翩年少玉壶水，每念兴亡泪即增，南国陨星占处士，西方出
世拖高僧。青山骸骨归吾土，皂帽秋风挂孝陵。魂去大招招不返，
首阳山上几人登。

　　鸡骨长齐可自怜，怪君忠孝两能全。浑金璞玉人增价，翡翠兰
苕诗并传。吴市卒归原隐姓，庞公妻在合参禅。世间好事难兼得，
天与其才不与年。

　　曲笠方袍随处缘，年年洒泪泛湖船。有家不惜身填海，无计能
将石补天。灵运慧来先作佛，子真遁去竟成仙。山河妄想口尧禹，
从此春心托杜鹃。

诗人在哀叹方授之英年早逝的同时，极力称扬其"忠孝两能全""有家不
惜身填海"的为国献身的精神品格。《得方尔止先生书》曰：

　　三载移家桃叶春，钓船烟雨芰荷身。他乡白发惊新长，故国青
山似旧贫。座上曾逢周铁虎，车前犹泣汉铜人。南朝多少尊官冢，
冷落高低卧石麟。

由于方文移家于他地，诗人已经几年没有和旧友相见，从信中得知友人
虽然如从前一样贫困，但是怀念故国之心却没有改变，也禁不住唏嘘感
叹。其他如《祝山如席上同钱饮光先生夜话》云：

　　熟读《离骚》夜雨残，床头《周易》共盘桓。鹃从蜀破犹称帝，
松自秦亡懒署官。钵冷瞿昙归后托，诗工摩诘晚年看。草堂幽处梅
花发，偏与人间斗岁寒。

　　野衲云山隐自招，高僧列传党人谣。书中甲子题三径，袖里春
秋纪六朝。路觅西来传梵铎，禅安东渡挂诗瓢。心灰久已同枯井，
不逐风波似汐潮。

面对复国日趋无望的形势，钱澄之"心灰久已同枯井，不逐风波似汐潮"，似乎已经不再关心国事，但是"草堂幽处梅花发，偏与人间斗岁寒"又展现出其始终孤标独立、甘做遗民的精神信念，诗人显然有感而发。

马敬思虽然颇有才学，但是科举之路却并不顺利，这对自视甚高的他打击很大。《江宁放后感怀》云：

> 夜长钟鼓最难眠，僮仆相看共黯然。怕说郎君年尚少，登科何必定今年。

屡试不第，长夜难眠，僮仆相对黯然，这时又最怕听到安慰自己来日方长之类的话语。犹如《过旧题诗处有感三首》其一曰：

> 灯火柴门半掩开，儿童惊问客重来。偶寻旧笔留诗处，已被春风长绿苔。彩笔昔人曾有梦，碧纱今日却非才。旁观应笑题桥者，仍是单衫破帽回。

去的时候题诗，满怀着期望，但是归来时仍然和去时一样，在"旁观应笑题桥者"的自嘲中，隐含着深深的无奈。经历了颇多打击中后，诗人决意不再科举，但是给他内心造成了深深的伤痛。《晚眺》诗云：

> 故国春深犊路斜，夕阳古道水穿沙。一声初感邻翁笛，十载前为酒姐家。但见芳洲生杜若，不逢人面比桃花。题诗石上苔痕满，潦倒青尊看落霞。

马敬思许多寄怀诗写得情真意切，精炼洗刻。如《可叹》：

　　　　玉笛横吹九辨秋，美人烟雨晓妆楼。无情最是青铜镜，才照红颜又白头。

诗写容颜易老、韶华易逝之感慨，本是诗人经常吟咏之题材，但是"无情最是青铜镜，才照红颜又白头"却能从意想不到之角度落笔，可见诗人诗思之深，是为人传颂的名句。又如《清明哭亡弟禹公弟樣寄江宁寺中》云：

　　　　去年风雨寄书来，缭绕莺花处处催。今日江村寒食路，长干寺里野棠开。

这是一首悼亡诗，悼念亡弟马继融，马敬思性孝友，和诸弟感情甚深，最后因哭弟方思过痛，疽发于背而卒。他如《怀尔升师》：

　　　　先生真隐逸，家室未居城。世说卿惭长，人称姓不名。燕巢茅屋暖，鹤啄茇湖清。鱼汉今年好，方舟荡桨行。

　　马敬思诗歌以近体见长，所留存古诗并不多。《晚晴簃诗汇》言其"承过庭之训，致力于诗。五律风格雅近晚唐，七律清和宛转，无雕琢之迹。古体不多见，然亦非其所长也"①，是比较恰切的评论。

## 二、马朴臣与《报循堂诗钞》

　　马朴臣（1683—1738），字相如，一字春迟，号渔山。家贫力学，少即擅诗。游吴越间，与诸名流相唱和，主盟骚坛十余年。与同里方贞观友善，时有"瑜、亮"之目。贞观以事隶旗籍，朴臣牢落无聊，时从

---

　　①　（清）徐世昌：《晚晴簃诗汇》，中国书店1988年版。

诸贵游子弟授经，转徙于闽粤楚蔡之郊。雍正十年，年已五十，始成举人。屡试进士不售，推择为中书舍人。乾隆元年，荐举博学鸿词，不遇。不二年，病殁，鬻马始得成殓，友人为赋《鬻马行》以吊之。著有《报循堂诗钞》。马相如自幼能诗，天赋极高，作诗往往都不起草，诗歌散落也不加收拾，因此殁后作品流传并不多。从所存诗歌来看，以山水、赠答、写怀之类为多。

马相如为人豪宕磊落，交游遍天下。他以友朋为性命，有过从者，必酌以酒，即使来日断炊也在所不惜，所以其诗集中赠答、送别之类诗歌占了特别大的比重，这些诗歌中很少有流于形式的酬应之作，而大多写得情真意切。如《柬江研澜》：

> 人世交游蝇逐膻，同床各梦纷纠缠。霜群雪侣非凡缘，我曹意气天所联。江君逸态何翩跹，才锋舌剑惊华筵。对我俯首常不言，情灵默契游先天。昔旅于越交雪莲，三生公案重拈诠。空山赠答留诗篇，为君提唱君缠绵。恨不同泛山阴船，明朝笔舞书长笺。为言日午枕书眠，忽然身到飞来巅。三生石上某在焉，两人大笑手拍肩。恍忽记取前生前，东山微雨西杜鹃。落花如雪春风颠，吁嗟此境非人间。梦耶觉耶情乎禅，庄惠观鱼濠水边。伯牙入海随成连，眼中万象成云烟。嗟我与子岂不然，会将水牯骑花田，并吹铁笛空中仙。

诗开头写人世间友朋交往往带有功利心态，如同"蝇逐膻"一样，所以常常"同床各梦"，但是诗人和江君的交往则是因为意气相投，如同"霜群雪侣"，具有深厚情谊。诗歌接下来回顾以前和江君交往的情景，江君在华筵之上唇锋舌箭，但在诗人面前却俯首不言，是因为两人"情灵默契"，无需多言。两人的友情如同洁白的雪莲一样纯洁，分别时吟诗留别，恨不能同泛山阴之船。诗歌后面笔锋陡转，写诗人梦到两人相会情景，亦幻亦真，展现对江君的思念之情。整首诗感情真挚，后半段的描写想落天外，令人神往。其他如《味间歌送江味间之井陉》：

> 世人劳劳苦不足，劝以少间匪所欲。及知间味转难间，马蹄蹰热千重山。两身如萍信风扫，今年忽聚长安道。少年豪气何往哉，须眉已改惊老来。君车复向井陉去，借问游踪几时住。几时乡路并驴还，白云茅屋味真间。

这首诗构思非常巧妙，紧扣友人名字立意，写友人到处辗转流离，谙尽人生况味，如今年华渐老，希望朋友哪天回来归隐乡间，过平静安宁的生活，这种希冀其实也是诗人内心的向往。又如《送江汶川入秦次张晴岚韵》：

> 少年嘘气结丹霞，舌在惊看鬓已华。笑我仍骑燕市塞，送君重上霸陵车。心怜老友长为客，梦绕衰亲约到家。分手泪痕寒似雪，不须天外更飞花。

两人少年相交，再见时已是"鬓已华"，如今仍然要为生计奔波，各奔他乡。最后两句充分表达两人情意的深重。这类诗在相如集中很多，《宗弟思山殁京邸，孀妇远在秦中，卢雅雨塞外遥哭以诗不远寄予因和其韵》云：

> 山阳往会不堪思，想见穷边堕泪时。诗哭九原无寄处，书来万里吊相知。才名折算天犹忌，生死论交老更悲。未掩幽光吾辈在，遗文重订待钟期。

这首诗诗风尤为沉郁，诗人既为宗弟的去世而悲痛，也为友人的情意而感动，所谓知其诗，可以知其人矣。

马朴臣虽然少年成名，但是一生运命坎坷，屡试不售，五十岁才中举人，始终沉沦下僚的生活处境让他看尽人世间的冷暖，内心也常常五味杂陈，情感极为丰富。《客中书怀》曰：

> 事事愁中兴愿违，客怀永日独依依。惊回乡梦如新别，细读家书抵暂归。数朵远山当卧几，一梳初月照吟衣。不应渐减壶觞兴，秋在人心酒力微。

诗人旅寓客中，难免有思乡之情，只好借酒消愁了。又如《醉后放言》云：

> 我本无生忽生我，一生我后累无端。思量堕地一声哭，领取为人万种难。凤翼龙鳞天路滑，鼠肝虫臂梦痕酸。昏蒙终古谁先觉，只有庄周蝶境宽。
>
> 静里咀含味更余，我怀颇与世情疏。伤生事众偏诬酒，致困途多莫怨书。愁垒有杯犹可却，饥肠无字欲何如。虽然此语何人信，只合诙谐海大鱼。

这是诗人在历经坎坷之后的人生领悟，强作宽解的背后是命运的辛酸无奈。如同古代大多数文人一样，诗人在仕途不顺后，一直想隐居林下，过平静淡泊的生活。诗人在《渔》中写道：

> 自把长竿后，生涯逐水涯。尺鳞堪易酒，一叶便为家。晒网炊烟起，停舟月影斜。不争鱼得失，只爱傍桃花。

"不争鱼得失，只爱傍桃花"正是诗人内心情感的写照，诗人希望自己能够忘怀人世间的荣辱得失，追随桃花流水，过与世无争的生活，可惜为生活所迫，这样的愿望很难实现。

相如天才俊逸，七言近体尤臻妙境，特别擅长炼字炼句。如《秦淮水阁醉题》云：

> 一杯清酌独婆娑，笑倚朱阑对碧波。月影迷离三李白，水光荡漾百东坡。愁来天外雁飞远，秋到人间客占多。我自胸中有忧乐，阿谁吹笛夜深歌。

沈德潜评曰"三李白，百东坡，此种对偶，何减元遗山'秋风客'、'春梦婆'句"①。其他如《七夕》："何关人事说年年，泼眼银河分外妍。间杀半湾无主月，幻成一片有情天。别离最苦仙难免，飘泊经秋客可怜。夜半那堪邻舍女，喁喁乞巧不知眠"，颔联尤为工整。《老树》："懒向东风更乞妍，离披生意转悠然。古墙卧藓画三面，秃干著花春半边。垂老子山休作赋，出关宣武合知怜。漫言臃肿无姿态，桃李何曾到百年"，也是不可多得的佳作。

相如流传诗歌虽然以近体居多，但是古体也颇有特色。如《题程花隐先生云海图》云：

> 先生逸荡负奇气，鹤眼云心渺尘世。壮年才盛比春涛，激昂天下无难事。黄金随手赠交游，矢口不谈田舍计。囊锋不用归海滨，一树花开一回醉。我与嗣君莫逆交，秋宵治酒论文字。酒酣清兴豁双眉，笑述平生游得意。曾携补被上黄山，冷宿峰颠最高寺。东方欲白残月明，山僧唤起惊幽睡。为言云海正当时，急起披衣开户视。弥漫一气凸凹平，六六莲花浮碧蒂。非烟非雾疑软绵，溶溶盘

---

① （清）沈德潜：《清诗别裁集》，上海古籍出版社1984年版，第837页。

盎满空际。始也荡漾若鳞动，既且浩溔如鼎沸。澜翻百颗琉璃球，浪卷千叠冰丝被。少焉日出影沧浪，渐升已作胭脂丽。银涛闪烁眼迷离，崆隆忽起峰峦势。黄映成金山胜玉，玉垒金山光眩眦。山中海复海中山，云师狡狯恣游戏。晓风吹作千髻鬟，诸峰依旧递苍翠。长啸青天揖白云，下山仿佛如梦寐。急呼好手绘为图，抚图触象犹能记。我闻语罢屡惊叹，先生夙世神仙类。从来绝景不易逢，东坡海市祷而致。足蹑天根瞰云府，呵驱风雨神灵契。三山有无弱水迷，五岳嵯峨芒屦费。琴声杖影画图间，目溯心洄日一至。黄山无日无游人，不遇奇人奇不出。请题一语复先生，本来云海在胸次。

在康熙朝众诗家中，马朴臣作诗能不随流俗，自名一格，实属难得。郑方坤《国朝名家诗钞小传》云："康熙之季，户竞谈诗。馆阁诸公，尚存唐制一二。轶才之士，复跌宕自恣于眉山、剑南之间，墨守输攻，元黄战野。方氏(贞观)矫以清真，有若弹丸脱手。相如接踵而兴，抗袂而起，风格虽微逊一筹，要自有其君形存，非苟作者。"①

## 三、马宗琏与《校经堂诗抄》

马宗琏(？—1802)，字鲁陈，又字器之。少从舅父姚鼐学古文词，所作多沈博绝丽，既而博通古训及地理之学。后从邵晋涵、任大椿、王念孙游，其学益进。阮元纂《经籍纂诂》，其凡例为宗琏所定。由举人官东流县教谕，嘉庆六年成进士，又一年，卒。著作有《校经堂诗抄》二卷、《左传补注》三卷及《岭南诗抄》、《周礼郑法疏证》、《说文字义广注》、《战国策地理考》、《毛郑诗诂训考证》、《穀梁传疏证》、《南海

---

① 程千帆、杨阳编：《三百年来诗坛人物评点小传汇录》，中州古籍出版社1986年版。

玉林合蒲苍梧四郡沿革考》、《崇郑堂诗》等十余种。

马宗琏学问赅博，许多诗歌带有鲜明的学人之诗的特点。如《斋中偶作》云：

> 洙泗传六经，精义备搜讨。如悬日月光，斯文常皓皓。藏书鲁壁中，简策幸完好。西京家法严，师承原大道。刘歆《七略》存，穷源供参考。郑氏守遗书，东都伫一老。障泽回狂澜，疏川跨行潦。六代南北分，无敢妄摛藻。奈何异说兴，新学逞臆造。古义日以湮，先泽日以槁。盛代首崇儒，琳琅分派蚤。汉世重石渠，隋书耀鸿宝。宏博遍儒林，述造付梨枣。深邃迈宋唐，再见中天杲。

这类的诗歌在马宗琏诗中占一定比重，但是和许多"肌理派"诗人的创作不同，诗人并不刻意炫耀才学，而着重发表自己的见解。又如《登景州塔》："浮图层级郁崔嵬，隋代开皇计丈裁。佞佛六朝余舍利，登高四面接云霓。水从白马河中出，山自卢龙塞外来。沧景风烟连北地，几经节镇失雄才。"追溯景州塔之来历，但是主要为表情达意服务，也并没有进一步去探讨高深的佛学。

在马宗琏所留存诗歌中，模山范水之作所占比重最大。《八月四日与左良宇叔固方展卿由胜溪入宋家岭畅览龙眠山色月出始归》云：

> 故乡山水区，循途洽幽尚。古木极阴森，层峦分叠嶂。履石渡潺湲，荇藻微纹漾。峭壁傍回溪，争奇不相让。过岭见平畴，樵风忽轻扬。阴阳蓄异形，耳目益昭旷。若匪入山深，孰辨峰殊状。唐宋善游人，题名互相望。倏忽千百年，见者倍惆怅。盛会难再逢，高咏庶相抗。

诗歌移步换景，突出龙眠山景色的变化和特点，景致刻画入微，情寓景中。《黟县道中》也是这样的作品："谷口暝烟生，疑近幽人宅。小草媚秋光，寒潭荫深碧。村舍倏周遭，岩居互开辟。仄径忽旁通，不患前溪隔。淳朴爱山农，悯予滞行役。"动静相声，情景交融，是写景的佳作。又如《大鸿岭》：

> 纵目巍峨得胜场，晴霞众壑倏阴阳。地连宣歙标孤柱，江注钱塘此滥觞。朝日鲸波开蜃市，晚烟人语出羊肠。村严虎警勤宵柝，旅舍挑灯夜倍长。

诗歌开头展现的是雄奇阔大的景象，山势巍峨，阴阳两隔。然后由远及近，由景及人，充分展现写景诗的纵横变化。《虎阜寺》曰：

> 来访齐梁古道场，寺门新放木樨香。方池月照珠生水，古墓风寒剑拂霜。花石高低围法界，钟鱼寥亮出斋堂。烹茶可继中泠美，天下名泉我遍尝。

颔联连用两个比喻，突出水之冷，月之寒，可见诗人近体诗炼句之功力。又如《雷州陆公泉》写道："蛮烟瘴雨倍思家，汲水闲烹顾渚茶。似到秋深无客至，海桐花放日西斜。"以思家之情衬烹茶之乐，进而写泉水之美，构思巧妙，这样的七言绝句写景诗在马宗琏留存诗作中为数不少。

除了写景诗之外，诗人的送别、怀人之作也颇值得关注。《送孙觉才归无锡》云：

> 十年京洛无知己，花市槐街喜接踪。江左声华推谢凤，汝南月旦重荀龙。梁溪夜鼓烟间棹，萧寺春寒日暮钟。莫为田园羁骏足，待君同看掖门松。

诗歌开头即写两人的知己情谊，接下来称赞友人的才华，追忆两人共同游览之乐，最后以希望再次重逢作结，整首诗顺畅自然，在平铺直叙中展现深情厚谊。又如《登迎江塔怀胡雒君浙西》：

> 凉秋景物最凄清，旷览平原爽气生。塔院半天飘梵语，僧廊终夜走江声。圣因月自三潭出，灵隐钟随一雁鸣。此际临风倍惆怅，愁心飞渡越王城。

首联总写秋景之凄清，颔联、颈联通过具体的景物来加以渲染，尾联直抒胸臆。前面的写景是为后面的抒情蓄势，以凄凉之景衬托惆怅心境，从而表现怀人之情。《怀王伯申》也是此类作品："太乙频看降紫庭，刘歆再世阐全经。淮南久建藏书室，蓟北还依问字庭。一径草深烟漠漠，六街花落雨冥冥。何时共翦西窗烛，金石遗文证鼎铭。"诗人毫不吝惜对朋友才学的赞美之情，而这也是与朋友情投意合的重要原因，所以尾联的抒情水到渠成。

马宗琏诗歌追慕风雅，各体皆工。同其舅父姚鼐一样，七言律诗尤为出彩，受到时人称赞。关于其诗风格，朱雅评曰："于清新秀逸之中见俊伟雄深之度"①，是很有见地的论断。

---

① （清）马树华辑：《桐城马氏诗钞》，道光十六年可久处斋刊本。

# 结　语

　　明清时期，桐城望族诗文化非常发达，名家辈出，作品浩繁。就数十家望族而言，无论是整体还是诗人个体，都有自身的特征与价值。但是囿于本书的研究宗旨，并没有对每一个个案进行排列研究，而是选择了最具盛名的五大家族和其中最具代表性的诗人作为典型进行探讨。

　　总体来看，桐城望族诗歌创作风貌受到地域文化、家族文化的深刻影响，呈现出一定的稳定性和共同性特征，同时，受到时代背景、诗学环境等的影响，又呈现出多样的色彩。

　　桐城望族诗歌创作出现灿烂辉煌的局面是在明末清初，诸如方世举、方贞观、方拱乾、吴令仪、方孟式、方维仪、方授、姚康、吴道新、马朴臣等望族诗人，或同时并举，或后先相继，铸就了桐城诗学的灿烂辉煌。不过，桐城望族诗家能够自成体貌、大开宗风者，是方文、方以智、钱澄之、潘江等人，他们在对明代诗学的反思中，贬斥竟陵，重新树立古典主义的复古诗学观念，但是对七子的格调诗说并非完全承袭，而是批判吸收，代表了当时诗坛发展的主流，并影响到了清初的诗学走向。桐城望族诗学的影响至姚鼐形成"桐城诗派"，达到高峰。桐城诗派思想上坚持正统、艺术上折中唐宋的融通诗论，既肯定了诗歌的审美特征和情感体验，又能够结合当时的社会需要，顺应经世致用的思潮，成为神韵、格调、性灵而外清代诗坛的一股重要力量，影响了清代中期以后众多诗人的创作，特别是对清后期的宋诗派影响重大。

　　总之，桐城望族诗歌在明清诗坛是不可忽视的力量，对这方面的研究和认识不仅有益于理解明清诗歌发展的过程，而且对于全面了解桐城派作家的文论和文学创作也颇有益处。

# 主要参考书目

**（一）总集类**

[1]（明）朱之蕃辑：《盛明百家诗选》，《四库全书存目丛书》本。

[2]（明）陈子龙，李雯辑：《皇明诗选》，华东师范大学出版社 1991 年版。

[3]（清）钱谦益辑：《列朝诗集》，中华书局 2007 年版。

[4]（清）卓尔堪辑：《明遗民诗》，中华书局 1961 年版。

[5]（清）陈济生辑：《天启崇祯两朝遗诗》，中华书局 1958 年版。

[6]（清）王端淑辑：《名媛诗纬初编》，清康熙刊本。

[7]（清）朱彝尊辑：《明诗综》，上海古籍出版社 1987 年版。

[8]（清）沈德潜辑：《明诗别裁集》，上海古籍出版社 1979 年版。

[9]（清）沈德潜辑：《清诗别裁集》，上海古籍出版社 1984 年版。

[10]（清）姚鼐辑：《五七言今体诗钞》，清嘉庆戊辰程邦瑞刊本。

[11]（清）张应昌辑：《清诗铎》，中华书局 1960 年版。

[12]（清）徐世昌辑：《晚晴簃诗汇》，中国书店 1988 年版。

[13]（清）吴闿生辑，寒碧标点：《晚清四十家诗钞》，浙江古籍出版社 2006 年版。

[14]（清）潘江辑：《龙眠风雅》，康熙十七年潘氏石经斋刻本。

[15]（清）徐璈辑：《桐旧集》，民国十六年影印原刻本。

[16]（清）方于谷辑：《桐城方氏诗辑》，清道光元年饲经堂刻本。

[17]（清）马树华辑：《桐城马氏诗钞》，道光十六年（1836）可久处斋

刊本。

[18]（清）方昌翰编：《桐城方氏七代遗书》，光绪十四年刻本。

[19]（清）马其昶辑：《马氏家刻集七种》，清光绪刻本。

[20]（清）施淑仪辑：《清代闺阁诗人征略》，上海书店 1987 年版。

[21]（清）吴希庸、方林昌辑：《桐山名媛诗钞》，嘉庆甲辰刻本。

[22]（清）姚永概辑：《桐城姚氏诗钞》，清刻本。

[23]（民国）光铁夫辑：《安徽名媛诗词征略》，黄山书社 1986 年版。

**（二）诗人别集类**

[1]（明）齐之鸾：《蓉川集》，《四库全书存目丛书》本。

[2]（明）左光斗：《左忠毅公集》，《四库禁毁书丛刊》本。

[3]（明）方孟式：《纫兰阁诗集》，清康熙三十四年张祁度刻本。

[4]（清）方文：《嵞山集》，上海古籍出版社 1979 年版。

[5]（清）方文：《嵞山续集》，上海古籍出版社 2005 年版。

[6]（清）方文：《嵞山集十二卷续集四卷再续集五卷》，《四库禁毁书丛刊》本。

[7]（清）方以智：《稽古堂文集》，桐城方氏七代遗书本。

[8]（清）方以智：《薄依集》，北京图书馆藏抄本。

[9]（清）方以智：《通雅》，文渊阁《四库全书》本。

[10]（清）方以智：《流寓草》，《四库禁毁书丛刊》本。

[11]（清）方贞观：《南堂诗钞》，清乾隆刻本。

[12]（清）方世举：《春及堂初集》，清乾隆方观承刻本。

[13]（清）方拱乾著，李兴盛等整理：《方拱乾诗集》，黑龙江教育出版社 1992 年版。

[14]（清）方登峰：《述本堂诗集》，《四库全书存目丛书》补编本。

[15]（清）方孝标：《钝斋诗选》，黄山书社 1996 年版。

[16]（清）方孝标：《方孝标文集》，黄山书社 2007 年版。

[17]（清）方苞著，刘季高校点：《方苞集》，上海古籍出版社 1983

年版。

［18］（清）钱澄之撰，彭君华校点：《田间文集》，黄山书社 1998 年版。

［19］（清）钱澄之撰，诸伟奇校点：《田间诗集》，黄山书社 1998 年版。

［20］（清）戴名世著，王树民编校：《戴名世集》，中华书局 1986 年版。

［21］（清）刘大櫆著，吴孟复标点：《刘大櫆集》，上海古籍出版社 1990 年版。

［22］（清）姚文然：《姚端恪公文集》，康熙二十二年姚士塈等刻本。

［23］（清）姚文然：《姚端恪公诗集》，康熙刻本。

［24］（清）姚文燮：《薤簏吟》，清顺治十八年（1661）姚自弘、史鉴宗刻本。

［25］（清）姚孙棐：《亦园全集》，《四库禁毁书丛刊》本。

［26］（清）姚范：《援鹑堂笔记》，上海古籍出版社 1996 年版。

［27］（清）姚范：《援鹑堂诗集》，清嘉庆十七年刻本。

［28］（清）姚鼐著，姚永朴纂注：《惜抱轩诗抄释》，民国十五年（1926）木活字本。

［29］（清）姚鼐著，刘季高校点：《惜抱轩诗文集》，上海古籍出版社 2008 年版。

［30］（清）姚鼐：《惜抱轩尺牍》，清同治十二年（1873）刻本。

［31］（清）姚鼐著，王镇远选注：《姚鼐文选》，黄山书社 1986 年版。

［32］（清）姚莹著，黄季耕注：《姚莹论诗绝句六十首注》，黄山书社 1986 年版。

［33］（清）姚莹撰，黄季耕点校：《识小录·寸阴丛录》，黄山书社 1991 年版。

［34］（清）姚莹：《麻溪姚氏先德传》，清刻本。

［35］（清）姚莹：《中复堂全集》，台湾文海出版公司影印本。

［36］（清）姚永朴：《蜕私轩集》，民国十年秋浦周氏刻本。

［37］（清）姚永朴：《蜕私轩续集》，民国二十一年铅印本。

[38]（清）姚永朴：《蜕私轩诗说》，民国十二年油印本。

[39]（清）姚永概：《慎宜轩诗集》，民国八年铅印本。

[40]（清）姚永概著，沈寂等标点：《慎宜轩日记》，黄山书社 2010 年版。

[41]（清）张英：《笃素堂诗集》，清康熙刻本。

[42]（清）张廷瓒：《传恭堂诗集》，《四库未收书辑刊》本。

[43]（清）张廷玉：《澄怀园全集》，《四库全书存目丛书》本。

[44]（清）张廷璐：《咏花轩诗集》，《四库未收书辑刊》本。

[45]（清）张聪咸：《傅岩诗集》，清嘉庆二十三年刻本。

[46]（清）马之瑛：《秌庄诗集》，《四库禁毁书丛刊》本。

[47]（清）马敬思：《虎岑诗集》，清道光十六年可久处斋刻本。

[48]（清）马其昶：《抱润轩文集》，《续修四库全书》本。

[49]（清）马其昶著，孙维城、刘敬林、谢模楷点校：《马其昶著作三种》，安徽大学出版社 2009 年版。

（三）史志笔记诗话类

[1]（明）顾祖禹：《读史方舆纪要》，中华书局 1955 年版。

[2]（清）张廷玉等撰：《明史》，中华书局 1974 年版。

[3]（清）谷应泰：《明史纪事本末》，中华书局 1977 年版。

[4]（清）赵尔巽等撰：《清史稿》，中华书局 1976 年版。

[5]（清）孟森：《明清史讲义》，中华书局 1981 年版。

[6]（明）胡应麟：《诗薮》，上海古籍出版社 1958 年版。

[7]（清）朱彝尊：《静志居诗话》，人民文学出版社 1998 年版。

[8]（清）叶燮著，霍松林校注：《原诗》，人民文学出版社 1979 年版。

[9]（清）何文焕辑：《历代诗话》，中华书局 1981 年版。

[10]（清）丁福保辑：《历代诗话续编》，中华书局 1983 年版。

[11]（清）陈田：《明诗纪事》，上海古籍出版社 1993 年版。

[12]（清）吴兆骞：《拜经楼诗话》，中华书局 1985 年版。

[13]（清）方东树著，汪绍楹校点：《昭昧詹言》，人民文学出版社 1984
年版。

[14]（民国）邓之诚：《清诗纪事初编》，上海古籍出版社 1984 年版。

[15]（清）方传理辑：《桐城桂林方氏家谱》，清光绪六年刊本。

[16]（清）姚联奎修：《桐城麻溪姚氏宗谱》，燕山出版社 2006 年版。

[17]（清）张维藩主修：《皖桐张氏宗谱》，清光绪三十二年（1906）木活
字本。

[18]（清）马家修：《皖江马氏宗谱》，民国木活字本。

[19]（清）左家修：《桐城左氏宗谱》，清宣统木活字本。

[20]（清）刘楷模等修：《桐城陈洲刘氏暄公支谱》，民国七年（1918）木
活字本。

[21]（民国）潘承勋等修：《桐城木山潘氏宗谱》，民国十七年（1928）德
经堂木刻活字印本。

[22]（明）陈勉修，许浩纂：《桐城县志》，明弘治三年（1490）刻本。

[23]（清）胡必选主修，赵君访编纂：《中国地方志集成·安徽府县志辑
（12）·（康熙）桐城县志》，江苏古籍出版社 1998 年版。

[24]（清）廖大闻等修：《中国地方志集成·安徽府县志辑（12）·（道
光）续修桐城县志》，江苏古籍出版社 1998 年版。

[25]（清）于成龙等撰：《江南通志》，上海古籍出版社 1987 年版。

[26]（清）张楷修：《安庆府志》，中华书局 2009 年版。

[27]（清）郑方坤：《国朝名家诗钞小传》，清光绪十二年刻本。

[28]（清）刘声木：《桐城文学渊源撰述考》，黄山书社 1989 年版。

[29]（清）徐鼐：《小腆纪传》，清光绪金陵刻本。

[30]（清）章钰等编：《清史稿艺文志及补编》，中华书局 1982 年版。

[31]（清）杜登春纂：《社事始末》，中华书局 1991 年版。

[32]（清）马其昶著，毛伯舟点注：《桐城耆旧传》，黄山书社 1990
年版。

[33](清)永瑢等：《四库全书总目》，中华书局 2003 年版。

[34](民国)金天翮：《皖志列传稿》，燕山出版社 2008 年版。

**(四)近现代撰述类**

[1]陈寅恪：《金明馆丛稿初编》，上海古籍出版社 1980 年版。

[2]梁启超撰，朱维铮导读：《清代学术概论》，上海古籍出版社 1998 年版。

[3]章太炎：《国学概论》，商务印书馆 1997 年版。

[4]钱锺书：《谈艺录》，中华书局 1984 年版。

[5]钱穆：《中国文化史导论》，商务印书馆 1994 年版。

[6]钱基博：《现代中国文学史》，岳麓书社 1989 年版。

[7]郭绍虞：《中国文学批评史》，上海古籍出版社 1979 年版。

[8][日]铃木虎雄著，许总译：《中国诗论史》，广西人民出版社 1989 年版。

[9]袁震宇，刘明今：《明代文学批评史》，上海古籍出版社 1991 年版。

[10]邬国平，王镇远：《清代文学批评史》，上海古籍出版社 1992 年版。

[11]袁行霈：《中国文学史》，高等教育出版社 1999 年版。

[12]刘大杰：《中国文学发展史》，上海古籍出版社 1982 年版。

[13]梁启超：《中国近三百年学术史》，三联书店 2006 年版。

[14]刘世南：《清诗流派史》，人民文学出版社 2004 年版。

[15]严迪昌：《清诗史》，浙江古籍出版社 2002 年版。

[16]钱仲联主编：《清诗纪事》，江苏古籍出版社 1987 年版。

[17]李灵年、杨忠主编：《清人别集总目》，安徽教育出版社 2000 年版。

[18]柯愈春：《清人诗文集总目提要》，北京古籍出版社 2002 年版。

[19]徐扬杰：《中国家族制度史》，人民出版社 1992 年版。

[20]冯尔康：《中国宗族社会》，浙江人民出版社 1994 年版。

[21] 张杰：《清代科举家族》，社会科学文献出版社 2003 年版。

[22] 江庆柏：《明清江南望族文化研究》，南京师范大学出版社 1999
年版。

[23] 谭其骧：《中国历史地图集》，中国地图出版社 1982 年版。

[24] 姜亮夫：《历代人物年里碑传综表》，中华书局 1959 年版。

[25] 梁廷灿：《历代名人生卒年表》，商务印书馆 1930 年版。

[26] 朱保炯、谢沛霖：《明清进士题名碑录索引》，上海古籍出版社
1980 年版。

[27] 来新夏：《近三百年人物年谱知见录》，上海人民出版社 1983
年版。

[28] 谭正璧：《中国文学家大辞典》，上海书店 1981 年版。

[29] 蔡冠洛：《清代七百名人传》，中国书店 1984 年版。

[30] 郭谦：《影响百年中国的文化世家》，海南出版社 2006 年版。

[31] 王育济、党明德主编：《中华名门望族丛书》，山东人民出版社
1997 年版。

[32] 黄季耕：《安徽文化名人世家》，安徽教育出版社 2005 年版。

[33] 黄苇主编：《中国地方志辞典》，黄山书社 1986 年版。

[34] 陈正祥：《中国文化地理》，三联书店 1983 年版。

[35] 李则纲：《安徽历史述要》，安徽省地方志编纂委员会 1982 年版。

[36] 汪军主编：《皖江文化与近世中国》，合肥工业大学出版社 2004
年版。

[37] 徐庶、叶濒编著：《桐城民俗风情》，黄山书社 2002 年版。

[38] 蒋元卿：《皖人书录》，黄山书社 1989 年版。

[39] 孟醒仁：《桐城派三祖年谱》，安徽大学出版社 2002 年版。

[40] 任道斌：《方以智年谱》，安徽教育出版社 1983 年版。

[41] 罗炽：《方以智评传》，南京大学出版社 1998 年版。

[42] 李圣华：《方文年谱》，人民文学出版社 2007 年版。

[43] 施立业：《姚莹年谱》，黄山书社 2004 年版。

[44] 周中明：《桐城派研究》，辽宁大学出版社 1999 年版。

[45] 贾文昭：《桐城派文论选》，中华书局 2008 年版。

[46] 吴孟复：《桐城文派述论》，安徽教育出版社 2001 年版。

[47] 梁乙真：《清代妇女文学史》，中华书局 1932 年版。

[48] 胡文楷：《历代妇女著作考》，商务印书馆 1957 年版。

[49] 傅瑛：《明清安徽妇女文学著述辑考》，黄山书社 2010 年版。

[50] 陈文新：《明代诗学》，湖南人民出版社 2000 年版。

[51] 张健：《清代诗学研究》，北京大学出版社 1999 年版。

[52] 谢国桢：《明清之际党社运动考》，上海书店出版社 2006 年版。

[53] 何宗美：《明末清初文人结社研究》，南开大学出版社 2003 年版。

[54] 谢正光：《清初诗文与士人交游考》，南京大学出版社 2001 年版。

[55] 宋豪飞：《明清桐城桂林方氏家族及其诗歌研究》，黄山书社 2012 年版。

# 后　记

　　书稿改就，没有如释重负的轻松，反而心生许多惆怅。几年前，我有幸进入山东师范大学攻读博士学位，并忝列石玲老师门下。在论文选题过程中，我对桐城望族诗歌产生了一定兴趣，并想以此作为方向进行研究，得到老师的肯定和鼓励。但是在接下来的研究过程中，还是遇到了许多困难。首先是资料的收集整理委实不易，这个题目范围较大，所以涉及的原始文献资料很多。为了完成任务，我辗转南京、北京、合肥等各地图书馆，爬梳我需要的资料，有时要在一个图书馆待许多天，但是最终还是有一些资料只能翻阅过目，摘抄最需要的地方，没有办法复制下来，这也对我以后的研究造成了一定障碍。其次是进入研究阶段，要对大量的文献资料进行整理，解读大量的诗歌作品和其他文献，而完成这些需要自己具备广博的学识和研究能力，所以时常会有力不从心之感，也真正让我体会到了学海无涯的艰辛，对学术的敬畏之心与日俱增。在经过了一段煎熬的日子以后，初步完成了论文的写作，并且得到了爱护我的师长们的肯定，但是我自己明白研究成果还有很多不足，许多研究只是浅尝辄止，并没有深入进去，希望自己以后能逐步弥补遗憾。

　　博士毕业后，我对桐城望族文学继续关注，并计划对这些家族进行逐一的深入研究，如今，关于桐城望族文学的研究成果越来越多，而自己的进展却有些缓慢。时间匆匆而过，年华老去，学问却没有见长，回想起来，也是对自己不够努力的鞭策和提醒吧。

　　如今，小书得以出版，虽然还有很多遗憾和不足，但是好歹凝结了自己的心血，就像自己的孩子，还是奢望别人的肯定和鼓励。同时，于自己算是一种安慰，也是对这些年来帮助过我的师友们的交代，所以在此要向他们充分表达我的谢意。首先感谢我的博士生导师石玲教授，愚顽如我，您还是始终对我充满了关切，一如既往地鼓励和支持我，这本书凝注了您的心血和热忱，谢谢您！

　　感谢家人对我的支持，尤其是夫人尹玲玲女士，你的默默奉献和鼓励始终是我前行的力量。在本书出版的过程中，得到了黄继刚博士的无私帮助，编辑李琼女士也给予了最大的宽容和帮助，非常感谢！

　　本书得到安徽省哲学社会科学规划青年项目（AHSKQ2014D104）和安徽省重点学科阜阳师范学院古代文学学科资助，在此深表谢意！

周成强

2017 年 1 月 20 日于颍州西清河畔